BASTEI
LÜBBE
TASCHENBUCH

Weitere Titel der Autorin:

Und immer war's der Mann fürs Leben
Liebe ahoi!
Ring frei für die Liebe

Titel in der Regel auch als E-Book erhältlich

Über die Autorin:

Shari Low blickt auf eine abwechslungsreiche Karriere zurück. Nachdem sie als Nachtclub-Managerin in Großbritannien, Holland, Schanghai und Hongkong Station gemacht hatte, kehrte Shari Low in ihre Heimatstadt Glasgow zurück. Dort lebt sie mit ihrem Ehemann John und ihren beiden kleinen Söhnen. Sie ist heute als freie Schriftstellerin tätig.
Besuchen Sie die Autorin unter www.sharilow.com im Internet.

Shari Low

Ein Antrag zum VERLIEBEN

Roman

Aus dem Englischen von
Barbara Ritterbach

BASTEI
LÜBBE
TASCHENBUCH

BASTEI LÜBBE TASCHENBUCH
Band 17139

Dieser Titel ist auch als E-Book erschienen

Vollständige Taschenbuchausgabe

Deutsche Erstausgabe

Titel der englischen Originalausgabe: »My Husband's Proposal«

Textredaktion: Margit von Cossart, Bergisch Gladbach
Titelillustration: © shutterstock/Tania Zbrodko
Umschlaggestaltung: Tanja Østlyngen
Satz: two-up, Düsseldorf
Gesetzt aus der Arno
Druck und Verarbeitung: GGP Media GmbH, Pößneck
Printed in Germany
ISBN 978-3-404-17139-2

1 3 5 7 6 4 2

1. Kapitel

»Sollte mir dieser Berufsberatertyp aus der Schule noch mal über den Weg laufen, bring ich ihn um!«, sagte Tash.

Zumindest glaubte Laney, dass sie das gesagt hatte. Es war ziemlich schlecht zu verstehen gewesen bei dem ganzen Lärm um sie herum. Der Wind fegte, und vierzig Pferde mitsamt Reitern warteten ungeduldig darauf, dass es endlich losging.

Laneys Hengst tänzelte seitwärts, und sie zog vorsichtig die Zügel an, um ihn zu beruhigen. Sie gehörte zu einer Truppe schottischer Highland-Soldaten, die, gekleidet wie in *Braveheart,* an einem Abhang der Stirling Hills standen. Alles war perfekt arrangiert, man hatte keine Kosten und Mühen gescheut, um die Hollywood-Szene, eine Schlacht im späten 13. Jahrhundert, originalgetreu nachzustellen – die wilden Frisuren, die ärmliche Ausrüstung der einfachen Soldaten, der schwere, kratzige Wollstoff alter schottischer Plaids, der gerade die Innenseite von Tashs Oberschenkel malträtierte.

Leise fluchte sie vor sich hin. Das war nun wirklich das Allerletzte, womit sie gerechnet hatte, als der Kunde damals aus seinem Office im fünfundvierzigsten Stock einer New Yorker Großbank Kontakt mit ihr aufgenommen hatte. Sie hatte spontan an die warme, von einem lodernden Kaminfeuer erhellte Eingangshalle des prächtigen Perthshire Estate gedacht. An das prunkvolle Ambiente eines historischen Schlafgemachs im Edinburgher Schloss. Oder vielleicht sogar – lieber Gott, wie schön wäre das gewesen – an eine Luxusyacht auf dem geheimnisvoll schimmernden Wasser von Loch Lomond.

Aber nein! Blöderweise hatte sich recht schnell herausgestellt, dass Hal Bradestons Verlobte eine schottische Ururgroßmutter hatte und somit eine genetische Disposition, die *Braveheart* in den Status »absoluter Lieblingsfilm« katapultiert hatte. Hal jedenfalls behauptete, dass seine Diandra das Drama mit seiner sturmumtosten Romantik liebe. Ganz zu schweigen von den Szenen, in denen Blut und Schweiß vorkämen und Dialekte, die sich so skurril anhörten, als würde Sean Connery *Shrek* synchronisieren. Und zwar auf Crack.

Pferdeköpfe stoben empor, als Sarah herangeritten kam. Ihre flammend roten Haare flatterten im Wind – die ätherische Vision absoluter Pracht. Neben ihr ritt Hal mit seinen hundertdreißig Kilo Lebendgewicht auf einem Pferd, das nach dieser Anstrengung definitiv ein paar Karotten extra verdient hatte.

Tash war die Erste, die sich regte. »Du heiliger Schlumpf, der hat ja das ganze Gesicht blau angemalt.«

Laney seufzte und beugte sich zu ihr hinüber, damit die übrigen achtunddreißig Reiter um sie herum sie nicht hören konnten. »Zehn Riesen, Tash! Wir verdienen damit zehn Riesen! Das sind zehntausend Gründe, einfach nur ein nettes Gesicht zu machen und dafür zu sorgen, dass alles perfekt läuft.«

Tashs Antwort ging unter, als Sarah und Hal mit aufgeregten Gesichtern neben ihnen anhielten. Sarah sah aus wie ein Kind kurz vor der Bescherung. Sie war eine, die ihren Job liebte, jeden einzelnen romantischen Augenblick, und sie konnte ihre Aufregung kaum im Zaum halten.

»Es ist so weit. Sie sitzt im Café des Besucherzentrums und schaut genau in unsere Richtung. Das wird fantastisch!«

»Bist du bereit, Hal?«, rief Laney.

»Klar. Also los!«

Er sagte das mit dem Übereifer eines Motivationstrainers, der dem Kassenpersonal eines Supermarkts erklären musste, wie es dem Tag positiv begegnete.

Wie ein echter Soldat, der in die Schlacht zog, reckte er die Faust in die Luft, brüllte »Freiheit!« und donnerte los.

»Scheiße, er ist unterwegs. Nun macht schon! Hinterher! Beeilt euch!«, brüllte Laney den anderen zu.

Die perfekte Aufstellung der Pferde hatte nichts genützt, denn sie galoppierten alle mit unterschiedlichem Tempo los. Die Reiter des Stirling-South-Gestüts waren an zivilisiertes, entspanntes Freizeittraben gewöhnt, nicht an eine rasante Querfeldeinverfolgungsjagd auf eine Legendengestalt aus dem 13. Jahrhundert. Doch nach ungefähr hundert Metern, als sie die Hügelkuppe erreicht hatten und mit dem Abstieg zum William-Wallace-Besucherzentrum begannen, waren sie wieder eine homogene Gruppe. Von Weitem erkannte Sarah Diandra, die sich suchend umsah und darauf wartete, dass Hal endlich von der Toilette zurückkam. Innerhalb von kürzester Zeit hatten sie ihn in Kostüm und Perücke gesteckt und ihm das Gesicht blau angemalt, er war nun seit einer Viertelstunde verschwunden. Seine Story von einem Toilettenbesuch nach dem Genuss von verdorbenen Lamminnereien verlor allmählich an Glaubwürdigkeit.

Eine zierliche alte Dame an einem der Nebentische, die sich mit einer Tasse Tee und einem Stück Ingwerkuchen gegen die steife Brise draußen rüstete, sah sie als Erste. Den Bruchteil einer Sekunde später schauten ihre teetrinkenden Freundinnen ebenfalls in ihre Richtung. Endlich entdeckte auch Diandra die Truppe. Sarah betete inständig, dass der Kameramann, der Diandras Reaktion aus sicherer Entfernung heimlich filmen sollte, alles groß draufbekam.

Noch fünfzig Meter. Dreißig. Zehn. Hal reckte die Faust, und die Reiter hinter ihm verlangsamten das Tempo. Schließlich blieben sie stehen.

Hal stieg ab, was sein Pferd sicher erleichtert registrierte, und schritt auf seine Freundin zu. Die stand mit offenem Mund und weit aufgerissenen Augen da. Sie zitterte dermaßen, dass ihre karierte Beanie-Mütze sichtbar vibrierte.

Sir Hal Wallace stand ihr nun gegenüber und fiel unter lauten Ohs und Ahs der älteren Touristinnen aus Carlisle vor ihr auf die Knie.

»Diandra«, begann er in dem breiten schottischen Akzent, den er wochenlang eingeübt hatte. Langsam arbeitete er sich durch seinen filmreifen Text: »Ich liebe dich. Ich habe dich immer geliebt. Ich möchte dich heiraten.«

Tash stieß Sarah an. »Sein Akzent ist besser als der von Mel Gibson«, zischte sie. »Und er nennt sie gleich noch Zuckerpuppe. Das gibt Extrapunkte.«

Sarah hörte gar nicht zu. Zwei dicke Tränen rollten ihr über die Wangen, während sie beobachtete, wie sich bei Diandra Schock und Verständnislosigkeit in Freude und Glückseligkeit verwandelten.

»Diandra Kapalskowi, willst du meine Frau werden?«

Sarah war so hingerissen, sie bekam gar nicht mit, dass sie nickte. Sag Ja, flehte sie im Stillen, sag Ja. Und zwar bevor Hal merkt, dass seine Knie so tief im Matsch versunken sind, dass seiner Intimzone zwangsläufig eine unangenehme Naturbegegnung bevorsteht, wenn er wie ein echter Schotte auf jede Form von Unterwäsche verzichtet hat.

»Ja«, hauchte Diandra unter dem tosenden Applaus von vierzig kostümierten Reitern und vierzehn älteren Damen mit blau gefärbten Haaren und Gesundheitsschuhen.

Als Sir Hal Wallace seine Braut in seine pummeligen Arme nahm und sie im wörtlichen Sinne von den Socken riss, löste er damit bei seinen Heiratsantragsplanerinnen völlig unterschiedliche Reaktionen aus. Laney dachte an den Scheck, der bald ihrem Konto gutgeschrieben würde. Sarah weinte noch ein bisschen und schickte ein kurzes Dankgebet zum Himmel, dass alles nach Plan verlaufen war. Und Tash murmelte etwas von Schlümpfen, denen man das Paaren verbieten sollte.

Ihr Job war erledigt.

2. Kapitel

»Also los, lass uns kurz unsere Termine checken!«

Laney versuchte, sich auf ihren Kalender zu konzentrieren, auch wenn sie Cams Erektion im Rücken spürte und seine Hand gerade ihren Körper entlangtastete, um schließlich unter ihren kurzen cremefarbenen Morgenmantel zu gleiten. Lachend schob sie ihn von sich und reckte sich, um zwei Kaffeegläser aus dem Schrank zu nehmen.

»Ich hab heute einen anstrengenden Tag vor mir. Es gibt noch 'ne Menge zu organisieren für die Events nächste Woche. Außerdem haben wir einen Termin mit einem neuen Kunden. In spätestens fünfzehn Minuten muss ich durch die Tür sein …«

»Na, dann können wir es ja sogar zweimal schaffen«, entgegnete ihr Ehemann. »Mit Zigarettenpause.«

Mit der ganzen Routine einer erfahrenen Barrista stellte Laney ein Glas unter den Auslauf der Kaffeemaschine und drückte die gefühlten vierhundert Tasten, die gedrückt werden mussten, um einen cremigen Latte macchiato zu erzeugen.

Cam Cochrane hatte ein Faible für teure Elektrogeräte aller Art. Ihr Stadthaus in Bearsden, einem angesagten Vorort von Glasgow, wie Immobilienmakler sagen würden, war jedenfalls voll von ihnen, je stylisher und chromblitzender, desto besser. Aus diesem Grund besaß ihre Espressomaschine in etwa die technologische Komplexität eines Teilchenbeschleunigers im Europäischen Kernforschungszentrum. Aus demselben Grund war sein Kalender kein stinknormaler Papierkalender wie Laneys, sondern ein Tablet mit mehr technischen Raffinessen als das Cockpit eines Flugzeugs. Ein passender Vergleich.

Als Laney Cam zum ersten Mal gesehen hatte, war ihr erster Gedanke Val Kilmer gewesen. Der durchtrainierte Body, das kurze blonde Haar, der leicht arrogante Gesichtsausdruck, als wüsste er etwas, das der Rest der Welt erst noch lernen musste. Wie oft hatte sie als Kind zusammen mit ihrem Dad *Top Gun* angeschaut. Mindestens einmal pro Monat. Sie konnte das Drehbuch fast auswendig, und die Bilder hatten sich tief in ihre Seele gebrannt. Die Folge war, dass Typen, die aussahen, als könnten sie einen Jet falsch herum fliegen und ihre Gegner oben ohne beim Beachvolleyball schlagen, eine unwiderstehliche Anziehungskraft auf sie hatten. Sie hatte Cam nach nur sechs Monaten geheiratet, ein für sie völlig untypischer, spontaner Akt, den sie allerdings bis jetzt noch nicht bereut hatte.

»Also.« Laney hielt den Kaffee wie ein Schutzschild vor ihre aufgerichteten Nippel und kicherte über seine enttäuschte Miene. »Termine. Jetzt sofort. Und keine Widerrede.«

Seufzend zog Cam einen Hocker hervor, setzte sich an die Frühstücksbar und öffnete den Kalender auf seinem iPad. »Na gut. Ich bin bis Sonntag in Birmingham. Dann ab Montag für ein paar Tage in London. In der Woche drauf bin ich in Manchester bei Andersons Inc. Wir schulen die mittlere Managementebene, damit sie die Tools effektiv nutzen können.«

Die Tools effektiv nutzen … Cam gehörte zu einem Team von NLP-Trainern, hochspezialisierten Cracks, die Topunternehmen in neurolinguistischem Programmieren berieten. Wenn Laney es richtig verstanden hatten, war das die Wissenschaft, die Menschen dabei half, Ziele zu erreichen und ihr Leben zu verändern. Oder so ähnlich.

Zu Anfang ihrer Bekanntschaft hatte Laney das alles wahnsinnig aufregend gefunden. Andererseits hätte Cam ihr in dieser ersten Phase ihrer Leidenschaft ebenso gut erzählen können, dass er Briefmarken sammle und dabei Züge beobachte, und sie hätte das genauso faszinierend gefunden – Hauptsache, er war nackt. Daran hatte sich in den letzten fünf Jahren nicht allzu viel verändert. Sie fand ihn noch immer unglaublich sexy – vorausgesetzt, sie bekam erst ihren Kaffee.

Laney konzentrierte sich wieder auf ihren Kalender und checkte die Daten, die Cam gerade genannt hatte. »Aber dann kannst du gar nicht mit auf Tashs Geburtstagsparty.«

»Ich glaube nicht, dass sie mich sehr vermissen wird.«

Er hatte nicht ganz unrecht. In ihrer unnachahmlich charmanten Art hatte Tash irgendwann geäußert, dass ihr eine Pilzinfektion sympathischer sei als Cam. Laney hatte die Äußerung ihrer Freundin damals nicht verstanden, und sie verstand sie auch heute noch nicht. Die einzige Erklärung, die ihr einfiel, war, dass Tash NLP für einen Haufen New-Age-Scheiße hielt.

Egal, sie würde deshalb keine schlaflosen Nächte haben, schließlich hatte Tash an der kompletten Weltbevölkerung etwas auszusetzen.

»Hast ja recht. Aber ich hätte dich trotzdem gern bei mir.«

Nachdenklich fuhr Laney sich mit den Fingern durch das kastanienbraune Haar. Es hatte eine Menge Mut und drei große Gläser Sekt erfordert, sich von den hüftlangen Locken zu trennen, aber inzwischen fand sie ihre Kurzhaarfrisur toll. Morgens war sie jetzt in zwanzig Minuten fertig, denn sie brauchte nicht mehr wie früher eine Stunde, um ihre Mähne mit Fön und Glätteisen zu bändigen. Leider fand Cam langes Haar schöner, aber er würde sich schon noch daran gewöhnen.

»Hm«, fuhr sie fort und blätterte weiter in ihrem Kalender. »Nächste Woche bin ich in Inverness – ein Antrag am Loch Ness. Tja, ich fürchte, wir werden diesen Monat mal wieder wie Schiffe sein, die aneinander vorbeifahren. Sieht so aus, als wären wir nur ein oder zwei Nächte zusammen in derselben Stadt.«

So war es eben manchmal. Aber das Gute war, dass auch den

stressigsten Zeiten immer wieder Lücken in ihren Terminkalendern folgten, die sie für die langen Trennungsphasen entschädigten. Meist nutzten sie sie für ein paar Tage Auszeit. Ein romantischer Trip nach Paris. Ein paar Nächte in einem Luxuschalet am Loch Tay.

»Wir werden das alles nachholen«, versprach Cam, als hätte er ihre Gedanken gelesen.

Laney überprüfte einen anderen Termin und runzelte die Stirn. »Können wir uns das Wochenende danach wenigstens freihalten? Da hab ich meinen Eisprung.«

»Klar.«

Cam grinste. Mit einer raschen, geschmeidigen Bewegung schob er sein iPad zur Seite, streckte die Arme nach ihr aus, zog sie an sich, löste den Gürtel ihres Morgenmantels und schob ihn von ihren Schultern. Der Stoff glitt zu Boden, entblößte ihren nackten Körper. Sofort begann er, ihren Hals mit Küssen zu bedecken.

»Wir sollten nur … « Kuss. Kuss. » … vorher … « Kuss. Kuss. » … unbedingt noch mal üben.«

Laneys Hände strichen über Cams muskulöse Brust, umschlangen seinen Nacken. Der neue Kunde musste wohl ein bisschen warten.

3. Kapitel

Der Wecker sprang an und trötete *Oh Happy Day*. Mit geschlossenen Augen tastete Tash auf dem Fußboden nach einem ihrer achtlos ausgezogenen Jimmy-Choo-Pumps und hämmerte damit auf die Tasten des Weckers, bis endlich wieder Ruhe herrschte.

Oh. Happy. Verfluchter. Mist. Tag. Halt die Klappe und melde dich frühestens heute Mittag wieder.

Das Sonnenlicht schien durch die transparenten Vorhänge, und selbst die allervorsichtigsten Versuche, die Augen zu öffnen, fühlten sich an, als ob tödliche Laserstrahlen direkt auf ihr Gehirn trafen. Wichtige Notiz an sie selbst: endlich lichtundurchlässige Jalousien besorgen. Sie standen auf der Liste der benötigten Einrichtungsgegenstände, seit Tash das Apartment bezogen hatte. Nach immerhin drei Jahren sollte der eine oder andere Punkt eigentlich endlich abgehakt sein.

Mit lautem Stöhnen hievte sie sich in Sitzposition und schob sich das zerzauste rabenschwarze Haar aus dem Gesicht. Es war nicht ihr normaler Look. Mit ihrem stylishen Bob, dem kurzen Pony und dem knallroten Lippenstift sah sie eigentlich aus wie die Kreuzung aus einer perfekt gekämmten Uma Thurman in *Kill Bill* und Dita Von Teese. Nur ihr Nachtoutfit passte nicht so ganz ins Bild – eines von einem halben Dutzend American-Football-Shirts, die sie im vergangenen Jahr von ihrem Trip nach Miami mitgebracht hatte. Das aktuelle Modell war weiß und suggerierte, sie stünde auf die Miami Dolphins.

O Gott! Tashs Schläfen dröhnten. Sie brauchte dringend eine Schmerztablette. In der Abfolge ziemlich blöder Ideen hatte der letzte Mojito am Ende alles getoppt. Dabei hatte der Abend eigentlich durchaus zivilisiert begonnen. Ein paar Drinks im Glasgower Westend mit ihren Brüdern, den Zwillingen Jordan und John, Profisportlern, die für die Glasgow Gore spielten. Sportler! Das bedeutete eigentlich gesunde, disziplinierte Menschen, die ihre Körper sorgsam behandelten. Das taten sie auch. Zumindest wenn man unter sorgsamer Behandlung wöchentliche Trinkgelage verstand, die geradezu zwangsläufig mit volltrunkenen Männern endeten, die auf dem Tresen standen und unter lebhafter Beteiligung des gesamten Publikums irgendwelche Songs grölten, in denen auffallend häufig das Wort Penis vorkam.

Verdammt!

Im Laufe der Nacht hatten sie auf ihrem Weg von einer Bar zur nächsten die Ashton Lane mehrfach überquert, so viel wusste Tash noch. Und dann hatten sie im bebenden Jinty McGuinty's Pub den Rest des Rugby-Teams getroffen. Von da an war es bergab gegangen.

Ohne den Kopf zu bewegen, griff Tash nach links, öffnete die Schublade ihres Nachttisches, löste zwei Paracetamol aus der Schachtel, die ihr sofort in die Hände fiel, tastete auf dem Boden nach einer Wasserflasche und verabreichte sich die selbst verordnete Schmerzlinderung. Acht Uhr. Noch eine Stunde, bis sie ins Büro musste. Genügend Zeit also, um aus dem Bett zu springen, die Trainingsklamotten überzuziehen, fünf Kilometer zu laufen, zu duschen, ein Müsli zu essen und danach zu Fuß die fünf Minuten von ihrer Wohnung im alten Postgebäude am George Square zu ihrem Büro in der Ingram Street zu gehen. Ebenso gut konnte sie einfach liegen bleiben, eine rauchen und sich irgendwas von dem Zeug im Fernsehen anschauen, das extra produziert wurde, um den IQ der gesamten Nation dauerhaft zu senken.

Das Rennen machten schließlich die Zigarette und die Wiederholung einer abgründigen Talkshow. Eine Frau aus Ipswich beschuldigte den Vater ihrer sechs Kinder, eine Romanze mit der Nachbarin gehabt zu haben. Vermutlich meinte sie mit Romanze, dass er die Nachbarin im Gartenhaus gevögelt hatte, während seine Ehefrau beim Bingo war.

Tash richtete sich ächzend auf, legte die Beine über Kreuz und stellte den Aschenbecher vor sich auf die Bettdecke. Autsch, ihre Oberschenkelinnenseiten taten immer noch höllisch weh. Der gute alte Hal aus den USA und ein Zuchthengst namens Butch hatten ganz schön Spuren hinterlassen.

Im Fernsehen brach gerade ein heftiger Streit aus, und das zweite schwere Dilemma des Tages stellte Tash vor die Entscheidung, einfach auszuschalten, ehe das Gezeter ihren Kopf zur Explosion brachte, oder gespannt abzuwarten, ob die betrogene Ehefrau der Nachbarin die Augen auskratzen und anschließend dem dürren Typ klarmachen würde, dass er sich für immer verpissen konnte.

Die betrogene Ehefrau schwächelte. Erst verwandelte sich das Gezeter in Gejammer, dann flehte sie ihn schließlich unter Rotz und Wasser an, zu ihr zurückzukommen.

Angewidert hämmerte Tash auf die Fernbedienung und ließ sich rücklings in die Kissen fallen. Sollte sie sich je wegen eines Typen dermaßen erniedrigen, würde sie Laney eine Knarre besorgen und sie bitten, sie zu erschießen.

Genau genommen würde sie das auch dann tun, wenn dieser Kater nicht endlich verschwand. In ihrem Alter sollte man es wirklich besser wissen. Immerhin wurde sie bald dreißig – wie kam sie also dazu, sich im Trinken mit vierundzwanzigjährigen Rugby-Spielern zu messen, die die Konstitution von Panzern besaßen?

Wie war sie eigentlich nach Hause gekommen?

Bei dem Gedanken stöhnte Tash auf. Verschwommene Erinnerungsfetzen. Betrunken. Taxi. Fritten. Oder war es ein Kebap gewesen? Himmel, noch sechs Kinder und ein Gartenhäuschen, dann konnte sie neben dieser Frau mit der Jogginghose in der Talkshow Platz nehmen.

Egal, niemand brauchte von ihrem selbst herbeigeführten Zustand zu erfahren. Laney würde ihr nur wieder einen Vortrag halten, wie ungesund übermäßiger Alkoholgenuss war, und Sarah würde sie detailliert zu jedem der anwesenden Männer ausfragen und wissen wollen, wer von ihnen als potenzieller Sexpartner infrage käme. Einmal, als Tash ihre Freundinnen zu einem der Rugby-Saufgelage ihrer Brüder mitgenommen hatte, hatte Laney den Trainer überredet, einen Heiratsantrag für Sarah zu organisieren, und Sarah hatte die ganze Nacht damit verbracht, mit einem Flügelstürmer namens … namens … namens … Ne, da war nix. Bloß ein schwarzes Loch.

Tash drückte die Zigarette aus und stellte den Aschenbecher zurück auf den Nachttisch. Ihre Kopfschmerzen besserten sich nun endlich, aus apokalyptischem wurde heftiges Gehämmer. Immerhin ein Fortschritt. Jetzt musste sie nur noch aufstehen, es irgendwie zur Dusche schaffen und sich danach mithilfe eines biologischen Wunders, übermenschlicher Willenskraft und teerschwarzen Kaffees bis neun Uhr in einen menschenähnlichen Zustand versetzen.

Ein Rauschen aus Richtung Bad …

Sie brauchte einen Moment, um sich zu sammeln. Ja, das war das Geräusch ihrer Toilettenspülung gewesen, und nein, sie selbst befand sich nicht im Bad.

Tash griff wieder nach dem Jimmy Choo. Wenn sie schon von einem Einbrecher in ihrer eigenen Wohnung umgebracht würde, wollte sie wenigstens im Kampf untergehen – bewaffnet mit einer Schuhikone mit Zwanzig-Zentimeter-Absatz.

Hektisch kramte sie nach ihrem Handy, tippte den Notruf ein und legte den Daumen auf die grüne Taste, bereit, notfalls sofort die Polizei zu rufen, die sie schützte vor … vor … nichts. Keine wühlenden Einbrecher. Kein Angriff auf ihre Person. Kein weiteres Geräusch. Vielleicht hatte sie sich das mit der Klospülung ja bloß eingebildet. Vielleicht hatte sie so viel Alkohol im Blut, dass sie halluzinierte. Oder vielleicht waren ihre Sinne durch ihren Vergiftungszustand so gereizt, dass die Geräusche, die sie gehört hatte, von Sy kamen, dem Angebertypen mit dem Porsche von nebenan. Sie war ihm erst gestern Morgen im Flur begegnet. Groß. Umwerfend. Wangenknochen wie bei den Kerlen von der Titelseite der *GQ*. Perfekt sitzender Anzug, dazu als Accessoires Seidenkrawatte, italienische Schuhe und ein Eins-achtzig-Model, das aussah wie Giselle Bündchen.

»Hi!«

»Fuck!«

»Äh … keine Sorge«, antwortete er.

Er füllte den gesamten Türrahmen aus und machte jeden Gedanken an eine Flucht unmöglich. Da passte es gut, dass er bei näherem Hinsehen bestenfalls das Bedrohungspotenzial einer Kreuzung aus Labrador und Pudel besaß. Aber seit wann besaßen Labradore und Pudel Jeans und Sixpacks?

Sein schwarzer lockiger Pony konnte weder seine müden Augen noch das lässige Grinsen verbergen. Zugegeben, unter den richtigen Umständen wäre er verdammt verlockend gewesen.

Das war … war … Nein, sie kam nicht auf seinen Namen. Himmel, funktionierte ihr Gedächtnis denn gar nicht mehr?

Immerhin war sie klar genug, um zu erkennen, dass Sarah, wenn sie jetzt hier wäre, vor Freude aus dem Hemd gesprungen wäre.

Wieder vernebelte Erinnerungsfetzen. Zu Hause angekommen. Schlüssel fällt hin. Irgendwer hebt ihn auf. Schließt die

Tür für sie auf. Flüchtiger Kebap-Geruch. Sie hatte es gleich gewusst! Sie hatte Kebap gegessen!

»Ich hab dich gestern Abend nach Hause gebracht. Du hast mich noch mit reingenommen.« Er grinste immer noch. »Ich schließe nur kurz deine Lücken, damit's ein bisschen schneller geht.«

»Oh.« Tash ließ den Schuh fallen. Irgendwie erschien er ihr überflüssig angesichts der Tatsache, dass er offenbar die ganze Nacht in ihrer Wohnung verbracht hatte, sie noch am Leben war, weitgehend unversehrt, und auch der Flatscreen noch an der Wand hing. »Und wir haben ...?«

O nein. Sie hatten nicht. Oder doch?

»Ich hab auf der Couch geschlafen. Das erschien mir sicherer, nachdem du mir angedroht hattest, mir die Eier mit einem deiner scharfen Küchenmesser zu entfernen, wenn ich dich anrühren würde.«

Das klang durchaus nachvollziehbar. One-Night-Stands im volltrunkenen Zustand waren noch nie ihr Ding gewesen. Und die Kombination aus Alkohol und frittierten Kohlehydraten dürfte nicht sehr aphrodisierend gewirkt haben.

»Wie auch immer, meine intakten Hoden und ich verschwinden jetzt wohl besser.«

Sie versuchte nicht hinzusehen, als er das T-Shirt, das er in der Hand hielt, kurz ausschüttelte und dann über den Kopf zog. Aber irgendwie gelang es ihr nicht, den Blick von seinen muskulösen Schultern zu lösen.

Mist.

»Oh. Äh ... Ja. Danke. Fürs Nachhausebringen. Und dafür, dass du mir keinen Grund geliefert hast, mein Messer zu benutzen, äh ... äh ... äh ...«

»Matt.«

»Matt! Klar! Wusst ich's doch.«

Die feine Röte in ihrem Gesicht machte deutlich, dass das nicht stimmte.

Er ging belustigt in Richtung Tür. Seufzend ließ Tash sich zurück in die Kissen sinken. Verdammter Mist! Was für ein Sahnestückchen. Gut, dass er weg war.

»Ich hab mir überlegt …«

Sie zuckte zusammen. »Fuck«, entfuhr es ihr wieder.

»Noch mal danke. Ein anderes Mal vielleicht«, meinte er.

»Tut mir leid, aber ich dachte, du wärst weg.«

»Vielleicht hast du ja Lust, mal auf einen Drink mit mir auszugehen. Es müssen ja nicht immer so viele wie gestern Abend sein.« Er schien das zu genießen.

»Nein. Danke. Ich habe einen Freund.«

»Stimmt gar nicht. Ich hab mich bei deinen Brüdern erkundigt.«

Gott! Die beiden waren für ein CIA-Verhör auch nicht zu gebrauchen.

»Stimmt wohl. Sie wissen nur nichts davon.«

Er zog eine Augenbraue hoch. »Na gut. Falls dein geheimer Freund irgendwann mal ausfällt, kannst du dich ja melden. Ich lass dir meine Nummer hier.«

Er zog eine Visitenkarte aus der Tasche und warf sie auf die Kommode. Erst als die Tür hinter ihm ins Schloss gefallen war, zwang Tash sich aus dem Bett und machte ein paar vorsichtige Schritte durchs Zimmer. Matt Buchanan, stand auf der Karte. Bilanzbuchhalter.

Ein Buchhalter! Du meine Güte. Vermutlich hatte sie mehr gemeinsam mit ihrem erfundenen Freund als mit einem Buchhalter. Nicht dass sie Vorurteile hätte, natürlich nicht …

Zwanzig Minuten und einen Kaffee später ging Tash durch dieselbe Tür wie der Mann mit dem langweiligsten Job der Welt. Leise zog sie sie hinter sich zu und steuerte den Aufzug an. Sys Tür öffnete sich genau in dem Moment, als sie daran vorbeischlich. War ja klar! Sie sah aus, als hätte sie die Nacht in einem Müllcontainer verbracht, da musste sie ihn natürlich treffen.

»Hey, Süße!«

Während Matt, der Buchhalter, sich am unteren Ende der infrage kommenden Altersklasse befand, gehörte Sy, der angeberische Nachbar mit dem Porsche, eher ans obere Ende. Er war schätzungsweise Mitte vierzig und hatte das typische Gehabe von jemandem, der vom Leben verwöhnt war. So verwöhnt, dass ihm das Penthouse mit den vier Zimmern gehörte, während sie das kleine Ein-Zimmer-Apartment nebenan bewohnte und sich nicht mal Jalousien leisten konnte.

»Morgen. Heute ohne Giselle?«

Er brauchte einen Moment, ehe er begriff.

»Ja, leider. Sie hat ein Fotoshooting. Unterwäsche. Ihr Spezialgebiet.«

»Na super«, murmelte Tash und drückte sich hastig an ihm vorbei. Sie konnte dieses selbstgefällige Gesicht nicht länger ertragen.

»Interessanter Typ, der dich gestern nach Hause gebracht hat. Kann es sein, dass er seine Fritten im Aufzug liegen lassen hat?«

Nein, darauf würde sie nicht reinfallen. Auf keinen Fall. Was für ein Idiot! Sie war nun an ihm vorbei und hielt den Blick starr geradeaus gerichtet.

»Also, wie wär's mal wieder mit uns beiden? Heute Abend. Acht Uhr. Bei mir. Nackt.«

Was für ein Idiot!

Der heilige Schutzengel der überstürzten Flucht schien gerade Dienst zu haben. Jedenfalls öffneten sich in dem Moment, als Tash auf den Knopf drückte, die Aufzugstüren.

Tash stürzte hinein, hämmerte auf Erdgeschoss und sah erleichtert zu, wie sich die Türen schlossen, ehe ihr nervender Nachbar ihr folgen konnte. In dem Moment, als sie fast geschlossen waren und er nur noch wenige Meter entfernt war, gab sie die beste Antwort von sich, die ihr benebelter Zustand hergab.

»Du bist so eine Nervensäge«, zischte sie. »Also um acht.«

4. Kapitel

Es roch leicht nach Toast, als Sarah die Küchentür aufstieß. Der benutzte Teller auf dem Tisch und die Krümel daneben deuteten darauf hin, dass Leo gefrühstückt hatte. Schmetterlinge flatterten in ihrem Bauch, ein glückliches Lächeln umspielte ihre Lippen. Wenn sie anderen erzählte, dass Leo auch nach zwei Jahren Zusammenleben noch an jedem einzelnen Tag diese Wirkung auf sie hatte, reagierten sie meist ungläubig. Nur Tash nicht. Ihre Antwort waren laute Würgegeräusche.

Fröstelnd zog Sarah ihre Fleecejacke enger um die Schultern, nahm eine Banane aus der Obstschale und ging durch die Tür in den Wohnbereich. Da war er. Er stand in knackig engen weißen Boxershorts vor dem Spiegel neben dem schieferverkleideten Kamin und übte seinen Text. Sie blieb an der Tür stehen und schaute ihm eine Zeitlang zu. Ihre Gedanken wanderten zurück zu dem Tag, als sie ihn zum ersten Mal gesehen und sich sofort in ihn verliebt hatte.

Sie hatten sich auf einer Vernissage kennengelernt. Sarah war zusammen mit Tash unterwegs gewesen, auf der Suche nach einer passenden Location für einen Kunstliebhaber, der einen Künstler bodypainten lassen wollte. Anschließend sollte dieser auf allen vieren über eine Leinwand krabbeln und die Worte »Heirate mich!« darauf hinterlassen.

Leo hatte zum Cateringpersonal der Galerie gehört und Kanapees herumgereicht, während der Galerist einen zwanzigminütigen Monolog über die künstlerischen Qualitäten eines Zwei-Meter-Objekts gehalten hatte, das komplett aus Schwämmen bestand.

»Die sind doch alle bloß hier, um sich aufzuwärmen«, hatte Tash ihr zugeflüstert und auf die gelangweilten Zuhörer gezeigt.

Sarah hatte ihr einen warnenden Blick zugeworfen und gehofft, dass es niemand gehört hatte. Zu spät. Der langhaarige Schönling mit den Kanapees hatte sich umgedreht, gelächelt, und es war um sie geschehen. Liebe auf den ersten Blick. Sie hatte es sofort gespürt. Auch wenn sie es nicht erklären konnte. Es war gar nicht unbedingt sein Aussehen gewesen, auch wenn sie schon immer auf langhaarige, schmalhüftige Männer gestanden hatte. Es war diese – o Gott, jetzt klang sie wirklich pathetisch – diese Vertrautheit, die sofort da gewesen war, ein Gefühl, als hätte sie ihn schon ewig gekannt, und eine unmittelbare Verbindung, wie sie sie noch nie zuvor erlebt hatte.

»Hey«, hatte Tash gezischt, aber ihre Worte waren kaum in Sarahs tranceähnlich vernebeltes Hirn gedrungen. »Was ist denn mit dem Typen mit den strähnigen Haaren los? Vielleicht sollte ihm mal jemand sagen, dass die beiden anderen Musketiere schon angerufen haben, weil sie ihr Wetgel vermissen.«

Stille.

Tash zupfte an ihrem Ärmel. »Hörst du vielleicht mal auf, ihn so anzuglotzen? Komm schon, lass uns von hier verschwinden. Wenn ich nicht in den nächsten zehn Minuten einen Kaffee und ein Stück Pekannusstorte kriege, werde ich zum Tier. Sarah? Sarah!«

Die Worte schienen aus einer anderen Welt zu kommen.

Sie hörte sie noch einmal.

»Sarah, alles okay mit dir? Ist dir zu heiß geworden? Kippst du gleich um? Du siehst so komisch aus. Komm, lass uns gehen ... Was machst du denn? Du meine Güte, bist du jetzt total durchgeknallt?«

Tashs Worte verhallten irgendwo in der Ferne, während Sarah wie magisch von ihm angezogen wurde. Ihre Blicke ließen sich keine Sekunde los, bis nur noch ein großes Tablett mit Blätterteigpasteten zwischen ihnen war.

»Thunfisch? Hühnchen?«

Seine Stimme war hypnotisch, sexy und absolut unwiderstehlich. Er wusste es ganz genau. Er fühlte es auch.

Tash war nichts anderes übrig geblieben, als ihren Heißhunger auf Pekannusstorte allein zu stillen. Aus Sarahs und Leos anschließendem Cappuccino war eine zwölfstündige Begegnung geworden, bei der sie unter anderem erfahren hatte, dass er Schauspieler war und sich mit Gelegenheitsjobs in Bars und auf Events nebenher Geld verdiente. Sein letztes größeres Schauspielengagement war ein Werbespot für Scotch Pies gewesen. Als Nächstes hatte man ihm eine Nebenrolle in einer neuen Soap in Aussicht gestellt. Der Tag hatte damit geendet, dass sie sich in seinem Apartment über einem Waschsalon in einer belebten Straße im Zentrum von Glasgow in den Armen lagen.

Die Rolle in der Soap hatte er nicht bekommen, dafür aber Sarah.

In den folgenden sechs Monaten war das Apartment zu ihrem Zuhause geworden. Dann hatten sie ihr gesamtes Geld zusammengelegt – oder besser gesagt, Sarah hatte ihre mageren Ersparnisse geplündert – und waren in den Süden der Stadt in die Wohnung gezogen, die sie heute noch bewohnten.

Sarah machte sich nichts aus irdischem Besitz. Klar wäre es nett, eine protzige Wohnung in Bearsden zu haben wie Laney, aber nicht, wenn sie dafür mit einem Typen verheiratet sein musste, der pausenlos arbeitete und so gut wie nie zu Hause war. Und Tashs Apartment in der Innenstadt hatte zwar eine Traumlage, aber es war winzig. Sarahs und Leos Erdgeschosswohnung in dem alten Haus war vielleicht etwas heruntergekommen, hatte keine gescheite Heizung, und im Hausflur roch es häufig streng, weil die alte Dame über ihnen so gern Kohl aß, aber wenn man an einem trockenen Tag die Terrassentür öffnete, war es ein Traum, hier zu wohnen. Zumindest wenn nicht gerade ein vollgehängtes Wäschereck den Blick versperrte. Hausarbeit gehörte leider überhaupt nicht zu Leos Stärken. Aber, so erklärte er ihr immer wieder, es sei auch nicht sehr wahrscheinlich, dass Al Pacino Profi im Umgang mit einem hochtechnisierten Staubsauger gewesen sei, ehe er seine Rolle in *Scarface* bekommen habe.

Aktuell probte Leo für ein Last-Minute-Casting, das am Nachmittag stattfinden sollte. Es ging um eine Ensemblerolle. Er sollte einen von fünf Brüdern einer Glasgower Gang spielen. Der Schauspieler, der ursprünglich gebucht worden war, hatte kurzfristig abgesagt, weil er bei einer gefährlichen Geiselbefreiung verletzt worden war. Oder war es eine Bande osteuropäischer Krimineller gewesen, die über ihn hergefallen war, nachdem er einen Bankraub vereitelt hatte? Welches Gerücht sein Agent auch immer verbreitete, die Wahrheit war, dass er nach ein paar Cocktails zu viel über ein Schlagloch gestolpert war und sich dabei das Bein gleich zweimal gebrochen hatte.

Sarah hatte Mitleid mit ihm, andererseits freute sie sich natürlich über die Gelegenheit, die sich Leo dadurch bot. Er würde drei Monate lang Arbeit haben. Das veränderte ihr Leben zwar nicht wesentlich, aber wenigstens brauchte er so lange nicht im *Bean Counter* arbeiten, dem angesagten Coffeeshop in der Stadt, in dem gestresste Sekretärinnen und Businesstypen verkehrten, die so mit sich selbst und ihren Handys beschäftigt waren, dass sie den Typen am Tresen gar nicht wertschätzten.

Sarahs Herz krampfte sich zusammen. Leo wünschte sich so sehr, endlich Karriere zu machen. Und natürlich wünschte sie es ihm auch. Wie viele Nächte hatten sie zusammen wach gelegen und überlegt, dass sie, sobald er es geschafft und ein bisschen

Geld gespart hatte, sofort heiraten würden. Selbstverständlich würde sie ihn bis dahin weiter ernähren und unterstützen. Das hatte er verdient, schließlich war er ein großes Talent.

Als er sie jetzt im Spiegel sah, unterbrach Leo seine Arbeit und drehte sich zu ihr um. »Morgen, Baby«, murmelte er abwesend.

Das war okay. Er hatte eine Menge um die Ohren. Die Rolle war superwichtig für ihn, wahrscheinlich war er seit Stunden auf den Beinen, um die Passage wieder und wieder zu üben. Dieser Perfektionismus trieb ihn an. Und die Tatsache, dass er fast dreißig war und das Angebot an möglichen Engagements zunehmend kleiner wurde. Junge, hippe Typen kamen kaum noch infrage, es blieben alleinerziehende Daddys, Rechtsanwälte oder Loser.

»Ich wollte dich nicht stören«, sagte sie. »Soll ich dir einen Tee machen?«

Sie war wenig überrascht, dass er den Kopf schüttelte. Er aß oder trank nie bei der Arbeit. Das konnte die Erklärung dafür sein, dass er weniger als zehn Prozent Körperfett besaß, während Sarah sich jeden Morgen flach aufs Bett legen musste, um irgendwie in ihre Jeans zu kommen. Sie hatte eine klassische Sanduhrfigur – üppige Brüste, eine relativ schmale Taille und Hüften, die man nirgends verstecken konnte.

Nicht dass es Sarah gestört hätte. Das Leben war zu kurz, um sich leckeres Essen, guten Wein und romantische Dinner mit Leo zu verkneifen. Außerdem liebte er ihre Kurven. Sie ging ins Bad, duschte und zog sich ihr liebstes Hängerchen über, ein Traum in Sonnengelb. Sollte die Hippie-Bewegung je Wiederauferstehung feiern – sie war dabei! Jeans waren nichts für sie, Jeggings hatte sie noch nie besessen. Wenn sie eine Fashion-Ikone hatte, dann war es Stevie Knicks. Sie stammte aus den Siebzigern, zehn Jahre bevor sie selbst überhaupt geboren worden war, und erinnerte sie auf ewig an ihre Mutter, die sich ähnlich gekleidet hatte, ehe sie vor vier Jahren verstorben war. Viel zu jung. Krebs. Eine schreckliche Krankheit.

Sarah richtete den Blick himmelwärts – ihr täglicher Gruß an ihre Mum, die jetzt ganz sicher in einer fließenden Laura-Ashley-Kreation da oben saß, *You Make Loving Fun* sang und einen Spiegel mit Mosaiksteinchen beklebte, die sie bei einer Rucksacktour durch Peru in einem Bergdorf entdeckt hatte.

Sarah ging noch kurz mit der Bürste durch ihre langes rotes Haar, dann lief sie zurück zu ihrem probenden Filmpsychopathen, um sich zu verabschieden.

»Also, ich bin dann weg.« Sie vergaß ihren Vorsatz, ihn nicht zu stören, und küsste ihn sehnsüchtig auf die Lippen. Oh, wie gern würde sie ihn jetzt zurück ins Bett zerren. »Viel Glück heute, mein Liebling. Ich bin sicher, du wirst fantastisch sein.«

»Ich werde mein Bestes geben.«

Sein Grinsen entblößte blendend weiße Zähne, die ihn 2008 zum Gesicht einer Werbekampagne für Feinripphherrenslips gemacht hatten. Er erwiderte ihren Kuss, dann löste er sich von ihr und drehte sich zurück zum Spiegel.

Sarah nahm sich noch eine Banane und einen Muffin, ehe sie leise die Tür zuzog. Ihr zehn Jahre alter Beetle wartete auf sie. Sie liebte ihr Auto, allerdings brauchte er dringend eine neue Lackierung und ein anständiges Musikkonzept (Tash und Laney fanden nicht, dass die *Greatest Hits* von den Backstreet Boys Klassiker waren).

Zügig fuhr sie in Richtung Pollokshaws Road. Als sie vor der vierten roten Ampel innerhalb weniger Minuten stand, schaute sie in das Schaufenster eines Reisebüros – wie sie es immer an dieser Ampel machte. Die Fotos von sonnigen Stränden und türkisblauem Wasser waren einfach traumhaft.

Eines Tages, sagte sie sich, werden Leo und ich durch Fischschwärme tauchen. Im Sonnenuntergang an einem einsamen Strand dinieren. Nackt unter Moskitonetzen liegen. Das Leben würde fantastisch sein. Himmlisch. Sie hatte den besten Job der Welt. Die besten Freundinnen. Den besten Freund.

Das Leben war großartig.

Und sie war absolut sicher, dass es so bleiben würde. Heute würde wieder ein großartiger Tag werden.

Sie hatte den Satz kaum zu Ende gedacht, als ein lauter Knall zu hören war, gefolgt von einem heftigen Stoß, der sie gegen das Lenkrad schleuderte. Sekunden später wurde ihre Wagentür aufgerissen, und ein großer, breitschultriger Mann stand vor ihr. Sie blinzelte und sah ein weißes Hemd, hochgerollte Ärmel, eine schwarze Hose und braunes lockiges Haar.

»Oje, es tut mir so leid! Bist du verletzt? O Gott, deine Nase blutet ja! Ich rufe sofort einen Krankenwagen. Sekunde! Verdammt!«

Ein Scheppern, als das Handy auf den Asphalt fiel und unter das Auto rutschte. Der Typ bückte sich und fischte es hervor. Dann drückte er hektisch auf die Tastatur.

Obwohl Sarah sich fühlte, als hätte ihr jemand die Faust ins Gesicht geschlagen, empfand sie sofort Mitleid.

»Alles okay. Es geht mir gut«, antwortete sie hastig. »Was ist denn passiert?«

»Ein Lastwagen ist mir draufgefahren und hat meinen Wagen gegen deinen geschoben. Es tut mir so leid.«

Sarah besaß nicht nur eine natürliche Abneigung gegen jeden Schlamassel, an dem sie beteiligt war, sondern hatte auch ein überaus ausgeprägtes Helfersyndrom. Sie musste diesen netten Menschen unbedingt beruhigen und die Panik aus seinem Gesicht vertreiben.

»Es geht mir gut. Wirklich. Es blutet kaum, siehst du? Es geht mir gut, ich schwöre es. Ich bin nur … Oje, mein armes Auto.«

Als sie sich umdrehte, sah sie, dass die hintere Stoßstange ihres Beetle halb abgerissen war. So ein Mist!

»Hör zu, ich werde für alles aufkommen, es war ganz klar meine Schuld. Das heißt, eigentlich war es der Typ hinter mir, aber für die Schäden an deinem Auto zahle *ich* natürlich. Komm doch kurz mit in mein Büro, dann können wir alles in Ruhe besprechen.«

Sarah schüttelte den Kopf. Autsch, das tat ganz schön weh. »Es tut mir leid, aber ich habe keine Zeit, mit in dein Büro zu kommen …«

»Oh, Entschuldigung, ich hätte es dir natürlich gleich erklären müssen. Ich bin Guy. Mir gehört das Reisebüro hier gleich an der Ecke.«

5. Kapitel

»Hey, wir haben uns schon Sorgen gemacht«, rief Laney, als die Tür aufging und Sarah erschien. Tash sah ihr Gesicht als Erste.

»Du lieber Himmel, hast du dir die Nase operieren lassen?«, kreischte sie.

Sarah schüttelte den Kopf. Tränen schossen ihr in die Augen. »Mit ist ein Auto hinten reingefahren. Auf der Pollokshaws Road. Sehe ich sehr schlimm aus?«

»Nein, nein, gar nicht«, antwortete Tash. »Wenn du ein Ringer wärst.«

Laney drohte Tash mit einem Lineal. »Gut, dass du nicht Krankenschwester geworden bist. Deine Einfühlsamkeit würde die Patientensterblichkeitsrate in ungeahnte Höhen katapultieren.« Sie war bereits aufgesprungen, um Sarah tröstend in den Arm zu nehmen. »Komm, setz dich erst mal. Dein Auge ist ganz schön blau. Und deine Nase ist wund. Und geschwollen. Warst du im Krankenhaus?«

Sarah schüttelte den Kopf. »Es geht schon. Ich brauche nur ein paar Eiswürfel zum Kühlen.«

Sofort lief Laney zum Kühlschrank, der in der kleinen Küche ihres Büros stand. Sie hatten ständig einen Vorrat an Eis da, weil jeder Kunde bei Vertragsabschluss einen Drink angeboten bekam. Tash nahm Laney den Kühler ab und schaufelte eine Handvoll Eiswürfel in ihren grauen Leoprint-Schal (für einen Zehner bei Ebay ersteigert, aber von Weitem sah er aus wie der von Louis Vuitton für sechshundert Pfund, den die Promis trugen) und drückte ihn vorsichtig an Sarahs Gesicht.

»Wer war das? Hat der- oder diejenige wenigstens sofort alles gestanden und den Führerschein abgegeben?«

»Autsch!«, jammerte Sarah. »Es war der Besitzer des Reisebüros an der Ampel in der Pollokshaws Road. Ja. Er war echt nett.«

»Hey, super!«, schrie Tash und drückte das Eispack vor lauter Aufregung ein bisschen zu fest an Sarahs Nase. Die schrie erneut auf.

»Wieso super?« Laney sah sie an.

»Er ist unserer Freundin reingefahren und hat sie schwer verletzt«, erklärte Tash. »Das bedeutet mindestens einen fetten Rabatt für vierzehn Tage Marbella. Bist du sicher, dass nicht doch was gebrochen ist?«, fragte sie Sarah mit gespieltem Mitleid. »Ich wollte schon immer mal nach Bora Bora.«

Sarah musste trotz ihrer Schmerzen lachen.

Der Türsummer ertönte und kündigte Besuch an. Laney nahm das pinkfarbene Telefon – für Stilfragen war Sarah zuständig – und rief fröhlich: »Der besondere Heiratsantrag, guten Tag!« Dann: »O ja, komm rauf. Zweiter Stock. Ich hole dich am Aufzug ab.«

Sie rutschte vom Schreibtisch und strich ihren Bleistiftrock glatt. Den hatte sie in einem Designerladen erstanden, ein Geschenk an sich selbst. Laney behandelte jeden Kunden mit größtmöglicher Professionalität. Nur so wurde ihre Agentur weiterempfohlen, und bei einem Start-up-Unternehmen wie ihrem war Mund-zu-Mund-Propaganda von unschätzbarem Wert. Das Unternehmen schrieb zwar schon heute eine schwarze Null, der Umsatz deckte sämtliche Ausgaben und ermöglichte den drei Partnerinnen sogar ein kleines Gehalt, aber Laney wollte mehr: Sie war fest entschlossen, die Agentur zu einem florierenden Geschäft zu entwickeln. Und dazu mussten sie sich jeden potenziellen Kunden sichern, der durch ihre Tür kam.

»Alles bereit?«, fragte sie und lief zur Tür.

»Jap. Ich kühle unseren Rocky-Verschnitt später weiter«, meinte Tash und nahm das Tuch mit den Eiswürfeln von Sarahs Gesicht.

»Wie wär's, wenn ich noch schnell eine Extraschicht Schminke auftrage?«, schlug Sarah vor. »Das müsste doch ausreichen, oder?«

Tash lachte. »Nur wenn du dein Gesicht zusätzlich unter einer Papiertüte versteckst.«

Laney wartete darauf, dass die Aufzugtüren sich öffneten. Dabei rief sie sich noch einmal das erste Telefonat mit der Kundin in Erinnerung. Ja, es handelte sich tatsächlich um eine Frau! Und das war einigermaßen ungewöhnlich. Neunundneunzig Prozent ihrer Kundschaft war männlich, nur einmal waren sie von einer Frau engagiert worden, die ihrem Angebeteten unbedingt beim Fallschirmspringen einen Heiratsantrag machen wollte. Der Ärmste brachte gerade noch ein Ja zustande, ehe er in einem Misthaufen landete …

Auch ein lesbisches Paar hatten sie mal betreut. Die zwei erinnerten sich bestimmt noch gern an ihren superromantischen Abend auf einer mondbeschienenen Dachterrasse inmitten eines weißen Blütenmeers. Es war wunderschön gewesen – eins von Laneys absoluten Lieblingsevents.

Aber die junge Frau, die für heute angekündigt war, hatte definitiv gesagt, dass sie ihrem Freund einen Antrag machen wolle. Normalerweise hatte Laney vor dem ersten Treffen schon mehr Infos, denn sie war gern gut vorbereitet. In diesem Fall hatte die Kundin jedoch keine Zeit gehabt, das Formular zurückzuschicken, das sie vorab per E-Mail erhalten hatte. Daraufhin hatte Laney ihr versichert, dass es ausreichend sei, wenn sie es zum Gespräch mitbrächte.

Der Beratungsprozess war normalerweise standardisiert.

Wenn Kunden Kontakt zu ihnen aufnahmen, wurden sie zu einem ersten Vorgespräch ins Büro oder – im Falle eines Kandidaten aus Übersee – zu einer Telefonkonferenz eingeladen. In der Zwischenzeit erhielten sie per E-Mail einen kurzen Fragebogen, in dem Details zur Beziehung und über Vorlieben und Abneigungen der jeweiligen Partner geprüft wurden. Dies wurde dann in dem persönlichen Gespräch weiter vertieft. Anschließend setzten die Mädels sich zusammen, um Ideen zu erarbeiten. Sarah war dabei eher die Kreativ-Romantische, Laney die Pragmatische, die auch die Finanzen im Blick hielt, und Tash das große Organisationstalent. Unermüdlich trieb sie alle an und zügelte vor allem Sarah, wenn sie sich mal wieder in allzu kitschige Fantasien verstieg. Zum Schluss wählte der Kunde einen der ihm präsentierten Vorschläge aus, unterschrieb an der mit einem Kreuzchen markierten Stelle, stieß mit ihnen auf den Vertrag an und fuhr dann nach Hause, um still und heimlich die Vorfreude auf den großen Augenblick zu genießen.

Für die Mädels begann ab diesem Zeitpunkt die Arbeit. Wenn der große Moment schließlich kam, ahnte keiner der anwesenden Personen, dass die drei bis sechs Uhr morgens geschuftet hatten, um Kunstschnee zu zaubern, mit einem Chor zu proben oder massenweise bunte Herzen zu stricken, die, jeweils mit einer Liebeserklärung versehen, an kleinen Ballons vom Himmel schwebten. Diese Nummer war echt toll gewesen, wenn man davon absah, dass drei der Ballons vom Wind verweht wurden, darunter einer mit der Botschaft »Ich möchte mich für den Rest meines Lebens in die geheimsten Stellen meiner kleinen Bubu kuscheln«.

Was die Preise angingen, bewegten sich die meisten Anträge eher am unteren Ende der Skala – ein paar hundert Pfund für wunderschöne, berührende Ereignisse. Tashs absoluter Favorit (es war natürlich auch ihre Idee) war die Aktion, bei der eine junge Frau zum Zorbing überredet worden war. Dabei war sie in einem riesigen transparenten Ball einen Hügel hinuntergerollt und in einem ebenso riesigen Berg aufblasbarer Buchstaben gelandet, die den Satz »Heirate mich, Daisy!« bildeten.

Mit den großen, extravaganten Events verdienten sie das eigentliche Geld. Die *Braveheart*-Inszenierung. Der Erbe eines Landguts in Perthshire, der sich einen Flashmob für seine Gartenparty gewünscht hatte, um seiner völlig ahnungslosen Freundin einen Heiratsantrag zu machen – die junge Frau, ein russisches Model mit eher begrenzten Englischkenntnissen, hatte schnell kapiert, was los war, als eine Miley-Cyrus-Kopie mit hundert Riesenwunderkerzen hüftschwingend auf sie zutanzte. Oder die Nummer mit dem Helikopterflug auf die Insel Skye. Ein sechzigköpfiges Orchester hatte in der Abenddämmerung mitten auf einem Feld die Mondscheinsonate gespielt, während ein äußerst nervöser Siebzigjähriger namens Hugh seiner Angebeteten aus Highschool-Zeiten, die er ein halbes Jahr zuvor auf Facebook wiedergetroffen hatte, einen Antrag machte. Sie sagte natürlich Ja. Sarah hatte auf dem gesamten Weg zurück nach Glasgow geheult. Ich wüsste mal gern, was du gemacht hättest, wenn sie Nein gesagt hätte, war Tashs trockener Kommentar dazu gewesen.

Noch nie hatte jemand Nein gesagt. Bisher hatte jeder Heiratsantrag zu ekstatischen, überwältigenden, hochemotionalen Reaktionen geführt. Aber für alle Fälle hatte Tash immer eine Flasche Scotch dabei.

Während Laney auf den Aufzug wartete, überdachte sie noch einmal das erste Telefongespräch mit der Kundin. Sie hatte wie Mitte zwanzig geklungen – und ziemlich aufgeregt. Kein Wunder! Laney verspürte jedes Mal ein ungeheures Prickeln, wenn ein neuer Kunde kam, ganz gleich, wie oft sie es schon erlebt hatte. Das war es, was ihre Aufgabe so spannend machte.

Das und die große Herausforderung, die sie immer wieder erwartete.

Ihre Kunden konnten verlangen, was sie wollten, sie würden Berge versetzen, um ihnen den Wunsch zu erfüllen. Und danach für immer ein Teil der Geschichte des Paares sein. Es war ein ganz besonderer Job, den sie machten. Und bisher waren noch alle, die aus diesem Aufzug gekommen waren, anschließend vom Ergebnis begeistert gewesen.

Wenn alles gut lief, war es ein Traum.

Als Laney noch einmal tief Luft holte und sich auf das nächste Kapitel in der Geschichte ihrer Agentur einstellte, ahnte sie nicht, dass sie schon bald feststellen sollte, dass es, wenn es schlecht lief, ein absoluter Alptraum war.

6. Kapitel

Tash beugte sich vor und schüttelte der neuen Kundin, die Laney ihnen gerade vorgestellt hatte, die Hand. Ihr freundliches Lächeln übertünchte alles, was sie in diesem Moment in Wirklichkeit dachte.

Okay, sie hatte langes blondes Haar, glatt und glänzend, es sah nach einer künstlichen Haarglättung aus, dafür löhnte man alle paar Wochen einige hundert Pfund, Geld schien bei ihr also keine Rolle zu spielen. Skinny Jeans von Armani, ein knappes Shirt, das ihre Kurven betonte, unechte Brüste. Darüber die Dolce-&-Gabbana-Jacke, die letzte Woche bei diesem sündhaft teuren Designer-Store an der Ingram Street im Schaufenster ausgestellt war. Die schwarzen Stiletto-Ankleboots sahen ebenfalls teuer aus. Die Tasche war von Stella McCartney, metallicfarben mit Silberkettchen. Perfektes Make-up, breites, strahlend weißes Lächeln, ein Bild absoluter Perfektion.

Tash hasste sie auf den ersten Blick.

Laney liebte sie auf den ersten Blick.

Und Sarah musste erst mühsam durch die Schwellung hindurchblinzeln, daher konnte sie sich so schnell keine Meinung bilden.

»Cara Deacon«, stellte die junge Frau sich vor, mit einer Stimme, die absolute Selbstsicherheit ausstrahlte. Dann wandte sie sich an Sarah. »Nasenkorrektur oder Tränensackentfernung?«, fragte sie nüchtern. Offenbar waren solche Prozeduren in ihrem Leben völlig normal.

»Autounfall«, antwortete Sarah.

»Oh.« Cara zuckte mit den Schultern. »Das geht vorbei.«

Eine Sekunde überlegte Tash, ob sie gerade ihre eigene böse Zwillingsschwester vor sich hatte. Nur mit teureren Schuhen. Sie versteckte ihre River-Island-Treter aus dem Ausverkauf unter der Couch und verfluchte sich dafür, dass sie ausgerechnet an diesem Tag nicht ihre spektakulären Jimmy Choos angezogen hatte.

»Bitte, setz dich«, meinte Laney und übernahm die Gesprächsführung. »Darf ich dir Kaffee, Tee oder ein Glas Sekt anbieten?«

»Kaffee, danke. Habt ihr einen Skinny Latte?«

»Klar.« Gut, dass sie für ihre Dolce-Gusto-Maschine Kapseln in allen Geschmacksrichtungen hatten.

»Ich geh schon«, bot Tash an und flüchtete mit ihren minderwertigen Schuhen aus dem Zimmer.

Sie machten ein bisschen Smalltalk übers Wetter, bis Tash mit vier dampfenden Kaffeetassen zurückkam. Tash setzte sich zu Laney auf das hellgraue Samtsofa, Cara und Sarah saßen auf der Couch gegenüber. Der Gastfreundlichkeit war Genüge getan.

Laney zog ihren silbernen Kugelschreiber hervor – ein Geschenk ihres Dads zur Agentureröffnung – und legte ihn auf das noch unbeschriebene Klemmbrett auf ihrem Schoß, bereit zu starten.

»Also, Cara«, begann sie lächelnd. »Hast du uns den Fragebogen mitgebracht, den wir dir zugeschickt haben?«

Cara griff in ihre oversized Handtasche und zog einen Folder heraus, der die benötigten Dokumente enthielt.

»Super, danke. Wir gehen ihn gleich kurz durch. Vielleicht können wir damit beginnen, dass du uns ein bisschen über deine Beziehung erzählst und darüber, was dich zu uns geführt hat.«

Cara lächelte, entblößte ihre perfekten weißen Veneers und

nickte. »Klar. Also, die Sache ist die: Ich habe selbst keine Zeit, etwas Spektakuläres zu organisieren, und es muss totaaal irre werden. Cameron verspricht mir seit Jahren, mir einen Heiratsantrag zu machen, aber ich weiß am besten, was ich will, daher habe ich beschlossen, die Sache selbst in die Hand zu nehmen. Schließlich geht es hier um mich, oder? Nicht um den Typen. Dem ist doch wie allen anderen Männern totaaal egal, was passiert, Hauptsache sie kriegen uns am Ende. Ich weiß schon lange, wie ich mir meinen Antrag vorstelle. Anstatt also ständig irgendwelche Tipps und Hinweise zu geben und zu hoffen, dass er sie schnallt, organisiere ich es einfach selbst.«

So viel Durchsetzungsvermögen nötigte selbst Tash Respekt ab. Erstaunt sah sie die junge Frau an. Wie viel Selbstsicherheit brauchte man für diese Anspruchshaltung und diese Arroganz?

Sarah war entsetzt. Wo blieb denn die Romantik? Die Liebe? Cara drehte sich ja nur um sich selbst. Sie war froh, dass ihr Zustand ihr die perfekte Entschuldigung lieferte, einfach mal die Klappe zu halten.

Laney dagegen reagierte ganz pragmatisch. Wenn eine Person so genau wusste, was sie wollte, erleichterte ihnen das die Planung enorm. Auch wenn natürlich ein gewisses Risiko bestand, dass etwas den Bach runterging, weil ein Detail nicht so umgesetzt wurde wie bestellt. Umso mehr mussten sie darauf achten, dass alles perfekt lief.

»Ich bin viel unterwegs, müsst ihr wissen. Ich arbeite als Fashion-Stylistin, Fotoshootings, Musikvideos, all so ein Zeugs – und mein Liebster ist ebenfalls totaaal viel auf Reisen.«

»Wie stellst du dir denn den Moment konkret vor? Kannst du uns das vielleicht kurz skizzieren?« Tash konnte ihre Neugier nicht mehr zurückhalten, auch wenn ihr das einen bösen Blick von Laney einbrachte, die gern zunächst alle Hintergrundinfos abklärte.

»Okay, ja, also …« Cara unterstrich ihre Worte mit aufwendigen Gesten ihrer sorgfältig manikürten Hände. »Wie *Sex and the City*. Wir fliegen erster Klasse nach New York, eine Limousine holt uns vom Flughafen ab. Aber keine dieser verschlissenen Junggesellinnenabschiedskisten. Ich rede von einem eleganten schwarzen Wagen, echte Klasse eben. Die Limousine fährt uns ins Carlyle. Ich hab mal irgendwo gelesen, dass Jennifer Lopez immer dort absteigt, wenn sie in New York ist, das müsste also passen. Wir gehen hinauf ins Zimmer, wo überall Rosenblütenblätter verteilt sind, und bleiben dort bis abends. Wenn die Limousine uns wieder abholt, trage ich ein rotes Kleid von Marchesa, Schuhe von Manolo Blahnik, eine rote Judith-Leiber-Clutch …«

»Hm …«

Sarah seufzte sehnsüchtig. Ihre Reserviertheit gegenüber dieser Frau war nach all der Romantik, die sie soeben beschrieben hatte, verschwunden.

Tash konzentrierte sich darauf, angesichts der dramatischen Schilderung nicht zu sehr die Augen zu verdrehen. Krampfhaft dachte sie an ihren Kaffee, an die Nippel ihres nackten Nachbarn, daran, dass sie sich dringend einen Job suchen musste, der mehr zu ihrer Persönlichkeit passte. Zum Beispiel bei der Polizei. Wilde Verfolgungsjagden und Schießereien war eher ihr Ding.

Cara war nun gar nicht mehr zu halten, ihr Gesicht glühte vor Aufregung. »So totaaal wie Carrie Bradshaw. Wir fahren zum Museum of Modern Art und trinken unterwegs Champagner. Auf der Treppe vor dem Museum gibt es Musik.«

»Ich nehme an, du meinst das Metropolitan Museum of Art? Diesen alten Prachtbau mit den vielen Stufen.«

Laney wusste, dass Sarah Cara keineswegs belehren, sondern nur das richtige Bild vor Augen haben wollte.

Cara dachte einen Moment nach. »Jap, du hast recht. Ich verwechsle diese ganzen Kultursachen immer. Aber ich meine, wer tut das nicht?« Sie hielt kurz inne, um ihre Fantasie neu zu beleben. Und weiter ging es. »Also, Musik auf der Treppe. Geigen und all so was. Und eine Harfe. Eine Harfe hätte echte Klasse.« Laneys Unruhe wuchs von Sekunde zu Sekunde. Wie zum Teufel sollten sie eine Harfe auf die Treppe einer der größten Sehenswürdigkeiten New Yorks bekommen? Und wie viele Vorschriften würden sie damit brechen? »Und die Stufen sind natürlich auch voller Blütenblätter. Weiße dieses Mal.« Laney fügte gedanklich eine Anklage wegen Verunreinigung hinzu. »Und dann kommt jemand vorbei … jemand richtig Berühmtes natürlich. Oder vielleicht ein Butler? Und der gibt meinem Schatz den Ring, und er sinkt auf die Knie und bittet mich, nein, er fleht mich an, ihn zu heiraten.« Cara machte eine kurze Pause und wischte sich mit dem Handrücken über die feuchten Augen. »Danach gibt es natürlich noch ein Feuerwerk. Und er hebt mich hoch und trägt mich die Treppe runter …«

Laneys praktischer Verstand arbeitete wie besessen. Für ein Feuerwerk brauchte man eine offizielle Genehmigung. Und um eine erwachsene Frau in einem langen Kleid die Stufen des Metropolitan hinunterzutragen, brauchte man einen Sanitäter.

»Und dann entführt Cam mich in die Bar des Mandarin Oriental, wo wieder Champagner auf uns wartet. Anschließend dinieren wir im Asiate, dem Restaurant mit Blick auf den Park, danach fahren wir zurück ins Carlyle und …« Ohne es zu merken, waren die anderen näher gerückt und klebten an Caras Lippen. »… und da vögel ich ihn, bis ihm Hören und Sehen vergehen. Oh, sorry. Das war jetzt TMI, aber genau so stelle ich es mir vor.«

»TMI?« Sarah sah Cara verständnislos an.

»Too much information«, klärte Tash sie auf. Ihre Mundwinkel bebten. Jetzt bloß nicht lachen, dachte sie. »Aber nein, das ist ein absolut wichtiges Element der Planung. Auch wenn wir an der Stelle natürlich nicht mehr verantwortlich sind.«

Laney griff vorsichtshalber ein, wer wusste schon, was als Nächstes aus Tashs Mund kommen würde. »Ich finde, es klingt super«, versicherte sie Cara. »Und absolut umsetzbar. Vielleicht müssen wir die eine oder andere Kleinigkeit etwas an die New Yorker Gesetzgebung anpassen ...« Caras Gesichtsausdruck veränderte sich schlagartig. Sie zog einen Schmollmund und wirkte auf einmal gar nicht mehr gut gelaunt. Laney bemerkte es und redete rasch weiter. »Aber wir werden natürlich alles tun, um es genau nach deinen Wünschen zu gestalten.«

Den Auftrag würden sie sich nicht durch die Lappen gehen lassen, unter keinen Umständen. Das war eine richtig große Sache, und sie konnten ordentlich Geld verdienen – ganz abgesehen davon, dass es sich auf ihrer Website und bei YouTube richtig gut machen würde. Laney zweifelte keine Sekunde daran, dass Cara ihnen erlauben würde, sämtliches Film- und Fotomaterial anschließend zu nutzen.

Das war einer der Gründe, weshalb sie ihren Job so liebte. Weshalb es sich gelohnt hatte, die aussichtsreiche Karriere als Pharmareferentin aufzugeben und ihre besten Freundinnen zur Gründung der Agentur zu überreden.

»Also, Cara, wann soll das Ganze denn stattfinden?«

»Am letzten Wochenende dieses Monats«, antwortete sie, ohne zu zögern und ohne die erschrockenen Blicke der anderen drei auch nur zu bemerken.

Tash rechnete hastig nach. Das waren noch genau drei Wochen. Im selben Zeitfenster mussten sie zwei weitere große Events organisieren, eins in Inverness und eins am Glasgower Bahnhof in der Queen Street. Außerdem gab es noch ein paar kleinere Buchungen, die aber alle nur einen Tag Vorbereitung brauchten. Es würde eng werden, sie konnten es allerdings schaffen.

»Sicher wirst du verstehen«, sagte Laney, »dass wir noch über das Budget reden müssen. Einige der von dir gewünschten Elemente sind nicht ganz preiswert.«

Cara zuckte mit den Schultern. »Kein Problem. Er hat mir eine Kreditkarte gegeben und gesagt, ich könne sie für alles benutzen. Bestimmt freut er sich, wenn ich damit so was totaaal Irres für uns beide organisiere.«

»Na, super.« Laney machte innerlich einen Luftsprung. Eine Kreditkarte ohne Limit war ein echt hilfreiches Accessoire für ihre Arbeit. »Dann sollten wir noch schnell das Formular durchgehen, das du ausgefüllt hast, und danach den Papierkram erledigen, damit wir zügig mit der Arbeit beginnen können.«

»Ach, und natürlich wüsste ich noch gern, wie du zu uns gekommen bist«, ergänzte sie und überflog bereits die Seite.

Name: Cara Deacon

Name des Partners: Cameron …

Laney stockte. Sie starrte auf den Namen.

»Also, das war wirklich krass …«, plapperte Cara. »Ich habe eure Karte in der Brieftasche meines Freundes gefunden.«

»Wow!« Sarah war ganz aufgeregt. »Glaubst du, dass er auch vorhat, dich mit einem Antrag zu überraschen, so wie du ihn überraschen willst? Wir sollten auf jeden Fall checken, ob er nicht schon bei uns war. Wäre das nicht irre?«

Cara nickte. »Oh, ja, das wäre echt totaaal irre.«

»Cara, was macht dein Freund denn beruflich? Du sagtest, er würde viel reisen.«

Sowohl Tash als auch Sarah hörten das Zittern in Laneys Stimme und blickten erstaunt auf.

»Er ist Trainer. Einer, der von großen Unternehmen engagiert wird, die die Arbeitsleistung ihrer Mitarbeiter steigern wollen.

Das hat mich von Anfang an totaaal fasziniert. Er ist super clever und kann echt irre gut mit Menschen umgehen.«

»Ja, da bin ich mir sicher.«

Fragen explodierten in Laneys Kopf, während sie weiter auf den Namen auf dem Formular vor ihr starrte. Cameron Cochrane. Der Name des Mannes, von dem sie sich am Morgen verabschiedet hatte.

Gab es zwei Cameron Cochranes? War die Wahrscheinlichkeit, dass der zweite Cameron Cochrane ebenfalls NLP-Trainer war, hoch?

Und wenn die Antworten auf diese beiden Fragen Nein und nochmal Nein lauteten, wieso zum Teufel erklärte ihnen dann diese junge Frau vor ihnen, wie sie ihrem Ehemann einen Heiratsantrag machen wollte?

7. Kapitel

»Und für wen arbeitet er?« Laney fröstelte, und ihre Hände zitterten, obwohl sie mit aller Macht versuchte, Haltung zu bewahren.

»Euromind Incorporate. Angeblich das Topunternehmen auf dem Gebiet.«

»Aber …« Tash stockte, als auch ihr allmählich etwas dämmerte.

Laney hörte nur noch Rauschen. Ohrenbetäubendes Rauschen. Es schien irgendwo tief aus ihrem Innern zu kommen. Das Gefühl drohte sie zu überwältigen, aber im nächsten Moment spürte sie etwas ganz anderes – Kälte. Sie machte sich in ihr breit und sorgte dafür, dass ihre Hysterie sich im Bruchteil einer Sekunde in eine große Ruhe verwandelte. Sie stand auf, hinderte Tash damit am Weitersprechen, ignorierte die Verwirrung in Sarahs geschwollenem Gesicht und konzentrierte sich nur auf die nächsten dreißig Sekunden. Ein Reflex setzte ein, der sie warnte, die Gefahrenstelle sofort zu verlassen. Lass sie. Tu irgendwas, um Zeit zu gewinnen und den nächsten Schritt zu überlegen.

»Okay, Cara. Wir kriegen das hin. Die Kontodaten stehen unten auf dem Formular. Wir stellen dir die Grundgebühr in Rechnung und kommen in ein paar Tagen mit einer detaillierten Kostenaufstellung auf dich zu.«

»Laney …«, Tash versuchte erneut etwas zu sagen, aber sie wurde sofort unterbrochen.

»Mach dir keine Sorgen um irgendwas. Ich denke, mit den schriftlichen Angaben und allem, was du uns heute hier erzählt hast, haben wir eine ziemlich genaue Vorstellung davon, wie alles ablaufen soll. Überlass es einfach uns.«

Cara lächelte zufrieden, erhob sich elegant auf ihren schwindelerregend hohen Ankleboots und fiel Laney um den Hals.

»Vielen, vielen Dank. Ich war vorher irgendwie so unsicher, aber jetzt, wo ich euch alle kennengelernt habe, weiß ich, dass es totaaal fantastisch wird. Ich dachte, ihr wärt vielleicht alle spießig, aber das seid ihr gar nicht. Ich glaube, es wird totaaal irre.«

»Total irre«, bestätigte Laney und führte Cara zur Tür. Heute würde es definitiv keinen Schampus geben.

»Ich treffe ihn gleich, und es wird mir soosoo schwerfallen nichts zu sagen. Aber es soll ja eine Riesenüberraschung werden.« Cara kicherte.

Laney öffnete die Tür und hielt Cara die Hand hin. »O ja, ganz bestimmt wird es das.«

Als sich die Aufzugtüren endlich schlossen, spürte sie, wie ihr Körper von einer Taubheit ergriffen wurde, die von ihrem Herzen ausging und die jeden Nerv lähmte.

War die letzte halbe Stunde wirklich passiert?

Cara Deacon wollte Cameron Cochrane einen Heiratsantrag machen? Dem Mann, mit dem sie noch am Morgen Sex gehabt und der ihr gesagt hatte, er liebe sie abgöttisch, als sie sich von ihm verabschiedet hatte?

Irgendwie gelang es Laney, ins Büro zurückzuwanken, wo Tash und Sarah mit völlig konfusen Gesichtern warteten. Als die Tür zu war, reagierte Tash auf die für sie typische besonnene Art.

»Was war das denn?«, kreischte sie. »Bist du völlig verrückt geworden?«

Sarah war ein bisschen weniger spontan, sie zog es vor, erst die Sachlage zu prüfen, ehe sie ausrastete.

»Spinn ich, oder hat sie gerade ernsthaft verlangt, dass wir ihren Heiratsantrag für Cameron organisieren. Für *deinen* Cameron?«

Es dauerte einen Moment, ehe Laney antworten konnte. Wie ein Roboter trottete sie zur Couch, ließ sich fallen und atmete tief durch.

»Ich habe nicht den blassesten Schimmer, was hier vor sich geht«, flüsterte sie benommen. »Will uns jemand verulken? Erlaubt sich Cam einen Scherz mit mir? Ist das hier vielleicht Versteckte Kamera? Ich verstehe das alles nicht.«

Hinter ihr hörte man Geraschel. Tash suchte die Pflanzen nach verborgenen Kameras ab. Es musste sich um einen Scherz handeln. Irgendeinen geheimen Plan. Aber gehörten geheime Pläne nicht eigentlich zu *ihrem* Job?

Sarah hatte ihren Unfall längst vergessen. »Aber wieso hast du denn nichts gesagt? Wieso hast du nicht nachgefragt? Und ihr die nicht ganz unwichtige Tatsache erklärt, dass der Typ, dem sie demnächst einen Heiratsantrag machen will, bereits verheiratet ist? Nämlich mit dir!«

Laney sagte lange gar nichts. »Ich weiß es nicht. Ich schätze, ich wollte einfach nur ... Ich weiß auch nicht. Ich konnte nicht. Ich wollte einfach nur, dass sie erst mal von hier verschwindet.« Sie war zuständig für Organisation. Planung. Strategie. Rationale Entscheidungen. Sie war nicht zuständig für verdammte Riesenkatastrophen, die einfach so in ihr Leben stürzten. »Ich musste nachdenken.«

»Worüber?«

Hektisch lief Tash auf dem cremefarbenen Teppich hin und her. Sarah setzte sich neben Laney und legte die Hand auf ihre, um ihr die einzige Form von Unterstützung zu geben, die ihr einfiel.

»Über das, was hier abläuft. Sie machte einen völlig ernsten

Eindruck, oder? Aber es muss sich um einen Scherz handeln. Einen verdammten scheißblöden Scherz.«

Tash griff nach Jacke und Tasche. »Das werde ich herausfinden. Ihr bleibt, wo ihr seid. Ich bin gleich zurück.«

Sie war schon aus der Tür, und Laney wäre ihr am liebsten hinterhergelaufen, aber ihre Beine wollten ihr nicht gehorchen. Beim Yoga hatte sie gelernt, sich auf ihre Atmung zu konzentrieren, und das tat sie nun. Sie blendete alle Gedanken aus, bis ihr Herzschlag wieder halbwegs normale Werte erreicht hatte.

Aber was war noch normal? Normal war, sich am Morgen liebevoll von Cam zu verabschieden. Normal war, einen Ehemann zu haben, der mehr unterwegs als zu Hause war, dies aber dadurch wettmachte, dass er ein sensationeller Liebhaber war und ihr bester Freund. Normal war, eine Familie zu planen und auf den Eisprung zu warten und Sex zu jeder Tageszeit zu haben.

Das war normal.

Denk nach! Es muss sich um einen Irrtum handeln. Oder eine Erklärung geben, die völlig harmlos ist.

»Okay, da scheint also irgendwas Seltsames vor sich zu gehen.« Laney dachte eher laut, als dass sie mit Sarah sprach, die kurz in die Küche gegangen war und nun mit einem Glas Sekt zurückkam. Laney nahm das Glas, ohne aufzuschauen. »Entweder ist das Ganze ein Scherz und Cam steckt dahinter, was er superwitzig findet, und dann werde ich ihn umbringen, denn das ist es ganz und gar nicht, oder es gibt zwei Cameron Cochranes, die zufällig beide bei Euromind abeiten. Schließlich ist es ein großes Unternehmen. Seltsam nur, dass er das nie erwähnt hat.«

»Aber es ist nicht unmöglich«, beharrte Sarah. Ihr Bedürfnis, die Dinge bedingungslos positiv zu sehen, hatte inzwischen wieder die Oberhand gewonnen.

»Nein, ist es nicht. Aber doch eher unwahrscheinlich.« Laney schüttelte den Kopf. »Vielleicht handelt es sich ja um eine dieser spaßigen Fernsehshows. Wetten, jeden Moment kommt irgend so ein Witzbold von MTV herein?«

»Vielleicht.« Sarah schaute hoffnungsvoll zur Tür.

»Oder vielleicht … vielleicht … hat er eine Affäre, Sarah …«

Zum ersten Mal füllten sich Laneys Augen mit Tränen, und Sarah erlebte etwas, das sie noch nie zuvor erlebt hatte. Ihre besonnene, überlegene, supercoole Freundin sah sie hilflos an.

»Nein, das kann nicht sein. Ehrlich nicht, Laney. Das würde er dir niemals antun. Cam liebt dich doch.«

Bis vor einer halben Stunde hätte Laney das auch behauptet. Jetzt hatte sie plötzlich eine Höllenangst, dass sich herausstellen könnte, dass sie sie irrte.

8. Kapitel

Tash warf einen kurzen Blick auf das Display neben dem Aufzug. Er befand sich gerade im Erdgeschoss. Instinktiv beschloss sie, nicht zu warten. Sie streifte ihre Schuhe ab und rannte zum Treppenhaus. Als sie unten ankam, stand ihre Lunge kurz vorm Platzen.

Herrje, sie brauchte dringend eine Kippe.

Im Eingangsbereich war niemand zu sehen. Über die Mosaikfliesen hüpfend zog Tash sich die Schuhe wieder an, dann lief sie durch die Tür hinaus ins Freie. Die Ingram Street war voller Menschen, die ihre Mittagspause nutzten, um schnell eine Kleinigkeit zu essen oder kurze Erledigungen zu machen. Hastig schaute sie nach rechts und links, aber keine Spur von der Blondine, die noch wenige Minuten zuvor in ihrem Büro gesessen hatte.

Mist! Wieder raus aus den Schuhen. Tash kletterte auf einen großen Blumenkübel, der vor dem Eingang ihres Bürogebäudes stand. Das Ding wackelte bedenklich, und sie hatte alle Mühe, das Gleichgewicht zu halten, während sie angestrengt nach rechts spähte und die Straße absuchte. Nichts.

Verflucht! Cara saß vermutlich längst in einem Taxi und war über alle Berge. Tash drehte den Kopf zur anderen Seite und stellte sich auf die Zehenspitzen und … Die Dolce-&-Gabbana-Jacke! Da war sie! Sie war ungefähr hundertfünfzig Meter entfernt und bewegte sich in Richtung Royal Exchange Square. Okay, Cara würde in diesen Schuhen nicht weit kommen. Sie würde sicher gleich in einem der Restaurants am Platz verschwinden. Tash sprang hinunter und begann loszulaufen. Bestimmt hielten die Leute sie für eine flüchtige Ladendiebin, die zwei Strumpfhosen unter ihrem Shirt versteckte.

Schweißperlen standen ihr auf die Stirn, als sie das Ende der Straße erreichte. Denk nach! Los! Wo könnte sie hinwollen? Am nächstliegenden war der Princess Square – eine noble Shoppingmall mit vielen trendigen Bars und Restaurants. Aber das Parken dort war ein Albtraum, und sie konnte sich nicht vorstellen, dass Cam je mit öffentlichen Verkehrsmitteln in die Stadt fuhr. Das Hyperion! Laney hatte mal erwähnt, dass er Mitglied in diesem Businessklub war und regelmäßig dort zum Lunch verkehrte. Es war nur ein paar hundert Meter entfernt, und in der Nähe gab es viele Parkmöglichkeiten. Yep, das war genau der Ort, wo sich ein betrügerisches Schwein, das gern auf großen Macker machte, mit seinem Liebchen treffen würde.

Tash wusste auch nicht, wieso sie Cam noch nie leiden konnte. Irgendwas an ihm führte immer dazu, dass sich ihre Nackenhärchen aufrichteten. Er war einfach zu schön, zu selbstgefällig, zu glatt, zu charmant. Ganz im Gegensatz zu Sarahs Leo, der einfach nur ein mit sich selbst beschäftigter Idiot war und Sarah wie ein Stück Mist behandelte.

Aber vielleicht irrten sie sich ja auch. Vielleicht gab es für alles eine völlig harmlose Erklärung, und sie würden später darüber lachen. Für Laney wünschte sie sich das sehr. Auch wenn sie Cam für ein Arschloch hielt, ihrer Freundin würde es das Herz brechen, wenn an der Sache was dran war.

Sie mussten sich einfach täuschen. Es musste sich um ein Missverständnis handeln.

Mit aufreizendem Augenaufschlag pfuschte Tash sich am Türsteher vorbei, doch sie sah schon von Weitem, dass die Tussi am Empfang sie nicht so einfach durchlassen würde. Der Klub war exklusiv und nur Mitgliedern vorbehalten. Aber wenn sie jetzt hier in der Lobby hängen blieb, waren die letzten zehn

Minuten Schweiß und Anstrengung umsonst gewesen. Außerdem war es völlig ausgeschlossen, dass sie ohne Ergebnis zu Laney zurückkam.

Die Dreißig-und-noch-was-jährige perfekt durchgestylte Gwyneth-Paltrow-Kopie sah sie an. Mit dem tödlichen Blick einer Person, die sich völlig sicher war, am längeren Hebel zu sitzen.

»Kann ich Ihnen behilflich sein?«

Tash lächelte. »Ich müsste mal kurz ins Restaurant, um meinem Chef eine Nachricht zu überbringen. Dauert höchstens zwei Minuten. Danach bin ich sofort wieder weg.«

»Tut mir leid ...«, begann Gwyneth, wobei ihre arrogante Stimme nur allzu deutlich machte, dass es genau das nicht tat, »... aber hier haben nur Klubmitglieder Zugang. Wenn Sie mir bitte sagen, zu wem Sie genau möchten, kann ich die Nachricht gern für Sie weiterleiten.«

Blöde. Arrogante. Schnepfe. Die Sorte Frau, die nie ohne BH rumlief oder ins Bett ging, ohne vorher ein striktes Fünfzig-Minuten-Programm aus reinigen/klären/erfrischen/cremen absolviert zu haben.

Das Pling des Aufzugs zehn Meter neben ihnen bot Tash die Gelegenheit. »Danke, Sie sind ein Schatz. Sicher wissen die meisten Menschen Ihre übergroße Freundlichkeit sehr zu schätzen. Aber ich erledige das lieber selbst.«

Gwyneth' Gesicht verzog sich zu einer wütenden Grimasse, als Tash einfach quer über den roten, flauschigen Teppich der Lobby lief, sich an den beiden Anzugträgern vorbeidrückte, die gerade aus dem Aufzug kamen, darin verschwand und zusah, wie sich die schweren Türen lautlos schlossen.

Im Aufzug gab es nur einen Knopf. Tash drückte drauf und war Sekunden später im ersten Stock. Die Türen öffneten sich zu einer großzügigen Restaurantebene mit schweren Leuchtern und Stuck an der Decke. Aus den großen Fenstern konnte man auf die kleinen Menschen auf der Straße blicken. Tash hasste solche Orte. Elitär. Pompös. Selbstgefällige, arrogante Typen und hohle Tussen mit dicken Brillis, die sich mit Männern abgaben, die doppelt so alt waren wie sie selbst. Nicht dass sie Vorurteile hätte und zu vorschnellen bösen Verurteilungen neigte.

Sie sah den Maître zum Telefon greifen, kurz nicken und dann den Blick genau auf sie richten. Verflixt. Gwyneth hatte offenbar Großalarm ausgelöst. Tash begriff, dass ihr nur Sekunden blieben, bis sie auf unwürdige Art und Weise hinauskomplimentiert würde. Zum Glück war es noch früh, daher gab es nur wenige besetzte Tische. Da! Da war sie! Cara Deacon schüttelte ihre blonde Mähne und strahlte den Mann an, der ihr gegenübersaß. Sie erzählte ihm garantiert gerade irgendeine totaaal irre Geschichte. Dem Mann, der aussah wie eine ältere Ausgabe dieses *Top-Gun*-Typen. Das Miststück war Cam Cochrane.

Er lachte nun auch. Die beiden sahen aus wie eines dieser perfekten Paare, die man aus Hotelwerbeprospekten kennt. Hier sind Mr. und Mrs. Perfekt nackt im Whirlpool. Wie locker und unbefangen sie sich im heißen Wasser bewegen. Oh, hier sind sie jetzt in ihrem Standard-Superior-Zimmer und lassen sich gar nicht anmerken, dass Mr. Perfekt soeben im Bad gefurzt hat. Ah, da sind sie schon wieder, im Restaurant, wo sie sich gegenseitig gratulieren, weil sie so unglaublich schön sind und so viel Geschmack bei der Partnerwahl bewiesen haben.

Tash zog sich hastig zurück und machte dem Maître ein Zeichen, dass sie verduftete. »Ganz cool bleiben, ich bin schon weg. Hab gerade festgestellt, dass ich meine Wasserpistole vergessen habe. Ich werde Ihr Restaurant ein anderes Mal stürmen«, zischte sie ihm zu, während die Türen aufglitten und sie rückwärts hineinging.

Gwyneth wartete wutschnaubend an ihrem Desk. Tash hob

lässig die Hand und marschierte an ihr vorbei. »Schon gut, Schätzchen, mach dir nicht ins Höschen, ich bin ja schon weg.«

Draußen, in der Mittagssonne, holte sie tief Luft und ballte die Hände zu Fäusten. Sie brauchte dringend einen Plan, wie sie mit dem, was sie gerade gesehen hatte, umging. Musste den nächsten Schritt überlegen. Und vor allem musste sie weg von diesem versnobten Restaurant, ehe sie ihrem Impuls folgte und noch einmal hineinging, um Cameron Cochrane so dermaßen in den Hintern zu treten, dass er von einer holzvertäfelten Wand zur anderen flog.

9. Kapitel

Laney brauchte gar nicht erst zu fragen. In der Sekunde, als sie Tashs angespannten Kiefer sah, wusste sie Bescheid.

Sie fragte trotzdem. »War er es?«

Tash nickte. »Sie sind im Hyperion.«

»Hast du ihn umgebracht?«, fragte Sarah völlig ernst.

Tash schüttelte den Kopf. »Wollte ich erst, aber dann hab ich's doch nicht getan. Er hat mich nicht gesehen. Ich war mir nicht sicher, was du willst, Laney, aber ich hätte große Lust, sofort wieder hinzugehen und ...«

Ein erstickter Laut drang aus Laneys Kehle. Sie schloss die Augen, um die Welt um sie herum auszublenden. Tränen kamen keine. Ihre emotionalen Rezeptoren schienen ebenso wie alles andere in ihr völlig taub zu sein.

»Nein. Tu das nicht. Ich ...«

Ihr Kopf schmerzte. Richtig heftig. Als ob irgendein Ungeheuer ihre Schläfen zusammenpressen würde. Sie wartete darauf, dass ihr Kopf platzte und Blut und Hirnmasse an die Wände spritzten. Das alles war aber nicht annähernd so schlimm wie der Schmerz in ihrer Brust.

Cameron. Ihr Cameron.

Es musste ein ganz übler Scherz sein, aber niemand lachte.

»Laney, ich ...« Sarah wollte etwas sagen, doch Laney unterbrach sie.

»Moment. Lass mich eine Sekunde nachdenken.« Verzweifelt versuchte sie irgendeine Form von Ordnung, irgendein System in ihren Kopf zu kriegen.

Was machte Cameron überhaupt hier? Er hatte doch heute

Morgen das Haus verlassen und war direkt zum Flughafen gefahren, um nach Birmingham zu fliegen. Wieso war er immer noch in Glasgow, dazu in einem Edelklub mit einer lebenden Barbie-Puppe?

Es musste sich um einen Traum handeln. Es konnte nicht wahr sein. Jeden Moment würde sie aufwachen, und dann begann ein neuer Tag und die Sonne schien. Sarah hatte kein blaues Auge, Tash lief nicht hektisch im Zimmer auf und ab und versuchte ihre Mordgelüste unter Kontrolle zu bringen, und ihr Ehemann war immer noch monogam. War das denn wirklich zu viel verlangt?

Sarah schenkte ihr Sekt nach, aber sie konnte nichts mehr trinken. Schon vom Geruch wurde ihr ganz übel. Hatten sie und Cam nicht erst gestern Abend eine Flasche Rioja zusammen getrunken, ehe sie ins Bett gegangen waren und …

O Gott, jetzt musste sie sich tatsächlich übergeben. Laney atmete dreimal tief durch und kämpfte mit aller Macht dagegen an.

Tash war die Erste, die wieder etwas sagte. »Okay, ich versuche wirklich, die helfende Freundin zu sein, die Besonnene, aber verdammt noch mal …« Sie hatte die Schuhe abgestreift, ihr Haar war nach dem spontanen sportlichen Einsatz völlig zerzaust, ihr knallroter Lippenstift war verschmiert. »Laney, lass uns sofort in den Klub gehen und ihn und diese kleine Miss Gucci zur Rede stellen. Vielleicht gibt es ja eine völlig harmlose Erklärung für alles. Vielleicht ist er wirklich ein betrügerisches Schwein und verdient, dass man ihm die Eier abschneidet. Wenn wir jetzt gehen, wissen wir es wenigstens.«

Sarah schüttelte den Kopf. »Nein, Tash, ich glaube nicht, dass es eine gute Idee ist, eine Riesenszene zu machen. Ich meine, wenn wir da reingehen, würde das in einer Katastrophe enden …«

»Es ist bereits eine Katastrophe, verdammt!«, brüllte Tash, die Hände angriffslustig in die Hüften gestemmt.

»Ja, aber vielleicht gibt es doch noch eine weniger aufsehenerregende Möglichkeit herauszufinden, was los ist. Mit nicht ganz so viel Öffentlichkeit.«

»Wieso? Wieso spielt das eine Rolle? Cam verdient jede nur erdenkliche Form von öffentlicher Erniedrigung. Wir sollten ihm ein Schild um den Hals hängen, auf dem steht: Ich bin ein Lügner und Betrüger! Ich werde eins basteln. Aber jetzt müssen wir ihn zuallererst zur Rede stellen und die Angelegenheit regeln.« Dabei war sich Tash bei jedem Wort, das aus ihrem Mund kam, schmerzlich bewusst, dass es nichts zu regeln gab.

»Nein.«

Laney sprach zum ersten Mal – mit einer Stimme, die nicht zu ihr zu gehören schien. Sie nahm ihr Handy vom Tisch und drückte eine Kurzwahltaste. Wenn sie seine Stimme hörte, würde sie Bescheid wissen. Ihr innerer Lügendetektor würde anspringen, und sie würde genau wissen, was los war.

Beim zweiten Klingeln war er dran. »Hey, Baby, bleib kurz dran, ja?«

O Gott! Wie oft hatten ihre Telefonate genau so begonnen, und wieso hatte sie sich niemals gefragt, ob das etwas zu bedeuten hatte? Aber natürlich hatte er immer eine absolut nachvollziehbare Erklärung gehabt. »Sorry, ich war gerade im Kundengespräch.« »Ich war gerade auf der Toilette.« »Ich habe gerade meine Freundin gevögelt, sie hat eine Kreditkarte von mir bekommen, damit sie damit kaufen kann, was sie will.« Okay, der letzte Satz wäre natürlich nicht über seine Lippen gekommen, aber was, wenn er stimmte? Sie sah Cam auf einmal vor sich, wie er sich entschuldigte und vom Tisch aufstand, an dem er mit Cara gesessen und über all die Dinge geredet hatte, von denen Laney bisher immer geglaubt hatte, sie seien nur für sie bestimmt.

Nein.

Es konnte nicht sein.

Er war *ihr* Mann. *Ihre* große Liebe. Er würde sie nicht anlügen. Es musste eine schlüssige Erklärung für alles geben. Er plante etwas. Vielleicht eine Überraschung für sie? Ja, das war es! Cam war schon immer sehr spontan gewesen. Das alles war eine einzige Inszenierung und würde einen guten Grund haben.

Am anderen Ende der Leitung war ein Räuspern zu hören.

»Entschuldige bitte, Baby. Ich war gerade bei der Gepäckkontrolle, und du weißt ja, wie diese Typen sind. Echt, ich meine, wie kommt man auf die Idee, *mich* zu fragen, ob ich gefährliche Stoffe im Koffer habe. Nein, habe ich natürlich nicht. Und wenn ich ein durchgeknallter Terrorist wäre, würde ich es ihnen wohl nicht auf die Nase binden.« Seinem Lachen nach schien er das ungeheuer witzig zu finden.

Du lieber Gott, ihre ganze Welt brach zusammen, und er lachte.

Ihre Hand umklammerte das Handy. »Dann bist du also schon am Flughafen?«

Wieder Gelächter. »Klar. Mein Flieger geht doch in einer Stunde. Ich trinke jetzt noch schnell ein Bier am Gate und warte dann aufs Boarding.« Er stockte. »Oh. Sorry, Darling, am Securitycheck steht ein Typ, der mir ganz böse Blicke zuwirft, weil ich telefoniere. Ich mach jetzt Schluss und melde mich wieder, sobald ich gelandet bin.« Und dann: »Alles okay bei dir?«

Jetzt war der Augenblick gekommen, ihn zur Rede zu stellen, ihm zu sagen, dass sie wusste, dass er log, und ihn zu zwingen, ihr die Wahrheit zu sagen.

»Okay?«, wiederholte er. Jetzt! Konfrontier ihn! »Ja, ja. Alles bestens.«

»Super, dann bis später, meine Süße.«

Ein Klicken, dann war er weg. Er hatte sie angelogen. Böse, verkommen gelogen. Und wie ein Schulmädchen hatte sie jedes Wort geglaubt, das aus seinem Mund gekommen war.

Die ganzen anderen Male, als er verreist war … Ob er überhaupt jemals wirklich weg gewesen war? Sie hatte ihn nie im Hotel angerufen, immer nur auf seinem Handy. Es war nicht ihre Art, einen Mann zu kontrollieren. Wieso auch? Sie wäre niemals auch nur auf die Idee gekommen, dass er sie betrog. Manchmal hatten sie nur einmal am Tag kurz telefoniert, aber das hatte ihr völlig gereicht, weil sie ja gewusst hatte, dass er viel arbeitete, den ganzen Tag mit Kunden beschäftigt war und sie manchmal auch noch abends unterhalten musste. Das war anstrengend. Er musste sich konzentrieren und hatte nicht die Zeit, sich alle fünf Minuten rauszuschleichen, um zu Hause anzurufen. Sie wusste das, und es war in Ordnung gewesen. Und im letzten Jahr hatte sie ebenfalls viel gearbeitet, um ihr neues Unternehmen aufzubauen. Keiner von ihnen kam ohne Überstunden aus. Und ja, das war für ihre Beziehung nicht immer einfach, aber sie hielten durch, weil sie sich eine Zukunft aufbauen wollten. Eine gemeinsame Zukunft. Eine Zukunft, die sie offenbar jetzt auch noch mit einer Stylistin namens Cara teilten.

Praktisch veranlagt, wie sie war, warf Laney das Handy auf die Couch. Tash hätte es gegen die Wand gefeuert, aber alles, was dabei herausgekommen wäre, wäre eine saftige Rechnung für ein neues Smartphone gewesen.

Noch etwas schoss Laney durch den Kopf. Facetime. Wie häufig hatte sie Cam vorgeschlagen, Facetime zu benutzen, wenn sie telefonierten, aber in mindestens der Hälfte der Fälle hatte er eine Entschuldigung gehabt: Sein Facetime funktioniere nicht richtig. Der Empfang sei nicht gut genug. Er habe nicht genügend Zeit.

Hatte er sie auch da immer nur angelogen?

Laneys Brustkorb zog sich zusammen, ihr Atem ging stoßweise und keuchend. Ganz kurz überlegte sie, ob sich so ein Herz*infarkt* anfühlte. Aber nein. Es war eine andere Krankheit: Herz*bruch*.

»Alles gut?« Tash sah sie fassungslos an. »So wie die Lage im Mittleren Osten? Oder die globale Klimaerwärmung, die dazu führt, dass unsere Körper sich immer mehr aufheizen, bis wir irgendwann explodieren? So gut?«

Laney ignorierte Tash und konzentrierte sich auf Sarah, die wieder neben ihr saß, bereit, sie tröstend in den Arm zu nehmen, als sie jetzt die schwierigste aller Fragen stellte. »Und was sollen wir nun tun, Laney?«

Wir. Nicht ich. Irgendwie tröstete Laney das ein ganz kleines bisschen. So war es immer gewesen, seit sie als Kinder zusammen im Sandkasten gespielt hatte. Alle drei. So unterschiedlich. So eng. Immer füreinander da, bereit, jede Schuld für den anderen auf sich zu nehmen und sich gegenseitig gegen böse Mächte zu verteidigen. Wie oft hatte Laney die Hausaufgaben für die zwei anderen gemacht. Wie häufig hatte sich die gänzlich unschuldig aussehende Sarah mit ihren großen Augen Lügen für die Lehrer ausgedacht, um Tash zu schützen, die mal wieder unterwegs gewesen war, um für die nächste Schuldisco Klamotten zu shoppen. Und wie hatte Tash Danny Miller verprügelt, als sie herausgefunden hatten, dass er Laney mit einer Achtklässlerin betrogen hatte, die jedem Jungen hinterherlief. Aber irgendwie brauchten sie dieses Mal einen besseren Plan als eine Prügelei.

Laney bemühte sich verzweifelt, die Gedanken, die ihr durch den Kopf schossen, sinnvoll zu ordnen. Am liebsten wäre sie gleich ins Hyperion gelaufen und hätte Cam zur Rede gestellt. Aber war er überhaupt noch dort? Sie wollte ihn anrufen, ihm sagen, dass sie alles wusste, wollte ihn nach Hause beordern, um die ganze Wahrheit zu erfahren. Sie wollte den kleinen Silberdegen, mit dem sie normalerweise Briefe öffnete und ab und zu eine Apfelsine schälte, von ihrem Schreibtisch nehmen und in seine Brust rammen. Doch es bestand die Gefahr, dass keine dieser Aktionen für Klarheit sorgte. Schließlich hatte sie bereits beim letzten Telefonat festgestellt, dass er völlig ungeniert lügen konnte. Er würde sich rausreden.

Du lieber Gott, hatte sie gerade gedacht, dass die Liebe ihres Lebens sich aus einer Lüge herausreden würde? Bis heute hätte sie Stein und Bein geschworen, dass er der ehrlichste, anständigste Mann war, den man sich nur wünschen konnte. Es war alles so grotesk.

Aber wenn auch nur ein Funken Wahrheit an alledem war, dann wollte sie jede kleinste Einzelheit wissen. Und dazu musste sie es mit eigenen Augen sehen.

»Es gibt nur eins, was wir tun können«, antwortete sie schließlich. »Wenn das alles stimmt, brauche ich Beweise. Ich will die ganze Wahrheit wissen, und dazu gibt es nur einen Weg. Wir werden den Heiratsantrag für meinen Ehemann organisieren.«

10. Kapitel

Was für ein besch… Tag!

Tash warf ihre Handtasche in die Ecke und lief schwankend durchs Zimmer. Diesen Zustand verdankte sie einem Nachmittag mit reichlich Alkohol und unermüdlichen Versuchen, ihre Freundin zu trösten und dazu zu überreden, ihren Ehemann im Schlaf zu ermorden. Vorausgesetzt natürlich, sie konnten herausfinden, wo er im Moment schlief.

Es war Tash erst schwergefallen, Laneys Entscheidung zu akzeptieren. Sie an Laneys Stelle hätte das Hyperion noch am selben Nachmittag gestürmt, und die gesamte Stadt hätte am nächsten Tag in der Zeitung davon erfahren: *Frau überwältigt betrügerischen Ehemann und macht ihm mit Crème-brûlée-Brenner Feuer unterm Hintern!*

Gut, im Nachhinein hatte Laneys Art der Krisenbewältigung durchaus einige Vorteile – zum Beispiel, dass sie keinen Anwalt brauchte und nicht befürchten musste, wegen Verursachung von Verbrennungen dritten Grades für fünf bis zehn Jahre eingebuchtet zu werden.

Nach einer ganztägigen Intensivanalyse unter Zuhilfenahme von zwei Flaschen Champagner (im Supermarkt erstanden und direkt auf Caras Rechnung gesetzt) hatte sich ihr die Logik am Ende erschlossen. Es war so, als würde man ein Pflaster von einer frischen Wunde reißen. Oder sich verhalten wie die Familien der Opfer in *CSI Miami,* die immer darauf bestanden, ihre von einem Drogenkartell in einem abgelegenen Lagerhaus ermordeten Angehörigen noch einmal zu sehen. Tja, manchmal musste man dem Grauen halt ins Gesicht schauen, um die ganze Tragweite der Situation erfassen und akzeptieren zu können. Nach mehreren großen Gläsern Logik in Alkoholform ergab das Sinn!

Tash öffnete den Reißverschluss ihres Bleistiftrocks und ließ ihn zu Boden rutschen. Dann zog sie sich ihr rotes Jersey-Shirt über den Kopf und warf es quer durchs Zimmer. Es landete auf einem Klamottenstapel auf der Frühstücksbar.

Der Grundriss des Apartments hatte es ihr auf den ersten Blick angetan. Sie hatte die Musterwohnung bekommen, die mit teuren cremefarbenen Jaquard-Tapeten tapeziert und mit Gardinen aus Seidentaft in gedämpftem Gold, abgesetzt mit einer Brokatborte, dekoriert war. Die Möbel im Wohnraum hatte sie übernommen, es sah aus wie in einem richtig stylishen Magazin. Die ganze Einrichtung wirkte wie von einem Topdesigner entworfen. Allerdings einem, der überhaupt keine Kreativität besitzt. An der Wand hing ein gewaltiger Plasmafernseher, auf dem man hervorragend Sportsendungen aller Art anschauen konnte. Gegenüber stand eine riesige cremefarbene Ledercouch. Davor ein Glastisch, auf dem sich die *Vogue*-Ausgaben eines ganzen Jahres türmten, zwei Dosen Red Bull und der Aschenbecher vom Abend zuvor.

Das war's.

Sonst nichts.

Kein Bild, keine Kerze, keine persönlichen Gegenstände.

Tash begriff beim besten Willen nicht, wieso man eine Vanillekerze oder eine Schüssel mit einem Blütenpotpourri zum Leben brauchte.

In BH und Höschen ging sie an der Frühstücksbar vorbei in die kleine Küchenecke mit den vanillefarbenen Schrankfronten und der Arbeitsplatte aus dunklem Nussbaumholz. Lediglich ein Edelstahlwasserkocher und ein Toaster ließen darauf schließen, dass die Küche ab und zu benutzt wurde.

Tash nahm eine Flasche Bier aus dem Eisschrank, öffnete sie und ließ den Kronkorken scheppernd in die Spüle fallen. Dann ging sie zum Sofa, sank in die Kissen und genehmigte sich einen großen Schluck. Was. Für. Ein. Tag. Emotional. Schmerzhaft. Ätzend.

Am Ende hatte sie Laney angeboten, mit zu ihr nach Hause zu kommen und bei ihr zu übernachten. Sie wäre auch mit in Laneys Wohnung gefahren und bei ihr geblieben, aber davon hatte Laney nichts wissen wollen. Sie wollte nachdenken, hatte sie noch einmal gesagt. Wie viel konnte ein einzelner Mensch denn nachdenken? Tash hatte schließlich aufgegeben und Laney zum Abschied umarmt. Du weißt, dass wir dir ein Alibi geben, wenn er morgen plötzlich tot aufgefunden wird?, hatte sie gefragt.

Laney hatte dankbar genickt. Sie wusste genau: Tash meinte es ernst.

Schon bei dem Gedanken an diesen Idioten stieg Tashs Blutdruck, daher beschloss sie, sich lieber abzulenken. Sie griff nach der Fernbedienung des Fernsehers und begann zu zappen. Sie wusste genau, was sie jetzt brauchte. Starke, muskulöse Männer. Knackige Sixpacks. Schweißnasse Körper. Der Sportkanal flackerte auf. Irgendwo musste es doch Rugby oder Basketball geben.

Bingo! Die Kamera zoomte auf die Anzeigetafel. Die Brooklyn Nets führten mit vier Punkten gegen Miami Heat zu Beginn des zweiten Viertels. Damit waren die nächsten paar Stunden gebongt. Im Kühlschrank stand noch ein Caesar Salad, den sie im Geiste für die nächste Spielpause einplante.

Ruhe. Frieden. Glückseligkeit. Klingeln.

Zuerst dachte sie, das Klingelgeräusch käme aus dem Fernseher, es dauerte eine ganze Weile, ehe ihr klar wurde, dass es die Wohnungstür war. Aber warum sollte jemand um diese Zeit abends bei ihr klingeln? Wie war er oder sie überhaupt ins Haus gekommen? Das konnte nur Gladys von gegenüber sein, eine ziemlich unkonventionelle Siebzigjährige, die behauptete, früher als Bunny in einem Londoner Playboyklub gearbeitet und es mal mit Hugh Hefner getrieben zu haben, bis er um Gnade gefleht hätte. Tash hatte keine Ahnung, ob das stimmte. Ab und zu kam Gladys jedenfalls auf eine Pizza vorbei, oder um Boxen im Fernsehen anzuschauen, aber Tash war sich ziemlich sicher, dass sie für diesen Abend keine Verabredung hatten.

Als sie durch den Spion schaute, sah sie, dass sie recht hatte. Es war nicht Gladys – dafür aber eine andere Person aus ihrer unmittelbaren Nachbarschaft.

Mist! Das hatte sie ja völlig vergessen!

Was hatte sie gesagt, wann sie kommen würde? Acht? Es war schon viel später, und genau aus diesem Grund stand Mr.-Sexgott-Porschefahrer-Giselle-Bündchen-Fan von nebenan vermutlich jetzt mit einer Flasche Wein vor ihrer Tür.

Tash öffnete. Richtig getippt. Sein lässiges Grinsen ließ darauf schließen, dass die Tatsache, dass sie ihn versetzt hatte, nicht allzu sehr an seinem Ego gekratzt hatte.

»Machst du jedem in diesem Aufzug die Tür auf?«

Sy zeigte auf ihren schwarzen Spitzenstring und den nicht dazu passenden roten BH. Unterwäsche-Sets waren Tashs Meinung nach nur was für extrem Organisierte, Pornostars, erste Dates und besondere Anlässe.

»Nur Gladys. Wir haben eine … Verabredung«, sagte sie und grinste ebenfalls.

Er lachte tief. Das gefiel ihr. Er hatte ein erotisches Lachen. Und ein unglaublich verführerisches Funkeln in den Augen. Als sie ihn so vor sich stehen sah in seinen perfekt geschnittenen Chinos, dem weißen Hemd, dessen zwei obere Knöpfe lässig offenstanden, und seinen teuren Cologne-Duft einatmete, spürte sie plötzlich wie sich ihre Brustwarzen aufrichteten.

»Zu mir oder zu dir?«, fragte er mit laszivem Blick auf die beiden Neuankömmlinge.

Sie öffnete die Tür ganz und ließ ihn herein. Krampfhaft versuchte sie sich zu erinnern, in welchem Zustand sie ihr Schlafzimmer am Morgen verlassen hatte. Nicht dass er einen Blick dafür haben würde, bevor er im Bett über sie herfiel.

So war es zwischen ihnen. Fantastischer Sex, wenn beide Lust dazu hatten. Keine Verpflichtungen. Keine Bindung. Keine Versprechungen. Die perfekte Beziehung. Erst bei ihrer dritten Begegnung hatte Tash seinen Namen erfahren. Sie hatte etwas Außergewöhnliches erwartet bei so einem eigenwilligen und coolen Typen. Etwas Exklusives, das zu dem vielen Geld und dem teuren Geschmack passte. Vielleicht sogar etwas Exotisches, schließlich hatte er einen ganz dunklen Teint und schwarze Haare, die, wie bei Richard Gere in *Pretty Woman*, von ersten grauen Strähnen durchzogen waren.

Conrad vielleicht. Oder Colton. Vielleicht sogar Addison oder Zac.

Aber nein. Er hieß Simon. Ganz banal Simon. Was sie sofort an Simon Cowell erinnerte, und das wiederum törnte sie total ab. Männern mit schlecht sitzenden Jeans und einer Frisur wie nach einer Fahrt in einem offenen Doppeldeckerbus hatte sie noch nie viel abgewinnen können. Es hatte eine Weile gedauert, ehe sie das Bild aus ihrem Kopf bekommen hatte. Nun hatte sie also einen Sexpartner namens Simon. Sie zog es vor, ihn Sy zu nennen und in Gedanken Mr.-Sexgott-Porschefahrer-Giselle-Bündchen-Fan von nebenan. Und sexy war er nun wirklich. Er hatte diese coole Art, die bei jeder Bewegung Selbstsicherheit und eine leichte Arroganz verströmte.

»Und? Schönen Tag gehabt?«, fragte er und ging in die Küche. Dort stellte er die Weinflasche in den Kühlschrank und tauschte sie gegen ein Bier.

Tash schüttelte den Kopf. »Bitte, lass uns nicht drüber reden. Ich hatte einen grässlichen Tag. Extrem grässlich. Ihr Jungs müsst einige eurer Geschlechtsgenossen echt mal in den Griff kriegen.«

Bildete sie sich das nur ein, oder wirkte er ernsthaft interessiert? »Was ist denn passiert?«

Tash setzte sich wieder auf die Couch, zog die Beine an und überkreuzte sie züchtig. Anständige Menschen hatten wenigstens ein bisschen Konversation vor dem Sex, oder?

»Meine Freundin. Laney.«

Er überlegte kurz. »Ist das die, die ich damals bei deinem Umzug kennengelernt habe?«

Tash nickte. Laney und Cam, Sarah und Leo und ihre beiden Brüder hatten damals geholfen, ihre paar Habseligkeiten in ihr neues Apartment zu schleppen. Jordan und John hatten das Bett getragen, als wäre es nichts gewesen. Wenn Rugby nicht mehr funktionierte, konnten sie nahtlos eine Karriere als Umzugshelfer anschließen. Laney war ihrem Nachbarn begegnet, als sie eine große Tonne aus dem Aufzug gehievt hatte. Es war nicht ihr bester Moment gewesen.

»Ja. Und der Typ bei ihr war ihr Mann.«

»Ich glaube, den habe ich damals nicht kennengelernt.«

»Solltest du es jemals tun, kannst du ihm ausrichten, dass er ein Superidiot ist. Wir hatten heute eine neue Kundin bei uns, und es sieht so aus, als hätte sie eine Affäre mit Laneys Mann. Gott, es ist eine Katastrophe! Aber lass uns lieber davon aufhören, sonst schließe ich noch bis zu meinem Lebensende mit allen Männern ab – was natürlich beinhaltet, dass ich in Zukunft jeden Kontakt zu meinem hartnäckigen Nachbarn verweigere.«

Sy hockte sich dicht vor Tash auf den Beistelltisch. Fast hätte er sich vor Lachen verschluckt. »Du bist für Smalltalk nicht zu haben, oder? Wenn du so weitermachst, fühle ich mich noch unterdrückt und ausgenutzt.«

Tash entknotete ihre Beine, schlang sie um seine Hüften und zog ihn zu sich heran. Als ihre Lippen sich trafen, schmeckte sie das Bier auf seinen Lippen und spürte seine Erektion am Bauch. Er küsste sie noch einmal, fordernder, und sie schlang die Hände um seinen Nacken. Dabei spürte sie, dass sein Herz schneller schlug als normalerweise. Mit wenigen Handgriffen zog sie ihm das Hemd aus und arbeitete sich langsam nach unten, öffnete den Knopf seiner Hose und zog den Reißverschluss auf. Sofort sprang seine Erektion hervor.

Ehe Tash sich versah, trug sie keinen BH mehr, und Sy bewegte sich von ihrem Mund in Richtung Hals, benetzte ihre Haut mit kleinen Küssen. Sie schloss die Augen. Solange ein solch wunderbares Arrangement verfügbar war, wieso sollte man sich das mit etwas so Riskantem und Enttäuschendem wie einer Ehe verderben?

11. Kapitel

Auf der Taxifahrt nach Hause wurde Sarah den Druck in ihrem Magen einfach nicht los. Von allen erdenklichen Möglichkeiten, wie der Tag heute hätte verlaufen können, wäre ihr diese Option nie in den Sinn gekommen. Ein Autounfall. Ein zerschundenes Gesicht. Ein blaues Auge. Eine ramponierte Nase. Und das Herz ihrer besten Freundin entzweigerissen. Arme Laney! Es musste alles ein großer Irrtum sein, es musste irgendeine logische Erklärung geben. Aber ganz gleich, von welcher Seite sie es betrachtete, ihr fiel nichts ein. Cam war in ihren Augen immer so ein netter Typ gewesen! Okay, er war ein Workaholic, aber das machte ihn doch nicht zu einem schlechten Menschen. Eine Schande, dass eine heimliche Freundin, die ihn in New York besinnungslos vögeln wollte, das schaffte.

Natürlich hatte auch sie Laney angeboten, mit zu ihr nach Hause zu kommen, und wie Tash war sie abgeblitzt. Irgendwie verständlich. Das alles würde einiges an Aufarbeitungszeit erfordern, selbst bei der in sich ruhenden Freundin.

Zu Hause angekommen zahlte Sarah den Fahrer und stieg die Treppe zu ihrer Wohnung hoch. In der Küche brannte Licht. Super! Leo war zu Hause. Trotz des Dramas heute hatte sie daran gedacht, ihm per SMS viel Glück für sein Casting zu wünschen und anschließend sogar nachzufragen wie es gelaufen war. Beide Male hatte sie keine Antwort bekommen. Sicher hatte er mal wieder kein Guthaben auf seiner Karte. Miete, Rechnungen und alle wichtigen Dinge zahlten sie von ihrem Gehalt und seinem Lohn als Aushilfe in der Bar. Aber am Ende des Monats wurde es immer ein bisschen eng, und sie mussten auf jeden Luxus verzichten. Dazu gehörte auch das Telefonieren.

Wenn er die Rolle bekam, würde sich das alles ändern. Vor allem dann, wenn diese zu Folgeaufträgen führte, vielleicht sogar zu einem festen Engagement. Es störte sie überhaupt nicht, dass sie ständig pleite waren, aber für Leo hoffte sie, dass es nicht mehr allzu lange so weiterging. Er war sooo talentiert, er verdiente einfach Anerkennung und ein anständiges Einkommen. Wenn es endlich so weit war – ups, *sobald* es endlich so weit war –, würde vieles anders werden. Dann konnten sie häufiger zusammen ausgehen, vielleicht sogar Urlaub machen, sie konnten sich verloben, heiraten und über eine Familie nachdenken.

Eines Tages …

Aber jetzt wollte sie erst einmal zu ihm, hören, wie das Casting gelaufen war, und sich danach mit ihm zusammen aufs Sofa kuscheln und einen netten Film anschauen.

»Hallo?«

Sarahs Stimme war nicht anzumerken, was für einen Tag sie hinter sich hatte. Es ergab keinen Sinn, sich jetzt auch noch den Abend zu verderben.

»Bin hier«, rief Leo. Perfekt. Mit etwas Glück hatte er schon mit dem Kochen begonnen, und sie konnten zügig zum Sofa/Essen/Kuscheln übergehen.

Die Küchentür stand halb offen. »Hi, Baby«, rief sie, als sie ihn dort sah. Eilig richtete sie im Spiegel im Flur noch ihre Frisur.

Er drehte sich halb um. »Hi, ich muss nur noch schnell … Ach du je, was ist denn mit dir passiert?«

Sie brauchte einen Moment, um zu begreifen, dann fasste sie sich unwillkürlich ins Gesicht. »Ach, nichts weiter. Na ja, ein bisschen doch. Mir ist heute Morgen jemand reingefahren, und ich bin dabei mit dem Gesicht aufs Lenkrad geschlagen. Aber es geht mir gut, ehrlich. Es tut auch nicht besonders weh, was allerdings an den vielen Schmerztabletten und dem Wein liegen könnte. Ich bin mit dem Taxi nach Hause gekommen«, fügte sie hinzu.

Sarah ignorierte Leos entsetzten Blick und die Tatsache, dass er ganz leicht zurückwich, als sie sich streckte, um ihn zu küssen. Diese Reaktion führte dazu, dass sie seinen Mund verpasste und stattdessen nur die Wange traf. Sie machte ihm keinen Vorwurf – wenn in den letzten Stunden nicht ein Wunderheilungsprozess stattgefunden hatte, musste sie aussehen, als hätte ihr jemand einen Spaten über den Kopf gezogen. Wahrscheinlich sah sie inzwischen sogar noch schlimmer aus, ihr Make-up war verschmiert und ihre Mähne zu einem wirren Pferdeschwanz zusammengebunden. Das Entsetzen stand ihm jedenfalls deutlich im Gesicht geschrieben.

»Hast du es röntgen lasen?«

Sarah tat die Frage mit einer lässigen Handbewegung ab. »Ich war gar nicht im Krankenhaus. Es ist alles halb so wild. Wirklich. Erzähl mir lieber von deinem Casting. Wie ist es gelaufen?«

Leo zuckte mit den Schultern und fuhr sich mit den Fingern durch das schulterlange dunkle Haar. Jeder andere würde ein bisschen wie ein Achtzigerjahre-Grunge-Rocker aussehen oder wie ein italienischer Fußballer aus den Siebzigern. Aber Leo sah aus wie ein hipper Surfer gekreuzt mit einem Rockergott. Sarah schaute fasziniert zu, wie sich seine Schultern bewegten, als er die Arme über den Kopf hob, und bekam gar nicht mit, was er sagte. Erst als er mit der Bemerkung »Sie wollen mich in den nächsten Tagen anrufen« endete, wurde sie wieder wach.

»Das ist ja fantastisch! Ich hab so ein gutes Gefühl. Warte nur, bis ich dir erzähle, was heute passiert ist.«

»Du meinst, außer deinem Autostunt?«

Er hatte die Hände jetzt im Nacken verschränkt und machte

Dehnübungen. Für einen wie ihn bot jede Situation eine gute Gelegenheit zum Training.

Sarah nahm ein Brot aus dem Schrank, dann folgten Butter und Marmelade. Zum Teufel mit dem Training. Heute waren Komfortsnacks angesagt.

»Ja, es gab etwas noch viel Schlimmeres. Wir hatten heute eine neue Kundin, so einen blonden Schuss, und die …«

Das Klingeln des Telefons unterbrach sie. Sarah hätte es am liebsten klingeln lassen. Es würde bestimmt nichts Wichtiges sein. Wer rief schon auf dem Festnetz an? Nur nervende Versicherungsverkäufer oder Marktforschungsheinis. Alle Leute, die wirklich wichtig waren, hatten ihre Handynummern.

»Für dich.« Leo reichte ihr das Telefon. Diese Typen wurden wirklich immer dreister.

»Hi, Sarah. Hier ist Guy Dixon. Von Ocean Sky Travel. Ich wollte mich noch einmal für heute Morgen entschuldigen und nachhören, wie es dir geht.«

Entweder war dieser Typ einfach unglaublich nett, oder er hatte Riesenpanik vor einer Anzeige.

»Es geht mir gut, vielen Dank«, sagte sie zum mindestens zwanzigsten Mal an diesem Tag. »Nichts, was sich nicht mit ein bisschen Schminke überdecken ließe.«

Leo verdrehte die Augen und tastete seine Jeans ab, um die Quelle des Vibrationsgeräusches, das jetzt zu hören war, zu lokalisieren. Als ihm das gelang, ging er hinaus auf den Flur, um zu telefonieren.

»Ich habe meiner Versicherung klargemacht, dass ich der Alleinschuldige an dem Auffahrunfall bin«, erklärte Guy.

»Danke, das ist sehr anständig. Ich bin sicher, dass alles gut geregelt wird«, sagte Sarah und biss in ihr Marmeladenbrot.

Es war das Erste, was sie seit dem Frühstück zu sich nahm, und sie konnte einfach nicht länger warten. Bestimmt wunderte er sich, wieso ihr Tschüss klang, als hätte sie eine ganze Packung Marshmallows im Mund.

Sie hatte gerade aufgelegt, als Leo ins Zimmer zurückkam. Er war leichenblass. Wenn er gerade an einem Casting für eine Rolle als Zombie teilnahm, hatte er den Job.

Sarah begriff sofort was los war. »Oh, Schatz, es tut mir soso leid! Ich weiß, das klingt jetzt blöd, aber sie sind selbst schuld, dass sie dich nicht nehmen. Beim nächsten Mal klappt es ganz bestimmt.«

Er schluckte. »Es hat geklappt.«

Sarah starrte ihren Freund mit offenem Mund an. »Es hat geklappt?«

Er nickte wie einer der weniger animierten Figuren aus dem *Thriller*-Video.

»Ich hab die Rolle. Drei Monate erst mal, aber wenn es gut läuft, soll es eine Fortsetzung geben. Sie wollen, dass ich dafür gleich mitunterschreibe. Dreißig Riesen für die erste Staffel, sechzig für die nächste. Am Montag geht es los. Davor gibt es noch einige Besprechungen.«

Das Marmeladenbrot flog in die Luft, Sekunden später hing Sarah kreischend an seinem Hals.

»Jaaaa! Das ist irre, Baby! O mein Gott, du hast es so verdient. Ich bin verdammt stolz auf dich.«

Er hob sie hoch und wirbelte sie im Kreis herum. Zwei Stühle flogen polternd um, doch das kümmerte niemanden.

»Ich kann es einfach nicht glauben.« Er lachte laut, hielt sie fest umschlungen und sah ihr in die Augen. »Baby, weißt du, was das bedeutet?«

Sarah spürte, wie ihr die Freudentränen über die Wangen liefen. Ja, das wusste sie. Es bedeutete Feiern und ein Ende des ständigen Kampfes. Es bedeutete, dass sie nicht mehr die Alleinverdienerin war. Es bedeutete Verlobung und Hochzeit und Familie. Es bedeutete alles, was sie sich immer erträumt hatten.

»Und ob!« Sie strahlte über das ganze Gesicht.

Er lehnte er seine Stirn an ihre, löste den Augenkontakt.

»Es bedeutet …«, begann er, und Sarah erstarrte. Sie hielt die Luft an, um nur ja kein Wort zu verpassen von dem, was jetzt kam. Ihr ganzes Leben lang hatte sie romantische, emotionale Augenblicke für fremde Menschen geplant, und jetzt würde sie endlich selbst einen erleben. Und das Verrückte war, dass sie weder Blumen noch große Gesten oder Harfen auf Museumstreppen brauchte. Sie brauchte nur Leo und die Zukunft, die vor ihnen lag. Es dauerte eine Weile, ehe er die richtigen Worte fand. Verständlich. Schließlich war es der wichtigste Satz, den er in seinem Leben aussprechen würde. Sarah bereitete sich innerlich darauf vor, Ja zu sagen und diesen katastrophalen Tag doch noch zu einem glücklichen Ende zu bringen. »Es bedeutet …«, wiederholte er langsam, die Stimme voller Emotionen, »… dass ich endlich berühmt werde.«

12. Kapitel

Laney starrte an die Decke. Seit zwei Stunden hatte sie den Blick auf dieselbe Stelle gerichtet. Das war absurd. Einfach völlig irreal. Normalerweise brachte sie sich Arbeit mit nach Hause, wenn Cam unterwegs war, machte ein bisschen Marketing und überarbeitete ihre Website oder ihren Social-Media-Auftritt. Oder sie warf einen kurzen Blick in die Buchführung. Und danach ging sie meist entweder kurz ins Fitnesscenter oder kuschelte sich mit einem Glas Wein unter die Bettdecke, um irgendeine amerikanische Soap anzuschauen. Oder aber sie ging mit Laney oder Tash aus oder besuchte ihren Dad, um mit ihm zu Abend zu essen und ein bisschen zu quatschen.

Ihr Leben war fantastisch. Die perfekte Mischung aus Job und Entspannung. Allerdings konnte sie sich im Moment nicht vorstellen, jemals wieder so was wie Entspannung zu fühlen.

Die Businessklamotten hatte sie bereits ausgezogen, der marineblaue Rock hing zum Glätten in der Hosenpresse, ihre hellblaue Seidenbluse lag im Wäschekorb. Sie trug einen schwarzen Einteiler und dicke Socken. Obwohl sie so warm angezogen war und sie sich direkt neben einem riesigen Hightech-Radiator befand, fror sie. Das Zittern wollte gar nicht aufhören.

Vielleicht hätte sie doch besser das Angebot der Mädels angenommen, die ihr unbedingt Gesellschaft leisten wollten. Sie war sich so sicher gewesen, dass sie allein sein wollte, um nachzudenken, sich abzureagieren, gegen die megastylishen, irre teuren Lautsprecherboxen zu treten. Doch jetzt fühlte sie sich einfach nur leer.

Und das Schlimmste war, dass der Mensch, den sie am liebsten anrufen und mit dem sie am liebsten über alles reden würde, ausgerechnet der war, der sie überhaupt erst in diese grauenhafte Lage gebracht hatte.

Seit dem Tag, als sie sich kennengelernt hatten, erzählte sie Cam alles, freute sich jeden Abend aufs Neue, ihn wiederzusehen oder wenigstens mit ihm zu telefonieren, um alles Gute und Schlechte mit ihm zu teilen. Das heute war das Schlechteste, was sie je erlebt hatte. Und sie konnte es ihm nicht sagen. Wollte es ihm nicht sagen.

Als hätte ein parapsychologisches Medium genau diese Botschaft weitergeleitet, klingelte genau in diesem Moment ihr Handy. Cams Foto erschien auf dem Display, entstanden im vergangenen Sommer bei einem Wochenendtrip nach Dublin. Ihre Lieblingsstadt. Bier, Musik, Spaß.

Die Explosion des Schmerzes kam aus dem Nichts, stechend, heftig und so sehr körperlich spürbar, dass Sarah sich vornüberbeugen, die Arme um ihren Körper schlingen und nach Luft ringen musste. Ihr Glas stürzte um, Wein ergoss sich auf den Teppich, aber es kümmerte sie nicht. Der Schaden konnte behoben werden, der Teppich ließ sich ganz einfach reinigen und würde dann wieder wie vorher sein.

Im Gegensatz zu ihrer Ehe. Und ihrem Leben.

Mit zitternden Fingern stellte sie das Handy auf Lautlos.

Sie konnte jetzt auf gar keinen Fall mit ihm sprechen. Ihr Dad sagte ihr immer, sie komme mit jeder Situation klar. Mit dieser Situation würde sie niemals klarkommen.

Warum? Wie?

Die Antwort auf die Fragen Wo? und Wann? waren leichter zu finden. Cam war nur an wenigen Tagen in der Woche zu Hause gewesen, wenn überhaupt. Sie hatte nie angezweifelt, dass er auf Dienstreisen war.

Wo war er im Augenblick?

Er sollte eigentlich in Birmingham sein, aber war er in Wirklichkeit immer noch in Glasgow? Vielleicht nur ein paar Kilometer entfernt? Im Bett neben Cara Deacon? Vögelte er sie gerade?

Sie sprang auf, lief brüllend durchs Zimmer – in der Hoffnung, dass die Nachbarn den Fernseher anhatten, sonst würden sie es hören. Es war ihr gleichgültig. Sie achtete darauf, nicht auf die Glassplitter zu treten, zugleich wünschte sie es sich. Bestimmt würde der Schmerz sie von der tobenden inneren Qual ablenken.

Es war unerträglich. Sie musste Klarheit haben. Sie nahm ihr Handy und bereitete sich auf das Undenkbare vor – so zu tun, als wäre alles in bester Ordnung. Eine Technik, die sie schon mit fünfzehn Jahren entwickelt hatte, damals, als ihre Eltern sich getrennt hatten. Lächeln, eine fröhliche Stimme aufsetzen, sich so verhalten, als wäre das Leben ein Spaziergang. Es war das Mindeste, was sie tun konnte, um ihrem Dad zu helfen, der verzweifelt hatte zusehen müssen, wie seine Frau nach zwanzig Jahren Ehe mit seinem besten Freund durchgebrannt war. Es war sehr schmerzhaft für ihn gewesen, und bei den wenigen Malen, in denen ihre Mutter von Arran, einer Insel vor der Westküste, zu einem kurzen Abstecher nach Hause eingeflogen kam, war sie versucht gewesen, ihr deutlich zu machen, was für eine egoistische, herzlose Person sie war.

Aber was hätte sie damit erreicht?

Häufig hatten sie und ihr Dad bis tief in die Nacht geredet und waren schließlich übereingekommen, dass es das Beste war, gute Miene zum bösen Spiel zu machen. Die Fassade zu wahren. Ihre tatsächlichen Gefühle zu verbergen und so zu tun, als wäre alles gut.

Im Laufe der Zeit hatte ihr das Kraft gegeben.

Und die konnte sie nun besser brauchen als je zuvor.

Sie gab Cams Nummer ein.

»Hi. Sorry, ich konnte vorhin nicht drangehen, ich war gerade unter der Dusche.«

»Kein Problem, Darling. Wie war dein Tag?«

Seine Stimme klang nett und warm wie immer. Nicht die leiseste Veränderung. Und dennoch war Laney völlig verunsichert.

»Äh …« Brich jetzt bloß nicht ein. Frag ihn nicht! Tu es nicht! »Wie immer. Wir haben eine neue Kundin, eine große Sache vermutlich.«

»Glückwunsch! Das müssen wir feiern, sobald ich wieder zu Hause bin. Mit fällt sicher was Gutes ein, womit ich dir gratulieren kann.«

Den Drang, sich zu übergeben, konnte Laney nur unterdrücken, indem sie die Augen schloss und tief durchatmete.

»Klingt gut«, antwortete sie und versuchte verzweifelt so zu tun, als wäre das die beste Idee, die er je gehäußert hatte. »Aber erst muss ich noch ein bisschen arbeiten. Dieser neue Auftrag erfordert einiges an Organisation. Wie ist es in Birmingham?«

»Ach, weißt du, wieder mal so eine typische Hotelkette, die übliche Vorbereitung für morgen.«

Es klang so ehrlich, dass kein Richter der Welt ihn für schuldig hätte befinden können.

»In welchem Hotel bist du denn?«, fragte sie beiläufig.

Ein ganz kurzes Zögern, dazu eine minimale Veränderung im Tonfall, und sie wusste, ganz gleich was als Nächstes aus seinem Mund kommen würde, es war eine Lüge.

»Im Holiday Inn. Ich wäre beinahe ins falsche gefahren. Zum Glück hab ich in der letzten Minute noch mal nachgesehen und eine E-Mail vom Reisebüro gefunden, in der die richtige Adresse stand. Der Taxifahrer hat mich sicher für völlig schwachsinnig gehalten. Aber er war ein netter Typ. Er war schon ein paarmal zum Rugby in Glasgow.«

Er geriet jetzt ins Plaudern, und sie wusste, dass sie es nicht herausfordern durfte. Schließlich wollte sie ihn nicht misstrauisch machen. Aber sagten die in diesen Dokus über Psychopathen nicht immer, dass jemand, der lügt, eine Menge unnützes Zeugs erzählt?

Reisebüro? Taxifahrer? Rugby? Was zum Teufel redete er da? Hi, mein Name ist Cam Cochrane, und ich lüge wie ein Serienkiller.

»Schön, dass du am Ende gut angekommen bist …«

Stille. Laney konnte geradezu hören, wie sein Verstand arbeitete. Wenn er misstrauisch wurde, würde ihr das nicht weiterhelfen. Wenn er sie betrog, wollte sie ihn nicht warnen, ehe sie Gewissheit hatte. Denn dann würde sie die Wahrheit nie erfahren, und das würde sie völlig fertig machen. Also gab sie alles, um so locker wie möglich zu klingen, und beendete den Satz »… ich melde mich morgen wieder. Ich liebe dich.«

»Ich liebe dich auch, Baby. Und ich vermisse dich.«

»Ich dich auch«, antwortete sie, wie sie es im Laufe der Jahre bei ähnlichen Gesprächen unzählige Male praktiziert hatten.

Zehn Minuten später googelte sie jedes Holiday Inn innerhalb eines ziemlich großen Radius um Birmingham, rief dort an und bat darum, mit Cameron Cochrane verbunden zu werden. Hat gar kein Gast dieses Namens bei Ihnen eingecheckt? Vielleicht ist er unter dem Namen *Euromind* gebucht? Auch nicht? Oh, danke, dass Sie mir das Herz aus der Brust reißen.

Sie musste der Sache also ins Auge sehen: Er hatte sie angelogen. Er war nicht in Birmingham.

Laney starrte an die Decke. Am besten wäre es, jetzt ins Bett zu gehen, aber das schaffte sie nicht. Es würde sie umbringen, neben seinem Kissen zu liegen und seinen Geruch einzuatmen.

Sie musste mehr wissen, und zwar jetzt.

Blöderweise konnte sie nicht mehr Auto fahren. So ein Mist! Notgedrungen bestellte Laney ein Taxi und überflog noch einmal das Formular, das sie an diesem Tag schon so häufig gelesen hatte, dass sie die Eintragungen auswendig hätte aufsagen können. Danach lebte Cara in Finnieston, nicht weit entfernt vom Stadtzentrum und zugleich weit genug, dass die Leute dort eine wesentlich geringere Miete zahlten.

Es war zwar schon nach zehn Uhr, aber in der Gegend um die Dumbarton Road war noch eine Menge los. Als sie ihr Ziel erreicht hatte, ein terrassenförmig angelegtes Mietshaus, schaute Laney an der Fassade hinauf und überlegte, welche Wohnung Caras sein könnte. Zwei nach oben, drei nach links – Dunkelheit.

»Herzchen, ich bleibe gern die ganze Nacht über hier stehen, wenn Sie möchten, aber das kostet dann ein Vermögen«, sagte der Taxifahrer so mitfühlend, dass Laney die Tränen in die Augen schossen.

Das Letzte, was sie jetzt gebrauchen konnte, war jemand, der nett zu ihr war. Das erste Anzeichen von Zuneigung, und sie würde völlig in sich zusammenbrechen, so viel war klar.

»Sorry, Sie haben recht, ich werde …«

Was? Das Vernünftigste wäre, wieder nach Hause zu fahren, aber sie würde doch nur wach liegen und grübeln. Aus den Augenwinkeln sah sie ein blaues Neonschild – eine Imbissbude, die vierundzwanzig Stunden geöffnet hatte. Irgendwo in ihrer Tasche fand sie ihre Geldbörse, bezahlte den Taxifahrer und überquerte die Straße. Der Geruch von Kaffee und Frittierfett zog sie zugleich an und stieß sie ab.

Nur wenige der etwa zehn Tische waren besetzt. Ein junger Mann mit Bart lag lang ausgestreckt auf einer Bank, offenbar hatte er ein bis zwölf Drinks zu viel gehabt. Ein paar Tische weiter saß ein sehr junges Pärchen. Das Mädchen hatte falsche Wimpern, der Freund schaute auf sein Handy. Genervt zog es sich die bereits dick geschminkten Lippen nach.

Mitten im Raum, am größten Tisch, saß eine Gruppe in schwarzen T-Shirts und Hosen, Arbeitskollegen vermutlich, die gerade Schichtende hatten. Wehmut überkam Laney. Vor ungefähr zehn Jahren hätte sie auch so dasitzen können. Noch schnell einen Drink nach der Arbeit, froh, dass man noch etwas Geld hatte, ehe die nächste Miete für die Studentenbude fällig war.

Mit gesenktem Kopf schlich sie an einen Fenstertisch, an dem sie Cara Deacons Wohnhaus auf der gegenüberliegenden Straßenseite genau im Blick hatte. Sofort kam eine rundliche, lächelnde Kellnerin angelaufen.

»Hallo, was kann ich für dich tun?«, zwitscherte sie.

Mein gebrochenes Herz reparieren …

»Hallo«, stieß Laney mühsam hervor. »Ich hätte gern einen Tee.«

»Nichts zu essen?«

»Nein danke. Später vielleicht.«

Die Kellnerin ging zurück hinter die Theke, um den Tee zuzubereiten.

Laney legte ihr Handy vor sich auf den Tisch. Wie gern hätte sie jetzt Tash oder Sarah angerufen und sie gebeten, ihr bei ihrer neuen Beschäftigung als Stalkerin Gesellschaft zu leisten. Aber sie tat es nicht. Es reichte, dass eine von ihnen morgen völlig übernächtigt sein würde. Außerdem, wenn ihr die Sache aus den Händen glitt und sie das Haus stürmte und Cam mit seinem coolen, sündhaft teuren Laptop, den sie ihm zu Weihnachten geschenkt und noch nicht mal abbezahlt hatte, erschlug, brauchte sie von ihnen vielleicht noch ein Alibi. Also presste sie wütend die Zähne zusammen und richtete den Blick auf das feindliche Zielobjekt. Im Moment war keinerlei Aktivität zu erkennen, aber gut. Laney war für ihre überaus große Geduld bekannt. Wenn sie die ganze Nacht hier sitzen musste, bis sie einen Hinweis auf die Anwesenheit des treulosen Scheißkerls hatte, würde sie das eben tun.

13. Kapitel

Tash atmete tief durch. »Sarah, du weißt, ich liebe dich, aber du brauchst dringend Hilfe. Wir werden alle sterben. Ganz bestimmt. Wir werden abstürzen, und irgendein schmieriger Zeitungsreporter wird eine Schlagzeile ersinnen, die nicht im Entferntesten ahnen lässt, wie absurd diese ganze Geschichte ist. Ich denke da an einen Satz wie: *Ich bin dir voll und ganz verfallen … Klatsch!*«

Sarah bekam ganz rote Wangen vor Lachen, ein interessanter Kontrast zu ihrer blau-grün verfärbten Augen-Nasen-Gegend, die sich auch mit noch so viel Concealer nicht überschminken ließ. »Wo bleibt dein Sinn fürs Abenteuer? Das ist eine brillante Idee! Die beste, die ich je hatte!«

Tash antwortete mit einem verständnislosen Blick, den Sarah einfach ignorierte. Sie war viel zu sehr damit beschäftigt, die Ausrüstung für ihren neuesten Kreativitätsausbruch noch einmal ganz genau auf seine Funktionsfähigkeit zu überprüfen. Ein CD-Player mit PA-Anlage, der den Sound so verstärkte, dass man ihn auch durch die dicke Außenverglasung eines Gebäudes hören konnte, ein riesiges Banner, eine Videokamera zum Festhalten der gesamten Aktion sowie eine Fensterputzergondel, in der Tash und Sarah gerade am Dachgeschoss eines Glasgower Bürohochhauses baumelten.

Tash warf einen flehenden Blick zu Laney, die ein paar Meter entfernt auf dem sicheren Dach stand. Sie hatten auf professionelle Art entschieden, wer nicht mit in die Gondel musste – Stein, Schere, Papier –, und Laney hatte gewonnen. Tash und Sarah schwebten vom vierzigsten zum neunundzwanzigsten

Stock hinab, wo sie anhalten und den Heiratsantrag inszenieren würden. Tash hätte es vorhin noch als rüpelhaft empfunden, sich zu widersetzen, schließlich lag Laneys ganzes Leben gerade in Scherben, und sie befand sich in einer üblen Situation, auch ohne über den Straßen von Glasgow in der Luft zu baumeln. Aber jetzt, im Angesicht des drohenden Todes, waren ihr Anstand und Mitgefühl plötzlich abhandengekommen.

»Ich weiß ja, dass du gerade an akutem Herzbruch leidest, aber wenn du für mich einsteigst, tue ich alles für dich. ALLES! Ich putze dein Haus. Spende dir eine Niere. Töte Cam. Notfalls auch alles drei.«

Das Gefühl dahinter war zwar echt, aber Tashs Hauptmotivation – neben dem Wunsch, nicht vierzig Stockwerke tief in den Tod zu stürzen – war es, Laney zum Lächeln zu bringen. Gott, sie sah furchtbar aus. Ein fahles Gesicht. Rotunterlaufene Augen mit dunklen Ringen darunter. Das pure Elend. Tash spürte, wie sie schon wieder vor Wut die Zähne zusammenpresste. Was war Cam bloß für ein Arschloch, dass er ihr das antat! Es verschaffte ihr nicht einen Hauch von Befriedigung, dass sie mit ihrer Meinung über ihn recht behalten hatte. Von Anfang an hatte er etwas ausgestrahlt, das ihr nicht behagt hatte. Jetzt wusste sie, was es war.

»Ruhe jetzt, da kommt Dave«, zischte Laney.

Die Tür, die vom Gebäudeinnern aufs Dach führte, fiel mit einem lauten Knall zu, und ihr Kunde kam entschlossen auf sie zugestapft. Wie die Mädels trug er einen grellorangefarbenen Arbeitsoverall und einen Helm.

»O Gott, wir werden nicht nur sterben, sondern dabei auch noch aussehen wie Teletubbies in einem Werbespot für die Müllabfuhr«, seufzte Tash und erhielt dafür einen warnenden Rippenstoß von Sarah.

Laney schüttelte Dave die Hand. »Alles klar?«

Er nickte halbherzig und wurde blass, als der Arbeitsschutzbeauftragte, den sie extra angeheuert hatten, ihm bei den letzten Vorbereitungen half.

Tash beugte sich zu Sarah hinüber. »In der Theorie hat sich das alles toll angehört, aber jetzt, wo ihm der Wind um den Hintern bläst und er in einen Gurt gepresst wird, der zur Amputation seiner Eier führen könnte, kriegt er plötzlich Panik.«

Als Dave in Hörweite kam, wurde sie sofort professionell. Sie begrüßte ihn mit einem strahlenden, aufmunternden Lächeln.

»Willkommen an Bord, Dave! Sind Sie bereit?«

Er nickte und sagte etwas, das Tash wegen des Windes und des Quietschens, mit dem die Gondel sich in Bewegung setzte, nicht verstand. Wenn sie jetzt und hier verstarb, dann wenigstens in der Gewissheit, dass sie am Abend zuvor noch grandiosen Sex gehabt hatte. Sy war bei ihr geblieben, bis sie ihn um zwei Uhr nachts in sein Apartment zurückgeschickt hatte. Dieser Mann wusste, welche Knöpfe man betätigen musste, und er machte das unglaublich gut, aber sie hatte keine Lust, am nächsten Morgen neben einem Mann aufzuwachen. Der Morgen gehörte nur ihr allein. Ein gemütlicher Kaffee unter der Bettdecke. In aller Ruhe durch die Wohnung laufen, ohne befürchten zu müssen, das ihr auf dem Weg zum Klo jemand auf die Zellulitis starrte. Nicht dass sie die im Übermaß hatte, aber das spielte gar keine Rolle.

»Willst du wirklich, dass ich gehe?«, hatte er gefragt, als sie zusammen eine geraucht hatten, den Aschenbecher auf seinem nackten Torso balancierend – seinem gewachsten Torso. Mit einem Sixpack, das man als Toastständer benutzen konnte.

»Allerdings. Und ich tue dir damit einen Gefallen. Stell dir vor, Giselle kommt morgen früh vorbei, dann habt ihr noch Zeit für einen Quickie vor der Arbeit.«

Sie sagte das ohne jede Eifersucht. Solange er Kondome benutzte, konnte er so viele Partnerinnen haben, wie er wollte, und – das war das Beste daran – sie ebenfalls. So war der Deal.

»Ich würde gern heute Abend mit dir essen gehen«, sagte er und zog sich die Hose an. Seine Deltamuskeln vibrierten bei jeder Bewegung.

Tash schüttelte den Kopf. »Geht leider nicht. Ich will in der Nähe sein, falls Laney mich braucht.«

»Ob du es glaubst oder nicht, aber hier drin ist ein Herz«, scherzte er, sich auf die Brust klopfend.

Die Art, wie er beim Lächeln seine stahlblauen Augen zusammenkniff, war einfach umwerfend. Er beugte sich vor, umkreiste ihre Nippel mit einem seiner Finger und küsste sie. Der salzige Geschmack seiner Lippen machte sie so an, dass die Hose rasch wieder unten war. Erst nach einer weiteren wunderbaren Begegnung war Sy dann tatsächlich verschwunden.

Das war Leidenschaft pur! Die perfekte Beziehung! Das war es wert, jetzt dreißig Meter hoch in der Luft zu baumeln und es einem Wahnsinnigen namens Dave zu ermöglichen, seiner Freundin Mia einen Heiratsantrag zu machen, was kein gutes Ende nehmen konnte.

Sie versuchte, Ruhe zu bewahren, als der Sicherheitstyp ihren Gurt zum dritten Mal überprüfte und dann den Daumen zum Start hob. Bert, der nette Fensterputzer, der es als Ehre betrachtete, seine Ausrüstung für das Spektakel zur Verfügung zu stellen, drückte einen Knopf an seiner Kontrollstation, dann begann die Talfahrt mit einem Rütteln, das so stark war, dass es Schockwellen durch ihre Körper jagte. Neununddreißigster Stock. Achtunddreißigster. Siebenunddreißigster. Tash konzentrierte sich darauf, nicht nach unten zu schauen, und begann weitere Deals mit Gott zu machen.

Sechsunddreißigster ... *Wenn du uns am Leben lässt, kaufe*

ich jedem Verkäufer, der mir im Leben begegnet, eine Obdachlosenzeitung ab.

Fünfunddreißigster … *Ich spende zehn Prozent meines Gehalts für einen guten Zweck.*

Vierunddreißigster … *Ich werde für den Rest meines Lebens an roten Ampeln stehen bleiben und alten Damen bei Überqueren der Straße helfen.*

Dreiunddreißigster … *Ich werde niemals mehr Vorurteile anderen gegenüber haben.*

Als sie den neunundzwanzigsten Stock erreicht hatten, stoppte die Gondel mit einem Kreischen, und Tash und Sarah schrien gleichzeitig auf. In dem Großraumbüro hinter dem Fenster nahm niemand Notiz von ihnen, was Tash kurzzeitig reizte, etwas vollkommen Blödsinniges zu machen. Zum Beispiel einen Moonwalk zu vollführen oder ihnen den bloßen Hintern entgegenzustrecken. Sie widerstand dem Drang. Mit heraushängenden Pobacken unten auf dem Pflaster zu landen erschien ihr wenig erstrebenswert.

Rasch scannte sie das Büro. Schätzungsweise sechzig Personen saßen darin. Alle in ihre Arbeit vertieft und völlig ahnungslos. Dave hatte ihnen gesagt, seine Angebetete habe ihren Schreibtisch direkt am Fenster. Tash musterte die Tippse, die nur wenige Meter vor ihr an ihrem Computer saß. Du lieber Himmel, sie hatte gar nicht gewusst, dass Dave auf Vintage stand. Und damit meinte sie nicht das Twinset mit dem Vierzigerjahre-Charme, sondern die Dame darin. Diese Dame – und ja, es war eine Dame, kein Mädchen – war mindestens sechzig, hatte einen mürrischem Gesichtsausdruck und hochtoupiertes weißes Haar. Sie sah aus, als ob sie einen Stahlhelm trüge. Na ja, jedem das Seine. Vielleicht liebte er ja den Geruch von Haarspray und das Gefühl von Kälte an den Fingern. Diese Frisur würde Miss Verdrießlich auf jeden Fall vor einer Gehirnerschütterung bewahren, falls sie einmal aus dem Fenster des Hochhausbüros stürzte.

Sarah stieß Tash an und hob den Daumen. Okay, Zeit für Action. Ohrenschützer aufsetzen. Ans Fenster klopfen. Auf Play drücken. Und zusehen, wie ein ganzes Büro voller ungläubiger Menschen sich umdrehte, kurz erschrak und dann lächelte. Bert, der Gondelführer, hob ein großes Flipchart in die Höhe, auf dem der Text des Songs stand, der jetzt aus der Soundanlage dröhnte. *Never Gonna Give You Up* von Rick Astley.

Sarah, Tash und Dave verfielen in einen perfekt eingeübten Tanz, passend zum Song, wobei die Gondel so gefährlich ins Schwanken geriet, dass es ihnen ausgesprochen schwerfiel, das obligatorische Grinsen im Gesicht beizubehalten. Noch ehe sie die erste Strophe auch nur zur Hälfte gesungen hatten, wurde Tash klar, dass alles schieflief. Die Augen der Mitarbeiter waren zwar auf sie gerichtet, es gab das eine oder andere Lächeln, Gekicher und staunende Gesichter – nur nicht beim Zielobjekt des Heiratsantrags, das mit stoischer Miene regungslos auf seinem Stuhl saß.

Tash spürte, wie ihr Blutdruck noch weiter stieg. Sie würde doch nicht Leib und Leben für jemanden riskieren, der das so wenig zu schätzen wusste! Dies würde nicht die erste Nein-Nummer werden. Das kam ganz und gar nicht infrage.

Sie legte noch mehr Energie in ihre Tanzbewegungen, den Blick nun starr auf Miss Eisblock gerichtet, um sie dazu zu bewegen mitzuspielen, zu erkennen, wie unglaublich das alles war, zu lächeln und sich zu freuen.

Aber nein. Was für eine dämliche Kuh! Was für eine blöde …

Sarah stieß sie erneut an, als sich der Song langsam dem Ende näherte, und Tash machte sich widerstrebend ans Finale. Was hatte das alle für einen Sinn? Es würde nicht gut ausgehen. Und sie schaukelten mitten in der Luft. Wie sollten sie den armen

Dave in dieser Lage aufmuntern? Hoffentlich forderte er keine Rückzahlung! Sie brauchte jeden Cent für die Therapie gegen Höhenangst, die sie anschließend machen musste.

Nun, er sollte keinen Grund zu der Behauptung haben, sie habe ihren Job nicht richtig gemacht.

Aus ihrem Overall zog Tash eine große Papierrolle, hielt das eine Ende fest und gab das andere Sarah, um es schließlich Millimeter für Millimeter aufzurollen, bis es bei Dave war und man die Botschaft lesen konnte.

MIA, WILLST DU MICH HEIRATEN?

Mias Gesicht wirkte nun noch ausdrucksloser.

Tashs Herz sank ein Stück weiter in die Tiefe. O nein. Nein. Nein. Nein. Das durfte nicht passieren. Das war nicht …

Moment mal. Jede andere Person in diesem Büro jubelte und klatschte, was angesichts der mangelnden Begeisterung Mias ein bisschen seltsam erschien. Tash schaute rasch zu Sarah und Dave und bemerkte, dass deren Blicke ganz woandershin gerichtet waren, nämlich auf eine hübsche junge Frau in geblümtem Kleid und Doc Martens, ein Tablett mit Kaffee und Snacks in den Händen haltend, völlig erstarrt, bis auf den Kopf, den sie heftig auf und ab bewegte, sodass die Tränen, die ihr über die Wangen liefen, in den Macchiato tropften.

Tash lachte erleichtert und streckte den Daumen hoch. Ha! Sie hatte die ganze Zeit die falsche Frau im Visier gehabt, während der Gott des sentimentalen Kitsches einmal mehr triumphiert hatte, weil er eine ganz andere in seinen Verlobungsfesseln hielt. Aus *Mistaken Identity* war gerade *Mission erfüllt* geworden.

Dave machte Mia ein Zeichen in Richtung Dach, sie stellte das Tablett hastig auf einem Kopierer ab und stürzte aus dem Raum. Bert, der Gondelführer, drückte den Knopf an seiner Kontrollstation, und in der nächsten Sekunde waren sie auf dem Weg in Richtung sicherer Boden unter den Füßen. Beziehungsweise sicheres Dach.

Sie kamen genau in dem Moment an, als auch Mia durch die Tür gestürmt kam. Dave befreite sich von seinen Gurten, verließ die schwankende Plattform und lief auf sie zu. Nur wenige Schritte von seiner Angebeteten entfernt blieb er stehen, sank auf die Knie und streckte ihr den Ring entgegen, den er in der Tasche seines Overalls versteckt hatte. Ein Solitär. Diamant. Weißgold. Rein und schlicht und wunderschön. Mia kreischte vor Freude, als er ihn über ihren Finger streifte, dann fiel sie ihm strahlend um den Hals und ließ sich von ihm im Kreis herumwirbeln. Aus den Augenwinkeln konnte Tash sehen, dass Sarah weinte, was nicht weiter ungewöhnlich war. Sie weinte immer beim Happy End. Es war Laneys Reaktion, die sie irritierte. Denn als ihre pragmatische, beherrschte Freundin das glückliche Paar sah, fing auch sie an zu weinen. Nur dass ihre Tränen keine Glückstränen waren.

Noch ganz im Mitleid gefangen erblickte Tash eine weitere Person, die offenbar an der Szene teilhaben wollte.

»Hey, potenzielle feindliche Kriegerin in Sicht«, zischte sie Sarah zu.

Miss Verdrießlich kam durch die Tür und ging mit raschen Schritten auf das glückliche Paar zu, die pure Mordlust stand ihr im Gesicht geschrieben. Trotz des starken Windes hier oben bewegte sich kein einzelnes ihrer Haare.

»Wer ist das?«, fragte Sarah. »O Gott, sie sieht nicht sehr glücklich aus.«

»Soll ich sie aufhalten?«, fragte Tash hektisch? »Soll ich? Soll ich?«

Sarah hielt ihren Arm fest. »Lass es, Tash. Was auch immer da vor sich geht, es geht uns nichts an.«

Und ehe sie sich's versah, hatte die mürrische Kollegin Dave einen Klaps auf den Hinterkopf gegeben. Er zuckte zurück, wirbelte dann herum, lachte und hob die Frau ebenfalls hoch, um sie im Kreis herumzuwirbeln. Tash und Sarah waren genau in dem Moment bei ihnen, als er sie wieder auf dem Boden absetzte.

»Das ist Mias Mutter«, erklärte Dave. »Sie will uns gratulieren.«

Daves zukünftige Schwiegermutter versuchte ganz offensichtlich zu lächeln, aber es gelang ihr nicht so richtig. Dave, der das gar nicht zu bemerken schien, wartete auf eine Reaktion seiner Vorstellung.

»Schön, Sie ... Sie kennenzulernen«, stammelte Sarah. »Das ... das ist sicher ein aufregender Moment für Sie.«

Ihre Antwort ging in einer Windbö unter, was angesichts der sauertöpfischen Miene, in die sie starrten, vielleicht gar nicht schlecht war. Dave und Mia waren viel zu sehr damit beschäftigt, sich verliebt anzustrahlen, um etwas davon zu bemerken. Erst als sie sich wieder im Gebäude befanden, wagte Tash, etwas zu sagen.

»Gott, mit dieser Schwiegermutter wollte ich keinen Streit haben. Da kriegt man es ja mit der Angst zu tun.«

Sarah kicherte und schüttelte den Kopf. »Aber Dave hat davon überhaupt nichts mitbekommen. Irgendwie bin ich nicht sicher, ob die es bis zum Altar schaffen. Jedenfalls nicht, wenn es nach Mias Mutter geht.«

»Ist vielleicht auch besser so. Mia macht ja einen ganz netten Eindruck, aber du kennst doch den Spruch – wenn man wissen will, wie eine Frau wird, sollte man sich deren Mutter anschauen. In dem Fall werde ich eine Ausgewanderte mittleren Alters mit teakfarbenem Teint sein, die ihre Tage cocktailtrinkend am Strand verbringt, umschwirrt von smarten Typen namens Miguel oder so.« Tashs Eltern hatten fünf Jahre zuvor auf Mallorca ihren Alterswohnsitz bezogen.

»Trifft der Spruch auch auf Männer zu?« Laneys Stimme ließ sie zusammenfahren.

Ihre Freundin war noch kurz auf dem Dach geblieben, um aufzuräumen und den Sicherheitstypen und Bert, den Fensterputzer, zu bezahlen. Sie hatten gar nicht bemerkt, dass sie ihnen gefolgt war. Tash, deren glatter schwarzer Bob nun ein windzerzauster Mopp war, drückte auf den Fahrstuhlknopf und sprang von einem Bein aufs andere, um sich aufzuwärmen.

»Keine Ahnung. Wieso?«

Laney lehnte sich seufzend gegen die Wand. »Weil Cams Dad dreimal verheiratet war, er hat alle drei Frauen betrogen.«

Nachdenklich verarbeiteten sie diese Information. Der Fahrstuhl war inzwischen angekommen, die Türen öffneten sich. Ein Mann im Anzug schaute sie verdutzt an, als sie ihn total ignorierten und die Türen sich wieder schlossen.

»Hast du schon entschieden, was du jetzt machen wirst?«, fragte Sarah leise.

Laney nickte. »Wir reden gleich im Büro darüber. Wenn ich den Entschluss fasse, mein Leben zu ruinieren, möchte ich dabei gern ein Glas Wein in der Hand haben.«

14. Kapitel

Der Regen klatschte an die Fensterscheiben, als sie endlich wieder in den Büroräumen ihrer Agentur saßen. Er verstärkte die düstere Stimmung noch, die bei den Mädels herrschte. Sarah suchte die letzten Alkoholvorräte zusammen. Eine Flasche war da noch, also ein oder zwei Gläschen für jede. Notstand. Kein gutes Zeichen.

Sie hatten sich aus ihren Overalls geschält – Laney trug nun ein psychedelisches Maxikleid, Tash enge Jeans und ein weißes Chiffonoberteil und Sarah das Erstbeste, was ihr am Morgen im Kleiderschrank entgegengekommen war: ein dunkelrotes Etuikleid, das sie sich im vergangenen Monat für ein Businessfrauenlunch gekauft hatte, zugegeben etwas overdressed.

Laney hockte mit angezogenen Beinen auf der Couch, die anderen machten es sich ebenfalls bequem. Sarah setzte sich neben Laney, und Tash legte sich quer auf einen Sessel, den Kopf auf einer Armlehne, die Beine über der anderen baumelnd.

Tash begann die Diskussion mit einem Gähnen. »Brauche ich Aspirin für das Gespräch?«, fragte sie. »Ich hab bereits Kopfschmerzen von der tödlichen Kombination unterschiedlichster Alkoholsorten gestern, dem späten Ins-Bett-Gehen und unserem lebensbedrohlichen Einsatz heute Morgen. Ich muss wissen, ob es noch schlimmer kommt, dann sorge ich vor.«

Laney musste lächeln. »Ja, nimm besser was«, riet sie und trank einen großen Schluck Prosecco.

»Also, dann leg mal los«, meinte Sarah sanft.

Ihre Augen waren voller Sorge. Seltsam, dachte Laney, aber mit Tashs offener, schonungsloser Art kann ich viel besser umgehen als mit Sarahs Mitgefühl. Das macht es irgendwie nur noch schlimmer.

»Ich hab ihn gestern Abend angerufen.«

Tash sah sie erstaunt an. »Und?«

»Er sagte, er sei in Birmingham. Hat sich so verhalten wie immer.«

»Vielleicht heißt das ja, dass wir uns doch alle irren«, meinte Sarah hoffnungsvoll.

»Nein. Er hat gelogen.«

»Woher weißt du das?«

»Ich weiß es einfach. In seiner Stimme war etwas, das vorher nicht da war … Ich kann es nicht beschreiben … So ein Zögern. Als müsste er genau überlegen, was er sagt. Und dann hat er mir ganz viele Einzelheiten erzählt. Das tut er sonst nie. Es sei denn, er redet über irgendein technisches Gerät.«

»Idiot«, kommentierte Tash, was nicht wesentlich weiterhalf.

»Ja.«

Laney fuhr sich mit den Fingern durchs Haar. Es fühlte sich alles so merkwürdig an, als würde es jemand anderem passieren. Wie konnte das ihr Leben sein? Einen Moment überlegte sie, ihren Freundinnen zu gestehen, dass sie die ganze Nacht in dieser Imbissbude verbracht hatte, aber dann entschied sie sich dagegen. Es warf kein gutes Licht auf sie. Besser, sie behielt es für sich, sonst würde Tash ab sofort Kontrollbesuche bei ihr machen.

»Ich denke, ich werde bei meinem Plan bleiben und die New-York-Nummer durchziehen. Ich muss die Wahrheit wissen. Ich muss es mit eigenen Augen sehen. Ich will …« Die Worte blieben ihr im Hals stecken wie ein giftiger Kloß. »Ich will erleben, wie er reagiert.«

Sarah atmete tief ein. »Laney, hör auf. Das ist doch … das ist …« Sie bemühte sich um die richtigen Worte.

»Total pervers und grenzwertig masochistisch«, bot Tash an.

»Ich weiß ja.« Laney seufzte resigniert. »Aber ich glaube immer noch, dass er sich rausreden und sämtliche Spuren verwischen wird, sobald ich ihn zur Rede stelle. Das lässt mir keine Ruhe. So bin ich sicher, dass es keinen Zweifel gibt.«

In ihren Worten war keine Befriedigung, nur unendliche Traurigkeit. Letzte Nacht hatte sie zwischen Frittierfett und Wärmerechauds sechs Stunden lang jede mögliche Situation aus jedem Blickwinkel überdacht.

Tash schaute an die Decke. »Laney, bist du dir ganz sicher? Das wird brutal. Willst du dir das wirklich antun?«

»Ich muss. Vielleicht werde ich ja auch positiv überrascht, wer weiß? Vielleicht ist Cara ja eine miese Stalkerin und hat alles bloß erfunden. Vielleicht ist sie eine Arbeitskollegin, und das Essen mit ihm war völlig harmlos, und er hat mir nur nichts davon erzählt, weil es für ihn so unwichtig war.«

»Klar!« Sarah nickte. »Genau so wird es gewesen sein. Das erscheint einleuchtend!«

»Nein, tut es nicht«, antwortete Laney ruhig. »Das wissen wir alle. Also gibt es nur die eine Möglichkeit, die Wahrheit rauszufinden. Wir werden die Sache angehen. Und zwar jetzt sofort.«

»Was hast du vor?«, fragte Sarah, aber eine Antwort war unnötig, denn Laney hatte bereits ihr Handy gezückt und gab die Nummer ein, die sie unter ihren Kontakten abgespeichert hatte.

Cara antwortete beim dritten Klingelzeichen.

»Hallo?«

»Cara, hier ist Laney von *derbesondereheiratsantrag*. Wie geht es dir?«

Die beiden anderen Mädels beugten sich weit vor, um ja alles mitzubekommen. Dabei hatte Laney auf laut gestellt, sodass auch so jedes Wort von Cara deutlich zu hören war.

»Super! Ich bin so totaaal aufgeregt. Ich kann es gar nicht erwarten.«

Laney schloss die Augen für ein paar Sekunden, ehe sie die Kraft hatte weiterzureden.

»Prima! Dann willst du also loslegen?«

»Na klar.«

»Okay. Wenn das so ist, werde ich dir noch heute ein paar Unterlagen schicken – einen genauen Zeitplan, unseren Vertrag und die Geschäftsbedingungen. Es wäre klasse, wenn wir alles in den nächsten Tagen unterschrieben zurückbekämen.«

»Kein Problem. O mein Gott, ich kann gar nicht glauben, dass das alles wirklich wird. Das habe ich mir immer gewünscht.«

Es fiel Laney immer schwerer, die Fassung zu wahren, aber sie musste da durch. Wie hatte Tash sie genannt? Masochistisch? Tja, das traf auf die letzten fünf Minuten wohl zu. Dazu noch zerstört und entsetzt.

»Perfekt. Und Cara …«

»Ja?«

Sarah und Tash hockten auf der Sofakante und starrten ihre Freundin wortlos an. Es kam ihnen vor, als würden sie einen Autounfall in Zeitlupentempo mitverfolgen. Gleich würde es furchtbar krachen und wehtun, aber sie hatten keine Chance, ihn zu verhindern.

»Bist du dir ganz sicher, dass du es geheim halten kannst? Ich meine, es ist ziemlich aufregend, und da wäre es nur allzu verständlich, wenn du dich aus Versehen verplappern würdest bei … bei …« Laney stockte, hustete, kämpfte mit aller Kraft gegen den Drang, sich zu übergeben, bis sie den Satz zu Ende brachte: » … deinem Freund.«

»Das ist kein Problem. Ich bin totaaal gut in Geheimnissen. Vor ein paar Monaten, als ich ihm ein iPad zum Geburtstag geschenkt habe, habe ich vorher auch nichts verraten, und er war totaaal überrascht. Zum Dank ist er mit mir nach Paris geflogen.«

Laney ließ das Handy aus der Hand fallen. Irgendwann wurde es einfach zu viel. Gott! Cameron war an dem Tag nach seinem fünfunddreißigsten Geburtstag mit einem neuen iPad nach Hause gekommen und hatte ihr erzählt, sein Unternehmen habe alle Berater damit ausgestattet. Keine Sekunde hatte sie daran gezweifelt. Nicht eine einzige. Ebenso wenig hatte sie mit der Wimper gezuckt, als er am darauffolgenden Wochenende von einem »Geschäftstermin« in Paris zurückgekehrt war und sich beklagt hatte, er sei völlig erschöpft.

Verflucht.

Laney schloss die Augen und saß regungslos da, völlig außerstande sich zu bewegen, während der Schmerz in ihrem Körper wütete.

Tash reagierte rasch und hob Laneys Handy auf. »Entschuldige bitte, Cara, hier ist Tash. Laney hat gerade ganz unerwartet wichtigen Besuch bekommen, daher übernehme ich das Gespräch. Hör mal, ich wette, du denkst ununterbrochen daran, oder?«

»O ja. O mein Gott. Ich habe mich gestern mit Cameron zum Lunch getroffen, und es ist mir soso schwergefallen, nicht sofort alles auszuplaudern. Aber ich will die Überraschung auf keinen Fall verderben. Ich war totaaal froh, als er wieder zur Arbeit gegangen ist und ich endlich in Ruhe durchatmen konnte.«

»Ah. Sag mal, was genau macht Cameron noch mal beruflich?«, fragte Tash unschuldig.

»Er ist eine Art Unternehmensberater. Er ist wahnsinnig intelligent. Er kann den Leuten in den Kopf schauen und sie dazu bringen, alles zu glauben.«

Laneys Magen verkrampfte sich, als ihr klar wurde, wie sehr diese Behauptung der Wahrheit entsprach. Sie jedenfalls hatte er dazu gebracht, jedes seiner verlogenen Worte zu glauben.

»Oh, dann ist er bestimmt viel unterwegs, oder? Ich wette, er sammelt in seinem Job ganz schön viele Flugkilometer.«

»Absolut. Er ist so fleißig. Gleich nach dem Lunch musste er zum Flieger …« Die drei schauten sich mit großen Augen an, in der Hoffnung, dass das, was jetzt kam, ihre wilden Spekulationen der Unschuld unterstrich. »… nach London.«

Die großen Augen drückten jetzt Erstaunen aus. London? Er hatte doch gesagt, er sei in Birmingham. Vielleicht war ja doch was dran an ihrer Theorie. Vielleicht war Cara tatsächlich eine verwirrte Stalkerin/Arbeitskollegin, und er hatte mit ihr einen Geschäftstermin zum Mittagessen gehabt und ihr falsche Infos gegeben, weil er nicht wollte, dass sie ihm folgte. Klammern. An. Strohhalme. Es klang völlig albern. Und trotzdem hoffte Laney. Hoffte so sehr, dass sich ihre Fingernägel schmerzhaft in ihre Handflächen gruben. Es gab noch den Hauch einer Chance, dass alles nur ein großes Missverständnis war, über das sie irgendwann später lachen würden.

»Es ist sicher nicht leicht für dich, dass er so oft unterwegs ist«, sagte Tash als Nächstes.

Laney und Sarah wunderten sich, dass das FBI ihre Talente noch nicht entdeckt hatte.

»Na ja, es geht so. Ich meine, er ruft mich jede Nacht um zwölf an …«

»Ach …«

Hoffnung zunichte.

Mit einem Schlag.

Es war eine von Cams Marotten. Immer wenn er sie angerufen hatte, hatte er behauptet, dass er um Mitternacht unbedingt schlafen müsse, daher hatten sie ihre Gespräche jedes Mal pünktlich beendet. Sie hatte geglaubt, er täte das, weil er so ungeheuer diszipliniert war. Um am nächsten Morgen fit und ausgeschlafen zu sein. Jetzt wusste sie, dass eine andere dahintersteckte. Caras Worte drangen gedämpft wie durch Watte, und doch hörten sie ihre letzten Sätze sehr deutlich.

»Genau genommen skypen wir. Das ist einfach totaaal verrückt bei Fernbeziehungen. So intim, wenn du verstehst, was ich meine.« Cara kicherte.

»Verstehe«, antwortete Tash mühsam beherrscht. »Also, wie Laney schon sagte, wir schicken dir die genauen Einzelheiten in den nächsten Tagen, und danach beginnt der Countdown. Bis dann.«

»Byeee«, trällerte Cara, und Tash warf das Handy auf die Couch. »Ich weiß, es ist nicht ihre Schuld, aber irgendwie fange ich an, sie zu hassen.«

»Mit dem ersten Teil hast du recht, es ist wirklich nicht ihre Schuld. Und *sie* lügt uns ja auch nicht an«, fügte Laney hinzu. »Cam beendet unsere Telefonate immer vor Mitternacht. Damit er früh ins Bett kommt und morgens vor der Arbeit noch Zeit hat für ein kurzes Workout, behauptet er.«

»Er meint wohl eher sein kurzes Skype-Workout vor dem Schlafengehen«, bemerkte Tash bitter.

Laney griff nach der Flasche und füllte ihr Glas neu. »Offenbar. Meine Güte, immer wenn ich glaube, es kann gar nicht schlimmer kommen, passiert genau das.«

Sarah nickte. »Ich muss gerade an das denken, was du vorhin gesagt hast. Dass es nicht Caras Schuld ist. Müssen wir sie nicht warnen? Ihr die Wahrheit sagen? Wäre das nicht unsere Pflicht?«

»Das habe ich auch schon überlegt«, räumte Laney ein. »Du hast recht, sie sollte es erfahren. Aber wenn wir ihr jetzt alles erzählen, wird er auch bei ihr versuchen, sich aus der Sache herauszulügen. Er könnte zum Beispiel behaupten, wir wären längst getrennt. Oder irgendwas anderes. Wir wissen ja inzwischen, wie gut er lügen kann. Sie hat in dem Formular geschrieben, dass sie zwei Jahre zusammen sind. Zwei Jahre voller Lügen! Wieso habe ich das nur nie gemerkt? Und wieso hat *sie* nicht gemerkt, dass da was nicht stimmt? Ich meine, was hat sie geglaubt, wo er Weihnachten war? Oder Silvester? Er war mit mir zusammen, also konnte er nicht mit ihr zusammen sein. Wie hat er ihr das erklärt? Ich finde auch, sie muss unbedingt alles erfahren, aber ich hoffe, sie versteht, warum ich es auf die harte Art tun muss. Wenn sie ihn anschließend immer noch will … Bitte, das ist dann ihre Sache. Sie kann ihn haben. Für mich gibt es kein Zurück.«

Es war das erste Mal, dass sie das aussprach. Es war vorbei. Und auch wenn das klar war, sie konnte nicht gehen, ohne Cam auf frischer Tat zu ertappen, denn sie musste ohne jeden Zweifel wissen, dass sie das Richtige tat. Sie würde alles tun, um den Schock und den Schmerz für Cara so gering wie möglich zu halten, aber es war für sie beide das Beste, herauszufinden, wie weit er mit seinen Lügen gehen würde.

Es war nicht einfach, doch sie würde es durchziehen. Dass er dafür sämtliche Kosten tragen musste, war immerhin ein kleiner Trost.

Es klingelte, und sie zuckten alle zusammen. Tash war die Erste, die aufsprang und das Gespräch an der Gegensprechanlage annahm. Sie hörte kurz zu und nickte. »Natürlich, kommen Sie rauf.«

»Seltsam.« Sie sah die anderen verwirrt an. »Eine Lieferung für uns. Blumen. Hat jemand einen Verdacht?«

Alle schüttelten den Kopf.

Kurze Zeit später stand der Bote vor der Tür. Sein Gesicht war hinter einem riesigen Strauß weißer Lilien und Rosen versteckt.

»Ah, weiße Rosen sind meine Lieblingsblumen.« Sarah stand auf.

Tash verdrehte die Augen. »Wer hätte gedacht, dass ausgerechnet Leo heute Abend zur Rehabilitierung der männlichen Gattung beiträgt?«

Sarah stemmte empört die Hände in die Hüften. »So ist Leo! Er hat allen Grund, mich ein bisschen zu verwöhnen, jetzt, da er endlich den großen Durchbruch geschafft hat.«

»Und du hast es verdient, Süße«, antwortete Laney, die Sarah nicht die Freude verderben wollte.

Schließlich hatte sie eine schwierige Zeit hinter sich. All die Jahre hatte sie Leo finanziell unterstützt, und es war toll, dass sich das nun auszahlte. Sie hoffte nur, dass Leo ihr alles zurückgeben und Sarah endlich zeigen würde, dass sie etwas ganz Besonderes für ihn war.

Sarah gab dem Boten ein Trinkgeld, nahm die Blumen in Empfang, ging zum Sofa und legte sie vorsichtig auf den Tisch, ehe sie den beiliegenden Briefumschlag öffnete und die Karte herauszog.

Ihr Gesichtsausdruck veränderte sich schlagartig. Aus Freude wurde erst Verständnislosigkeit, dann Enttäuschung.

»Was ist los?«, fragte Laney.

Sarah antwortete, indem sie Tash die Karte weiterreichte. Sarah hätte sich riesig gefreut, wenn die Blumen für sie gewesen wären. Laney wäre angeekelt gewesen, wenn sie von Cam wären.

Und Tash?

Tash war völlig entsetzt, als sie die Zeilen laut vorlas. »Giselle hat sie ausgesucht. Danke für gestern Abend.« Sie stöhnte. »Ihr wisst, was das heißt, oder?«

»Dass dein Lover mehr will, als in seiner Jobbeschreibung steht?«, antwortete Laney trocken.

»Dass er sich in dich verliebt hat?«, schätzte Sarah, um mit ihrem Sinn für Romantik die Enttäuschung zu verdrängen.

»Nein, es bedeutet …« Tash seufzte und warf die Karte auf den Tisch. »Dass er absolut und total raus ist.«

15. Kapitel

Einen Moment lang glaubte Sarah, die Person, die auf der Treppe vor ihrem Haus saß, sei Leo. Es wäre nicht das erste Mal, dass er seine Schlüssel vergessen hätte. Aber so waren Künstler nun mal. Ihre Stärken waren Kreativität und Fantasie, etwas so Langweiliges, wie Rechnungen zu bezahlen, einzukaufen oder Hausarbeit zu verrichten war ihnen nicht wichtig. Und Schlüssel eben auch nicht.

Als sie näher kam, sah sie, dass sie sich geirrt hatte. Guy sprang auf und hob entschuldigend die Hände.

»Sorry, ich wollte dich nicht erschrecken«, rief er. »Ich sitze nicht auf deiner Treppe, weil ich hinter dir herstalke. Also eigentlich doch … Na ja, ich habe natürlich doch auf deiner Treppe gesessen. Aber ich … ich wollte dir gerade eine Nachricht schreiben«, stammelte er. »Du meine Güte, dein Gesicht sieht ja schlimm aus. Tut es noch weh?«

Was redete er da? Es fiel Sarah schwer, nicht laut zu lachen. »Nein. Nur wenn ich lachen muss. So wie jetzt.«

»Oh … dann noch mal sorry. Anscheinend bringe ich dir nur Unglück. Ich schwöre dir, so was tue ich sonst nie, wenn ich Leute kennenlerne. Ich meine, ihnen reinfahren oder bei ihnen vor der Haustür rumsitzen.«

»Das will ich hoffen. Es wäre eine ziemlich aufwendige Form der Kontaktanbahnung.«

Eine Pause entstand, dann begriff Guy, dass er wieder an der Reihe war, etwas zu sagen.

»Oh … äh … ja. Sorry. Ja, du hast recht. Ich wollte dir nur noch mal sagen, dass meine Versicherung natürlich alle Kosten übernimmt. Aber dann ist mir noch eingefallen, dass ein Kumpel von mir eine Werkstatt in der Mount Vernon Road hat. Er hat angeboten, dein Auto morgen abzuholen, es zu reparieren und dir anschließend wieder zurückbringen. Dann hast du gar keinen Stress damit und brauchst auch nicht zu warten, bis die Versicherung zahlt.«

»Perfekt.« Sarah kramte in ihrer Tasche nach ihrem Haustürschlüssel. »Wenn du mir seine Nummer gibst, rufe ich ihn morgen an.«

»Genau das wollte ich gerade tun. Dir die Nummer aufschreiben«, erklärte er und wedelte mit dem Kugelschreiber und dem Zettel in seiner Hand. »Und zwar auf völlig unstalkende Weise«, fügte er lächelnd hinzu.

Sarah schüttelte den Kopf. Er war echt süß. Gut aussehend. Hatte ein bisschen was von Gerard Butlers. Bestimmt standen alle Mädels aus dem Reisebüro auf ihn, erst recht, wenn er wirklich so nett und anständig war, wie er sich ihr gegenüber gab. Aber mit ihrer Urteilsfähigkeit war es in letzter Zeit ja nicht so weit her. Hatte sie nicht auch Cam für einen netten Typen gehalten?

Sarah fand ihren Schlüssel und zog ihn aus der Tiefe ihrer Handtasche. »Wenn du schwörst, dass du kein Stalker bist, darfst du noch auf einen Kaffee oder Tee mit reinkommen. Es sieht nicht so aus, als wäre mein Freund schon zu Hause, und ich habe in der nächsten halben Stunde nichts vor. Das ist das Mindeste, was ich tun kann, da du extra hergekommen bist.«

»Äh … ja, gern. Das wäre sehr nett.«

Sarah ging vor in die Küche. Die Tatsache, dass wie üblich ein halbes Dutzend Unterhosen auf der Heizung hingen, störte sie nicht. Sie liebte ihre Küche. Manche mochten sie unordentlich oder chaotisch finden, völlig unorganisiert oder, wie Tash, eine Mülldeponie mit vier Wänden nennen – Sarah kümmerte das nicht. Sie mochte das Durcheinander. Verschiedene Tassen und Teller, die sie in Wohltätigkeitsläden und auf Flohmärkten zusammengekauft hatte, den alten Flaschenzug, der mitten im Raum von der Decke hing und an dem Töpfe, Pfannen, getrocknete Blumen und manchmal auch nasse Strumpfhosen hingen, die verschossene Tapete mit den winzigen pinkfarbenen Rosen, die schon bei ihrem Einzug an der Wand gewesen war. Vermutlich stammte sie aus den Fünfzigern. Alles kam wieder in Mode, wenn man nur lange genug wartete. Cath Kidston verdiente heute ein Vermögen mit dieser Erkenntnis.

Guy zog einen Holzstuhl hervor, einen von sechs völlig unterschiedlichen Stühlen, die um einen alten Holztisch herumstanden. Den hatte Sarah in einer Antiquitätenhandlung gefunden und restauriert. Na ja, eigentlich stimmte das nicht so ganz. Leo hatte begonnen, ihn zu restaurieren, nach der Hälfte keine Lust mehr gehabt, und dann hatte Sarah ihn einfach überlackiert. Sie liebte dieses Möbelstück, weil es so einzigartig war.

»Kaffee oder Tee?«, fragte sie und füllte einen Kessel mit Wasser.

Die altmodische Spüle war ein Erbstück des Vorbesitzers. Wenn jemand anderes das Apartment gekauft hätte, hätte er die Küche sicher komplett rausgerissen und stattdessen eine moderne weiße Hochglanzküche eingebaut. Sarah hingegen hatte die vergilbten Holzteile angestrichen, einige hellrosafarben, andere hellblau, und in eine neue Arbeitsplatte aus Kork investiert. Das Ergebnis gefiel ihr total. Wenn je eine Küche ihre Eigentümer charakterisierte, dann diese hier: verrückt, fröhlich und kreativ.

»Tee, bitte. Eure Küche gefällt mir. Sie ist so …«

»Chaotisch?«, half Sarah aus.

»Individuell«, antwortete Guy und lachte.

Sarah schaltete die Herdplatte ein, stellte den Kessel darauf, suchte zwei Tassen aus und stopfte Teebeutel in die Teekanne. Ja, sie mochte auch ihre geblümte Teekanne. Sie erinnerte sie an die Zeiten, als sie ein kleines Mädchen gewesen war. Damals hatten sie oft nach der Schule mit der ganzen Familie am Tisch gesessen, sie, ihre Mum und ihre Freunde, und gelacht und erzählt und eine Tasse Tee nach der anderen getrunken – aus der großen Kanne, die nie leer zu werden schien.

Sie stellte die Teeutensilien auf den Tisch und öffnete den Kühlschrank, um eine Lasagne herauszunehmen. Sie hatte sie am Abend zuvor zubereitet, weil sie sich ein bisschen von Laneys Unglück hatte ablenken wollen. Wieder hatte sie Laney angeboten, mit zu ihr nach Hause zu kommen, aber Laney hatte abgelehnt. So war sie eben, eigensinnig und unabhängig.

Sarah schob die Pasta in den Backofen, dann schenkte sie ihnen beiden Tee ein.

Guy sah interessiert zu. »Schmerzt dein Gesicht beim Essen und Trinken?«

»Nein.« Sarah schüttelte den Kopf. »Ich schwöre dir, es ist nicht halb so schlimm, wie es aussieht. Hör auf, dir deswegen Vorwürfe zu machen. Es ist alles gut«, meinte sie und bot ihm einen Orangenkeks an.

»Okay, ich verspreche, dass ich nicht mehr fragen werde.«

Sarah streifte ihre Sandalen ab, nachdem sie sich hingesetzt hatte, und nahm sich ebenfalls einen Keks. »Ah, das tut gut. Ich hatte heute einen ganz schön anstrengenden Tag.«

»Ich habe noch gar nicht gefragt, was du beruflich machst.«

»Ich bin Mitbesitzerin einer Agentur für Heiratsanträge.«

»Einer Agentur für was?« Guy reagierte genau wie alle anderen, denen sie von ihrem Job erzählte.

»Einer Agentur für Heiratsanträge. Wir beraten Leute, die ihren Partnern oder Partnerinnen einen besonders originellen Heiratsantrag machen möchten. Heute haben wir uns zum

Beispiel für einen Kunden von einem vierzigstöckigen Bürogebäude in einem Fensterputzeraufzug herunterfahren lassen, dazu *Never Gonna Give You Up* von Rick Astley gespielt und ein Banner mit den Worten ›Mia, möchtest du mich heiraten?‹ vor ein Fenster gehalten.«

Guy lachte lauthals. »Wirklich? Das ist ja unglaublich. Ich hoffe, Mia hat Ja gesagt.«

»Hat sie.«

Er dachte einen Moment nach. »Was hältst du davon, wenn ihr ein paar Kärtchen von euch bei mir im Reisebüro auslegt? Viele meiner Kunden buchen romantische Wochenendtrips, sie wären sicher sehr interessiert. Organisiert ihr auch Events im Ausland?«

Sarah nickte eifrig. »Na klar. Wir haben aktuell einen Auftrag für New York.« Das letzte Wort klang etwas gedämpfter, als ihr wieder einfiel, was damit verbunden war.

»Das ist ja perfekt! Ich weiß, unser Kennenlernen war etwas unglücklich …« Guy stockte. »Kann ich bitte noch einen von den Orangenkeksen haben? Ich habe sie als kleiner Junge zuletzt gegessen und ganz vergessen, wie gut sie schmecken.«

»Na klar, nimm dir so viele, wie du magst.«

Sie schob ihm die Schale hin, und er nahm noch einen. »Was sagte ich noch gleich? Ah ja, also nachdem wir uns so unglücklich kennengelernt haben, sollten wir jetzt vielleicht das Beste daraus machen, oder? Wenn ihr eure Reisen über unser Büro bucht, können wir euch sicher einen guten Rabatt geben. Außerdem könnten wir, wie gesagt, euer Unternehmen bei uns bewerben.«

Die Idee war gut. Sarah nickte. »Ich werde mit Laney darüber reden. Das ist eine meiner beiden Partnerinnen. Sie ist für das Geschäftliche zuständig, Tash macht die Logistik und die Planungen und so was.«

»Und was ist deine Aufgabe?«, fragte Guy ernsthaft interessiert.

Sarah zuckte mit den Schultern. »Mein Part ist alles Kreative. Ich bin also sozusagen für die Erfüllung der verschiedenen Wünsche zuständig. Fantasievoller Wünsche. Ups, das klingt ein bisschen seltsam, oder?«

»Ich weiß nicht, was du meinst. Aber ich könnte noch einen Keks vertragen, um darüber hinwegzukommen.«

Sarah lachte. »Romantische Fantasien meine ich.«

Sie sah zu, wie Guy in den nächsten Keks biss. Wo steckte er das nur hin? Dieser Typ aß pausenlos, und trotzdem hatte er kein Gramm Fett am Körper.

»Dann muss dein Freund ja gewaltig unter Druck stehen. Eine Frau, die den ganzen Tag beruflich mit großen Gesten zu tun hat, muss selbst ganz schön hohe Ansprüche haben.«

Sie lachte wieder. »Allerdings. Wenn es für mich nicht wenigstens jeden Tag rote Rosen regnet, werde ich ziemlich ungemütlich.«

»Puh! Der Ärmste!« Guy grinste. »Das klingt ja richtig nach Stress. So, ich geh jetzt aber lieber und lass dich wieder allein. Danke für den Tee. Und ruf meinen Kumpel an, damit er sich um dein Auto kümmern kann.«

»Das ist nett.« Sarah lächelte. »Ich werde Laney vorschlagen, sich wegen des New-York-Trips bei euch zu melden. Soweit ich weiß, sind die Flüge und das Hotel noch nicht gebucht.«

»Gern.«

Sarah brachte Guy zur Tür und winkte ihm nach. Danach fühlte sie sich entspannter als zuvor. Sie griff zum Telefon und rief Laney an.

»Hey, ich wollte nur nachhören, ob du gut nach Hause gekommen bist.«

»Bin ich. Danke.«

»Hast du Lust vorbeizukommen? Wir könnten uns einen gemütlichen Mädelsabend machen, nette Filme anschauen und über Jennifer Anistons unterschätztes Talent diskutieren.«

Laney lachte. »Kling verlockend, aber ich bleib lieber hier.«

»Sicher?«

»Absolut.«

»Okay. Versprich mir trotzdem, dass du sofort herkommst oder wenigstens anrufst, wenn dir die Decke auf den Kopf fällt. Wir sind heute Abend auf jeden Fall zu Hause. Also, schwörst du mir das?«

»Hoch und heilig.«

Mit ihrem Tee machte Sarah es sich auf dem zerschlissenen rosafarbenen Ohrensessel in der Zimmerecke bequem. Sie würde alles dafür geben, die Sache für Laney in Ordnung bringen zu können, aber es sah nicht so aus, als gäbe es irgendeine Chance, den Herzschmerz abzuwenden, der unaufhaltsam auf ihre Freundin zurollte.

Sarah nahm die aktuelle *Marie Claire* von dem wackligen Beistelltisch neben sich und begann, sie ziellos durchzublättern. Doch irgendwie konnte sie sich nicht richtig konzentrieren auf das, was sie las. Erst nach einer Weile wurde ihr klar, wo ihre Gedanken die ganze Zeit waren.

Guys Bemerkung kam ihr wieder in den Sinn. *Dann muss dein Freund ja gewaltig unter Druck stehen. Eine Frau, die den ganzen Tag beruflich mit großen Gesten zu tun hat, muss selbst ganz schön hohe Ansprüche haben.*

War das der Grund, weshalb Leo ihr noch keinen Antrag gemacht hatte?

Sie hatte es immer auf ihre Finanzen geschoben, aber ganz ehrlich – man konnte auch mit kleinem Budget heiraten. Sie jedenfalls hatte keine Ansprüche. Oder etwa doch?

Sie hatte keine Zeit mehr, sich diese Frage zu beantworten,

denn in diesem Moment kam Leo ins Zimmer gestürmt, beugte sich über sie und küsste sie. Sein Haar war zu einem Pferdeschwanz gebunden, er trug verwaschene Jeans und das graue Shirt, das sie am liebsten an ihm mochte.

»Hey, Baby, hattest du einen guten Tag?«

»Nicht so richtig.«

»Wie geht's Laney?«

Leo und Laney kannten sich kaum, aber Sarah war gerührt, dass er nachfragte.

»Nicht besonders. Wie waren deine Termine?«

Er trank einen Schluck Milch direkt aus der Packung. Dabei tropfte ein bisschen auf sein T-Shirt, aber er bemerkte es nicht.

»Oh, super. Wir haben den ganzen Papierkram erledigt. Mein Agent ist begeistert.«

»Wie schön!«

Der Stuhl, auf dem Guy noch eine halbe Stunde zuvor gesessen hatte, schabte über die Fliesen, als Leo ihn herauszog und sich breitbeinig daraufsetzte. Sarah musste lächeln. So eine Machopose war völlig untypisch für ihn. Leo war zurückhaltend. Soft. Und genauso unkonventionell wie sie. Die neue Aufgabe schien ihn zu verändern. Sarah hatte gar nicht gewusst, dass er auch so sein konnte.

»Baby, ich fürchte, dieser Job bedeutet eine Menge Überstunden für mich. Ist das okay für dich?«

»Natürlich! Leo, das ist dein Durchbruch! Dein ... dein ...« Nicht zum ersten Mal verfluchte sie ihre mangelnden Fachkenntnisse im Filmbusiness. »Dein *Pretty Woman*«, beendete sie schließlich triumphierend.

Er dachte einen Moment lang nach. »Ich weiß nicht, was du damit meinst.«

»Oh, sorry, war vielleicht kein gutes Beispiel. Aber es war der einzige Film, der mir einfiel, der jemanden zu einem großen Star gemacht hat. Du weißt schon, Julia Roberts.«

Leo schüttelte lächelnd den Kopf. »Fantastisch. Nur bin ich ein Mann. Was hältst du von De Niro in *Der Pate* oder Affleck und Damon in *Good Will Hunting*?«

Mit dem dicken Zeh kitzelte Sarah seinen Oberschenkel. »Du weißt doch, was ich meine. Aber ich verspreche dir, ich werde die Zeit, in der du arbeitest, nutzen, um meine Fachkenntnisse in Sachen Film aufzubessern.«

»Gute Idee. Ich frage dich anschließend ab.«

Erst viel später, als die Lasagne aufgegessen war, eine Flasche Wein geleert, und sie beide eng umschlungen auf der Couch saßen und einen Film mit Will Smith anschauten, dachte Sarah wieder an das, was Guy gesagt hatte.

Sie löste sich von Leo und sah ihn an. Ihre Gesichter waren nur wenige Millimeter voneinander entfernt.

»Hast du jemals das Gefühl, wegen meines Jobs unter Druck zu stehen?«

»Unter Druck? Wieso?«, fragte er und versuchte, an ihr vorbei auf den Fernseher zu schauen.

»Na, der Druck … besonders romantisch sein zu müssen.«

Es ergab absolut Sinn. Wieso war sie nicht schon früher darauf gekommen? Natürlich war es schwer, einen romantischen Antrag zu machen, sich etwas ganz Persönliches und Einzigartiges auszudenken, wenn die Partnerin den ganzen Tag damit verbrachte, für Unsummen von Geld genau diese besonderen Events zu planen.

Endlich sah auch Leo sie an. »Nein«, antwortete er einfach, ehe er sich erneut dem die Welt rettenden Will Smith zuwandte.

Sarah lehnte den Kopf wieder an seine Brust.

Wenn das nicht das Problem war, was war es dann?

16. Kapitel

Laney starrte nun schon seit zwanzig Minuten auf die Tür von Cams Zimmer, aber irgendwie war sie zu keiner Handlung fähig. Dabei war es eigentlich ganz einfach. Klinke runterdrücken. Öffnen. Durchsuchen. Als sie sich vor das Zimmer in den Flur gesetzt hatte, war noch ein wenig Tageslicht durch das Fenster dort gefallen, jetzt war es dunkel. Sie blieb noch eine Zeitlang auf dem Teppich hocken, dann riss sie sich zusammen. Los jetzt! Es war zu schaffen.

Langsam stellte sie ihren Kaffeebecher aus der Hand, hievte sich hoch und öffnete die Tür. Ihr Magen krümmte sich. Der Raum roch nach ihm. Kein schlechter Geruch, kein Aftershave, kein Schweiß, einfach nur er. Nur Cam. Man hätte sie mit verbundenen Augen hier hineinführen können, sie hätte sofort gewusst, wo sie war.

Mit zitternden Fingern fuhr Laney über die Oberfläche des Schreibtisches und ließ sich auf den Lederstuhl fallen. Sie hatte erst wenige Male hier gesessen. Damals, als der Stuhl geliefert worden war und sie und Cam ihn zusammen ausprobiert hatten, und ein anderes Mal, als ihr Laptop kaputt gewesen war und sie seinen Computer benutzt hatte, um ein paar Überweisungen zu machen. Bei beiden Gelegenheiten war er mit ihr im Zimmer gewesen.

Sie kam sich schäbig vor. Wie ein Eindringling. Dabei, und die Ironie entging ihr nicht, war er doch derjenige, der irgendwo eingedrungen war. In das Höschen einer anderen.

Sein Schreibtisch war schwarz und hochglanzlackiert. Sie fand das ein bisschen übertrieben für ein Arbeitszimmer, das außer ihm nie jemand sah, aber dann hatte sie daran gedacht, wie viel er arbeitete. Warum sollte er sich nicht einen teuren Schreibtisch gönnen, wenn ihn das glücklich machte?

Wo war die Grenze? Ein schnelles Auto. Teure Urlaube? Designeranzüge? Eine fünfundzwanzigjährige Stylistin, die in jedem Satz mindestens dreimal das Wort »totaaal« benutzte. Das war definitiv total die Grenze.

Nicht dass sie selbst, was ihre Wortwahl betraf, viel besser wäre. Ihre Sätze waren in den letzten zweiundsiebzig Stunden überfrachtet gewesen mit den Wörtern »Schwein« und »Miststück« und »Scheißkerl«.

Sie begann mit der linken oberen Schublade, zog eine nach der anderen auf und durchsuchte den Inhalt. Büromaterial. Ein altes Handy. Sein altes iPad. Dutzende Ladekabel und verschiedene Stecker. Ein paar Notizblöcke. Absolut nichts Verdächtiges oder Belastendes.

Als Nächstes war der Computer an der Reihe. Sie schaltete ihn an. Schweißperlen standen ihr auf der Stirn, als sie wartete, dass er hochfuhr.

Passwort.

Mist!

Eine Zahl – sechsstellig. Sie versuchte es mit den naheliegenden. Sein Geburtstag. Das Datum ihres Kennenlerntages. Ihr Hochzeitstag. Variationen seiner Telefonnummer. Sogar seine Versicherungsnummer, die praktischerweise auf einem Zahlschein in der dritten linken Schublade von oben lag.

Laney lehnte sich zurück. Das kühle Leder tat gut und linderte die Kopfschmerzen, die oberhalb ihres Nackens begonnen und nun ihre Schläfen erreicht hatten. Sie waren wie ein Schraubstock. Ein ähnliches beklemmendes Gefühl lastete auf ihrer Brust, dabei hatte sie ihren BH gleich nach dem Nachhausekommen ausgezogen und trug nun ein zu großes T-Shirt, dazu ihre graue Yoga-Hose und dicke Socken. Sie zermarterte sich das Hirn nach weiteren Möglichkeiten, probierte sie aus. Nichts funktionierte.

Gerade als sie aufgeben wollte, kam ihr eine Idee. Nein, das würde er nicht tun, oder? Sie zog ihr Handy aus der Hosentasche, suchte die Nummer und tippte die letzten sechs Ziffern ein. Der Bildschirm flackerte auf. Laney schloss die Augen.

Er benutzte Caras Telefonnummer als Passwort für seinen Computer! Irgendwie erschien ihr das noch verletzender als die Vorstellung, dass er Sex mit ihr hatte. Trotz des überwältigenden Schmerzes ahnte sie, dass das irrational war, aber es war fast so, als hätte er sie mit in ihr Zuhause gebracht.

Moment mal. Hatte er sie vielleicht wirklich hergebracht?

Laney war ab und zu über Nacht weg. Sie arbeitete abends oft lange. Hatte er sie mit in ihre Wohnung gebracht und es hier mit ihr getrieben? In ihrem Ehebett? Oder hier, auf diesem hochglänzenden Schreibtisch?

Sie brauchte einen Moment, um sich zu sammeln und zum Weitermachen zu motivieren. Am liebsten wäre sie auf der Stelle weggerannt. Irgendwohin. Nur weit weg von Cam Cochrane und allem, was mit ihm in Verbindung stand.

Nein! Sie war so weit gekommen, und wenn es hier etwas gab, von dem sie wissen sollte, dann würde sie es herausfinden.

Ihre Hand griff nach der Maus, und sie begann, sich systematisch durch seine Ordner zu arbeiten. Entlarvende Fotos? Nein. Nur Dutzende von Selfies, Landschaftsaufnahmen und Fotos von Partys, die sie in den letzten Jahren gegeben hatten.

Sie durchforstete seine E-Mails. Auch nichts. Ihr Stromversorger. Korrespondenzen mit ehemaligen Kommilitonen von der Uni. Aber das war nur sein privater Account, und er benutzte meist den seiner Firma. Der lag auf dem Server seines

Unternehmens, und sie hatte keine Ahnung, wie sie darauf zugreifen konnte.

Laney erschauerte, als ihr klar wurde, wie sehr sie das hasste. Hinter jemandem herzuspionieren und zu schnüffeln fühlte sich so übel an, so falsch, und dennoch konnte sie nicht aufhören. Sie musste wissen, ob es irgendwelche Beweise gab, und sie musste es jetzt wissen.

Sie öffnete und schloss jeden Ordner auf Cams Desktop, bis klar war, dass sich dort absolut nichts Verdächtiges verbarg. Cam war klug. Falls er sie betrog, würde er keine Spuren hinterlassen.

Ein bitteres Lächeln umspielte ihre Lippen, als sie registrierte, dass sie den Gedanken mit dem Wörtchen »falls« begonnen hatte. Die Indizien stapelten sich meterhoch, und für sie galt immer noch der Grundsatz *Im Zweifel für den Angeklagten.*

Sie fuhr den Rechner wieder herunter. Durch ihren Kopf schwirrten lauter unbeantwortete Fragen, als sie in die Küche zum Telefon ging und die Nummer ihres Dads eingab.

»Hi, Dad, ich bin's.«

Noch ehe er etwas sagte, hatte Laney ein Bild vor Augen: wie er am Küchentisch saß, die Brille halb auf der Nase, und in eine der vier Zeitungen vertieft war, die er jeden Tag las. Seit er vor einem halben Jahr in Rente gegangen war, achtete Fred streng darauf, nicht nur seinen Körper fit zu halten, sondern auch seinen Geist. Er war groß und durchtrainiert und sehr attraktiv, und nach einem Leben voller Arbeit fiel es ihm noch schwer, seinen Tag zu füllen. Man hatte ihm angeboten, als Berater zur neu vereinigten Scotland Police zu kommen, aber er hatte abgelehnt. Stattdessen half er ihnen ab und zu aus und verbrachte ansonsten die Zeit damit, all die Dinge zu tun, die er verpasst hatte, weil er jeden Tag vierzehn Stunden damit beschäftigt gewesen war, böse Jungs zu jagen.

»Laney, Schatz. Wie geht's? Wie hat es heute Morgen mit dem Abseilen von diesem Hochhaus geklappt?«

»Perfekt. Aber wir haben uns nicht abgeseilt, sondern sind mit einer Fensterputzergondel gefahren. Ich hab ein paar Fotos gemacht. Ich zeige sie dir am Wochenende.«

»Klingt gut. Dann hat sie also Ja gesagt?«

»Klar.«

»Selbst schuld, oder?«, scherzte er.

»Absolut«, antwortete sie mit mehr Vehemenz, als beabsichtigt.

Es fiel ihm sofort auf. »Alles okay, Laney?«

»Ja, Dad, alles bestens. Ich bin nur ein bisschen müde.«

Sie konnte es ihm nicht sagen, nicht am Telefon. Er liebte Cam wie seinen eigenen Sohn.

»Okay. Na, dann schlaf mal gut. Wir reden morgen wieder.«

Ein Klicken, dann war er weg. Ein paar Sekunden starrte Laney auf den Hörer in ihrer Hand und wartete, dass seine Stimme wiederkam. Das war so gar nicht typisch für ihn. Normalerweise quatschten sie mindestens eine Stunde, aber heute schien er nicht schnell genug wieder auflegen zu können. Vielleicht war etwas passiert. Sie schüttelte den Kopf. Unsinn. Plötzlich sah sie überall Probleme. Sie sollte sich mit dem einen beschäftigen, dem, das sie selbst hatte.

Apropos …

Cam würde bald anrufen. Sie konnte das nicht ertragen, konnte seine selbstgefällige, verlogene Stimme nicht hören. Kurz entschlossen schrieb sie ihm eine SMS.

Hi, Darling, bin heute Abend bei Tash … Das genügte. Er rief sie nie an, wenn sie mit Tash zusammen war, was natürlich daran lag, dass die beiden sich nicht mochten. *Wundere dich also nicht, wenn ich nicht ans Telefon gehe. Ich liebe …* Ihre Finger stockten mitten in der Bewegung, weigerten sich weiterzuschreiben.

Aber er würde sofort merken, wenn sie sich anders verhielt als sonst. … *dich, Laney.*

Angewidert drückte sie auf Senden, setzte sich an den Küchentisch und legte den Kopf darauf. Ihr Magen drehte sich schon wieder, als sie sich vorstellte, wie er die Nachricht lesen würde, froh über den freien Abend. Heute Abend würde Cam sie nicht anlügen, würde nicht vor Mitternacht auflegen müssen um Skype-Sex mit Cara zu haben.

Der Drang, sich zu übergeben war überwältigend. Die Vorstellung machte es nur noch schlimmer, ebenso wie ihr nächster Gedanke.

Wann kam er zurück nach Glasgow? Hatte er nicht gesagt, er sei erst am Wochenende wieder da? Andererseits hatte er vieles gesagt, von dem sie nun wusste, dass es gelogen war. Und erst ihr Eheversprechen – er wollte sie lieben, bis dass der Tod sie trennte. Miststück! War er tatsächlich schon zurück und mit Cara zusammen?

Laney überdachte Cams Verhaltensmuster während der letzten beiden Jahre. Er war in der Regel von montags bis freitags unterwegs, aber mindestens einmal im Monat, manchmal auch zweimal, war er auch an den Wochenenden fort gewesen – angeblich weil er dann für Unternehmen arbeitete, denen es lieber war, wenn das Training außerhalb der Bürozeiten in entspannter Atmosphäre stattfand. War das alles erfunden gewesen?

O mein Gott!

Eines wusste sie allerdings sicher: Auf gar keinen Fall würde sie noch einmal eine Nacht in dieser Imbissbude verbringen. Sie hatte schon in der vergangenen nicht geschlafen, mehr konnte sie nicht verkraften. Irgendwie musste sie einen anderen Weg finden. Vielleicht sollte sie kurz bei einer Apotheke vorbeifahren und sich ein Schlafmittel besorgen oder ein ausgiebiges Bad nehmen. Oder eine dieser Sendungen anschauen über

Leute, die auf Auktionen alte Schließfächer aufkauften, weil sie hofften, inmitten von alten Golfbags und Großtante Hildas Nähkasten einen Schatz zu finden. Da würde sie garantiert in Nullkommanichts einschlafen.

Die Schlaftabletten gewannen. Laney nahm ihre schwarze Ledertasche, warf sie sich über die Schulter und machte sich auf den Weg zu ihrem Auto. Schlaftabletten. Bett. Schlaftabletten. Bett. Ja, so würde sie es machen.

Das Mantra in ihrem Kopf stoppte erst, als sie ihr Ziel erreicht hatte und feststellte, dass sie niemandem etwas vormachen konnte, am allerwenigstens sich selbst.

Die freundliche Kellnerin zwinkerte ihr zu, als sie in den Geruch von Frittierfett und Kaffee eintauchte und sich an denselben Tisch setzte wie am Abend zuvor. Direkt ans Fenster, mit perfektem Blick auf Caras Wohnung im ersten Stock. Laneys Herz schlug ein bisschen schneller, als sie sah, dass an diesem Abend das Licht brannte. O Gott. War Cam da drin? War er bei ihr, nur wenige hundert Meter von ihr entfernt?

Das Vibrieren ihres Handys ließ sie zusammenzucken. Mit zitternden Händen kramte sie es aus der Tasche und warf einen Blick auf das Display. *Kein Problem, gehe heute auch früh schlafen. Vermisse dich, Süße.*

Ihr Blick wanderte wieder zum Fenster. Sie würde hier sitzen bleiben. So lange bis sie ihn sah oder sie oder beide.

In Caras Wohnung war es jetzt dunkel.

17. Kapitel

Tash beugte sich nach vorn und steckte den Kopf durch den winzigen Spalt zwischen den Schultern ihrer Brüder hindurch.

»Erklärt mir bitte noch mal, warum ihr euch ausgerechnet dieses Auto ausgesucht habt«, fragte sie mit unverhohlener Verachtung.

Jordan, der am Steuer saß, lachte. »Vielleicht weil es so unpassend ist.«

Da war was dran. Die beiden ein Meter neunzig großen Rugby-Spieler, beide mit einem Kreuz wie ein Kleiderschrank, hatten sich mit ihrer Schwester in einen Mini gequetscht.

»Tja, der Italian Job erfordert 'ne Menge Opfer«, meinte John.

Normalerweise hätte er die Stichelei, die sich auf den Film bezog, in dem die Täter Minis als Fluchtfahrzeuge benutzten, mit einem freundschaftlichen Boxhieb gegen den Arm seines Bruders unterstrichen, aber dazu war einfach nicht genügend Platz.

Das Auto glitt in eine winzige Parklücke direkt vor Laneys Haus.

»Genau deshalb haben wir den Mini gekauft!«

Jordan lächelte zufrieden, dann öffnete er die Tür und entfaltete vorsichtig seine Gliedmaßen.

»Herrje, hoffentlich müsst ihr nie mal ganz schnell aussteigen.« Tash schüttelte den Kopf. »Irgendwie erinnert mich das an das Aufblasen einer Hüpfburg.«

John lachte, während Jordan auf dem Gehweg himmelwärts blickte, als betete er um Klebeband für den Mund seiner vorlauten Schwester. Tash klappte den Vordersitz nach vorn und kletterte vom Rücksitz. In der Hand hielt sie den riesigen Blumenstrauß, der am Morgen ins Büro geliefert worden war. Sie küsste Jordan auf die Wange.

»Danke, Bruderherz. Bin sofort wieder da.«

Sie rannte die Treppe hinauf, anstatt den Aufzug zu nehmen. Das verschaffte ihr ein kurzes Extratraining und half ein wenig gegen das schlechte Gewissen über den garantiert folgenden nächtlichen Exzess. Jeder Abend mit ihren Brüdern barg das Risiko eines Leberschadens, aber heute gab es einen ganz besonderen Anlass: der Pokalgewinn am letzten Sonntag. Diese Rugby-Jungs wussten ihre Erfolge auszukosten.

Tash war ganz außer Atem, als sie oben ankam, und verlangsamte das Tempo, um wenigstens in der Lage zu sein, den Notarzt zu verständigen. Sie. Musste. Mit. Dem. Rauchen. Aufhören. Ihre Wohnungstür war bereits in Sicht, als sie stehen blieb und an die Nachbartür hämmerte. Trotzdem öffnete Sy nicht direkt. Anscheinend war er nicht zu Hause. Zu blöd! Wieso war sie dann die ganze Treppe raufgerannt? Da hätte sie genauso gut unten bleiben und eine rauchen können.

Nein, der Vorsatz, mit dem Rauchen aufzuhören, war noch nicht verinnerlicht. Sie wandte sich wieder zum Gehen, als sie seine Stimme vernahm.

»Hey«, meinte er, lässig gegen den Türrahmen gelehnt.

Splitternackt. Zumindest von der Hüfte aufwärts. Die untere Hälfte steckte in Jeans. Himmel, der Typ war so reich, und trotzdem schien er nicht genug Kohle zu haben, um auch die obere Hälfte seines Körpers zu bedecken.

Warum tat er das? Warum? Und wieso konnte sie den Blick nicht von der Stelle reißen, an der sein Sixpack und der offene Knopf seiner Jeans zusammentrafen und eine feine Haarlinie den Weg zu seinem …

Nein! Stopp! Konzentrier dich, Tash!

Sie hielt ihm die Blumen hin, die sie den ganzen Weg hergeschleppt hatte. »Hier.«

»Gefallen sie dir nicht?«, fragte Sy ganz offensichtlich amüsiert.

»Sie sind sicher sehr schön«, antwortete Tash. »Aber so was war nicht abgemacht.«

»Abgemacht?«

»Ja. Es war abgemacht, dass wir gelegentlich Gefälligkeiten tauschen, wenn wir uns auf dem Flur treffen, und dass wir in gegenseitiger Übereinkunft Sex haben, wenn es uns beiden passt.«

Er nickte, und seine Augen zogen sich schon wieder so süß zusammen.

»Ah. Ich wusste gar nicht, dass es sich um eine offizielle Abmachung handelt. Jedenfalls kann ich mich nicht daran erinnern, einen Vertrag unterschrieben zu haben.«

»Es war eine verbale Abmachung«, zischte sie. »Und Blumen gehören definitiv nicht dazu. Blumen gehören zu einer anderen Art von Abmachung, als wir sie haben. Aber danke trotzdem.«

Sie hielt ihm den Strauß weiter hin, machte ihm ein Zeichen, ihn zurückzunehmen, aber er rührte sich nicht.

»Ich habe keine Verwendung dafür«, sagte er.

»Ich auch nicht.«

Eine klassische Pattsituation. Die erst in dem Moment aufgehoben wurde, als sich plötzlich die Aufzugtüren öffneten, Giselle herauskam und auf ihren giraffenähnlichen Beinen auf sie zustakste. Was für ein perfektes Timing!

Tash strahlte sie an. »Ah, du kommst genau richtig! Ich hab hier eine Lieferung für dich. Ich hab sie angenommen, weil bei euch niemand zu Hause war.«

Giselle riss die Augen auf, als ihr die Blumen entgegenflogen.

»O Darling, die sind ja wunderschön«, rief sie. »Schau mal, sie passen perfekt zu meinem Outfit.«

»Wirklich perfekt«, bestätigte Tash. »Gut ausgesucht«, sagte sie zu Sy.

»Also dann, ich lasse euch zwei Turteltauben jetzt allein. Wünsche euch einen schönen Abend.«

Bevor Tash den Aufzug erreichte, hatte Giselle sich bereits an Sys Gesicht festgesaugt.

Jordan und John warteten unten am Auto. »Ihr seht aus wie zwei Türsteher.«

Sie lachten, dann trat Jordan zur Seite, öffnete die Wagentür und ließ Tash wieder einsteigen. Zwanzig Minuten später fuhren sie in eine neue Parklücke, diesmal an der Byres Road, direkt gegenüber ihrem Ziel in der Ashton Lane. Jordan zog vielsagend die Augenbrauen hoch, um noch einmal zu betonen, welche Vorzüge dieses kleine Auto hatte.

Als sie die Straße überquerten, setzte Tash eine Sonnenbrille auf, dabei war es bereits dunkel.

»Es geht los.« John lachte. »Was glaubst du, wer heute Abend das Rennen macht?«

»Ich tippe auf Jessie J. Wenn es wieder Dannii Minogue ist, werde ich stinksauer«, antwortete Tash.

Ihre Augen hinter der Sonnenbrille scannten die Menge. Die ersten Leute waren bereits stehen geblieben, und sie sah genau, wie es in ihren Köpfen zu arbeiten begann. Eine schwarzhaarige Frau mit grellrot geschminkten Lippen und dunkler Sonnenbrille zwischen zwei muskelbepackten Typen mit versteinerten Gesichtern, bei denen es sich nur um ihre Bodyguards handeln konnte. Einige griffen bereits nach ihren Handys. Ihre Finger zuckten. Sie, John und Jordan spielten das Spiel regelmäßig und so gut, dass sie regelmäßig Nachrichten bei Twitter provozierten.

OMG!!! Uma Thurman in der #ashtonlane.

Ein weiblicher Promi mit Bodyguards in der #ashtonlane.

Ist Dita von Teese in Glasgow? Ich schwöre, ich hab sie gerade in der #ashtonlane gesehen.

Und ihr Favorit: *Wow! Dannii Minogue! Brauche dringend ein Autogramm. LOVE!!! #ashtonlane. Wo ist Kylie?*

Tash stöckelte über das Kopfsteinpflaster, jeder Schritt begleitet von einem stummen Mantra *Fall jetzt bloß nicht, fall jetzt bloß nicht, fall jetzt bloß nicht.* Kopfsteinpflaster waren tödlich für Zwanzig-Zentimeter-Absätze, und sie hatte nun wirklich keine Lust, die Hauptrolle in einem YouTube-Video zu spielen, in dem Dannii Minogue auf einer belebten Straße aufs Gesicht fällt, und die Umstehenden vor ihren herumfliegenden Zähnen in Deckung gehen.

Erleichterung und Durst machten sich gleichzeitig breit, als sie schließlich die Bar betraten. Dort empfing sie das laute Gegröle einer Horde Männer, von denen jeder Einzelne aussah wie ein Kleiderschrank. Tash mochte sie alle, aber sie war froh, dass sie die Rechnung für ihr Essen und Trinken nicht übernehmen musste.

Jordan und John spielten seit fünf Jahren mit im Team, daher gehörten die Jungs längst auch zu Tashs Freunden. Sie hatten sich daran gewöhnt, dass sie weiblich war, eins fünfundsechzig groß und Hobbyimitatorin von B-Promis. Für sie war sie wie eine von ihnen. Oder das Mannschaftsmaskottchen mit Dauerschwäche für alkoholische Getränke aus Mexiko.

Der vierte Tequila war gerade ihre Kehle hinuntergeronnen, als Tash hinter sich eine ihr allzu bekannte Stimme hörte.

»Sind meine Eier jetzt sicher, oder ist ihr Fortbestand weiter an Bedingungen geknüpft?«

Lächelnd drehte sie sich um. »Mark?«, fragte sie hoffnungsvoll.

»Matt«, korrigierte er.

Seinem Grinsen war anzusehen, dass er es ihr nicht übel nahm. Er streckte die Hand aus und nahm das Bier an, das ihm von dem Typen hinter der Theke angereicht wurde.

»O sorry.« Bei Namen war sie noch nie gut gewesen. »Buchhalter?«

»Yep, aber bitte lass dich von meinem coolen Job nicht einschüchtern.«

»Ich gebe mein Bestes. Ganz ehrlich bin ich froh, mal keinen Stuntman oder Polarforscher vor mir zu haben.«

Jordan hatte die letzte Bemerkung mitbekommen und mischte sich in das Gespräch ein. »Ich entschuldige mich ausdrücklich für meine Schwester. John und ich haben das gute Aussehen und die starke Persönlichkeit abbekommen, da war für sie nur noch die böse Zunge übrig.«

Er zuckte nicht mal zusammen, als sie ihm auf den Fuß trat. Doch Matt schien das Gefrotzel zwischen ihnen Spaß zu machen.

»Tja, ich fürchte, ich bin dir zu Dank verpflichtet, dass du mich neulich nach Hause gebracht hast. Wenn ich mich recht erinnere, habe ich mich nicht wie die Gastgeberin des Jahres verhalten, oder?«

»Nicht wirklich. Aber du hast Potenzial.«

»Nein.« Sie schüttelte den Kopf. »Besser geht es nicht.« Sie streckte den Arm zwischen zwei durchtrainierten Körpern hindurch, um ihr Glas auf der Theke abzustellen. »Ich bin gleich wieder da. Will mir nur schnell online einen Knigge bestellen.«

Sein Lachen begleitete Tash auf dem Weg zur Toilette. Dort angekommen, kramte sie ihr Handy hervor und gab Laneys Nummer ein. Die Mailbox schaltete sich ein. Sie versuchte es bei ihr zu Hause. Nichts. Seltsam. Es war schon elf Uhr. Elf? Wo war nur die Zeit geblieben? Sie waren doch gerade erst gekommen. Tash gab Sarahs Nummer ein. Die war beim zweiten Klingeln dran.

»Hey, Süße. Ist Laney bei dir?«

»Nein. Ich hab zwar versucht, sie dazu zu überreden vorbeizukommen, aber sie wollte nicht. Warum fragst du?« Sarahs Stimme klang besorgt.

Tash beruhigte sie sofort. »Ach, nur so. Sicher hat sie eine Tablette genommen und schläft jetzt tief und fest. Oder sie hat keine Lust, mit irgendjemandem zu reden.«

»Das Letzte ist vermutlich zutreffend«, stimmte Sarah ihr zu. »Laney gehörte ja noch nie zu den Menschen, die ständig alles analysieren.«

Tash gab ihr recht. Das war tatsächlich nicht Laneys Art. Sie war eher praktisch veranlagt, lösungs- und zielorientiert. Das klang zwar wie ein Werbeslogan für ein Logistikunternehmen, doch es stimmte.

»Ich versuch's einfach in einer Stunde noch mal, vielleicht geht sie dann dran.«

»Okay, aber sag mir Bescheid. Ich könnte natürlich auch mal kurz bei ihr vorbeigehen und mich vergewissern, dass alles okay ist. Aber ich will sie nicht wecken, wenn sie tatsächlich schläft.«

Tash sah Sarah vor sich, mit besorgtem Gesicht, auf den Lippen kauend, was sie immer tat, wenn sie nervös, nachdenklich oder aufgeregt war. Gott, sie hatte noch nie so sehr das Bedürfnis verspürt, jemandem wehzutun, wie Cam Cochrane.

»Es ist bestimmt alles gut. Sie braucht einfach nur viel Zeit zum Nachdenken. Ich melde mich wieder bei dir. Mach dir keine Sorgen. Versprochen?«

»Okay«, lautete die wenig überzeugende Antwort. »Wo bist du eigentlich?«

»Auf dem Klo in einem Pub in der Ashton Lane.«

»Na, das ist ein Bild, das ich nicht wirklich brauche.« Lachend legte Sarah auf.

In der Bar war es noch voller geworden, vier Spieler standen auf der Theke und grölten *Love Machine*, zur Erheiterung von mindestens hundert Zuschauern, von denen einige die Show mit ihren Handys filmten.

Zum Glück hatten Jordan und John all ihre vier großen Füße fest auf dem Boden. Sie liebten gute Partys, aber noch mehr liebten sie ihren Job und wollten nicht eine Woche Spielverbot riskieren, nur weil sie gefeiert hatten. Sie würden es am nächsten Morgen teuer bezahlen, wenn sie verkatert zum Training erschienen oder gar Beweise ihres Fehlverhaltens auf YouTube zu sehen wären. Wenn das die Offiziellen des Rugby-Klubs mitbekämen, würde es Strafen hageln wie Proteinshakes.

Matt reichte Tash einen Drink und sah zu, wie sie ihn in einem Zug herunterkippte.

»Also, wo waren wir stehengeblieben?«

»Ich glaube, du hast angedeutet, dass ich mit meinen Gastgeberqualitäten keinen Preis gewinnen kann.«

»Das stimmt. Aber es war trotzdem sehr nett.«

Er zwinkerte ihr zu, und Tash lächelte. Es gab nicht viele Jungs, die so süß aussahen, wenn sie so etwas sagten. Ein Gedanke schoss ihr erneut durch den Kopf und vertrieb ihre Flirtlaune schlagartig.

Laney. Wo steckte sie bloß?

»Noch einen Drink?«, fragte er.

Sie wollte gerade Ja sagen, als ihre Gedanken schon wieder abschweiften.

Wieso ging Laney nicht an ihr Handy?

Energisch schüttelte sie den Kopf. »Danke, aber ich muss jetzt gehen. Beim nächsten Mal nehme ich dein Angebot gern an.«

Überraschenderweise meinte sie das ernst. Seine offene, direkte Art hatte etwas Herausforderndes. Und der Bizeps, der sich unter seinem Shirt abmalte, war auch nicht zu verachten. Dieser Typ hatte nicht die coole Eleganz von Sy, aber er erregte bei ihrer Libido durchaus ein gewisses Interesse. Irgendwann würde sie ihn mal mit nach Hause nehmen und ihn genauer testen. Ein guter One-Night-Stand war doch etwas Feines. Klar, es gab Menschen, die das anders sahen, aber Tash hatte kein Problem damit. Sie liebte bedingungslosen Sex, liebte großartige Männerkörper, und solange alle Beteiligten dasselbe wollten, war doch alles okay.

Sie machte Jordan und Josh auf sich aufmerksam und gab ihnen ein Zeichen, dass sie gehen wollte. Jordan schob sich durch die Menge zu ihr. Dabei war ihm sehr bewusst, dass ein Tisch junger Frauen jeden einzelnen seiner Schritte genauestens beobachtete. Ihre beiden Brüder erregten Aufmerksamkeit, aber zum Glück sahen sie nicht nur gut aus, sie waren auch sehr zurückhaltend.

»Was ist los?«

»Nichts, ich wollte nur Bescheid sagen, dass ich nach Hause fahre. Ich nehme mir ein Taxi.«

»Bist du sicher? Ich hatte nur ein Bier, ich könnte dich fahren.«

»Zweimal am Tag in den Mini? Das überlebe ich nicht.«

»Okay, dann bringen wir dich aber noch nach draußen.«

Tash winkte ab. »Nein, das ist nicht nötig. Wenn ich in fünf Minuten kein Taxi kriege, komme ich wieder rein, einverstanden?«

Widerstrebend ließ er sie gehen. Sie kam an dem Tisch mit den flirtenden jungen Frauen vorbei, blieb stehen, drehte sich um und rief: »Ach, und Darling, vergiss nicht, morgen ist unser Hochzeitstag. Fünf Jahre! Ich liebe dich so!«

Das komplette Rugby-Team brach in lautes Gelächter aus, als die jungen Frauen ihre Aufmerksamkeit von dem jungen Mann, der mitten im Raum stand, schlagartig abwandten und der herausgehenden Frau mit offenen Mündern nachschauten.

Jordan beugte sich grinsend zu Matt hinüber. »Willst du immer noch ihre Telefonnummer haben?«

Matt nickte.

»Selbst schuld«, murmelte er und rief »Bye, Darling« hinter seiner Schwester her.

Tash grinste immer noch, als sie die Tür erreichte. Erst ein gelalltes »Verdammt, ist das nicht Jessie J? Die sieht ja in echt gar nicht so schlecht aus.« ließ sie kurz aufschauen. Sie winkte den staunenden Fans gönnerhaft zu, stieg in ein leeres Taxi und versuchte erneut, Laney zu erreichen.

Wieder nichts.

Tash beschloss, ihre Freundin schlafen zu lassen und nach Hause zu fahren. Sie konnte es ja am Morgen wieder probieren. Ja, das war ein guter Plan. Aber als sie sich nach vorn beugte, um dem Taxifahrer das Ziel zu nennen, kam Laneys Adresse über ihre Lippen, ohne dass sie etwas daran ändern konnte.

18. Kapitel

Laney starrte. Und starrte. Das Fenster lag immer noch im Dunkeln. Ungefähr eine Stunde zuvor war noch einmal kurz das Licht angegangen, und sie hatte atemlos zugesehen, wie sich eine Lichtspur vermutlich vom Schlafzimmer durch den Flur in die Küche bewegt hatte. Ein kleiner Ausflug, um sich ein Bier danach zu besorgen? Oder ein Glas Wasser?

Nicht mal der Refrain von Oasis' *Wonderwall*, den ein Betrunkener in der Ecke vor sich hinsang, konnte den heftigen Schmerz in ihrem Magen dämpfen.

Sie dachte mehrfach daran, einfach rüberzugehen, bei Cara an die Tür zu hämmern und eine Erklärung zu verlangen. Einmal war sie sogar schon aufgestanden, aber genau in dem Moment waren zwei Polizisten reingekommen, und sie hatte das als Zeichen gewertet.

Wenn er nicht bei ihr war, würde Cara sie wegen Verleumdung verklagen. Und wenn er bei ihr war, würde dies eine sehr viel härtere Strafe für ihr Herz nach sich ziehen. Es war unsinnig, das wusste sie, aber irgendetwas in ihr klammerte sich noch immer verzweifelt an die Hoffnung, dass es sich um einen großen Irrtum handelte. Verrückte, unglaubliche Dinge passierten doch ständig auf der Welt, oder? Vielleicht war es genau das, und sie würden sich alle irgendwann kichernd daran zurückerinnern.

Und zugleich wusste sie genau, dass die Chance größer war, dass Noel Gallagher im nächsten Moment in diesen Laden spaziert kam und den betrunkenen Kerl bei der zweiten Strophe von *Wonderwall* unterstützte.

Laney hob den Kaffeebecher an ihre Lippen und stellte ihn sofort wieder ab. Ihr war viel zu übel, um zu schlucken. Sie brauchte dringend Ablenkung, irgendetwas, das die Zeiger an der Wand ein bisschen schneller ticken ließ. Sie zog ihren Laptop aus der Tasche. In den letzten zwei Tagen war sie gar nicht in der Lage gewesen, sich zu konzentrieren, aber als sie jetzt den Rechner hochfuhr, empfand sie es als Erleichterung, an etwas anderes denken zu können als daran, was ihr Ehemann hundert Meter von ihr entfernt gerade trieb.

Rasch überflog sie ihre E-Mails. Nichts Dringendes, das sofort beantwortet werden musste, doch sie arbeitete sie der Reihe nach durch. Die meisten betrafen den Heiratsantrag, der in Inverness anstand, und den großen Event am Bahnhof Queen Street. In einer der E-Mails bestätigte das Verkehrsunternehmen seine Genehmigung für den Flashmob. Sie leitete eine Kopie weiter an den Kunden, der sie gebucht hatte. Er war immer so cool, so lässig, so als handle es sich um eine technische Performance und nicht um den aufregendsten Moment seines Lebens. Aber manche Männer konnten ihre Emotionen ja gut verbergen …

Wieder wanderte Laneys Blick zu dem Fenster auf der gegenüberliegenden Straßenseite. Cam zum Beispiel. Er hatte sogar die Tatsache verborgen, dass er eine Beziehung zu einer anderen hatte.

Ganz schön abgezockt.

Eine weitere Welle der Übelkeit wehrte sie ab, indem sie sich erneut auf den Bildschirm vor ihr konzentrierte. Eifrig wühlte sie sich durch die Korrespondenz, dankbar, sich mit dem Leben anderer Menschen beschäftigen zu können statt mit der Hölle, zu der ihr eigenes geworden war. Als sie fertig war, switchte sie zu Facebook. Sie wollte gerade ihren kleinen Account checken, als ihr eine Idee kam.

CARA DEACON, tippte sie ein, nervös, aber ziemlich sicher, dass sie nichts Erhellendes herausfinden würde. Machten die meisten ihre Profile heutzutage nicht für Fremde unzugänglich? Sie selbst benutzte Facebook jedenfalls nur noch, um ihre Agentur zu bewerben. Wenn sie mit Freunden quatschen oder ihnen Fotos zeigen wollte, traf sie sie lieber persönlich.

Was für eine Ironie! Genau das hatte sie immer für einen der Vorzüge von Cams häufigen Reisen gehalten: genügend Zeit für ihre Freundinnen zu haben. Wieso war ihr nicht aufgefallen, dass er das auch für sich ausgenutzt hatte, sich dabei allerdings auf eine einzige Frau konzentriert hatte? Und wieso endete jeder ihrer Gedanken mit dem Bild von Cam und Cara Deacon in einem Doppelbett auf der gegenüberliegenden Straßenseite? Korrektur: in einem französischen Bett. Und das sah sie jetzt ganz genau vor sich. Ein breites Liebesnest mit weißem Kunstfell und silbergrauen Seidenlaken, daneben Nachttische mit venezianischen Spiegeln, darüber ein Lüster, der selbst Marie Antoinette zu schwülstig gewesen wäre. Total glamourös. Total over the top. Totaaal Cara-mäßig.

Du meine Güte, stand Cam tatsächlich auf so was? Sie hatten ihr Haus zusammen eingerichtet, ruhige Cremetöne und dunkle balinesische Hölzer, die sie an ihre erste gemeinsame Auslandsreise erinnerten – eine wunderschöne, ganz einfache Hütte auf Bali. Irgendwie passend, dass sich der Trunkenbold in der Ecke in seinem *Oasis*-Repertoire weiter vorgearbeitet hatte und nun bei *Don't Look Back in Anger* gelandet war.

Caras Fotos waren nicht geschützt, ebenso wenig wie die Kommentare zu den Aufnahmen ihrer stylishen Wohnung. *Echt cool, Baby. Wow! Wie absolut irre! Cara, so möchte ich auch wohnen – diese Deko ist soooo süß.*

Raum für Raum klickte Laney sich durch Caras Reich. Die Anmerkungen waren immer gleich euphorisch, zu Recht wie

Laney einräumen musste. Zähneknirschend schloss sie das Album und öffnete das nächste. Es war mit *Alles über mich* betitelt. Ob Cam darin vorkam? Würde sie gleich einen Schnappschuss von Caras »sooo süßem Freund« vor sich sehen? Ihr Magen krümmte sich mit jedem Klick mehr. Erst als sie alle Fotos durchgesehen hatte, ging ihr Atem wieder ruhiger. Keine Spur von Cam, nur unendlich viele Fotos von Cara, in verschiedenen Posen und Designeroutfits. Der Drang, diese junge Frau zu hassen, wurde immer stärker, zugleich hatte sie Mitleid mit ihr, weil sie auch nur ein Opfer von Cams Lügen und Betrügereien war.

Laney schaute die Fotos ein zweites Mal an und achtete diesmal genau auf die Details. Auf einem Bild lag ein Laptop auf einem Tisch. Dieselbe Marke und Größe wie Cams, aber das hieß gar nichts – es gab davon Tausende. Die nächsten Fotos, die Cara auf einer Reise zeigten, waren erhellender. Cara am Strand. Cara am Flughafen. Cara auf einem Kamel. Cara vor dem *Jumeirah Beach Hotel* in Dubai. Das *Jumeirah Beach*. Laney warf einen Blick auf das Datum, schaltete ihr Handy ein und scrollte in ihrem Kalender zurück. Bitte, mach, dass es nicht passt. Bitte mach, dass die Daten nicht übereinstimmen.

Es war im letzten April gewesen. Sie erinnerte sich deshalb noch so gut daran, weil sie ohne Cam zum Geburtstag ihres Dads hatte fahren müssen. Damals hatte er behauptet, im Mittleren Osten festzusitzen, wegen eines Auftrags für ein Immobilienunternehmen in dessen Dubaier Niederlassung. April also … Ja, da war es: die Woche ab dem 10. April.

Noch einmal überprüfte sie das Datum auf Caras Facebook-Foto. 12. April. Bingo!

Mit höchster Konzentration arbeitete Laney sich ein drittes Mal durch die Fotos. Jetzt verglich sie jedes Datum mit ihrem Kalender. Bei jeder Gelegenheit, in der Cara auf Reisen war,

war Cam auf einer »Geschäftsreise« gewesen. Die Orte stimmten zwar nicht überein, aber wer wusste schon, wo er tatsächlich gewesen war? Ein Handyanruf hörte sich an wie jeder andere.

Das war nicht gut. Wie eine Schallplatte mit einem Sprung schaute sie sich dieselben Fotos wieder und wieder an. Alles war absolut perfekt. Ein perfektes Zuhause. Eine perfekte Figur. Ein perfektes Leben.

Laney wollte den Laptop gerade ausschalten, als ihr noch etwas anderes auffiel. Cara war die einzige Person auf den Fotos. Keine Freunde irgendwo im Hintergrund. Keine Geschwister, die alberne Grimassen schnitten. Kein Lover. Wenn die Fotos ein wahres Abbild ihres Lebens waren, war es makellos. Aber die einzige Person darauf war sie selbst. Und es waren keine Selfies. Also musste jemand anderes die Fotos gemacht haben, ohne sich selbst je zu zeigen.

Das ergab alles keinen Sinn. Oder doch?

Laney klappte den Laptop zu und legte den Kopf darauf. Erschöpfung überkam sie. Ihr Kopf tat weh. Ihr war übel. Und der Betrunkene verhunzte gerade *Stop Crying Your Heart Out.*

Was für eine Ironie!

»Ist dieser Platz noch frei?«

Laney schaute auf, aber sie brauchte einen Moment, ehe sie begriff. »Tash! Was tust du denn hier? Woher …?«

»… ich wusste, wo du bist? Na, übernatürliche Fähigkeiten, was sonst? Die setze ich immer ein, wenn ich in High Heels laufen oder jemandem mit Blicken die Eier veröden muss.«

Obwohl sie sich so mies fühlte wie noch nie in ihrem Leben, musste Laney lachen. Sie war noch niemals so froh gewesen, eine von ihren Freundinnen zu sehen.

Tash ließ sich auf einen Stuhl fallen und machte der Kellnerin ein Zeichen, dass sie noch zwei Kaffee bringen solle.

»Ich war bei dir zu Hause, aber da warst du nicht. Dein Auto stand vor der Tür, also wusste ich, dass du nicht zu deinem Dad gefahren sein konntest. Ich bin noch kurz die Regenrinne vor deinem Schlafzimmer raufgeklettert, um mich zu vergewissern, dass du wirklich nicht zu Hause bist, und dann …«

»Du machst Witze.« Laney kicherte.

»Nein. Du kannst dich darauf einstellen, dass du morgen Besuch von der Security bekommst. Wie auch immer, dann dachte ich, du könntest dich vielleicht umgebracht haben, also habe ich auch noch in alle anderen Fenster geschaut, konnte aber keine Leiche entdecken …«

»Ah …« Laney nickte. Tashs schonungslose Art machte sie immer wieder sprachlos.

»Danach habe ich mir überlegt, wo du sein könntest. Und dann war mir klar: Du würdest die Wohnung dieser Kuh überwachen.«

»Perfekt geschlossen.«

»Danke.« Tash nahm die Hände vom Tisch, damit die Kellnerin die beiden Kaffeebecher abstellen konnte. »Also bin ich hergekommen.«

Die Stimmung kippte, als ihnen beiden die bittere Realität bewusst wurde.

»Und du sitzt hier also wie eine Stalkerin und spionierst die Feindin aus.«

»Ich bekenne mich schuldig«, gestand Laney.

»Warst du gestern Abend auch schon hier? Und lüg ja nicht, ich erfahre es sowieso. Denk an meine übersinnlichen Fähigkeiten.«

Laney schaufelte drei Löffel Zucker in ihre Tasse. »Ja.«

»Warum hast du denn nichts gesagt? Ich wäre doch mitgekommen.«

Nur das Kratzen des Löffels in der Kaffeetasse war zu hören. »Weil ich immer noch denke, dass es vielleicht eine Chance gibt, dass das alles nicht wahr ist. Und ich weiß, dass außer mir niemand sonst das glaubt. Aber ich brauche einfach noch ein bisschen Hoffnung.«

Tash sah ihre Freundin verständnisvoll, aber auch sehr besorgt an.

»Das verstehe ich. Ich mache dir keinen Vorwurf, und ich sage auch nicht, dass du verrückt bist, weil du noch an ihn glaubst.«

»Versprichst du es?«

»Nein.« Sie lachte so laut, das der Betrunkene wach wurde und sofort wieder anfing zu singen. Tash wäre vor Überraschung fast vom Stuhl gefallen. »Dieser Typ hat ja echt Talent. Er gehört auf eine Bühne«, meinte sie und sang spontan mit, sehr zur Belustigung des Personals und der wenigen anderen Gäste.

Was für eine schräge Situation. Laney musste trotz allem Kummer lächeln. So was fiel nur Tash ein. Am Ende verbeugten sich beide, das heißt genau genommen verbeugte sich Tash, und der Betrunkene sackte in sich zusammen. Alle anderen applaudierten.

»Also.« Tash konzentrierte sich wieder auf Laney. »Was hast du jetzt vor? Willst du die ganze Nacht hier sitzen bleiben?«

»Wenn ich jetzt Ja sage, versuchst du es mir dann auszureden?«

Laney sah, wie Tash nachdachte. »Nein«, antwortete sie schließlich. »Ich verstehe, dass du die Wahrheit wissen willst.« Sie legte ihre Hand auf Laneys und wiederholte leise: »Ich verstehe das wirklich.« Laney konnte nicht verhindern, dass ihre Augen sich mit Tränen füllten. Tash wurde sofort wieder pragmatisch. »Aber wenn du das machst, machen wir es zusammen. Und zwar so, dass es für uns beide erträglich ist. Zwei Stunden Schlaf für jeden, immer abwechselnd. Du fängst an. Ich halte in der Zeit ein Auge auf den *Oasis*-Verschnitt da drüben.«

Laneys erster Impuls war zu widersprechen, aber das Bedürfnis nach Schlaf war übermächtig.

»Bist du ganz sicher?«, fragte sie dankbar.

»Absolut. Und jetzt versuch zu schlafen. Ich verspreche dir, ich wecke dich sofort, wenn sich da drüben irgendetwas tut.«

Laney gehorchte. In der Sekunde, als ihre Stirn die Tischplatte berührte, war sie auch schon eingeschlafen. Es war der erste Schlaf seit achtundvierzig Stunden.

Ruhe. Frieden. Sicherheit.

Bis zum Morgen.

19. Kapitel

Tash hatte völlig verquollene Augen und war nicht sonderlich munter, als Sarah ihr einen Kaffee hinschob. Als Beilage servierte sie ihr einen vorwurfsvollen Blick.

»Ich kann nicht fassen, dass ihr mich nicht angerufen habt! Ich wäre doch auch gekommen. Also, was genau ist heute Morgen passiert?«, fragte sie und stellte Laney einen Pfefferminztee hin.

»Igitt, riecht der eklig.« Angewidert schaute Tash auf den Tee. »Wie im Krankenhaus. Wie kann man so was nur freiwillig trinken?«

Sarah warf Laney einen kurzen Blick zu. »Sag mal, ist die jetzt den ganzen Tag so?«

Laney nickte. »Schlafmangel. Da ist sie unausstehlich.«

»Hallo, ich bin hier bei euch. Damit ihr's genau wisst, ich bin überhaupt nie unausstehlich«, bemerkte Tash. Und es klang sehr unausstehlich.

»Es ist ja meine Schuld«, wandte Laney ein. »Danke für deine Unterstützung. Aber zurück zum Thema. Wie war noch mal die Frage?«

»Ich will wissen, was heute Morgen passiert ist.«

Sarah strich ihren Rock glatt, ehe sie sich auf die Couch setzte. Laney und Tash trugen dunkle Skinny Jeans, Shirts und High Heels, Sarah hatte sich für einen floralen Look entschieden, einen nudefarbenen langen Rock mit cremefarbenen Blüten, dazu ein schlichtes cremefarbenes Shirt. Die Haare trug sie offen. Sie sah aus wie eine Mischung aus Meerjungfrau und Siebzigerjahre-Hippie, fand Tash.

»Nichts. Cara hat ihre Wohnung gegen neun verlassen und ist in ein Taxi gestiegen. Wir haben noch eine halbe Stunde gewartet, aber sonst ist niemand rausgekommen. Ich glaube nicht, dass er bei ihr war.«

Schweigend starrten alle vor sich hin und überlegten, was das bedeutete.

»Hört mal, ich muss die Frage jetzt noch mal stellen. Glaubt ihr, dass es vielleicht doch eine ganz harmlose Erklärung für die Sache geben könnte?«

»Ja«, rief Laney in derselben Sekunde, in der Tash »Nein« fauchte.

»Ah, gut, dass wir das geklärt hätten«, antwortete Sarah, wurde aber sofort von einer ungläubigen Tash unterbrochen.

»Laney, ich liebe dich heiß und innig, aber bitte, bitte, hoff nicht zu sehr. Es sieht einfach nicht gut aus. Wie wär's, wenn wir jetzt langsam mal Klarheit schaffen würden? Wir sagen Cara, dass sie mit einem verheirateten Mann zusammen ist, und zwingen Cam dazu, alles zu gestehen. Alles andere ist doch nur Quälerei.«

Laney dachte eine Zeitlang nach und schüttelte schließlich den Kopf. »Aber so erfahre ich nicht, wie weit diese Affäre geht. Ich verstehe ja, was du meinst, Tash, aber was soll ich tun, wenn ich nur die eine Version der Wahrheit kenne, auf der ich meine Entscheidungen aufbauen kann? Ich muss es mit eigenen Augen sehen. Muss genau wissen, was die beiden miteinander haben. Sonst werde ich mich immer fragen, ob ich richtig gehandelt habe.«

Sarah nickte. »Verstehe. Aber es wird ein harter Weg, Laney. Ich kann mir nicht mal vorstellen, wie das für dich ist. Allein der Gedanke, Leo könnte mich betrügen, wäre grauenvoll. Aber ganz egal, wozu du dich entscheidest, wir stehen voll hinter dir. Oder, Tash?«

Tash nickte widerstrebend. Sie war froh, als es an der Tür klingelte. Sarah sprang auf.

»Ein Bote«, verkündete sie, betätigte den Türöffner und lief zum Aufzug, um nachzuschauen, wer es war.

Tash gähnte und streckte sich, um die Müdigkeit zu vertreiben. Sie hatte es natürlich nicht übers Herz gebracht, Laney nach zwei Stunden zu wecken, und stattdessen die ganze Nacht allein am Fenster Ausschau gehalten. Der Einzige, der ihr dabei Gesellschaft geleistet hatte, war dieser Möchtegern-*Oasis*-Typ gewesen, und im Laufe der Nacht hatte sie ihn immer weniger spaßig gefunden. Jedenfalls war sie heilfroh gewesen, als gegen sechs Uhr endlich die Sonne aufgegangen und Glasgow zum Leben erwacht war.

Die Verlockung, einfach auf die andere Straßenseite zu laufen und an Caras Wohnungstür zu hämmern, war riesig gewesen, aber das war nicht ihre Sache.

»Ups, da wird aber jemand verwöhnt!«

Sarah kam mit einem großen, sehr edel aussehenden Paket von Harvey Nichols zurück. Seit der Laden ein paar Jahre zuvor in Edinburgh eröffnet hatte, pilgerten die Mädels mindestens einmal im Jahr gemeinsam dorthin. Vor allem Tash war von den Labels total beeindruckt.

»Wenn das von Cam ist, schicken wir es sofort zurück«, verkündete Laney. »Es sei denn, es ist was richtig Göttliches drin. In dem Fall würde ich mich opfern und es annehmen.«

»Es ist gar nicht für dich, Laney«, antwortete Sarah. »Und für mich auch nicht.«

Aufgeregt riss Tash die Verpackung auf und enthüllte eine weiße Schachtel mit einer goldenen Aufschrift: Jimmy Choo.

Wortlos öffnete sie die Schachtel. Ganz behutsam, als handle es sich um ein kostbares Artefakt, zog sie ein Paar silberne Riemchensandaletten mit atemberaubend hohen Absätzen heraus. Sie hatte nie verstanden, was es mit der Liebe auf den ersten Blick auf sich haben könnte. Jetzt wusste sie es.

»Ach du heilige Scheiße! Die … die sind ja der Hammer«, stammelte sie.

Laney benötigte dringend weitere Informationen. »Von wem sind sie? Schau mal, da ist eine Karte.«

Sie zeigte auf ein cremefarbenes Kuvert, das seitlich aus dem Paket ragte.

Tash zog es heraus, öffnete es und las laut vor: »Die hier passen Giselle nicht.«

Sie seufzte. »O nein!«

Sarah war nun völlig verwirrt. »Wer ist das? Von wem sind sie?«

»Von Sy. Meinem Nachbarn.«

»Von dem, der dir kürzlich die Blumen geschickt hat? Willst du ihm die Schuhe etwa auch zurückgeben?«

Tash nickte. »Klar. Klar, das sollte ich auf jeden Fall tun. Aber ganz ehrlich – dazu bin ich viel zu habgierig.«

Die beiden anderen lachten.

»Also gut, nachdem mein Tag nun durch sagenhafte Fußbekleidung erheblich aufgewertet wurde, lasst uns zu den weniger wichtigen Dingen des Lebens zurückkommen.«

Laney warf ein Kissen nach ihr.

Sarah wurde ernst. »Wenn wir die Sache mit New York durchziehen, müssen wir schleunigst mit den Planungen beginnen.«

Laney nahm drei DIN-A4-Blätter aus dem Ordner vor ihnen auf dem Tisch und verteilte sie. »Ich habe mir bereits Gedanken gemacht. Cara hat mir alle Details geschickt, ich habe schon einige Telefonate geführt und aufgelistet, was noch zu tun ist.«

Alle Augen waren auf die Pläne gerichtet. Es war eigentlich alles ziemlich klar. Kurz nach der Gründung ihrer Agentur hatten sie schon einmal einen Heiratsantrag in New York organisiert, einen wunderbaren Event im Central Park für einen Football-Spieler. Er hatte seiner Freundin auf dem kleinen See mit einem Ring aus dem Kaugummiautomaten einen Antrag gemacht und war danach mit ihr zu Tiffany gegangen, wo sie sich ein echtes Exemplar aussuchen durfte. Sarah hatte während der gesamten Reise geweint, und Tash hatte anschließend ihren kompletten Verdienst für einen Bulgari-Ring im Dutyfreeshop am New Yorker Flughafen ausgegeben.

»Irgendwelche Einwände?«, fragte Laney.

»Bisher nicht«, antwortete Sarah und las weiter. »Oh, eins nur – die Reisekosten. Ich glaube, wir können da ganz gute Konditionen kriegen. Dieser Typ, der mir reingefahren ist, war gestern Abend bei mir. Der von Ocean Sky. Er hat angeboten, uns einen anständigen Rabatt zu geben, wenn wir über ihn buchen.«

Laney nickte. »Das klingt gut.«

»Moment mal.« Tash sah sie entgeistert an. »Er war bei dir? Zu Hause? Ich bringe dir besser bei nächster Gelegenheit ein Pfefferspray mit.«

»Nein, nein, keine Sorge, er ist supernett. Er hat sich um die Reparatur meines Wagens gekümmert.«

»Und was sagt Leo dazu?«

Sarah zuckte mit den Schultern. »Nichts. Er ist ein bisschen ... Na ja, er ist im Moment ziemlich happy, weil ... Tut mir leid, Laney, ich wollte es eigentlich gar nicht so ausführlich erzählen, weil bei dir alles so scheiße läuft im Moment, aber Leo freut sich so, dass er die Rolle hat!«

»Sarah, das ist doch perfekt! Ich freue mich für euch«, sagte Laney.

»Danke. Schön, dass er endlich sein eigenes Geld verdient.«

Tash grinste und wurde dafür mit einem weiteren Kissenwurf bestraft.

»Wann geht es denn los?«, fragte Laney.

»Es ging eigentlich schon gestern los – mit Besprechungen und morgen geht es dann weiter. Er wird in nächster Zeit oft lange arbeiten müssen, aber er hat sich das so sehr gewünscht. Er ist ganz aus dem Häuschen.«

»Glückwunsch, Sarah, ihr beide habt das wirklich verdient. Hör mal, wir kriegen das hier schon allein geregelt. Wieso fährst du nicht nach Hause, und ihr macht euch einen schönen Nachmittag? Hört sich so an, als würdet ihr in nächster Zeit wenig Gelegenheit dazu haben.«

»Aber ich kann doch nicht …«

»Klar kannst du. Ich gehe in Ruhe noch einmal die Einzelheiten für die Events in Inverness und am Bahnhof Queen Street durch. Ich muss noch eine gefühlte Million Telefonate führen und mich um die Tänzer für den Flashmob kümmern. Und danach mache ich mir ein paar Gedanken über diesen Horrorauftrag. Wenn du mir die Kontaktdaten deines Reisebürotypen gibst, rufe ich ihn an und höre mal nach, ob er tatsächlich preiswerter ist als die Agentur, bei der wir sonst immer buchen. Tash, du gehst auch nach Hause. Es war supernett von dir, dass du mir heute Nacht Gesellschaft geleistet hast. Aber du siehst aus, als könntest du eine Runde Schlaf gut gebrauchen.«

»Allerdings.« Mühsam unterdrückte Tash ein erneutes Gähnen.

Müde. Bett. Allein.

Was für eine herrliche Vorstellung!

20. Kapitel

Sarah sah ein, dass sie keine Chance hatte, Nein zu sagen. Wenn Laney einen Entschluss gefasst hatte, vor allem einen, der absolut Sinn machte, war sie einfach nicht mehr umzustimmen.

»Danke, Laney«, flüsterte sie und fiel ihr um den Hals.

Nicht eine Sekunde bereute sie, dass sie ihrer Freundin am Abend zuvor geholfen hatte. Laney war ein so wertvoller Mensch. Das sah man auch jetzt wieder. Ihr war das Herz aus der Brust gerissen worden, und sie dachte trotzdem noch an andere. Was für ein Schatz!

Rasch stopfte sie Laptop, Notizbuch und iPad in ihre Tasche und fuhr zusammen mit Tash im Aufzug nach unten.

»Meinst du, wir können sie wirklich allein lassen?«

Tash nickte. »Ja. Aber ich glaube, sie braucht später wieder unsere Hilfe. Ich gehe heute Abend noch mal an diesem Imbiss vorbei und schaue, ob sie wieder dort ist.«

»Nein, diesmal bin ich an der Reihe.«

»Sarah, dein nichtsnutziger Freund hat gerade den größten und vielleicht einzigen Job in seinem Leben ergattert. Ich finde, da solltest du den Abend mit ihm verbringen.«

Sarah musste lachen. Typisch Tash. Laney war verlässlich, klug und liebevoll. Tash war oberflächlich, böse und gemein, aber unter ihrer rauen Schale hatte sie ein riesengroßes Herz und würde alles für ihre Freundinnen tun. Sarah liebte sie beide und verspürte auf einmal den Drang, das laut zu sagen.

»Ich hab dich lieb, Tash, weißt du das?«

Tash machte eine wegwerfende Handbewegung. »Oje, jetzt werd bloß nicht sentimental.«

Sie stiegen unten gemeinsam aus dem Aufzug und verabschiedeten sich. Tash machte sich auf den fünfminütigen Fußweg nach Hause, während Sarah um die Ecke zu ihrem Parkplatz ging. Guys Kumpel war eine halbe Stunde nach ihrem Anruf am Morgen bei ihr gewesen, hatte ihren alten Beetle mitgenommen und ihr stattdessen ein schickes Ersatzfahrzeug dagelassen. Daher fuhr sie nun in einem sehr noblen Audi Q5 mit Ledersitzen und einer sensationellen Musikanlage nach Hause. Sarah fand den Wagen extrem cool, aber er passte nicht zu ihr. Es war, als würde man in ein Luxushotel reisen und sich die ganze Zeit auf sein gemütliches kleines Zuhause freuen.

Eine knappe halbe Stunde später bog sie in ihre Einfahrt. Unterwegs hatte sie kurz angehalten, um ein Baguette, Pastete, Wein und Leos Lieblingsnachtisch einzukaufen. Als die die Wohnungstür aufschloss, hörte sie Musik aus der Küche. Er war also zu Hause. Perfekt! Beladen wie sie war, trat Sarah die Tür mit dem Fuß auf.

Das Erste, was ihr auffiel, war der Kaffeegeruch. Seltsam. Leo trank doch nie Kaffee. Als Nächstes sah sie zwei blonde Haarschöpfe nebst Leo in der Küche, lachend und so mit sich selbst beschäftigt, dass sie gar nicht merkten, dass jemand hereingekommen war.

Sarah hatte das Gefühl, in eine dieser nervenden Workout-Werbeszenen zu platzen, die immer dann liefen, wenn sie nachts aufwachte, weil sie mal wieder vor dem Fernseher auf der Couch eingeschlafen war. Irritiert versuchte sie zu ergründen, was die drei so belustigte. Leo goss heißes Wasser in zwei Tassen und machte dabei alberne Tanzbewegungen mit dem Hintern. Wie Miley Cyrus. Nach drei Flaschen Wodka.

»Leo …?«

»Ah … verflucht!«, schrie er, weil Wasser auf seinen Arm gespritzt war. Zum Glück nur ein paar Tropfen.

Die beiden Mädels kreischten hysterisch, während Sarah instinktiv zu Leo rannte, seinen Arm packte und unter kaltes Wasser hielt. Er jammerte.

»Sorry, ich wollte dich nicht erschrecken. Aber ich ... ich ...«

Was? Die Luft knisterte vor Spannung, als Sarah die beiden Frauen anschaute und darauf hoffte, dass eine von ihnen erklärte, was da vor sich ging.

Leo drehte den Wasserhahn zu und zog seinen Arm zurück. »Ist schon gut. Danke.«

Er klang aber nicht gut. Im Gegenteil, er klang erschrocken und ziemlich verstört. Als niemand in die Bresche sprang, kapierte Leo endlich, dass er etwas sagen musste.

»Sorry, Sarah, das sind DeeDee und Rianne. Alte Freundinnen von der Schauspielschule.«

»Ah ... Schön. Freue mich, euch kennenzulernen«, antwortete sie wenig überzeugend.

Freundinnen von der Schauspielschule? Sie sahen aus wie professionelle Tänzerinnen. Beide waren mindestens eins achtzig groß, superschlank, muskulös und trugen hautenge Outfits. Mit Legwarmern! Seit wann waren die denn wieder in Mode? Und wenn sie alte Freundinnen von Leo waren, wieso hatte er nie von ihnen gesprochen? An die hätte Sarah sich doch bestimmt erinnert. Sie sah, dass Leos Arm krebsrot geworden war.

»Haben wir nicht im Erste-Hilfe-Kasten eine Salbe gegen Verbrennungen?«, fragte Leo.

»Ich hole sie«, bot Rianne hastig an, lief zielstrebig auf eins der Küchenregale zu und zog eine rote Kiste heraus, die eine bunte Mischung aus Tabletten und Salben enthielt.

Auf einmal registrierten alle, auch Rianne, dass hier etwas nicht stimmte. Woher wusste sie, wo der Erste-Hilfe-Kasten stand? Wer waren diese Mädchen? Und wie oft waren sie schon bei ihnen zu Hause gewesen?

Für eine, die die Schauspielschule besucht hatte, war ihr Auftritt eher kläglich. »Le … Leo, äh …«, begann sie zu stammeln, »… hat mir vorhin eine Aspirin gegeben. Gegen meine Kopfschmerzen. Ich hab … äh … Kopfschmerzen.«

Da bist du nicht die Einzige, dachte Sarah.

»Also, wir gehen dann jetzt«, verkündete DeeDee.

Sowohl ihre Körpersprache als auch ihre Stimme schlossen auf Verunsicherung.

»Ja klar. Macht's gut, bis demnächst.« Leo versuchte locker zu klingen, was aber auch nicht gelang. Sie sahen den Mädchen nach, wie sie sich zur Tür bewegten mit ihren strammen Hinterteilen und den leicht ausgestellten Füßen – wie Ballerinas. Sarah hob die Einkaufstüte auf, die sie beim Hereinkommen hatte fallen lassen, und stellte sie auf die Arbeitsplatte.

»Nette Mädchen.«

»Ja, das … sind sie.«

Leos Angespanntheit entging ihr nicht. Vielleicht ist er tatsächlich kein großer Schauspieler, dachte sie, doch dann rügte sie sich selbst. Er war ein fantastischer Schauspieler. Nur dass ihr das im Moment nicht wie etwas Gutes vorkam.

»Wie kommt es, dass du so früh zu Hause bist?«, fragte er, während er sich die Brandsalbe auf den Arm sprühte.

Sarah wagte nicht, ihren Freund anzuschauen. Sie wusste genau, dass sie dann zusammenbrechen, ihm um den Hals fallen und die ganze Sache vergessen würde. Aber dazu war sie im Moment noch nicht bereit. Nein … das war doch völlig albern. Es war Leo. Er würde nie etwas Böses hinter ihrem Rücken tun. Die Mädchen konnten schließlich nichts dafür, dass sie in diesen Klamotten so unglaublich sexy aussahen. Sarah hatte normalerweise keine Komplexe wegen ihres Körpers. Leo sagte ihr immer, dass er ihre Kurven liebe, und das merkte man auch. Aber jetzt, schwitzend und mit rotem Gesicht vom

Einkaufstütenschleppen, dachte Sarah auf einmal, dass die beiden Vögelchen zusammen in ihren Pandabärenschlafanzug passen würden. Notiz an sie selbst: Vielleicht wurde es Zeit, sich von ihrer gemütlichen Flanellnachtwäsche zu verabschieden.

»Das war Laneys Idee. Sie meinte, wir sollten den Nachmittag zusammen verbringen, weil du ab morgen nur noch unterwegs sein wirst. Und ich fand die Idee gut.«

Leo starrte auf seinen Arm und nickte. »Ja, das finde ich auch.«

Sein Atem streifte ihren Nacken, als er sie von hinten umarmte und an sich zog. Das war ein sicheres Zeichen dafür, dass er scharf auf sie war. Sarah, die darauf normalerweise immer ansprang, hatte – ob aus Beunruhigung, Unsicherheit oder vielleicht sogar Eifersucht – dieses Mal das Bedürfnis, Leo abzuschütteln.

Wow. Das war ein ganz neues Gefühl.

Sanft schob er ihre Haare über eine Schulter nach vorn und drückte einen winzigen Kuss auf ihren Nacken. Dann noch einen. Und noch einen. Er bewegte sich langsam hinauf zu ihrem Ohr, hielt dort einen Moment inne, liebkoste es, dann ging es wieder abwärts.

»Diese Mädchen … Was wollten sie hier?«

»Ich habe sie heute Morgen beim Joggen getroffen. Im Queens Park. Sie sind dann noch auf einen Kaffee mitgekommen, und irgendwie haben wir uns festgequatscht. Ich dachte, es macht dir nichts aus.«

»Natürlich macht es mir nichts aus. Nicht im Geringsten.«

Es machte ihr was aus. Und wie! Aber sie verstand nicht, warum.

Leo drehte sie zu sich herum, bis sie sich gegenüberstanden. Dann zog er ihr das T-Shirt ganz langsam über den Kopf.

»Weißt du, was das bedeutet? Wir haben den ganzen Nachmittag für uns und können tun und lassen, was wir wollen.«

Seine Küsse bedeckten jetzt ihr Schlüsselbein, von der Schulter bis zum Ansatz ihrer Brüste und wieder hinauf. Sarah stöhnte leise, als Leo den Spalt zwischen ihren üppigen Brüsten berührte und die Zunge an ihrem spitzenbesetzten BH entlanggleiten ließ. Alle Unsicherheit war plötzlich verflogen, stattdessen empfand sie nur noch pure Lust.

»Und ich hab ein paar deiner Lieblingssachen zum Feiern mitgebracht«, sagte sie mit einem Blick auf die Einkaufstüte auf der Arbeitsplatte.

Er griff hinein, zog die Flasche Wein heraus, entfernte geschickt den Verschluss, trank einen Schluck und schenkte danach ganz langsam und vorsichtig ein paar Tropfen über ihre Brüste. Anschließend leckte er jeden einzelnen sorgfältig wieder ab. Er öffnete ihren BH, dann goss er wieder. Der hinunterrinnende Wein erzeugte pure Glücksgefühle in jeder ihrer erogenen Zonen. Oh, war das gut. So gut.

Mit Leichtigkeit hob er sie auf die Arbeitsplatte, seine Hände glitten unter ihren Rock, streiften ihr Höschen hinunter. Ihre Klamotten mochten siebzigermäßig sein, aber ihre Unterwäsche war definitiv aus den Vierzigern – blasse Töne, reine Spitze. Sarah beugte sich vor und zog Leos Shirt über seinen Kopf. Es war an einigen Stellen feucht vom Wein.

Er antwortete, indem er ihren Rock hochschob, den Reißverschluss seiner Jeans aufzog und seine Erektion befreite.

Sarah spreizte die Beine und stöhnte leise, als er auf die Knie sank, sie mit seiner Zunge verwöhnte, ehe er wieder aufstand und in sie eindrang. Ihre Körper verschmolzen ineinander. Er sorgte dafür, dass sie als Erste kam, danach explodierte er in ihr.

Beseelt warf sie den Kopf in den Nacken. Gott, sie liebte diesen Mann! Jeden Millimeter von ihm. Aber vor allem sein Herz.

Als sie anschließend eng aneinandergekuschelt unter einer Decke auf dem Sofa lagen und sich eine Portion Tiramisu teilten, musste sie doch noch einmal an das unsichere Gefühl denken, das sie beim Nachhausekommen gehabt hatte. Wie seltsam war das gewesen. So ungewöhnlich für sie, so gar nicht ihre Art. Offenbar färbte Cams Affäre bereits auf sie ab.

Als Leo einen Löffel Tiramisu auf ihren Brüsten verteilte, waren alle negativen Gedanken sofort wieder vergessen.

Leo war nicht Cam. Er würde sie niemals betrügen. Er würde ihr nicht wehtun.

Aber hatte Laney das nicht auch immer geglaubt?

21. Kapitel

»Hey, Baby, wie war dein Tag? Ich hab das Gefühl, diese Woche noch gar nicht richtig mit dir gesprochen zu haben.«

Laney fuhr vorsichtshalber an den Straßenrand. Sie hatte zwar eine Freisprechanlage im Auto, war aber nicht sicher, ob sie bei dem Telefonat nicht eine Herzattacke bekommen und eine Massenkarambolage verursachen würde.

»Ich weiß«, antwortete sie und bemühte sich, ihre Stimme so klingen zu lassen wie sonst auch.

»Du klingst so angespannt. Ist alles in Ordnung?«

Nein ist es nicht, dachte sie.

»Ja. Ich glaube nur, ich kriege eine Grippe«, sagte sie.

»Oh, mein armer Liebling! Ich wünschte, ich könnte bei dir sein, um dich zu pflegen.«

»Das wünschte ich auch.«

Es konnte nicht wahr sein. Er sagte das so süß, war so nett wie immer, und sie wusste genau, dass es unecht war.

»Wie ist es in Birmingham?«

»Wie immer. Kennst du ein Hotel, kennst du alle. Aber wir haben ein gutes Team und kommen zügig voran.« Da war es wieder – sie bildete sich das nicht ein. Das leichte Zögern am Anfang jedes Satzes, die kaum merkliche Veränderung in seiner Stimme, die darauf schließen ließ, dass er log. Wie viele Telefonate hatten sie geführt, in denen er ihr Lügen aufgetischt hatte? »Es gibt da nur ein Problem. Die Zentrale hat uns für dieses Wochenende schon nach London beordert, um den Auftrag für nächste Woche vorzubereiten. Es geht um die *Conser Group*, den neuen Kunden, von dem ich dir erzählt habe. Von dem Job hängt 'ne Menge für uns ab, sie wollen uns noch einmal gründlich briefen.«

Drei Sätze – drei Lügen. Verpackt in wichtigtuerisches Businessblabla. Was für ein Heuchler!

Laney hätte am liebsten laut gebrüllt, vor Wut das Headset gegen das Lenkrad geschlagen, bis es in so viele Einzelteile zerfiel wie ihr Leben. Wie konnte er ihr das nur antun? Mit einer gigantischen Kraftanstrengung gelang es ihr, ihre Stimmbänder wieder in Bewegung zu versetzen.

»Baby, ich bin gerade vor Dads Haus angekommen. Ich muss jetzt Schluss machen. Ich melde mich nachher noch mal, wenn es nicht zu spät wird. Ich will dich ja nicht wecken.«

Klick. Verbindung beendet. Laney war zu sehr am Boden zerstört, um zu weinen, also saß sie zwanzig Minuten lang nur da und stierte vor sich hin. Nach Hause. Sie wollte nach Hause. Doch zugleich sehnte sie sich nach der Wärme des Mannes, der sie noch nie enttäuscht hatte.

Niedergeschlagen fuhr sie die letzten fünf Minuten zu ihrem Dad. Sie griff nach der Marks-&-Spencer-Tasche auf dem Beifahrersitz und lief auf das gepflegte Westend-Haus zu, in dem sie aufgewachsen war. Es befand sich in einer Siedlung aus lauter georgianischen Häusern. Früher waren es einmal prächtige Stadtvillen gewesen, die nun zu Luxuswohnungen umgebaut waren und mit ihrer Lage in einem der begehrtesten Wohngebiete der Stadt weit mehr als den üblichen Marktwert erzielten. Ihr Zuhause war für Laney immer der schönste Ort auf der Welt gewesen.

Rasch lief sie die zwei Stufen hinunter zur Tür. Sie war aus Holz und original erhalten und führte in eine großzügige Halle mit weiß gestrichener Holzvertäfelung – ein hübscher Kontrast zu den dunklen Eichenböden. Ihre Mum, eine geschickte Dekorateurin, hatte jeden Quadratzentimeter der Wohnung mit viel

Geschmack gestaltet, und ihr Dad hatte nicht eine Kleinigkeit verändert, seit sie ihn vor fünfzehn Jahren verlassen hatte. Natürlich waren die Wände neu gestrichen und die Fußböden geschliffen worden, aber alles war noch im ursprünglichen Look. Das hatte Laney schon immer ein Gefühl von großer Sicherheit gegeben. Schön, dass es Dinge gab, die sich nicht verändert hatten. Dabei war sie längst erwachsen und ihr Dad pensioniert.

Laney kramte ihren Schlüssel aus der Tasche. »Dad?«, rief sie, als sie eintrat. Keine Antwort. Das war nichts Ungewöhnliches. Ihr Dad hielt sich häufig im Garten oder in der Garage auf. »Dad?«

Sie rief noch einmal. Nichts. Obwohl … War da nicht ein Geräusch gewesen, ein Laut … der sich angehört hatte wie ein unterdrücktes Stöhnen? O Gott, es war passiert! Er hatte einen Schlaganfall. Oder einen Herzinfarkt. Laney sandte ein stummes Stoßgebet zum Himmel. *Lieber Gott, bitte nicht! Du hast mir doch versprochen, ihn mir niemals wegzunehmen.*

Genau genommen stimmte das nicht so ganz. Der Handel war sehr einseitig gewesen und stammte aus der Zeit, als ihre Mutter ungefähr ein Jahr weg gewesen war. Laney, damals fünfzehn Jahre alt, hatte auf ihrem Bett gelegen und Hausaufgaben gemacht, als plötzlich Tränen auf ihr Heft getropft waren. Das kam häufiger vor. Ganz gleich, wo sie war und was sie tat, die Tränen kamen einfach. Ihre Freundinnen, vor allem Tash und Sarah, hatten oft versucht, sie zu trösten, aber irgendwann hatten sie ihr normales Leben wieder aufgenommen und sich mit Jungs, Klamotten und Westlife beschäftigt. Auch wenn Tash heute unter allen Verhörmethoden einschließlich Erpressung und Wasserfolter die Sache mit Westlife leugnen würde.

Laney hatte ebenfalls probiert, das normale Leben einer Fünfzehnjährigen zu führen, aber es war ihr nicht gelungen. Sie hatte sich völlig leer gefühlt und sich irgendwann nur noch ins

Lernen gestürzt. Ganz gleich, wie sehr Tash und Sarah sich bemüht hatten, sie aus dem Haus zu locken, sie hatte sich verweigert. Wenn sie lernte, musste sie an niemanden denken. Nur ab und zu überkam sie große Traurigkeit.

Eines Tages hatte es an ihre Tür geklopft, ihr Dad war hereingekommen und hatte die Situation sofort erfasst.

»Möchtest du Mum vielleicht mal anrufen?«, hatte er gefragt. »Sie hat doch gesagt, du kannst sie jederzeit anrufen.«

»Ja, aber sie legt gar keinen Wert auf uns, oder?«

Er konnte nicht widersprechen. Seit ihre Mutter fort war, hatten sie ein oder zwei Telefonate in der Woche geführt, die jedes Mal sehr kurz und mit Unbehagen verbunden gewesen waren. Ihr Dad hatte gesagt, es sei ihr schlechtes Gewissen, dabei hatte Laney ganz genau gewusst, dass ihre Mutter nun ein neues Leben führte, eines, das sie lieber hatte und zu dem sie und ihr Dad einfach nicht mehr gehörten. Sie hatte sie gehasst.

Freds Gesicht war voller Sorge gewesen. »Ich weiß, Liebes. Aber wir zwei schaffen es auch allein. Manchmal tun Menschen Dinge, die niemand versteht. Ich kann dir das nicht erklären, absolut nicht. Und ich weiß nicht, ob ich alles richtig mache. Aber ich verspreche dir, ich werde alles versuchen, was in meiner Macht steht. Nur du musst das auch tun. Weißt du, noch schlimmer als das Weggehen deiner Mutter ist es für mich, wenn ich dich leiden sehe.«

Die Botschaft war bei Laney angekommen. Sie machte es nur noch schwerer für ihren Dad, und das ging nicht. Also hatte sie ein Lächeln aufgesetzt und beschlossen, dass es Zeit war für eine Veränderung.

In der folgenden Woche hatte sie in der Schule gut zugehört, was der Lehrer in der Religionsstunde über Gott sagte. Und dann hatte sie eines Abends, als sie im Bett lag, Gott einen Vorschlag gemacht: *Wenn es dich da oben gibt, pass bitte auf meinen*

Dad auf. Ich werde versuchen, wieder glücklich zu sein, aber dafür musst du mir versprechen, dass Dad mich nicht auch noch verlässt. Bitte, versprich mir das. Sie hatte die Stille als Zustimmung gewertet. Und bis heute hatte Gott sich an seinen oder ihren Teil der Vereinbarung gehalten. Als Polizist hatte Dad gefährliche Situationen erlebt, er war dennoch jeden Abend wieder nach Hause gekommen. Er war unzerstörbar. Unbesiegbar. Doch jetzt antwortete er ihr nicht, und sie hörte wieder dieses seltsame Geräusch. Es kam aus dem Garten.

Eilig durchquerte Laney die große Küche im Landhausstil und lief hinaus auf die Terrasse.

Er war nirgends zu sehen.

»Laney!«

Als sie seine Stimme hörte, erschrak sie, dann blieb ihr der Mund offen stehen. Ihr Dad. In einem Whirlpool. Mit Mrs. Crean, die in der Wohnung über ihm lebte. Beide hielten Champagnergläser in den Händen, es waren ganz offensichtlich nicht die ersten an diesem Tag.

»Dad!«, keuchte sie. »Und Mrs. … Mrs. …«

Sie musste halluzinieren. Das lag sicher an dem Stress, den sie in letzter Zeit hatte. Oder an der Umweltverschmutzung. Oder an der Tatsache, dass sie zwei Nächte in einer Imbissstube zwischen Frittierfett und Rechauddunst verbracht hatte. Ja, es waren die Dämpfe. Sie war für ihr Leben geschädigt. Aber dieser Gedanke erschien ihr im Augenblick wesentlich erträglicher als das, was sie hier sah.

»Kommst du auch rein, Liebes?«, fragte Mrs. Crean.

Sie war eine hübsche ältere Dame, lebte im selben Haus wie ihr Vater, solange Laney denken konnte. Ihr Mann hatte bei der Feuerwehr gearbeitet, bis zu seinem plötzlichen Tod durch Herzinfarkt mit Mitte fünfzig. Das war nun sechs oder sieben Jahre her. Als kleines Mädchen hatte Laney Mrs. Crean für die schönste Frau auf der ganzen Welt gehalten, nach ihrer Mutter natürlich. Sie fand, sie sah aus wie Goldie Hawn in *Schütze Benjamin*. Nur mit kürzeren Haaren. Und ohne das Tarn-Make-up.

Und nun saß Goldie Hawn im neuen Whirlpool ihres Dads. Das konnte nicht wahr sein. Laneys Gehirnzellen waren unwiederbringlich zerstört.

»Äh … nein. Danke.«

»Oh. Na, dann gehe ich jetzt und lasse euch zwei allein. Danke für den Champagner, Fred. Morgen wieder um dieselbe Zeit?«

Laneys Dad lächelte und ließ sein Glas gegen ihres klirren. »Gern, Maisy.«

Mrs. Creans nackte Schultern tauchten aus dem Wasser auf, und Laney sah entsetzt zu. Neiiiiiin! Würde sie ihre Nachbarin, die reizende ältere Dame, die früher auf sie aufgepasst hatte, ihr Süßigkeiten geschenkt und sie sogar manchmal mit in den Zoo genommen hatte, nun nackig sehen?

Sie schlug die Hände vors Gesicht, aber als sie zwischen den Fingern hindurchspähte, stellte sie zu ihrer großen Erleichterung fest, dass Mrs. Crean einen gelben Bikini trug. Noch während sich dieses Bild in ihr Gedächtnis brannte, wusste Laney, dass sie ab sofort immer an diese Szene denken würde, wenn sie Mrs. Creans Weihnachtskarte öffnete.

Mrs. C. warf sich einen geblümten Bademantel über, der auf einem Stuhl lag, und verzog sich in Richtung der Hintertreppe, die zu den oberen Wohnungen führte. Laney wartete, bis sie außer Hörweite war, ehe sie sich fragend an ihren Dad wandte. Sie war hergekommen, um Zuneigung zu bekommen, Wärme und vielleicht etwas Trost. Stattdessen war sie in eine pikante Nacktszene geplatzt. Mit den Händen in den Hüften wartete sie auf eine Erklärung.

»Bist du sicher, dass du nicht doch ins Wasser kommen willst? Im Kühlschrank steht eine Flasche Wein. Oder nimm dir ein Bier, wenn dir das lieber ist.«

Er zeigte auf eine Bar, die in der vergangenen Woche noch nicht dort gewesen war. Eine kleine Theke mit zwei Hockern. In einem silbernen Kühler befand sich aktuell eine Flasche Champagner.

Vielleicht litt ja auch ihr Vater an einer Umweltschädigung.

»Dad, ist alles okay mit dir? Ist was passiert?«

Ein schrecklicher Gedanke kam ihr – er war krank. Irgendetwas stimmte nicht mit ihm, und er war vollkommen durchgeknallt. Er hatte nur noch wenige Monate zu leben. Oder er litt an Demenz. Die jahrelange Arbeit in brenzligen Situationen konnte so etwas auslösen. Das hatte sie irgendwann einmal in der *Daily Mail* gelesen.

»Ja.« Sie hatte recht! O nein! Wie viel sollte sie noch ertragen? Ihr Dad stand auf, und sie kniff die Augen zu. »Keine Sorge, ich habe eine Badehose an«, beruhigte er sie.

Erleichtert öffnete Laney die Augen, um sie jedoch sofort wieder zu schließen. »Dad, das sind ja Speedos! Du lieber Himmel, ich mache mir ernsthaft Sorgen.«

Er lachte immer noch, als er, in einen Bademantel gehüllt, einen Barhocker heranzog und sich setzte. Laney nahm den anderen und bereitete sich innerlich auf eine schreckliche Nachricht vor.

»Okay, Dad. Sag es mir. Die schonungslose Wahrheit.«

»Wirklich?«

Laney nickte, fest entschlossen, stark zu bleiben, ganz egal was es war.

»Unbedingt.«

»Also gut. Es ist so … nun ja, ich habe festgestellt, dass ich in einer Midlife-Crisis stecke.«

Es dauerte einen Moment. Sie brauchte dringend weitere Erklärungen.

»Wie bitte?«

»Sorry, Liebes, ich wusste, dass es ein Schock für dich sein würde. Aber es gibt kein Vertun, ich erlebe gerade eine Midlife-Crisis.«

»Eine Midlife-Crisis?«, wiederholte sie, in der Hoffnung, dass es mehr Sinn ergab, wenn sie es laut aussprach. Aber das tat es nicht.

»Ja. Laney, ich habe über vierzig Jahre gearbeitet, hart gearbeitet. Als deine Mutter uns verlassen hat, war ich fünfundvierzig. Wir kamen gerade in die Phase, in der du erwachsen wurdest und wir wieder mehr Zeit für uns hatten – und dann ist sie gegangen. Wir zwei haben das irgendwie hingekriegt, und du hast dich prächtig entwickelt. Wir haben alles gemeistert, Laney, und ich habe mich von dem Schock erholt. Ich bekomme eine anständige Rente, ich bin gesund und kann jeden Tag tun und lassen, was ich möchte. Es wird also Zeit.«

»Für eine Midlife-Crisis.«

»Genau.«

Sie dachte eine Weile über diese Enthüllung nach.

»Kann ich dir ein paar Fragen stellen? Ich muss einfach wissen, was mich erwartet.«

»Klar. Schieß los!«

»Bedeutet das, dass du dir jetzt Frauen bestellst, aus einem Land, in dem Frauen noch unterdrückt werden?

Fred lachte. »Natürlich nicht.«

»Einen Sportwagen?«

»Vielleicht.«

»Muss ich mich auf mehr nackte Tatsachen gefasst machen – bei dir oder jemand anderem –, wenn ich unangekündigt hier auftauche?«

»Ich werde mich bemühen, dir das zu ersparen.«

»Wird es Drogenexzesse geben?«

»Nein. Damit würde ich meine Rente aufs Spiel setzen.«

»Gut. Seltsame Bekanntschaften?«

»Nur Big Tam und Henry«, antwortete er. Big Tam und Henry waren seine alten Kumpel von der Polizei, sie waren ebenfalls pensioniert.

»Und was ist mit den Speedos?«

»Die bleiben. Auf jeden Fall.«

»Oje. Ich glaube, ich nehme doch einen Drink.«

Laney lachte. Die Erleichterung trieb ihr die Tränen in die Augen, sie blinzelte dagegen an.

»Dann kommst du also klar damit?«

»Natürlich! Du hast es verdient, Dad. Aber wenn mir Mrs. Crean jemals in roten Strings und durchsichtigem BH die Tür aufmacht, zahlst du anschließend für meine Therapie.«

Die Vögel in der Krone der großen Eiche am Ende des Gartens flatterten erschrocken auf, als Fred schallend lachte.

»Versprochen.«

Er beugte sich vor und umarmte sie. Warum hatte sie sich nicht einen Mann wie ihn ausgesucht? Warum hatte sie nicht jemand Solides und Zuverlässiges genommen, einen, der sogar seine Midlife-Crisis für die Familie aufschob? Ihr Dad war ein absolut unglaublicher Mann. Auch wenn er den Nachmittag mit seiner Nachbarin im Whirlpool verbracht hatte.

»Dann seid ihr … also, du und Mrs. Crean … ein Paar?«

Er zuckte verlegen mit den Schultern. »Na ja, wir schauen mal, wohin das führt. Ganz in Ruhe. Weißt du, nach deiner Mum gab es jahrelang keine Frau mehr für mich, nur ein paar flüchtige Bekannte.«

»Ich weiß, Dad«, antwortete sie leise.

»Und jetzt denke ich, es wäre vielleicht nett, noch mal jemanden … an der Seite zu haben. Jemanden, der immer da ist. Wäre das für dich okay?«

»Natürlich, Dad. Ich möchte doch, dass du glücklich bist. Ich freue mich, dass du dich noch einmal neu verliebt hast. Wenn es klappt, probiere ich es vielleicht auch mal aus.«

Fred nahm eine Flasche Bier aus dem Kühler und öffnete sie. »Ich könnte mir vorstellen, dass Cam was dagegen hat.«

»Stimmt …«

Laney starrte auf ihre Schuhe, fest entschlossen, sich nichts anmerken zu lassen. So gelöst hatte sie ihren Dad seit Jahren nicht erlebt. Er strahlte so viel Optimismus und Lebensfreude aus, sie brachte es einfach nicht übers Herz, ihm zu sagen, dass die Geschichte sich gerade wiederholte und sie denselben Schmerz erlebte wie er damals.

»Irgendwas stimmt mit dir doch nicht, Laney. Raus mit der Sprache.«

»Nein, nein, bei mir ist alles gut.«

Er beugte sich vor und drückte ihr Kinn sanft nach oben, bis sie ihm in die Augen sah. »Laney, ich habe jahrelang Menschen vernommen. Ich könnte dich innerhalb von zwei Minuten zerlegen«, scherzte er.

»Aber es ist wirklich alles in Ordnung, Dad, ehrlich. Cam benimmt sich gerade ein bisschen daneben. Aber das wird schon wieder.«

Das war die Untertreibung des Jahres! Laney sah, dass Fred nicht überzeugt war, aber er forschte nicht weiter nach.

»Also gut. Was meinst du, sollen wir uns was zu essen bestellen?«, fragte er. »An der Hyndland Road gibt es einen neuen Thailänder, der das Essen auch liefert. Er soll sehr gut sein.«

»Weißt du was, Dad, wieso gehen wir nicht einfach dorthin, anstatt uns was zu bestellen? Vielleicht bleibe ich ja über Nacht, dann kann ich auch was trinken.«

»Das ist doch nur ein geschicktes Ablenkungsmanöver. Du willst mich und Maisy Crean auseinanderhalten, stimmt'?«

Sie lachte. »Na klar.«

»Also gut, einverstanden. Ausnahmsweise.«

Er hatte nicht ganz unrecht. Es war ein Ablenkungsmanöver, aber eins, dass sie davor bewahren sollte, wieder die ganze Nacht in diesem Imbiss zu sitzen und ein bestimmtes Fenster zu beobachten. Die Gesellschaft ihres Dads – auch wenn er gerade mitten in einer Midlife-Crisis steckte – tat ihr gut, ja, tröstete sie ungemein. Er hatte die Frau verloren, die er abgöttisch geliebt hatte, und trotzdem die Kraft gehabt, weiterzumachen und sich und seiner Tochter ein gutes Leben zu ermöglichen. Wenn Cam sie betrog – sie begann den Gedanken immer noch mit einem »wenn« –, dann fühlte es sich vielleicht an, als würde die Welt stehen bleiben, aber sie würde es überleben.

»Kannst du mir bitte eins versprechen, Dad?«, fragte Laney feierlich.

»Alles, was du willst«, antwortete er und machte sich auf den Weg ins Haus, um sich umzuziehen.

»Wirfst du diese Badehose bitte in die Mülltonne?«

Er blieb stehen, drehte sich um und sah sie entsetzt an.

»Niemals! Nicht mal für dich. Ich liebe meine Badehose.«

Sein Lachen waren noch zu hören, als er längst außer Sichtweite war, und sie schwor sich hier und jetzt, es ihm auf keinen Fall zu sagen, bevor es definitiv zu Ende war. Wenn sie das tat, würde er Cam mit einem Sondereinsatzkommando einschließlich Hundestaffel an den Kragen gehen. Er hatte noch genügend Freunde, die ihm einen Gefallen schuldeten.

Nein, sie war jetzt ein großes Mädchen. Es war ihr Problem, und sie würde damit schon klarkommen. Wenn sie auch nur mit einem Hauch von Würde und Selbstachtung da rauskommen wollte, dann musste sie die Zügel in die Hand nehmen. Sie brauchte einen Plan, eine Strategie. Darum würde sie sich morgen kümmern. Im Augenblick konnte sie sich nichts vorstellen, was sie lieber tun würde, als mit ihrem verrückten Vater thailändisches Curry essen zu gehen.

Laney nahm ein Steinchen und warf es gegen das Fenster über ihr, so wie sie es früher oft getan hatte, wenn sie aus der Schule gekommen war. Mrs. Crean öffnete das Fenster und beugte sich hinaus.

»Ja, Schätzchen?«

»Mrs. Crean, hätten Sie Lust, mit uns zum Thailänder zu gehen? Mein Dad befindet sich allerdings gerade in einer Midlife-Crisis, daher kann ich nicht versprechen, dass wir nicht auf einem Motorrad hinfahren.«

»Klingt perfekt, Schätzchen. Gebt mir nur fünf Minuten, damit ich meine Lippen kurz nachziehen kann.«

22. Kapitel

»Seid ihr ganz sicher, dass wir für heute Abend nicht lieber absagen sollten? Wir könnten doch irgendwo in Ruhe etwas essen gehen, nur wir drei?«

Tash sah ihre Freundinnen beschwörend an. Nicht dass sie nicht Lust auf einen Abend in der Stadt hätte, aber ihr war bewusst, dass Laney und Sarah nicht gerade vor guter Laune strotzten. Und diese Geburtstagsnummer brauchte sie ohnehin nicht. Am liebsten hätte sie ignoriert, dass sie die Zwanzig nun endgültig hinter sich hatte und sich unaufhaltsam dem Alter näherte, in dem man beige Hosen und Gesundheitsschuhe trug. Aber ihre Brüder hatten darauf bestanden, dass sie ihren dreißigsten Geburtstag gebührend feierte. Schließlich hatten sie sich geeinigt: nur ein paar Jungs vom Rugby-Team und Laney und Sarah mitsamt ihren besseren Hälften. Von denen allerdings keiner Zeit hatte, weil der eine sich gerade in die Proben zu seiner ersten richtigen Filmrolle gestürzt hatte und der andere auf eine fünfundzwanzigjährige Stylistin, mit dem Penis voraus.

Als Reaktion auf Tashs Frage schaute Laney von ihrem Schreibtisch auf, der wie üblich ein Paradebeispiel für Übersicht und Ordnung war. »Kommt nicht infrage! Lasst uns das Meeting schnell hinter uns bringen, dann machen wir uns ausgehfertig.«

»Sicher?«, fragte Tash noch einmal.

Sie saß ebenfalls an ihrem Schreibtisch. Dieser sah jedoch aus, als hätten zwei Schreibwarenläden die Nacht zusammen verbracht und sich anschließend über ihrer Arbeitsplatte erbrochen.

»Absolut! Ich weiß seit gestern Abend, dass es mir guttut, wenn ich mich ablenke. Auch wenn es ziemlich krass war, zusehen zu müssen, wie mein Vater seiner Nachbarin lüsterne Blicke zuwarf. Ich werde das Bild gar nicht mehr los.«

»Der alte Fred!« Sarah pfiff leise durch die Zähne.

»Echt.« Laney verzog das Gesicht. »Übrigens, Sarah, ich hab deinen Reisebürofreund angerufen. Er ist zehn Prozent billiger als der Laden, bei dem wir sonst immer buchen. Und er hat mich mindestens zwanzig Mal gefragt, ob es dir auch bestimmt wieder besser geht.«

»Sag ihm, nur vierzehn Tage Bora Bora könnten dich wieder richtig gesund machen«, schlug Tash vor.

Im selben Moment klingelte es, und Sekunden später kam Laney mit Paul, einem ihrer Kunden, im Schlepptau zurück.

»Hey, Paul, wie sieht's aus? Schon aufgeregt?« Sarah sah ihn gespannt an.

Er zuckte mit den Schultern. »Geht so.«

Wenn das bei ihm Aufregung ist, dachte Tash, würde ich ihn gern mal im Normalzustand erleben.

Paul war vor ungefähr einem Monat zu ihnen gekommen. Er wollte seiner Freundin Maggie einen Heiratsantrag machen. Es war das bisher anstrengendste Gespräch, das sie je geführt hatten, weil er absolut keinen Plan gehabt hatte. Nix, nicht mal eine Vorstellung. Nachdem sie sich eine halbe Stunde abgemüht hatten, ihm irgendeine Idee zu entlocken, hatte er sie der Reihe nach gefragt, wie sie sich ihren idealen Heiratsantrag vorstellen würden.

Laney hatte ihm erzählt, wie es damals bei ihr gewesen war, in ihrem Lieblingsrestaurant inmitten der ganzen Familie. Sarah hatte sich eine total romantische Szene in den stürmischen Tälern von Glen Coe ausgemalt, mit einem Dudelsackspieler, der im Hintergrund langsame Weisen spielte, und einem Ring, der auf einem großen Stein mitten in einem Bach thronte. Dieses Mädchen hatte echt eine lebhafte Fantasie.

Anschließend waren alle Blicke gespannt auf Tash gerichtet gewesen. Sie war leicht in Panik geraten. Auf keinen Fall durfte sie einem Kunden gegenüber die Wahrheit sagen: Eher würde sie den Rest ihres Lebens damit verbringen, *Coldplay*-Songs zu hören und sich gleichzeitig von Gwyneth Paltrow über die Vorzüge makrobiotischer Ernährung belehren lassen, als sich zu verloben. Und sie hasste *Coldplay*. Also hatte sie das Erstbeste von sich gegeben, was ihr in den Sinn gekommen war. Am Morgen war sie am Bahnhof Queen Street gewesen, um sich ein Croissant und einen Kaffee zu holen, und hatte sich dort durch das übliche Gedränge der Pendler geschoben. Ein Flashmob am Bahnhof Queen Street, hatte sie spontan gesagt.

Zu Tashs absoluter Verwunderung war Paul begeistert gewesen. Genau genommen waren alle völlig verwundert gewesen. Ideen und Kreativität gehörten nämlich gar nicht zu ihrer Abteilung. Sie war zuständig für Logistik und Organisation, und zwar ausschließlich. Sarah versuchte, es ihm wieder auszureden. So etwas habe es doch schon so oft gegeben, erklärte sie ihm. Ob er nicht etwas Neues, Originelles machen wolle? Etwas nie Dagewesenes?

Paul ließ sich nicht mehr abbringen, gestattete ihnen aber immerhin, die eine oder andere persönliche Note hinzuzufügen. Tatsächlich gelang es Sarah, noch ein bisschen Romantik und ein paar Wow-Effekte einzustreuen, aber es blieb trotzdem im Wesentlichen bei einem Flashmob an einem Bahnhof. Laney hatte Tänzer und Musiker organisiert, Tash hatte den Ablauf geplant. Paul arbeitete nun schon seit ein paar Wochen mit der Tanzgruppe, und sie waren sich ziemlich sicher, dass er seinen Part ordentlich hinkriegen würde.

An diesem Morgen checkten sie noch einmal die To-Do-

Liste. Kostenaufstellung: erledigt. Video: erledigt. Probenplan für die nächsten vierzehn Tage: erledigt. Als Paul wieder weg war, lehnte Tash sich auf ihrem Stuhl zurück und legte die Füße auf den Schreibtisch.

»Mann, was für ein Typ. Er zuckt mit keiner Wimper, ganz egal, was wir ihm vorschlagen.«

Laney nickte. »Ja, er ist wirklich tiefenentspannt. Er gehört zu der Sorte Mensch, die immer völlig sicher ist, dass sie alles handeln kann.«

»Oder er ist ein Psychopath«, warf Tash ein. »Es würde mich nicht wundern, wenn wir irgendwann in der Zeitung über ihn lesen würden. Verlobte nach aufsehenerregendem Heiratsantrag umgebracht und unter der Garage verscharrt.«

Sarah zog die Augenbrauen hoch. »Du hast echt kranke Fantasien, weißt du das?«

»Ja.«

»Dann sind wir uns ja einig.« Sie kicherte. »Irgendwann musste das ja mal passieren.«

Tash registrierte, dass Laney ihre Aufmerksamkeit schon wieder auf den Bildschirm richtete. »Sag mal, was machst du noch? Ich dachte, wir hätten für diese Woche alles im Griff.«

Laney schob die Brille hoch. »Haben wir ja auch. Ich will nur noch schnell …« Sie hielt inne, dachte kurz nach. »Also gut, ihr dürft jetzt aber nicht mit mir schimpfen.«

»Doch«, meinte Sarah.

»Nein. Versprochen«, rief Tash. »Also, ich schimpfe nicht, Sarah schon.«

Laney lächelte. »Ich beschäftige mich gerade mit unseren Finanzen, ich meine mit denen von Cam und mir. Ich habe das Gefühl, ich muss vorbereitet sein, bevor alles hochgeht. Ich war die halbe Nacht auf und habe Kreditkarten und Bankauszüge durchgesehen, um irgendwie einen Überblick zu kriegen.«

»Und?« Sarah sah sie gespannt an. »Hast du was gefunden?«

Laney kaute auf ihrem Bleistift, während sie ihre Antwort überdachte. »Ein paar Ungereimtheiten. Wir hatten ein Sparbuch, das er aufgelöst hat. Und dann sind mir ein paar recht hohe Kreditkartenabgänge aufgefallen. Alles Barauszahlungen, die ich nicht wirklich verstehe. Wieso nimmt er nicht einfach Geld von unserem Girokonto? Er weiß doch, dass ich nie frage, wofür er es braucht.«

»Vielleicht wollte er unbedingt vermeiden, dass du etwas mitbekommst.«

»Ja, vielleicht. Aber wenn er Cara tatsächlich seine Kreditkarte gegeben hat ...«, Laneys Stimme zitterte, und sie musste kurz durchatmen, ehe sie weiterreden konnte, »... dann regelt er das vielleicht auf diesem Weg. Indem er große Summen von einem Konto aufs andere transferiert. Außerdem habe ich einen Dauerauftrag an ein anderes Kreditinstitut gefunden, den ich gar nicht einordnen kann. Monatlich. Über dreihundert Pfund.«

»Was könnte das denn sein?«, fragte Tash.

»Keine Ahnung. Eine Rente oder Versicherung vielleicht? Ich weiß nicht, welche Vereinbarungen er mit seinem Arbeitgeber hat. Wir haben ein gemeinsames Konto, aber auch die Konten aus der Zeit, ehe wir uns kennenlernten, behalten. Ich habe das Gefühl, ich will gar nicht alles wissen. Am besten ist es wohl, wenn ich mir einen Finanzberater suche, der mir weiterhilft.«

Tash stand auf, ging hinter Laneys Schreibtisch und zog den Stecker raus. Ihr Bildschirm wurde schwarz.

»He, was machst du denn da?«, protestierte Laney.

Tash hob die Hand. »Schätzchen, ich finde es ganz furchtbar, dass dein Leben so ein Scherbenhaufen geworden ist. Und ich bin noch immer jederzeit zu Gewalttätigkeiten aller Art bereit.

Du hast die schlimmste Woche deines ganzen Lebens hinter dir, also lass uns jetzt hier verschwinden und dich mal auf andere Gedanken bringen als die über deinen Mann und das Sexleben deines Vaters. Die Themen sind auch morgen noch da. Zumindest solange dein Dad weiter seine kleinen blauen Pillen nimmt.«

»Tash, das ist widerwärtig!« Laney sah sie mit blitzenden Augen an.

»Stimmt.« Tash grinste. »Mir tun vor allem die Partnerinnen leid. Die stehen ja angeblich Stunden.«

Laneys Gesichtsausdruck verwandelte sich, aus Empörung wurde Ungläubigkeit. Dann musste sie lachen. »Tash, du bist wirklich das Allerletzte, weißt du das?«

Tash nickte feierlich. »Na klar. Können wir jetzt endlich gehen, meinen Brüdern das Gefühl geben, als würden wir uns amüsieren und bei der ersten Gelegenheit abhauen in einen Klub, wo wir so richtig abtanzen und einen schicken One-Night-Stand aufreißen können?«

»Ich bin für alles zu haben – bis auf den letzten Teil.«

Sarah zog ihr Schminktäschchen aus der Schublade, ging sich einmal kurz durchs Gesicht und schüttelte dann ihre üppige rote Mähne aus dem Pferdeschwanz. Tash streifte ihre Leopardenpumps ab und tauschte sie gegen die Prada-Booties, die sie sich an einem feuchtfröhlichen Abend nach viel zu viel Wein im Internet bestellt und sich selbst zum Geburtstag geschenkt hatte. Sie hätte sie zurückschicken sollen. Andererseits sollte sie auch endlich einen Finanzplan machen, nicht häufiger als fünfmal in der Woche Alkohol trinken und mit dem Rauchen aufhören, aber irgendwie machte das Leben dann einfach keinen Spaß mehr. Also waren die Booties bei ihr geblieben, schließlich passten sie perfekt zu ihrem Lieblingsoutfit. Sie tauschte ihren schwarzen Pulli gegen ein metallisch schimmerndes Shirt, das sie am Morgen in ihre Tasche gestopft hatte. Dazu kamen eine kurze Lederjacke und knallenge Jeans im Lederlook. Ein Dutzend Silberketten, lange silberne Ohrringe, eine ordentliche Portion roter Lippenstift und ein kurzes Zurechtrücken des Dekolletés, dann war sie ausgehfertig.

»Ich weiß gar nicht, wie du es immer schaffst, dich in nur fünf Minuten von der normal Sterblichen zur Göttin zu stylen.«

Tash beugte sich vor und drückte Sarah einen dicken Kuss auf die Wange. »Jahrelange Übung, meine Süße. Ich fürchte nur, ich werde bis Mitternacht wieder aussehen, als hätte man mich erst durch eine Autowaschanlage und anschließend durch die Mangel gezogen. Also lasst uns gehen, solange ich noch einigermaßen präsentabel bin.«

Tash schaute zu Laney hinüber, die sich gedankenverloren ein bisschen Lidschatten auf die Augen tupfte. Sie wollte Laney auf keinen Fall noch mehr unter Stress setzen und war jederzeit bereit, die Pläne zu ändern, um einen ruhigen Abend zu verbringen, doch Laney hatte darauf bestanden auszugehen. Beim ersten Anzeichen von Schwäche würden sie sofort nach Hause gehen.

Das Taxi benötigte weniger als zehn Minuten bis zu ihrem Ziel. Eigentlich eine Strecke, die man zu Fuß hätte gehen konnte, jedoch nicht in funkelnagelneuen Prada-Booties. Tash nahm sich vor, es nicht zu wild zu treiben an diesem Abend. Sie hatte keine Lust, das ganze Wochenende im Bett zu verbringen, weil sie mal wieder verkatert war. Ganz zivil feiern also, ein paar Drinks und vor Mitternacht nach Hause. Eventuell mit der Option auf einen One-Night-Stand, wie sie schon angekündigt hatte. So lautete der Plan.

Der Türsteher hielt ihnen die schwere Metalltür auf, als sie am Emporium vorfuhren, der Edelbar, die Jordan und John für den Abend ausgesucht hatten. Tash war gerührt. Das war eigentlich gar nicht der Stil der Jungs, sie hatten das nur für sie getan. Wenn das nicht echte Bruderliebe war!

Aus dem Innern drang lautes Gequäke, und Tash wäre beinahe auf dem Absatz umgekehrt. Auf keinen Fall würde sie den ganzen Abend in einer Bar mit so einem miesen Sound bleiben. Erst als ihre Augen sich an das schummrige Licht gewöhnt hatten, erkannte sie, dass es kein Problem mit der Lautsprecheranlage gab, sondern nur eins mit einem Haufen ungezähmter Sportler. Das gesamte Team der Glasgow Gores und ein paar Dutzend weitere Spieler grinsten sie an, mit Tröten im Mund und erhobenen Gläsern. Sie machten einen höllischen Lärm, produzierten dabei endlose Spiralen bunter Luftschlangen und erzeugten Töne, die den Balzrufen Tausender Enten glichen.

Tash erstarrte. O Gott! Eine Überraschungsparty! Der Alptraum! Sie spürte, wie jemand sie am Ellbogen packte. Laney kannte sie gut genug, um sofort jeden Fluchtversuch zu verhindern.

»Lächle und tu so, als würdest du dich tierisch freuen«, zischte sie und schob Tash nach vorn.

Sarah kicherte. »Manchmal muss man sich eben auch über unangenehme Überraschungen freuen.«

Tash nahm sich fest vor, bei nächster Gelegenheit sämtliche Sommerkleider von Sarah schwarz zu färben.

Als sie vor Jordan und John stand, fielen sie ihr gleichzeitig um den Hals und drückten sie fest. »Solltet ihr je wieder Freundinnen mitbringen, werde ich ihnen zur Strafe erzählen, dass ihr Syphilis habt«, zischte sie ihnen zu.

Sie antworteten, indem sie sie hochhoben und auf ihre Schultern setzten. Das wiederum löste neues Gegröle aus, bei dem man nur die Worte »Tash« und »dreißig« verstehen konnte. Passender wäre es Tashs Meinung nach gewesen, wenn auch noch die Worte »Was. Für. Eine. Absolut. Peinliche. Nummer.« dabei gewesen wären.

Als Tash endlich wieder festen Boden unter den Füßen hatte, gab es stürmischen Applaus, dann widmeten sich alle ihren Drinks. Jordan drückte Tash einen Tequila in die Hand, den sie in einem Zug runterkippte. Der nächste wartete bereits auf sie.

Sie sah sich um. Familienmitglieder. Cousins und ein paar Tanten. Ihre Eltern hatten ihr zum Geburtstag Flugtickets geschickt, damit sie sie auf Mallorca besuchte, aber sie hatte noch nicht gebucht. Außerdem waren ein Dutzend Freunde da – ein paar von der Uni, einige, die sie schon seit Teeniezeiten kannte, Laneys Dad und die Nachbarin, die über ihm wohnte und aussah wie Goldie Hawn. In der hintersten Ecke erkannte Tash ein leuchtend gelbes Minikleid, in dem Gladys von gegenüber steckte. Vor der dunklen Granitwand sah sie aus wie der Scheinwerfer eines Leuchtturms. Tash hob ihr Glas, um ihr zuzuprosten, und Gladys erwiderte die Geste. Anschließend wandte sie sich wieder ihrem Gesprächspartner zu, der … Oh, verflucht! Sy! Was zum Teufel tat der denn hier? In letzter Zeit tauchte er aber auch überall auf. Er überschritt definitiv jede Grenze.

Apropos überall auftauchen: Genau in diesem Augenblick sah sie Matt, den Buchhalter, auf sich zusteuern. Sie hatte keine Chance mehr, ihm auszuweichen. Nicht dass sie das unbedingt gewollt hätte – schließlich war der Anblick seines sexy Sixpacks unter dem engen grauen Shirt keineswegs zu verachten.

»Happy Birthday!«, rief er, nahm ihr das leere Glas aus der Hand und ersetzte es durch ein volles.

Tash trank einen Schluck. »Danke. Wir begegnen uns in letzter Zeit ganz schön häufig.«

»Stimmt. Ich warte auf eine günstige Gelegenheit, mir deinen Fernseher unter den Nagel zu reißen«, antwortete er und brachte sie so zum Lachen, dass sie beinahe an ihrem Tequila erstickt wäre.

Sie spürte Sys Blicke auf sich und fand das zutiefst irritierend. Um Matt nicht falsche Schlüsse ziehen zu lassen, startete sie ein Ausweichmanöver.

»Laney!«, rief sie und zerrte an ihrer Freundin, die sich gerade mit Jordan und John unterhielt. »Hattest du nicht gesagt, dass du einen Finanzberater suchst? Das hier ist Matt. Er ist Buchhalter, aber das darfst du ihm nicht übel nehmen«, scherzte sie.

Matt grinste.

Laney kam sofort zur Sache. »Was für eine Art Buchhalter bist du denn?«

Wenn Matt sich ärgerte, ließ er sich das nicht anmerken. »Bilanzbuchhaltung. Ich habe ein eigenes Unternehmen, wir arbeiten hauptsächlich für Internetfirmen und Start-ups.«

Laney schien enttäuscht. »Schade. Ich suche eigentlich jemanden, der was von privater Finanzanlage und Vermögensaufteilung versteht. Es ist ein bisschen … kompliziert.«

»Kein Problem. Ich habe während meiner Ausbildung ein Jahr lang Privatkundenberatung gemacht, das Thema ist mir also durchaus vertraut. In der nächste Woche bin ich viel unterwegs, aber wenn ich zurück bin, kann ich gern …«

Genau den Moment nutzte Tash, um sich aus der Unterhaltung zu stehlen. Aus den Augenwinkeln hatte sie gesehen, dass Gladys sich inzwischen zwei Rugby-Spielern mit Oberschenkeln in der Größe von Eimern zugewandt hatte, und sie knöpfte sich Sy vor.

»Hi!« Sie küsste ihn auf die Wangen. Niemand sollte ihr vorwerfen, keine Manieren zu haben. Hm, er roch verdammt gut. Welches sündhaft teure Aftershave er auch immer benutzte, es war jeden Cent wert. »Danke für das Geschenk. Ich wollte es dir eigentlich zurückgeben, aber wenn mir etwas so gut gefällt, werde ich leider schwach.«

Er grinste. »Sehr lobenswert, deine Selbstreflexion.«

Tash warf ihm einen vorwurfsvollen Blick zu. »Hast du heute Abend nichts Besseres vor? Woher weißt du überhaupt von dieser kleinen Feier?«

»Gladys hat mich eingeladen. Sie hat mich als Begleitung mitgenommen. Sie weiß ja, dass wir auch befreundet sind. Wieso? Ist das ein Problem für dich?«

Tash schüttelte den Kopf. Sie bemühte sich, nett zu sein, aber ihre Ehrlichkeit kam ihr in den Weg.

»Nein, es ist nur so, dass … Also ja. Ist es. Hör zu, du bist ein netter Typ, und wir haben schon viele schöne Abende zusammen gehabt …«

»O Gott, das klingt ja wie eins dieser ›Es liegt bestimmt an mir, nicht an dir‹-Gespräche«, unterbrach Sy sie mit seinem unwiderstehlichen Grinsen.

Tash hätte am liebsten die Strategie gewechselt und ihn abgeknutscht. Er war mit Abstand der attraktivste Mann im Raum, und das, obwohl er einer der Ältesten war und nicht über Bizepse in Form von Wassermelonen verfügte. Er trug schwarze Jeans, italienische Lederschuhe und ein schwarzes, perfekt sitzendes Hemd, die beiden oberen Knöpfe waren geöffnet. Ihr Beckenboden zog sich erfreut zusammen, und sie spürte, dass sie dringend ein inneres Gespräch mit sich selbst brauchte. Bleib hart, ermahnte sie sich. Konsequenz ist nicht deine Stärke, und er wird dir gerade ganz gefährlich. Sie kannte die Zeichen nur zu gut. Sie kamen ganz unerwartet. Pläne machen. Näher rücken. Und ehe sie sich versah, lagen seine Slips in einer ihrer Schubladen und seine Zahnbürste stand bei ihr im Bad. Der Gedanke ließ sie erschauern.

»Alles okay?«, fragte er.

Auch das gefiel ihr an ihm – er hatte diese entspannte, völlig selbstbewusste Ausstrahlung. Ein Mann, der mit sich im Reinen war und absolut sicher, jeder Situation gewachsen zu sein. Eine Eigenschaft, die sie zu gleichen Teilen irritierte und anmachte.

»Es tut mir leid, aber ich will diese enge Beziehungsnummer nicht.«

»Habe ich etwa darum gebeten?«, konterte er.

»Nein«, gab sie zu. »Aber schon das hier, dass du hier auftauchst und mir diese Geschenke machst. Das ist mir zu viel. Ich will diese Nähe nicht. Mir ist es lieber, alles so zu lassen wie bisher.«

»Und wenn ich das nicht will?«

»Dann sind wir ab sofort wieder nur Nachbarn.«

»Tash!« Sarah zerrte an ihr. »Du musst unbedingt Kent kennenlernen. Ein Flügelspieler, der nicht an die Ehe glaubt, auf Jackie-Chan-Filme steht und von deinen Brüdern für völlig verrückt gehalten wird. Ihr habt 'ne Menge gemeinsam.«

Tash ließ sich mitziehen, bis sie vor Kent stand. Er war so riesig, dass ihre Augen bei ihm exakt auf Brusthöhe waren. Das würde nie funktionieren. Sie hatte nicht die Absicht, ihr Leben lang in einem 90-Grad-Winkel nach oben zu schauen. An die Rechnungen ihres Chiropraktikers mochte sie gar nicht denken …

Sie machten ein wenig Smalltalk über das Leben und Leiden einiger Actionfilmhelden, ehe sie sich loseiste, um die anderen Gäste zu begrüßen und sich bei ihnen für ihr Erscheinen auf der unwillkommensten Überraschungsparty aller Zeiten zu bedanken. Sy war verschwunden. Gut so. Absolut. Definitiv. Auch wenn sie ihre Meinung vielleicht noch einmal ändern würde, wenn sie noch ein paar mehr Drinks intus hatte. Verdammte Willensschwäche.

Irgendwann nach Mitternacht kletterte Jordan mit einem

Bierglas in der Hand auf die Theke, um einen Toast auszusprechen. Tash, mit mehreren Tequilas im Blut, verspürte plötzlich große Zuneigung ihrem kleinen Bruder gegenüber.

»Ich wollte nur sagen, danke euch allen, dass ihr gekommen seid, um meine Schwester mal so richtig zu ärgern. Sie hasst nämlich Überraschungspartys.« Schallendes Gelächter und Getrampel, das den Raum erbeben ließ. »Aber ich möchte noch ein paar Worte über sie sagen.« Tash stöhnte und hielt sich die Hände vors Gesicht, was zu erneutem Gejohle führte. »John und ich wollten uns bei dir bedanken, Schwesterchen. Seit unsere Eltern weggezogen sind, kümmerst du dich um uns und trittst uns auch mal in den Hintern, wenn wir über die Stränge schlagen. Was häufig vorkommt. Du bist nie für emotionales Getue gewesen ...«

»Echt? Ist uns noch nie aufgefallen«, rief Laney dazwischen, woraufhin wieder alle lachten.

»... aber unter deiner kakteengleichen Schale hast du ein riesengroßes Herz. Wir könnten uns keine schlimmere Schwester wünschen, als du es bist.« Tash spürte, wie die Wärme aus ihrem Bauch in Hals und Gesicht schoss. »Also, erhebt eure Gläser! Auf unsere kleine Schwester Dannii Minogue!«

»Auf Dannii Minogue!«, brüllten die anderen.

John drückte Tash noch einen Tequila in die Hand, und sie stürzte ihn in einem Zug hinunter, in der Hoffnung, die peinliche Nummer so besser ertragen zu können. Aus den Augenwinkeln sah sie Laney, die sich immer noch mit Matt unterhielt. Sie wollte sich gerade auf den Weg machen, um sie zu erlösen, als Sarah neben ihr auftauchte.

»Hey, es ist schon nach Mitternacht, und du stehst immer noch auf diesen Absätzen. Kompliment!«

Tash nickte. »Ich weiß. Sollte diese Disziplin je olympiareif werden, steht mir die erste Medaille zu.«

Sarah lachte. »Laney und ich sind jetzt weg, Süße. Ich will unbedingt wissen, wie Leos Tag gelaufen ist. Außerdem muss ich morgen früh ins Büro, um den Inverness-Auftrag noch mal durchzugehen. Du bleibst den ganzen Tag im Bett und denkst darüber nach, wie es sich anfühlt, dreißig zu sein.«

Tash fasste sich mit der Hand an den Kopf. »Alt. O Gott, ich bin jetzt alt.« Sie wollte gerade einen Abschiedsgruß nachschieben, änderte dann aber ihre Meinung. »Könntet ihr mich vielleicht ein Stück mitnehmen? Ich möchte auch nach Hause.«

Sarah sah sie überrascht an. »Klar, aber willst du denn nicht noch bleiben? Du bist doch sonst auf jeder Party die Letzte. Erst recht auf deinen eigenen.«

Tash sah sich um. »Das ist kein Problem. Alle amüsieren sich prächtig, auch ohne mich. Ich bin völlig erledigt, diese Woche war einfach anstrengend. Vergiss nicht, ich bin jetzt eine alte Frau.«

Um die Party nicht zu stören, flüsterte sie Jordan, der in der Nähe stand, nur kurz ein Tschüss zu, küsste ihn auf die Wange und fiel ihm zum Dank um den Hals. Ihre Brüder waren echt okay – auch wenn sie ihnen das natürlich nie so sagen würde. Eine Viertelstunde später schloss sie die Tür zu ihrer Wohnung auf. Ihr Versuch, Laney dazu zu überreden, bei ihr zu übernachten, war erfolglos geblieben. Wie üblich hatte ihre Freundin abgelehnt. Nachdem sie ihr das Versprechen abgerungen hatte, auf keinen Fall wieder in diese Imbissbude zu fahren, hatte Tash sie gelassen. Sie konnte Laney nicht zwingen – sie war jederzeit für sie da, wenn sie gebraucht wurde.

Was hatten sie für eine Woche hinter sich! Tiefs, Hochs, Komplikationen. Tash zog sich schon auf dem Weg zum Bad aus, lief zur Dusche und stellte sich lange unter das heiße Wasser. Als sie sich abgetrocknet hatte, beschloss sie, sofort ins Bett zu gehen. Es musste ja nicht unbedingt ihr eigenes sein.

Tash klopfte an seine Tür und wartete.
Sekunden später wurde geöffnet.

»Ich dachte, es interessiert dich vielleicht zu sehen, wie mir dein Geburtstagsgeschenk steht«, sagte sie unschuldig.

Sy streckte die Arme aus und zog eine bis auf ein Paar Jimmy-Choo-Sandaletten splitternackte Frau in seine Wohnung.

23. Kapitel

Wo war die Woche nur geblieben? Es kam Laney vor, als wären die Tage in einem Dunstschleier aus Wut und Enttäuschung an ihr vorbeigerauscht. Seit Tashs Party hatte sie ununterbrochen versucht, sich abzulenken und sich mit aller Kraft in die Organisation der nächsten Events gestürzt: den Inverness-Auftrag und den AFIE, kurz für »Antrag für ihren Ehemann«.

Den Kontakt zu Cam hatte sie auf ein absolutes Minimum beschränkt. Am Samstag hatte sie bei Cara angerufen, unter dem Vorwand, einige Dinge mit ihr besprechen zu müssen. Niemand hatte sich gemeldet. Die Nachricht auf der Mailbox informierte darüber, dass Cara einige Zeit nicht zu Hause war. Bedeutete das, dass sie mit Cam zusammen war? War er tatsächlich in London, oder tanzte er sich die Füße in einem Nachtklub auf Ibiza wund? Vielleicht hatte er sich auch in einem Strandhäuschen irgendwo an der Südküste eingekuschelt. Bei der Vorstellung, er könnte alles, was er gern tat, ohne sie tun, hätte sie beinahe wieder geweint.

Laney griff zu ihrem Handy und tippte erneut Caras Nummer ein, die sie inzwischen auswendig kannte. Immer noch keine Antwort. Verzweifelt tippte sie eine E-Mail.

Hi, Cara,
ich muss dringend ein paar Einzelheiten mit dir besprechen.
Kannst du mich bitte kurz anrufen?
Beste Grüße
Laney Cochrane
derbesondereheiratsantrag

Wenige Minuten später kam die Antwort:

Hi, Laney,
sorry, bin gerade auf einem Dreh in Marbella. Der Fotograf ist totaaal anstrengend. Bin morgen zurück, melde mich.
LG
Cara

Morgen. Der Tag, an dem auch Cam zurückkommen würde. Der Tag, an dem sie nach Inverness aufbrechen würde, früher als geplant, weil sie den Gedanken nicht ertragen konnte, im selben Raum mit Cam zu sein, ohne ihm die Pistole auf die Brust zu setzen. Und sie war viel zu weit gekommen, um jetzt einen Rückzieher zu machen. Die Flüge waren gebucht, die Hotelzimmer reserviert, das Dinner geplant, Rosenblüten bestellt, Musiker engagiert. Das mit dem Feuerwerk war noch ein kleines Problem, aber es würde ein Feuerwerk geben, so viel war sicher. Wenn auch nicht in Form von hübschen, funkelnden Lichtern.

Eine Frage quälte sie nachts im Schlaf, sie hatte häufig mit Tash und Sarah darüber gesprochen. Was würde sie tun, wenn alles nach Caras Vorstellung ablief? Wie sollte sie reagieren? Was würde sie sagen, und würden sie in der Lage sein, gemeinsam das Geld für die Kaution aufzutreiben, wenn sie im Knast landete?

Laney fand keine Antwort. Der Plan war, cool zu bleiben und mit Würde und hoch erhobenem Kopf wegzugehen. Ein guter Plan. Und sie konnte das schaffen. Definitiv. Sie wollte Caras E-Mail gerade schließen, als sie sah, dass sie noch nicht bis zum Ende gelesen hatte.

P.S. Habe gerade festgestellt, dass du denselben Nachnamen hast wie mein Schatz. Was für ein totaaaler Zufall!

Laney stellte die Tasse, die sie in der Hand hielt, so heftig ab, dass der Tee herausspritzte. Wie gern hätte sie jetzt zurückgeschrieben: *Das ist kein Zufall, du taube Nuss – die Gleichheit unserer Nachnamen beruht schlicht auf dem Umstand, dass ich mit dem untreuen Schwein verheiratet bin!*

Nur die Tatsache, dass sie sich auf ihre Hände setzte, hielt sie vom Schreiben ab, aber sie konnte nicht verhindern, dass ihr die Tränen über das Gesicht strömten. Es waren keine Tränen des Selbstmitleids, sondern Tränen der Frustration, der Gewissheit, dass sie nichts mehr tun konnte, um den Showdown abzuwenden. Und das Schlimmste war, sie vermisste Cam schon jetzt. Vermisste ihr gemeinsames Leben, die Nähe zwischen ihnen, ihre Zukunft. Wie konnte er ihnen das nur so einfach wegnehmen?

Ein neuer Gedanke kam ihr. Laney zog die Hände unter ihren Oberschenkeln hervor und schlug ihren Terminkalender auf. Mit wild klopfendem Herzen checkte sie die Termine. Das konnte nicht sein. So grausam konnte der liebe Gott doch gar nicht sein. Herzschmerz-Bingo. Da stand es schwarz auf weiß. Ihr Eisprung fiel genau in die Zeit, in der sie in New York sein würden. Und Cam hatte ihr hoch und heilig versprochen, an diesen Tagen auf jeden Fall zu Hause zu sein. Vielleicht bringt er ja Cara mit und schlägt einen flotten Dreier vor, dachte sie böse. Gott, sie hasste ihn! Verachtete ihn durch und durch.

Die Tür flog auf, und Sarah und Tash kamen mit hochroten Gesichtern hereingestürmt. Die drei hätten kaum unterschiedlicher aussehen können. Tash trug ein Kostüm aus dunkelgrünem Tweed, eng tailliert, mit knielangem Bleistift-Rock, dazu schwarze Kittenheels. Sarah trat in einem hellgelben fließenden Jerseyrock nebst weißer Tunika auf – Stil Sommerhippie. Laney hatte sich an diesem Morgen für die Achtzigerjahre entschieden – enge schwarze Hose, weißes Shirt und eine Jacke mit Schulterpolstern in der Größe von 600-Gramm-Steaks. Sie sahen aus wie drei Frauen auf einer Zeitreise durch die letzten Jahrzehnte.

Die beiden anderen waren guter Laune, das sah Laney sofort. Sarah und Tash hatten morgens einen eher unspektakulären Auftrag abgewickelt. Sie mussten die ahnungslose Verlobte in spe – ein hoffnungsvolles Gesangstalent – in einem Oldtimer abholen, sie zur Glasgower Royal Concert Hall chauffieren und dort auf die Bühne bringen, wo bereits ein Orchester wartete, um sie beim Vortrag ihres Lieblingssongs zu begleiten. Tash und Sarah sorgten dafür, dass sie auch tatsächlich sang, was dann per Video aufgezeichnet wurde. Nach dem letzten Ton von Etta James' *At Last* ging ihr Freund auf die Bühne und fiel mit einem Ring vor ihr auf die Knie.

Es war der allererste Heiratsantrag, bei dem Laney nicht persönlich anwesend war, aber sie hätte es einfach nicht ertragen. Und das Letzte, was das glückliche Paar an diesem Morgen gebraucht hätte, war eine aufgelöste Frau, die »Tu es nicht, er könnte ein betrügerisches Schwein sein!« quer durch die Royal Concert Hall gekreischt hätte. Das Büro war ihr Rückzugsort gewesen, die Arbeit ihre Rettung. Und ihre Oberschenkel hatten sie davor bewahrt, einen anderen folgenschweren Fehler zu machen. Alles in allem, sinnierte Laney jetzt, ist diese Entscheidung gut gewesen.

»Und? Ist alles nach Plan gelaufen?« Sie sah ihre Freundinnen gespannt an.

Sarah nickte. »Es war wunderbar, wirklich rührend. Sie ist eine irre gute Sängerin, und als er auf die Bühne gegangen ist und ihr den Antrag gemacht hat, war das echt magisch.«

Tash hatte wie immer einen pragmatischeren Ansatz. »Wir müssen das unbedingt auf YouTube und auf unsere Website bringen – das ist echtes Marketinggold für uns.«

Sarah war nun gar nicht mehr zu bremsen. »O ja! Es verbreitet sich bestimmt rasend schnell im Netz. Ein Musikproduzent wird auf sie aufmerksam, nimmt sie unter Vertrag, sie macht Karriere, kommt zu Ruhm und Reichtum – und das alles nur wegen uns.«

Tash verdrehte die Augen. »Und ihr zukünftiger Ehemann, Mike, der Reifenhändler aus Paisley, kommt mit alldem nicht klar, stellt ihr ein Ultimatum, sie entscheidet sich für ihre Karriere, Mike fängt an zu trinken und endet in der Gosse, wo er zwischen all den anderen gebrochenen Seelen lebt bis zu seinem elenden und einsamen Tod.«

Es war mucksmäuschenstill. Nach einer Weile begann Sarah zu sprechen. »Du kennst doch sicher auch diese alten Horrorfilme, in denen ein böses Wesen aus dem Bauch eines Menschen krabbelt und Tod und Verdammnis über die Welt bringt?«

Tash sah sie irritiert an. »Was willst du damit sagen?«

Laney schüttelte nur den Kopf. »Ich bin jedenfalls froh, dass alles glattgegangen ist. Wir kriegen das Material übrigens heute Nachmittag, du Satansbraten«, sagte sie.

Tash ging zu ihrem Schreibtisch. »Mein Talent ist hier echt verschwendet«, murmelte sie.

Laney widmete sich dem nächsten Punkt ihrer Liste. »Also, ich fahre dann frühmorgens nach Inverness, hole den Van unseres Kunden ab, den er auf dem Parkplatz meines Hotels abstellt, und anschließend die Ausrüstung. Tash, ist alles bereit?«

Tash nickte. »Ja. Sie erwarten dich nachmittags um fünf Uhr, um es zu testen.«

»Perfekt! Sie können mir beim Einladen helfen, dann lasse ich alles über Nacht im Wagen, bis ihr zwei am Samstagmorgen nachkommt.«

»Was hast du denn sonst noch vor, wenn du da oben bist? Außer Cam aus dem Weg zu gehen, meine ich.«

Laney zuckte mit den Schultern. »Das ist ganz ehrlich das Wichtigste«, gestand sie. »Aber ich hab noch ein paar andere Dinge, die ich erledigen möchte. Ich hab auf Facebook und Twitter gepostet, dass ich in Inverness bin, falls jemand aus der Gegend Interesse an unserem Service hat. Es gab da ein paar Anfragen, vielleicht kann ich noch einige Termine machen.«

Das war Laneys große Gabe – Gelegenheiten am Schopfe zu packen und zu nutzen.

»Ach ja, mein Dad kommt auch am Samstagmorgen. Er bringt Mrs. Crean mit. Die zwei haben angeboten, uns bei der Aktion zu helfen. Mrs. Crean hat letztes Jahr einen Tauchkurs in Port de Pollença gemacht und hält sich nun für kompetent genug, uns bei allen wasserbezogenen Aktivitäten zu beraten.«

Sarah erschauerte. »Bitte, hör auf damit. Bei der Vorstellung kriege ich schon Albträume. Ich hasse Wasser! Wenn ihr mich gern habt, wechselt ihr jetzt sofort das Thema!«

Tash gehorchte. Sie saß am Schreibtisch und kaute auf ihrem Kugelschreiber, während sie darauf wartete, dass ihr Rechner hochfuhr.

»Sag mal, Laney, wenn Mrs. Crean jetzt bald deine neue Mum wird, solltest du sie dann nicht endlich mal duzen?«

Jetzt erschauerte Laney. Eine neue Mum? Das erinnerte sie an etwas – sie hatte seit Wochen nicht mehr mit Lana gesprochen. Sie müsste sie eigentlich mal darüber informieren, was los war, andererseits hatte sie gar nicht das Bedürfnis, mit ihrem Drama hausieren zu gehen. Außerdem war Lana eine ganz spezielle Mutter, und, so traurig das war, sie würden auch danach keinen Preis für die innigste Mutter-Tochter-Beziehung gewinnen. Das wusste sie jetzt schon.

»Darüber habe ich noch gar nicht nachgedacht. Ich denke, das soll sie entscheiden.«

»Du wirst bei der Hochzeit bestimmt Blumenmädchen«, witzelte Tash.

»Sei still«, zischte Laney. Das wollte sie sich nicht mal vorstellen.

Das Klingeln ihres Handys ließ sie zusammenzucken, und sie ging gleich dran. »Hallo? Oh, hi.«

Laney sah, dass die beiden anderen so taten, als hörten sie nicht zu, sich aber zugleich weit nach vorn beugten, um ja alles mitzubekommen. In diesem Büro war wirklich nichts heilig.

»Na klar. Klar ist das okay. Sollen wir sechs Uhr sagen? Ich wohne im Marriot. Wir treffen uns in der Bar. Bis dann.«

Sie legte auf und richtete ihre Aufmerksamkeit sofort wieder auf ihren Bildschirm. Dann wartete sie gespannt, wer als Erste schwach werden wüde.

»Neuer Kunde?«, fragte Sarah. Nur den Bruchteil einer Sekunde später folgte Tash: »Männlicher Eskortservice?«

Laney schüttelte den Kopf. »Weder noch.« Diese Antwort würde die beiden wahnsinnig machen.

Ihre Dreierbeziehung war wirklich sehr intim. Sie kannten sich seit der ersten Klasse, sie arbeiteten zusammen, sie verbrachten jeden Tag zusammen, beobachteten jede Bewegung ganz genau. Andere würden das vielleicht als beengend empfinden, aber Tash, Laney und Sarah mochten es.

»Das war Matt«, verriet Laney schließlich grinsend.

»Matt wer?«, fragte Sarah. Und Tash ergänzte: »Matt vom Rugby-Team. Der mit dem göttlichen Body und dem genialen Brain.«

Laney lachte. »Hast du das gerade erfunden? Ich glaube, du bist hier bei uns wirklich völlig unterfordert. Du solltest Werbetexte schreiben.«

Tash nickte. »Finde ich auch. Total unterfordert.«

Sarah war völlig konfus. »Wer ist denn nun dieser Matt?«

»Ein Buchhalter, der zusammen mit Jordan und John Rugby spielt. Ich hab mich auf Tashs Party länger mit ihm unterhalten, und er hat mir angeboten, mir beim Ordnen unserer Finanzen zu helfen. Zufälligerweise arbeitet er ausgerechnet diese Woche für ein Unternehmen in Inverness. Also kommt er bei mir im Hotel vorbei, und wir gehen zusammen Cams und meine Konten durch. Die Vorstellung ist mir zwar ein Grauen, aber ich muss unbedingt wissen, was Sache ist, um mich zu schützen. Findet ihr das sehr egoistisch?«

Wenn Laney rational nachdachte, wusste sie, dass es das nicht war, aber es fiel ihr immer noch schwer, ihre und Cams Privatsphäre so offen darzulegen.

»Darauf brauchen wir ja wohl nicht zu antworten«, meinte Sarah nur. »Nicht *du* bist egoistisch, sondern *er* ist es.«

Natürlich stimmte das. Aber diese Erkenntnis verschaffte Laney nicht die geringste Befriedigung. Cam hatte die Richtung gewechselt. Und jetzt führte ihr Weg nach Inverness, wo ein Hüne mit großem Sachverstand für Zahlen einen weiteren Nagel in den Sarg ihrer Ehe treiben würde.

24. Kapitel

Das Gummi dehnte sich ein klein wenig mehr als sonst, als Sarah ihren BH im Ausschnitt zusammenklippste. Sie musste den Tatsachen ins Auge sehen: Sie hatte ein paar Pfund zugenommen. Das war das Problem der Emotionsesser. Sie aß, wenn sie glücklich war – Leo hatte endlich die Chance seines Lebens erhalten. Sie aß, wenn sie traurig war – es brach ihr das Herz, an Laney zu denken und an das, was sie im Moment durchmachte. Und sie aß, wenn sie Langeweile hatte. So hatten sich in den letzten Tagen mehrere Schokoriegel und eine selbst gebackene Biskuittorte irgendwie verflüchtigt, während sie darauf gewartet hatte, dass Leo nach Hause kam. Er war jedes Mal erst kurz vor Mitternacht aufgetaucht, müde, aber aufgekratzt. Sie hatte ihn noch nie so zufrieden erlebt, und sie wollte seine gute Stimmung nicht verderben, indem sie ihm etwas vorjammerte.

Heute jedoch, das wusste sie genau, würde er um sieben Schluss machen. Und deshalb hatte sie einen perfekten Abend geplant. Sein Lieblingsessen simmerte auf dem Herd, der Duft von frischem Knoblauch erfüllte die Küche. Der Rioja war entkorkt, und zwei nagelneue James-Bond-DVDs lagen im Wohnzimmer bereit.

Nach der Dusche hatte sie sich großzügig mit einer teuren Bodylotion eingecremt, das Haar fiel ihr in lockeren Wellen über die Schultern. Ein kurzer Blick in den Spiegel ließ sie leicht zurückzucken. Der zu enge BH ließ ihre Brüste herausquellen. Rasch beugte sie sich vor und rückte sie zurecht. Sie richtete sich wieder auf. Besser. Aber um ganz sicher zu sein, tauschte sie ihre Bluse gegen ein enges Shirt mit V-Ausschnitt. Leo würde so fasziniert davon sein, dass er gar nicht merken würde, dass es sich in Wahrheit um ein Tal inmitten einer anatomischen Nachbildung der Pyrenäen handelte.

Als sie in ihren pinkfarbenen, knöchellangen Rock schlüpfte, traf Sarah eine Entscheidung. Diät. Ab Montag. Aber hatte sie sich das in der vergangenen Woche nicht auch schon vorgenommen? Oder war das in der Woche davor gewesen?

Die alte Standuhr im Flur, die sie kurz nach ihrem Einzug bei einem Trödelhändler gekauft hatten, schlug sieben. Sie warf einen kurzen Blick in den Topf. Perfekt. Der erste Rioja des Abends plätscherte ins Glas, danach schnippelte sie Tomaten, Zwiebeln und Paprika für den Salat. Das war ihre Vorstellung von Glück! Ein gutes Essen vorzubereiten und darauf zu warten, dass die Liebe ihres Lebens nach Hause kam. Das Klingeln an der Wohnungstür ließ sie ihre Fantasien mit »auch wenn er mal wieder seinen Schlüssel vergessen hat« beenden.

Sarah legte das Messer aus der Hand, lief zur Tür und riss sie auf. »Eines Tages vergisst du noch deinen K…« Sie hielt inne, als sie feststellte, dass der Mann vor ihr keinerlei Ähnlichkeit mit Leo hatte.

»Oh, hi. Sorry, ich dachte, es wäre Leo.«

»Nein, ich bin nur dein Stalker.« Guy grinste so breit, dass Sarah lachen musste.

»Ich weiß nicht, ob du diesen Titel nicht verloren hast. Ich hab dich tagelang nicht vor meiner Tür gesehen.«

Guy nickte. »Stimmt. Ich hatte wenig Zeit. Dein Gesicht sieht ja fast verheilt aus.«

»Ist es auch. Allerdings fürchte ich, dass die Gelbfärbung noch eine Weile bleiben wird. Bis vor Kurzem sah ich aus wie Bart Simpson.«

Ihr Lachen mündete in ein kurzes Schweigen, ehe Guy begriff, dass sie darauf wartete, dass er ihr sagte, weshalb er gekommen war.

»Ah … ja … äh …«, stammelte er, und Sarah stellte wieder fest, wie süß seine Unsicherheit war. Er erinnerte sie an Hugh Grant in *Vier Hochzeiten und ein Todesfall*. Guy zog die Hand aus der Tasche und hielt ihr ein Schlüsselbund hin. »Ich hab dir dein Auto zurückgebracht«, sagte er und trat zur Seite.

Sarah sah durch die geöffnete Haustür hinaus. Ihr Beetle stand dort. Der Schaden war vollständig behoben, aber es war noch viel mehr als das! Der Rost war weg. Die Chromteile glänzten. Der Beetle sah aus wie nagelneu! Sarah riss die Hand vor den Mund, und dann hatte sie auf einmal Tränen in den Augen.

»Er sieht … wunderschön aus«, hauchte sie.

»Es tut mir leid, dass es etwas länger gedauert hat als angekündigt. Wir hatten Schwierigkeiten, ein Ersatzteil für die Stoßstange zu besorgen. Also hab ich meinen Kumpel gebeten, in der Zwischenzeit alles neu zu lackieren. Sozusagen als Entschädigung für die ganzen Unannehmlichkeiten, die ich dir bereitet habe.«

»Ach, so schlimm war es doch gar nicht«, wehrte Sarah ab. Es fiel ihr schwer, den Blick von dem glänzenden Fahrzeug zu reißen. »Und der Audi war schließlich auch kein schlechter Ersatz. Aber ich freu mich riesig, meinen Beetle zurückzuhaben. Vielen, vielen Dank.«

»Keine Ursache. Ich brauche nur die Audi-Schlüssel, dann bringe ich ihn für dich zurück.«

»Klar! Komm rein. Möchtest du einen Kaffee?«

»Ich glaube, ich bin schon genug in dein Leben eingedrungen«, antwortete Guy zögernd.

»Kein bisschen. Ich hab gerade eine Flasche Wein aufgemacht. Ein Gläschen kann doch nicht schaden, oder?«

»Ehrlich gesagt bleibe ich lieber beim Kaffee. Für den Fall, dass mich wieder jemand auf eine fremde Stoßstange schiebt.«

Guy schloss die Haustür und betrat die Wohnung. »Hm, riecht das gut! Du scheinst ja eine grandiose Köchin zu sein. Jedes Mal, wenn ich hier bin, hast du was Köstliches auf dem Herd.«

Sarah schaltete den Wasserkocher an und nahm einen blaurosa gepunkteten Becher und Instant-Cappuccino aus dem Schrank. Der schmeckte zwar nicht so wie selbst gemachter Cappuccino, war aber ein ganz ordentlicher Ersatz, wie sie fand.

»Überhaupt nicht. Ich kann ganz gut Pasta kochen, aber das ist es auch schon. Mein Freund hat die letzten Tage lange gearbeitet, heute ist unser erster gemeinsamer freier Abend.«

»Dann mach dir keine Umstände wegen des Kaffees. Ich verschwinde sofort wieder.«

»Nein, nein, das musst du nicht. Wirklich nicht«, beteuerte Sarah und goss kochendes Wasser in die Tasse. »Ich habe alles vorbereitet, und er ist ja noch nicht zu Hause. Du darfst mir gern so lange Gesellschaft leisten.«

»Sicher?«

»Absolut.« Sie stellte die dampfende Tasse vor ihn. »Ehe ich es vergesse ... « Sarah kramte in ihrer Handtasche und gab Guy die Audi-Schlüssel. »Noch mal danke, dass du alles so super organisiert hast.«

Guy zuckte mit den Schultern. »Das war das Mindeste, was ich tun konnte. Im Nachhinein hat sich die blöde Situation für uns beide ja doch noch ganz positiv entwickelt. Du hast ein schick aufgemotztes Auto, und ich hab einen neuen Kunden. Laney hat die New-York-Reise über uns gebucht und auch schon ein paar andere Trips in den nächsten Wochen angefragt. Allerdings ist mir völlig rätselhaft, wie ein Mensch auf die Idee kommen kann, jemandem bei einer Achterbahnfahrt in Disneyland einen Heiratsantrag zu machen.«

Sarah schaltete den Herd aus und warf einen kurzen Blick auf die Uhr. Zwanzig nach sieben. Wenn Leo nicht bald nach Hause kam, würde sie verhungern. Verdammt.

»Wie würdest du es denn machen?«

Guy lachte und trank einen Schluck Kaffee, wohl um etwas Zeit zu gewinnen.

»Ehrlich gesagt hab ich schon einmal einer Frau einen Antrag gemacht«, antwortete er. »In Paris. Am Eiffelturm. Nicht gerade sehr fantasievoll.«

Sarah war erstaunt. Sie war ganz sicher, dass Guy ihr erzählt hatte, er sei nicht verheiratet. Das bedeutete dann also, dass …

»Und hat sie Ja gesagt?«

»Schon. Aber nach ein paar Monaten haben wir festgestellt, dass wir noch viel zu jung waren, um uns zu binden. Wir waren damals erst einundzwanzig. Ich hab mich von ihr getrennt.«

»Das hat ihr bestimmt das Herz gebrochen.«

Guy schüttelte den Kopf. »Nicht wirklich. Sie hat danach als Reiseleiterin gearbeitet und innerhalb eines Jahres den Besitzer einer griechischen Taverne geheiratet, mit dem sie sechs Kinder hat. Wenn wir zusammengeblieben wären, müsste ich heute einen Bus fahren.«

Sarah lachte. »Eine nette Vorstellung. So romantisch. Griechische Sonnenuntergänge in einem Garten mit einem Haufen Kinder. Das würde mir gefallen. Allerdings wären mir sechs zu viel. Ich würde bei drei aufhören.«

Als sie das laut aussprach, spürte sie plötzlich … Was? Erwartung? Aufregung? Vorfreude? Was immer es war, es traf sie zusammen mit der Erkenntnis, dass sie bald schwanger werden musste, sonst konnten sie keine drei mehr schaffen. Manchmal wünschte sie sich, sie hätten schon viel früher angefangen, aber es hatte immer Gründe dagegen gegeben. Sie waren gerade umgezogen. Sie hatten finanzielle Probleme. Leo wartete auf seinen Durchbruch als Schauspieler.

Tja, diese Gründe waren ja nun alle hinfällig. Babyboom *here we come!*

Bei der Vorstellung musste Sarah lächeln. Sie riss eine Packung Orangenkekse für Guy auf.

»Warum drei?«

»Vermutlich, weil wir zu Hause auch zu dritt waren. Ich habe noch zwei Schwestern. Sie sind älter als ich und leben in London. Beide haben ebenfalls drei Kinder. Wir sind eine ziemlich langweilige Familie.«

Dabei fiel ihr ein, dass sie ihre Schwestern unbedingt diese Woche anrufen musste! Sie war an der Reihe, die allwöchentliche Skype-Runde zu organisieren, mit der sie drei und ihr Dad Kontakt hielten.

»Und wo leben deine Eltern?«

»Ich habe nur noch einen Vater, meine Mutter ist schon seit vielen Jahren tot. Mein Dad ist nach Cork zurückgezogen, von dort stammt er. Er hat meine Mum mit zwanzig während eines Urlaubs kennengelernt und ist bei ihr geblieben. Erst nach ihrem Tod ist er in seine alte Heimat zurückgekehrt. Er ist glücklich dort, das ist alles, was zählt.«

Sarah stellte sich ihren Dad vor, wie er mit der Gitarre in der Hand in einer irischen Bar saß und sich das Herz aus der Seele sang. Er war ein Freigeist, ein Bohemien, aber er gehörte in die Nähe seiner sieben Geschwister. Sie besuchte ihn alle paar Monate. Langsam kam er über den Verlust ihrer Mum hinweg, jedenfalls hielt er seine Schultern jedes Mal, wenn sie ihn sah, ein bisschen straffer und seinen Kopf höher.

Vielleicht erlebte er ja gerade eine Midlife-Crisis, so wie Laneys Dad. Traurig, dass beide Männer die Liebe ihres Lebens verloren hatten – der eine durch einen Todesfall, der andere, weil er verlassen wurde –, aber das zeigte nur, dass man das Beste machen musste aus jedem Tag, an dem man mit der Person zusammen war, die man liebte.

Apropos! Wenn der, den *sie* liebte, nicht bald hier aufkreuzte, würden sie eine Pizza bestellen müssen.

Sie zog einen Stuhl hervor und setzte sich Guy gegenüber an den Tisch. War es nicht verrückt, wie das Universum einem manchmal Menschen ins Leben spülte? Wenn sie nicht in derselben Schule wie Laney und Tash gewesen wäre, hätte sie die beiden niemals kennengelernt. Wenn sie an jenem Morgen nicht in diese Galerie gegangen wäre, hätte sie Leo nie kennengelernt. Wenn sie nicht vor dieser Ampel gestanden hätte, hätte sie jetzt noch einen beruhigenden Vorrat an Orangenkeksen in ihrem Schrank.

»Also, zurück zu dir. Gibt es im Moment jemand Besonderes in deinem Leben?«

Guy nickte. »Ich treffe mich seit einigen Monaten regelmäßig mit einem der Mädels aus dem Reisebüro. Jorja. Sie ist entzückend.«

Sarah kicherte. »Ich kenne da eine gute Agentur, die dir bei einem Heiratsantrag behilflich sein könnte. Sie kann dir auch Flüge und Hotels günstig besorgen, falls du dazu gern verreisen möchtest.«

Seine Augen funkelten belustigt. »Klingt verlockend, aber im Moment möchte ich das Angebot noch ausschlagen. Ich bin nicht sicher, ob wir dieses Stadium schon erreicht haben. Sollte sich das ändern, lasse ich es dich wissen. Du bist jedenfalls eine gute Verkäuferin.«

»Ich bevorzuge die Bezeichnung leidenschaftlich. Wohnt ihr denn zusammen?«

Guy schluckte erst, ehe er antwortete. »Nein. Wir wollen

beide noch unabhängig bleiben. Jorja ist heute mit ihren Freundinnen in Edinburgh bei irgendeiner Show.«

Ehe Sarah weiterfragen konnte, vibrierte ihr Handy. Das war bestimmt Leo, der ihr Bescheid sagen wollte, dass er gleich zu Hause war.

Sie las die SMS. *Sorry, Baby, werde noch aufgehalten. Wird spät. Liebe dich.*

Frustriert warf Sarah das Handy auf den Tisch. Mist! Sie hatte sich so auf den gemeinsamen Abend gefreut. Jetzt hatte sie sich die ganze Arbeit umsonst gemacht.

Sie würde Laney anrufen. Oder Tash. Aber Laney packte sicher gerade, und Tash hatte heute Abend Pilates. Oder war mit ihren Brüdern unterwegs. Oder schleckte ihrem Nachbarn das Gesicht ab.

Also vielleicht …

»Guy, hast du heute Abend schon was vor?«

»Ich will nur den Audi zurückbringen.«

»Kann das noch warten?«

Er sah sie erstaunt an. »Klar. Wieso?«

»Weil Leo nicht zum Essen kommt. Hättest du Lust auf Spagetti Carbonara?«

Er verschloss die Packung mit den Orangenkeksen und schob sie über den Tisch. »Ist das ein Trick, um mich daran zu hindern, deinen kompletten Keksvorrat aufzufuttern?«

»Allerdings!« Sarah lächelte.

»Er funktioniert.« Er zog seine Jacke aus. »Dann nehme ich auch gern ein Glas Wein dazu.«

25. Kapitel

Laney hatte es für eine gute Idee gehalten, nach Inverness zu fahren, Cam aus dem Weg zu gehen und sich selbst eine Gelegenheit zum Nachdenken zu geben. Sie hatte nur nicht bedacht, dass die Tatsache, dass sie hier allein war, regelrechte Panikattacken in ihr auslösen würde. Bizarre Bilder quälten sie. Cams und Caras Hochzeit, Cams Gesicht, wenn sie ihn zur Rede stellte. Tash, die wie bei einem Rugby-Tackle auf ihn zuflog und ihn zu Boden riss. In einem ihrer zahlreichen Albträume hatte er sich eine Maske vom Gesicht gezogen und enthüllt, dass er in Wahrheit der Serienkiller aus der *Criminal-Minds*-Folge war, die sie sich vor dem Einschlafen angeschaut hatte.

Die traurige Wahrheit war jedenfalls, dass sie sich regelrecht darauf freute, ihre Finanzen zu checken, weil sie dann wenigstens etwas hatte, worauf sie sich konzentrieren konnte.

Die letzten beiden Wochen waren irre anstrengend gewesen, trotzdem hatte Laney sich die meiste Zeit gefühlt, als würde sie in einer Seifenblase schweben. Wie aufs Stichwort begann in der verlassenen Hotelbar ihr Handy zu klingeln. Cams Nummer erschien auf dem Display. Früher war bei seinen Anrufen immer ein Foto von ihnen beiden beim Tandem-Surfen in Kreta zu sehen gewesen. Seit Tash sich das Handy letzte Woche kurz ausgeliehen hatte, erschien dort Freddy Krueger.

»Hi«, antwortete sie so normal wie nur möglich. Es fiel ihr inzwischen weniger schwer als in den ersten Tagen, nachdem ihr das Herz herausgerissen worden war. Der Schmerz war nun ein anderer, einer, der sie nicht vollständig überwältigte, aber definitiv noch einen Arztbesuch erforderlich machte.

»Hey, Baby, ich bin zu Hause, und du bist nicht hier. Das Haus ist so leer ohne dich. Mir ist jetzt schon langweilig.«

»Oh, ich bin sicher, du findest etwas, womit du dir die Zeit vertreiben kannst«, antwortete sie.

Laney sah sofort ein Bild vor sich, wie Cara in ihrem Bett rittlings auf ihm saß. Nein, das würde er nicht tun. Ihr Haus hatte zu viel von ihr. Jede Frau würde sofort erkennen, dass eine andere dort wohnte, das würde ihn verraten. Nachdem Laney Abend für Abend darüber nachgegrübelt hatte, war sie zu dem Schluss gekommen, dass Cara nie in ihrem Haus gewesen war. Es war nur ein schwacher Trost, aber in einer Woche, in der sie sich an alles Positive geklammert hatte, nahm sie auch das gern an.

»Ich werde schlafen gehen. Ich bin völlig erledigt. Ich hab ein paar ganz schön harte Wochen hinter mir.«

Bitte hör auf! Bitte hör auf zu reden! Bei jedem Wort starb etwas in Laney. Aber die Masochistin in ihr konnte nicht anders. Sie musste das Monster noch ein wenig reizen.

»Wieso? Musstest du mehr arbeiten als sonst?«

»Eigentlich nicht. Ich hatte irgendwie einfach viel um den Kopf.«

LIEBER HIMMEL! Was machte er mit ihr? Das war ja fast so, als würde er die Tür extra weit öffnen, damit sie eintreten und ihn ansprechen *musste*. Aber das würde sie nicht tun! Auf gar keinen Fall. Ganz gleich, wie hart es würde, sie würde die Sache durchstehen.

»Na, dann mach dir mal ein entspanntes Wochenende, Darling. Leg dich ins Bett, ruh dich aus, relax ein bisschen.«

Noch während sie das sagte, wurde Laney schmerzhaft bewusst, dass in der Welt von Cam, die sie gerade neu kennengelernt hatte, diese Dinge nicht unbedingt viel miteinander zu tun hatten. Vor allem dann nicht, wenn Skype involviert war.

Sie legte auf und ließ sich noch einmal durch den Kopf gehen, was er gesagt hatte. War es noch möglich, dass sie sich komplett irrte? Dass es einen zweiten Cam Cochrane bei Euromind gab? Nein, Cams Lunch mit Cara machte diese Theorie zunichte. Litt sie an Wahnvorstellungen? Kamen in *Criminal Minds* nicht dauernd Psychopathen vor, die davon überzeugt waren, mit einem völlig ahnungslosen Bekannten eine Beziehung zu haben? Wie oft war sie an Caras Wohnung vorbeigefahren, hatte davorgesessen, sie angerufen? Und nicht ein einziges Mal hatte sie einen Hinweis darauf erhalten, dass Cam bei ihr war. Vielleicht war er ja tatsächlich die ganze Zeit auf Dienstreise gewesen. Vielleicht gab es ja doch noch einen Schimmer Hoffnung, dass sie sich nur in alles hineingesteigert hatte. Aber warum saß sie dann in dieser Hotelbar und wartete auf einen Buchhalter, der ihr sagen sollte, wie sie ihr Geld schützen konnte, wenn über ihre Ehe das Todesurteil gesprochen wurde?

»Hi, Laney, tut mir leid, dass ich mich verspätet habe, ich bin noch bei meinem Kunden aufgehalten worden. Kann ich dir was zu trinken bestellen?«

Matt sah so anders aus, dass Laney eine Zeitlang brauchte, ehe sie verstand, dass er es war. Das zerzauste schwarze Haar war nach hinten gekämmt und gestylt – definitiv mit Gel. Er trug einen dunkelblauen Anzug, dazu ein blau-weiß gestreiftes Hemd. Die Krawatte hatte er gelockert, den oberen Hemdknopf geöffnet. Er sah aus wie aus einem Film über die Wall Street.

»Ich hab schon was, danke.« Sie zeigte auf den Gin Tonic vor ihr. Das war nicht ihr Drink, aber sie hatte das Bedürfnis nach Abwechslung gehabt. Jeder Wein erinnerte sie irgendwie an einen Ort und eine Zeit, die sie mit Cam verbracht hatte.

Matt bestellte eine Flasche Bier bei der gelangweilt aussehenden Kellnerin, setzte sich zu ihr und zog Notizbuch und Kugelschreiber aus seiner braunen Lederaktentasche.

»Wie geht es dir?«, fragte er.

In dem Moment passierte es. Eine völlig harmlose Frage. Eine ganz gewöhnliche Begrüßung. Ganz bestimmt erwartete er eine normale Antwort. Aber der Damm, der Laneys Emotionen mühsam in Schach hielt, brach, ihre Augen füllten sich mit Tränen, und sie brachte nur ein krächzendes »Nicht gut« zustande.

In Matts Gesicht breiteten sich sofort Angst und Schrecken aus, was bewies, dass er ein typischer Westschotte war, dem weinende Frauen tiefstes Unbehagen bereiteten. Laney senkte den Kopf, aber das Verbergen ihres Gesichts verhinderte nicht, dass dicke Tränen auf ihre hellblauen Jeans tropften.

Die Kellnerin, die Cams Bier auf einer weißen Serviette vor ihn auf den Tisch stellte, bemerkte es nicht oder tat zumindest so. Matt reichte die Serviette an Laney weiter, damit sie sich die Augen trocknen konnte.

»Hör mal, wir können unser Gespräch auch verschieben«, bot er an. »Ich möchte wirklich nicht, dass du dich noch mehr aufregst.«

Laney schnäuzte sich geräuschvoll die Nase. »Es liegt ja nicht an dir«, krächzte sie. »Es ist … es ist … «

Ihre Schultern bebten, und sie begann unkontrolliert zu schluchzen. O Gott, wie peinlich! Da saß sie nun und jammerte einem praktisch Fremden die Ohren voll. Dabei weinte sie sonst nie. Sie gehörte nicht zu den Frauen, die auf Kommando auf die Tränendrüse drücken konnten. Aber genau das tat sie gerade, sie versetzte diesen armen Mann, der so nett war, ihr behilflich zu sein, in Angst und Schrecken.

»Ist schon gut, lass dir Zeit. Atme erst einmal tief durch.«

Matt legte ihr beruhigend die Hand auf den Arm. Oje! Die tröstende Geste ließ noch mehr Tränen fließen. Ein paar Minuten, die sich anfühlten wie anderthalb Stunden, vergingen, ehe Laney wieder einigermaßen klar reden konnte.

»Es … es tut mir leid«, stammelte sie. »Ich hab größtes Verständnis dafür, wenn du jetzt lieber flüchten möchtest.«

Matt schüttelte den Kopf. Kein Haar regte sich – definitiv ein gutes Gel.

»Kein Problem. Das Barpersonal hat vermutlich schon die Polizei verständigt, es sähe dann so aus, als wäre ich tatsächlich auf der Flucht«, scherzte er.

Er sagte genau das Richtige. Sie fühlte sich so viel besser, als wenn er nur irgendwelche wohlgemeinten, aber abgedroschenen Plattitüden von sich gegeben hätte.

»Ich erklär dir alles«, sagte sie und warf die zerfledderte, mascaraverschmierte Serviette in ihre Handtasche.

»Das musst du wirklich nicht …«

»Ich weiß, aber es ist wichtig. Der Grund, weshalb ich Beratung für meine Finanzangelegenheiten brauche, ist … ist … weil mein Mann eine Affäre hat.«

Dieses Mal riss sie sich zusammen. Nicht wieder weinen. Bloß nicht. Der arme Mann war schon genug traumatisiert.

»Oh, das tut mir leid. Was für ein gemeiner Kerl.«

»Danke.«

»Dann habt ihr euch also getrennt?«

Laney nickte. »Ja. Er weiß es nur noch nicht.«

»Äh …« Matt schien jetzt überaus verwirrt zu sein.

»Er ist die ganze Zeit unterwegs auf Dienstreisen. Und ich habe erst Anfang letzter Woche herausgefunden, dass er mich betrügt. Seither war er noch nicht zu Hause, es gab also keine Gelegenheit, ihn zur Rede zu stellen.«

»Darf ich fragen, wie du das herausgefunden hast?« Hastig schob Matt hinterher: »Du brauchst natürlich nicht zu antworten, wenn du dann wieder weinen musst. Tut mir leid, ich bin halt ein Mann und in emotionalen Situationen völlig überfordert. Ich schätze, das ist genetisch bedingt.«

»Ich finde, du hast dich sehr gut verhalten«, widersprach Laney. »Tash hätte mir längst gesagt, dass ich mich zusammenreißen soll.«

Matt lachte. »Ja, ich hab auch schon meine Erfahrungen mit Tash gemacht.«

»Und wie weit gingen die?«

»Sie hat mir angedroht, mir die Eier zu entfernen, wenn ich ihr zu nahetrete.«

»Tja, ihre Umgangsformen bedürfen dringend einer gründlichen Überarbeitung. Sag mal, bist du dir sicher, dass du mir immer noch helfen willst? Ich schwöre dir, ich bin nicht beleidigt, wenn du jetzt Nein sagst.«

»Absolut«, versicherte er ihr.

»Äh, wie war noch mal deine Frage?« Entweder hatte das Geheul ihr Gehirn überschwemmt oder der Gin Tonic war stärker, als sie gedacht hatte.

»Wie du herausgefunden hast, dass dein Mann dich betrügt.«

Laney seufzte, trank aus und orderte zwei neue Drinks bei der Kellnerin.

»Das ist das Absurdeste an allem. Seine Freundin war bei uns in der Agentur, weil wir einen Heiratsantrag für sie organisieren sollen. Und zwar den Heiratsantrag an meinen Ehemann.«

Es dauerte einen Augenblick, ehe er begriff.

»Du machst Witze.«

»Ich wünschte, es wäre so.«

»Und? Wie habt ihr reagiert?«

Laney wünschte sich inständig, die Drinks kämen endlich.

»Wir haben den Auftrag angenommen. Sie macht ihm nächstes Wochenende in New York einen Antrag. Wir haben alles arrangiert.«

»Und er weiß von nichts?«

»Nein.«

Matt starrte sie an … »Dann solltest du dafür sorgen, dass Tash und ihre Brüder nicht in der Nähe sind, wenn es so weit ist.«

Laney lächelte gezwungen. »Glaubst du, ich bin verrückt?«

»Ein bisschen schon«, antwortete er ehrlich, nahm die Krawatte ab und rollte die Hemdsärmel hoch, unter denen sich gebräunte Arme verbargen. »Warum stellst du ihn nicht vorher zur Rede?«

»Weil er mich die ganze Zeit so angelogen hat, dass ich ziemlich sicher bin, dass er versuchen würde, sich aus der ganzen Sache rauszureden. Ich möchte gern mit eigenen Augen sehen, dass meine Vermutungen stimmen, weil … weil ich ihn liebe. Das ist der einzige Weg, der sicherstellt, dass ich nicht zu ihm zurückgehen werde.«

Matt lehnte sich auf seinem Stuhl zurück und atmete tief durch. »Das ist entweder unglaublich mutig oder unglaublich wahnsinnig.«

Laney wusste seine Offenheit sehr zu schätzen.

Die Kellnerin brachte die nächsten Drinks, stellte sie wortlos auf den Tisch und entfernte sich wieder. Die Bar wurde in der Hotelbroschüre als »Ort zum Entspannen und Verwöhnenlassen« beschrieben. Vielleicht sollte man auch das Personal mal darüber informieren, dachte Laney.

»Also, wie kann ich dir helfen?« Matt sah sie aufmunternd an.

Laney holte tief Luft. Sie hatte lange über alles nachgedacht und war zu dem Schluss gekommen, dass sie versuchen wollte, die Trennung fair durchzuziehen. Danach hatte sie noch einmal nachgedacht und war zu dem Schluss gekommen, dass sie jeden schmutzigen Penny ihres gemeinsamen Geldes zurückhaben wollte, den er für sein Privatvergnügen verschwendet hatte.

Sie klappte ihren Laptop auf, schaltete ihn an und rückte ihn so zurecht, dass sie beide daraufschauen konnten. Matt nahm seinen Kugelschreiber, um sich Notizen zu machen.

»Mir sind eine Menge Ungereimtheiten auf den Konten aufgefallen. Kleine Summen, die abgehoben wurden, vermutlich, weil er glaubte, ich würde es nicht merken. Habe ich auch nicht. Wir haben mehrere gemeinsame Konten, und ehrlich gesagt habe ich mich für die meisten nicht sonderlich interessiert. Ich hatte immer nur das im Blick, was wir für unsere alltäglichen Ausgaben nutzen. Mein Mann hat ein Sparkonto leergeräumt, und zu einem Konto, das auf seinen Namen läuft, existiert ein Dauerauftrag über dreihundert Pfund. Ich kenne das Passwort und habe es ebenfalls überprüft. Außerdem hat seine Freundin uns erzählt, dass er ihr eine Kreditkarte gegeben hat, die sie benutzen kann, wie sie möchte. Damit bezahlt sie auch uns.«

»Oh. Dann zahlst du also eigentlich die Hälfte ihres Heiratsantrags.«

So hatte Laney das noch gar nicht gesehen, aber es stimmte natürlich. Was für ein unglaublich erbärmlicher Scheißkerl Cam war!

»Ich möchte, dass du mir hilfst, mich vor weiteren finanziellen Einbußen zu schützen. Ich möchte wissen, was er mit seinem Geld anstellt. Und wohin all die Überweisungen gehen. Und dann möchte ich gern von dir wissen, wie ich mich gegen weitere Schäden schützen kann. Ich bin nicht gewillt, für seine Zukunft mit ihr auch noch zu zahlen, Matt.«

»Das kann ich gut verstehen.« Matt nickte. »Ich verspreche dir, ich werde alles tun, was in meiner Macht steht, um das zu verhindern.«

»Danke. Ich werde selbstverständlich für alles zahlen. Wie hoch ist dein Honorar?«

Matt schüttelte energisch den Kopf. »Mach dir darüber keine Gedanken. Sollte ich eines Tages auf die Idee kommen, einem ahnungslosen Mädchen einen Heiratsantrag zu machen, kannst du dich ja revanchieren.«

26. Kapitel

Als Tash die Tür zum Tanzstudio öffnete, kam ihr laute Musik entgegen. Aus den Lautsprecherboxen dröhnte *Hey Baby* von Bruce Channel.

Sie lehnte sich an einen Pfeiler, ohne dass die Tänzer, die den Spiegeln zugewandt waren, ihre Anwesenheit bemerkten. Schon zum dritten oder vierten Mal schaute sie ihnen zu, und sie wurden von Probe zu Probe besser. Fast alles klappte fehlerlos. Paul, ihr Kunde, stand abwechselnd in der ersten Reihe und mittendrin und vollführte beeindruckende Bewegungen. Er hatte von Anfang an behauptet, er könne tanzen, aber angesichts der vielen Supertalentmöchtegerne und Selbstüberschätzer, die sich für die nächste Beyoncé hielten, ohne auch nur die Hüften bewegen zu können, war er eine echte Entdeckung. Irgendwann in seinem Leben musste er eine professionelle Ausbildung genossen haben, so viel stand fest. Seine Freundin Maggie konnte sich glücklich schätzen, wenn sich dieses Rhythmusgefühl bis ins Schlafzimmer fortsetzte. Aber auch die anderen Tänzerinnen und Tänzer, die sie für den Auftrag angeheuert hatten, machten einen fantastischen Job. Es war ein glücklicher Zufall gewesen. Der Leiter der Truppe hatte Tash genau in dem Augenblick, als Paul aus der Tür gewesen war, ein Demovideo ihrer Arbeit zugemailt, mit der Bitte, sie bei der Planung künftiger Events einmal zu berücksichtigen. Tash hatte beschlossen, ihnen sofort eine Chance zu geben, und es sah so aus, als würde es sich auszahlen.

Als die Tänzer eine Pause einlegten, machte Tash Paul auf sich aufmerksam.

»Hey, ich habe dich gar nicht gesehen«, rief er.

»Das sieht großartig aus!«, lobte sie. »Bist du denn gar nicht nervös?«

Er schüttelte den Kopf. »Nein, ganz im Gegenteil. Ich freue mich riesig.«

Tash bewunderte seine Gelassenheit. Sie hatten schon Dutzende von Heiratsanträgen organisiert, und bei jedem einzelnen hatten die Kunden Nervosität in den unterschiedlichsten Ausprägungen gezeigt – von leichter Beunruhigung bis zum kompletten Zusammenbruch.

»Das ist prima. Wir wären dann auch so weit«, sagte sie. »Nächste Woche gibt's noch zwei letzte Proben für dich und die Tänzer, ansonsten ist alles vorbereitet.«

»Perfekt.«

Seine Coolheit wurde langsam etwas anstrengend. Sie versuchte, sich nichts anmerken zu lassen.

»Das Einzige, was noch fehlt, ist der Ring.«

Zum ersten Mal wirkte er etwas unsicher. »Der Ring?«, wiederholte er.

Tash zeigte auf ihren Finger. »Ja, du weißt schon, so ein rundes Ding, das man bei einer Verlobung üblicherweise der Person ansteckt, die man zu heiraten gedenkt.«

»Ein Ring«, wiederholte er.

Stand er unter Drogen? Das war es – dieser Typ war ständig stoned. Das würde zumindest seine nahezu komatöse Einstellung zum bisher größten Ereignis in seinem Leben erklären.

»Darüber … habe ich noch gar nicht nachgedacht«, gestand er.

»Was hast du denn nach dem Tanz geplant?«

»Na ja, sie zu fragen, ob sie mich heiraten will.«

»Mit einem Ring«, erklärte Tash geduldig. »Also brauchst du einen Ring.«

»Oh.«

Paul sah sie so verwirrt an, dass Tash Mitleid mit ihm bekam.

»Wir können dir gern einen Ring besorgen, wenn du möchtest. Was würde deiner Freundin denn gefallen?«

Paul schüttelte den Kopf. »Danke, das ist wirklich nicht nötig, ich krieg das schon hin. Allerdings hab ich keine Ahnung, was ihr gefallen würde.«

»Hat sie dir denn nie einen Tipp gegeben? Ist sie nie vor einem Juwelier stehen geblieben und hat auf einen Diamanten im Schaufenster gezeigt?«

»Nie«, antwortete er. »Was ist denn im Augenblick in? Was würdest du dir wünschen, wenn du dich verloben würdest?«

O Mist! Tash verdrehte die Augen. Man hatte sie schon einmal um ihre persönliche Meinung gefragt, und das hatte dazu geführt, dass es jetzt diesen völlig unoriginellen Flashmob am Bahnhof gab. Wieso wollte bloß jeder wissen, was sie sich wünschte? Okay, sie hatte nun mal *Heiratsantragplanerin* auf ihrer Visitenkarte stehen. Das verpflichtete.

Nach kurzem Zögern lieferte Tash Paul eine ehrliche Antwort. »Ich glaube, ich hätte am liebsten etwas ganz Schlichtes – einen einfachen Silberring. Eventuell auch Weißgold. Aber ich trage auch nur wenig Schmuck. Je unauffälliger, desto besser.«

Paul nickte nachdenklich. »Tja, ich glaube, meine Freundin denkt so ähnlich.«

»Na, dann würde ich etwas Klassisches und Schlichtes nehmen«, riet Tash.

»Cool«, antwortete er. Schon wieder. Plötzlich änderte sich sein Gesichtsausdruck, als hätte ihn gerade ein Geistesblitz durchzuckt. »Wir wollen noch einen Durchlauf machen. Könntest du anschließend mit mir in die Arkaden kommen? Das ist auf der gegenüberliegenden Straßenseite und dauert bestimmt nicht lange. Ich hätte nur gern den Rat einer Frau.«

Tash warf einen kurzen Blick auf ihre Armbanduhr. Verflucht! Sie hatte gehofft, noch schnell eine Gesundheitspause einschieben zu können – einen kleinen Abstecher in ihre Wohnung auf eine Zigarette, einen Kaffee und die gestrige Folge von *Nashville* –, ehe sie wieder zurück ins Büro musste, aber hier handelte es sich um einen Kunden in Not, und ganz gleich wie ungern, sie wusste, es war ihre Aufgabe, ihm zu helfen.

Zwanzig Minuten später betraten sie die Argyll-Arkaden, eine Shoppingmall, in der es die größte Auswahl an Juwelieren in der ganzen Stadt gab. Allein die Umgebung löste bei Tash klaustrophobische Hochatmung aus. Was hatte das alles für einen Sinn? Ein Stück Metall zu tragen, nur um zu demonstrieren, dass man sich entschieden hatte, den Rest des Lebens mit jemandem zu verbringen, der sich möglicherweise als Betrüger entpuppte? Bei dem bloßen Gedanken wurde ihr übel. Die Leute glaubten oft, ihre Abneigung gegen die Ehe sei auf eigene schlechte Erfahrungen zurückzuführen, aber das stimmte nicht. Im Gegenteil. Sie hatte in jeder Beziehung immer das bekommen, was sie wollte. Sie hatte nur keine Lust auf eine feste Bindung, das war alles. Und es hatte sich wieder einmal bestätigt, dass sie recht hatte.

Tash beschloss, die Sache so schnell wie möglich hinter sich zu bringen. Sie schauten sich eine Zeitlang die Auslagen der kleineren Geschäfte an, dann schob sie ihren Kunden zu einem größeren Store. Eine Reihe nach der anderen funkelnder Versprechungen, Steine, die darauf warteten, dass man sein hart verdientes Geld für sie verschwendete.

»Hast du ein bestimmtes Budget eingeplant?«, fragte sie Paul, der ohne großes Interesse hinter ihr hertrottete.

»Äh, nein, nein, ehrlich gesagt nicht.«

»Ungefähr?«

»Auf jeden Fall unter tausend«, erklärte er.

Tash scannte das Schaufenster. Das machte es einfach. Nichts, was ihr gefiel, war mehr als ein paar hundert Pfund entfernt. Nachdem sie so lange geschaut hatte, bis sie sicher war, nicht das erstbeste Teil zu nehmen, zeigte Tash auf ein Samtkissen. Zwischen mehreren Weißgoldarmbändern lag ein Ring, der dem einzigen wertvollen Schmuckstück ähnelte, das sie selbst besaß – dem dreifarbigen Bulgari-Ring, den sie sich das letzte Mal in New York im Duty-free-Shop gekauft hatte. Dieser hier bestand aus zwei Streifen Weißgold und einem in Gelbgold. Vermutlich war es eher ein Ehering als ein Verlobungsring, aber es war genau Tashs Stil – schlicht, klassisch und kein bisschen protzig. Diesen Grundsatz brach sie nie – außer wenn es sich um Designerfußbekleidung handelte. Aber irgendwie konnte sie sich nicht vorstellen, dass sich Maggie über ein Paar Manolo Blahniks zur Verlobung freuen würde. Selbst schuld.

»Der da gefällt mir.« Sie zeigte darauf. »Aber Paul, ich möchte betonen, dass das nicht der Geschmack aller Frauen ist. Die meisten stehen auf Brillis, je größer desto besser.«

Paul dachte kurz nach. »Weißt du, Maggie mag schlichte Dinge ...« Tash biss sich auf die Zunge, um zu verhindern, dass ihr eine naheliegende Bemerkung entfuhr. »... also gefällt ihr der sicher auch. Ich denke darüber nach und komme wieder, sobald ich mich entschieden habe.«

»Gute Idee.« Tash nickte. »Versuch es nur möglichst bald zu erledigen, dann können wir das auch von der Liste streichen. Du willst schließlich nicht noch in der allerletzten Minute losmüssen.«

»Okay«, versprach Paul.

»Ach, und bring irgendeinen anderen Ring von ihr mit, wegen der Größe.«

»Du bist richtig gut«, sagte er ernsthaft.

Tash zwinkerte ihm zu. »Ich gebe mir Mühe.«

Sie schüttelte ihm die Hand. »Also, ich werde nächste Woche noch einmal zur Generalprobe kommen. Wenn du bis dahin Hilfe brauchst oder irgendwelche Fragen hast, ruf mich einfach an. Ich bin ab morgen in Inverness, um dort einen anderen Heiratsantrag vorzubereiten, aber ich hab mein Handy dabei.«

»Gut.«

Paul nickte, ehe er in aller Ruhe in die entgegengesetzte Richtung davonschlenderte. Tash sah ihm nach und schüttelte den Kopf. Irgendwas stimmte mit dem Typen nicht. Sie hoffte bloß, dass seine Freundin Maggie wusste, worauf sie sich einließ.

27. Kapitel

»Okay, sind wir so weit?«, fragte Fred, der gefährlich nah am Ufer des Loch Ness balancierte.

Laney war einige Kilometer südlich nach Drumnadrochit gefahren, um dort um Punkt acht Uhr morgens die anderen zu treffen. Jetzt war Mittagszeit, und ihr Kopf schmerzte immer noch, als sie ihrem Dad zunickte.

»Alles okay mit dir?«, fragte Sarah. »Wirst du krank? Tash und ich kriegen das schon allein hin, wenn du dich nicht gut fühlst. Mrs. Crean hat auch angeboten, für dich einzuspringen.«

Laney schüttelte den Kopf. Was wieder schmerzte. Zu viel Gin abends und körperliche Aktivität am nächsten Morgen passten nun mal nicht zusammen. Genau genommen gab es gar keine Aktivität, die zu der Menge an Gin gepasst hätte, die sie am Abend zuvor konsumiert hatte.

Das Letzte, woran sie sich erinnerte, war …

»Sag mir, dass du es gestern Abend nicht mit Matt getan hast«, zischte Tash, ohne dass Fred oder Mrs. Crean es hören konnten.

Laney zuckte zusammen. Autsch! »Natürlich nicht! Es gibt noch Menschen, die Anstand und Moral besitzen.«

»Eine Schande.« Tash zuckte mit den Schultern. »Das hätte dir gutgetan. Matt hat einen Hintern, mit dem man Nüsse knacken kann.«

Sarah zog sich eine Maske übers Gesicht und erschauerte. »Gott, ist das kalt hier drin. Ich hoffe, die Neoprenanzüge wärmen anständig. Na, wenigstens lenkt mich das ein bisschen von meiner Angst ab. Hatte ich schon erwähnt, dass ich Wasser hasse?«

Tash verzog das Gesicht. »Ein Dutzend Mal.«

»Es wird schon werden, wenn wir erst mal schwimmen«, versicherte Laney. »Okay, Dad, du kannst jetzt loslassen. Ich hab das Seil. Du musst bitte nur checken, ob sie schon in Position sind, und uns ein Zeichen geben.«

Fred richtete sich auf. Maisie Crean hielt ihn am Gürtel fest, für den Fall, dass es zu einem Ausrutscher kam, der mit einem Platscher endete. Laney, Sarah und Tash, alle mit Neoprenanzügen, Schwimmwesten und Taucherbrillen ausgestattet und bis zur Brust im Wasser, sahen ihn erwartungsvoll an, als er das Fernglas vor die Augen hielt und den See zu seiner Rechten scannte.

Loch Ness bot einen atemberaubenden Anblick. Der zweitgrößte See Schottlands war siebenunddreißig Kilometer lang und eineinhalb Kilometer breit. Er war von dicht bewachsenen grünen Hügeln umgeben, an einem trockenen Tag wie diesem war der Blick großartig.

Es war einer ihrer bisher spannendsten Events. Er erforderte Kraft und Ausdauer, eine umfangreiche Spezialausrüstung, Mut und vielleicht sogar die Intervention eines Sanitäters. Das, was sie vorhatten, war definitiv dumm, möglicherweise illegal, aber ganz bestimmt sensationell.

»Okay, sie sind da. Los!«, rief Fred mit der ganzen Autorität des Oberbefehlshabers eines Spezialeinsatzkommandos, der seine Truppen in ein gefährliches Manöver schickte.

Laney, Sarah und Tash gehorchten und holten tief Luft durch ihre Schnorchel – so wie sie es in dem Kurs gelernt hatten, den sie extra zur Vorbereitung auf diesen Augenblick besucht hatten. Dann tauchten sie unter den Rand einer Styroporkonstruktion, die nur für den Anlass hergestellt worden war. Sie war ursprünglich in vier Einzelteile zerlegt gewesen, die Laney am Morgen im Van des Kunden hergefahren hatte. Sie hatten die Teile zusammengebaut und das Gebilde hinter einer Baumgruppe versteckt. Es war sechs Meter lang und drei Meter hoch, grau und eine täuschend echte Nachbildung der Kreatur, die gemeinhin unter dem Namen Nessie, das legendäre Ungeheuer von Loch Ness, bekannt war. Die drei Mädels hatten die überraschend leichte Konstruktion zum Wasser getragen, vorsichtig heruntergelassen und hofften nun, dass ihr Kunde seine Vision umsetzen konnte.

Stewart, ein Kleinbauer aus Thurso an der Nordküste Schottlands, hatte seine große Liebe, Elma aus Virginia, in einem Nessie-Fan-Forum kennengelernt. Die beiden hatten sich auf Anhieb zueinander hingezogen gefühlt – allein wegen ihrer gemeinsamen Zuneigung zu dem riesigen prähistorischen Wesen, ob dieses nun existierte oder nicht. Die zwei waren natürlich davon überzeugt, dass es das tat.

In den nachfolgenden Monaten war der Inhalt ihrer Kommunikation immer weniger ungeheuer-, dafür zunehmend personenbezogen gewesen. Irgendwann hatte Elma ihre erste Pilgerreise nach Nessieland unternommen, und es war auf schottischem Grund und Boden zum ersten Date gekommen.

Das glückliche Zusammentreffen von Geist, Herz und skurrilen Obsessionen hatte Stewart überzeugt, die Frau seiner Träume gefunden zu haben. Und so kam es, dass die drei Partnerinnen von Schottlands erster Heiratsantragplanungsagentur unter einem gigantischen Styroporungeheuer vom Ufer ablegten, um Elmas Träume wahr werden zu lassen. Sofern der Schock sie nicht vorher umbrachte.

Doch im Moment war es gar nicht so sehr Elmas Gesundheitszustand, um den Tash sich sorgte. Sobald sie in der Lage war, ihr Mundstück herauszunehmen, weil sie sich nun unter der Styroporhülle befanden, in der sich überall Luftlöcher und Öffnungen zum Durchschauen befanden, formulierte sie ihre wahren Befürchtungen.

»O Gott, ich hoffe wir überleben das! Stellt euch mal den Nachruf vor! ›Tash O'Flynn kam auf tragische Weise ums Leben – mit dem Kopf im Hintern eines Ungeheuers.‹«

Laney und Sarah spuckten lachend ihre Mundstücke aus.

»Okay, wir müssen jetzt schätzungsweise hundert Meter schwimmen und dieses Teil voranschieben. Fertig?«

Die anderen nickten. Sie waren in den letzten Monaten zur Vorbereitung jeden Tag geschwommen. Das Training machte sich bezahlt – vor allem in Sarahs Fall, denn auf diese Weise hatte sie ihre Angst vor dem Wasser zumindest so weit überwinden können, dass sie an der Aktion überhaupt teilnehmen konnte.

Laney, Sarah und Tash steckten die Hände in die Halteschlaufen, die innen an dem Gehäuse angebracht waren, und stießen sich mit den Beinen und dem jeweils freien Arm ab, um sich aus dem Schutz der Bäume zu lösen. Stewart war genau instruiert worden, in welche Richtung sie sich fortbewegten, und Laney hoffte, dass er seinen Part ordnungsgemäß erledigt hatte: Er musste dafür sorgen, dass Elma der sich näherenden Amphibie den Rücken zukehrte. Oder war das Ungeheuer ein Säuger? Laney war nicht sicher, welcher Kategorie die Kreatur zuzuordnen war, die im Wesentlichen aus Verpackungsmaterial für Elektrowaren bestand.

Die ersten fünfzig Meter brachten sie problemlos hinter sich. Durch die Gucklöcher konnte Laney Stewart nun erkennen. Er saß in einem Ruderboot, Elma und dem sich näherenden Nessie genau gegenüber.

Noch vierzig Meter. Dreißig. Zwanzig.

Was, wenn sie so einen Schreck kriegt, dass sie ins Wasser

stürzt?, dachte Laney plötzlich. Oje, dann würden sie sich der Beihilfe zum Mord schuldig machen. Oder war es nur Totschlag? Schließlich hatten sie es ja nicht vorsätzlich geplant, oder?

Nein, sie würde sie notfalls retten. Sie hatte schließlich ihr Rettungsschwimmerabzeichen. Okay, sie war zwölf gewesen, als sie die Prüfung gemacht hatte, aber so viel konnte sich seither doch nicht verändert haben, oder?

Noch zehn Meter.

Stewart hatte Elma ganz bestimmt in irgendeiner Weise auf diesen Augenblick vorbereitet. Er würde doch die Liebe seines Lebens nicht so erschrecken, dass es zu ernsthaften Schädigungen führen konnte?

Sie konnte jetzt Elmas Rücken sehen, ihre schwarze Daunenjacke, ihr langes graues Haar ... Herrje, was hatte sie denn da um den Kopf gewickelt? Er hatte ihr die Augen verbunden. O nein, das war so nicht geplant! Wann hatte er dieses nicht ganz unbedeutende Detail hinzugefügt?

»Er hat ihr die Augen verbunden«, informierte Laney die beiden anderen.

»Ich fand immer, dass er etwas Seltsames an sich hat«, kommentierte Tash wenig hilfreich. »Trägt er eine Maske? Wenn ja, sollten wir schleunigst von hier verschwinden.«

Sarah keuchte, als Kichern und Wasser irgendwie durcheinanderkamen. Innerhalb des Styroporgehäuses konnten sie gut hören, aber die Geräusche drangen nicht nach außen. Als sie angekommen waren, waren nur wenige Touristen am Ufer gewesen, aber Laney hatte keine Zweifel, dass es inzwischen einige Zuschauer gab, die das Spektakel atemlos verfolgten. Sie hoffte nur, dass ihr Dad und Mrs. Crean ihre Anweisungen befolgt hatten und sich nun dort befanden, wo die meisten Touristen standen, um ihnen zu erklären, dass es sich nur um einen Spaß handelte. Dennoch war es nicht unwahrscheinlich, dass Schreie und Rufe vom Ufer her kamen und die Aktion am kommenden Morgen auf der Titelseite des *Daily Records* erschien. Es war ein kalkuliertes Risiko. Entweder bekamen sie dadurch die Art von Publicity, die man nicht kaufen konnte, oder es würde sie ins Gefängnis bringen. Und zwar für immer, wenn Elma auch noch vor Schreck verstarb.

Hier ruht Elma Flangbucket, jüngstes Opfer des Ungeheuers von Loch Ness, formulierte Tash in Gedanken. Aus nur noch wenigen Metern Entfernung sah sie, dass Stewart die Binde von Elmas Augen löste.

Dann fiel er vor ihr auf beide Knie, eine weise Entscheidung, denn die traditionelle Art hätte möglicherweise zu einer unangenehmen Kentersituation geführt.

Nessie bewegte sich weiter voran, noch fünf Meter, vier, drei, als Elma sich umdrehte und sie staunend anstarrte.

»Oh, gut, anscheinend hat er ihr was gesagt, das verhindert, dass sie zu Tode erschrickt«, flüsterte Laney.

Ihr eigenes kardiovaskuläres System stand inzwischen unter Hochdruck. Zwei Monate Training waren offenbar nicht genug gewesen. Aus Sarahs hochrotem Gesicht und Tashs bebender Brust schloss sie, dass es den beiden nicht viel anders ging.

Durch die Gucklöcher beobachtete Laney, wie Elma die Hand ans Gesicht hob und erstaunt die Augen aufriss.

»Sie freut sich! Okay, abbremsen, abbremsen, abbremsen!«, befahl sie.

Sechs Beine schossen nach vorn, stemmten sich gegen die Bewegung des Ungetüms, um es langsamer zu machen. Schließlich kam es mit einem kleiner Erschütterung zum Halt, als es gegen das Boot des Paars stieß.

»Was passiert jetzt? Was siehst du?«, zischte Sarah Laney, die sich in der Poleposition befand, zu.

Tash hatte noch immer beide Hände hinten in den Schlaufen. Sie lehnte sich zurück und atmete tief durch. »Wehe, sie sagt jetzt nicht Ja«, murmelte sie.

Laney und Sarah, die nun beide durch eines der Gucklöcher starrten, hörten gar nicht zu. Sie beobachteten, wie Elma fassungslos die Hand ausstreckte und in den kleinen Korb griff, der mit einem roten Band an Nessies Hals befestigt war. Sie zog eine grüne Samtschachtel heraus, öffnete sie und hielt den Atem an. Auch der Ring war eine Spezialanfertigung. Neun Karat Gold, geschmiedet zu *dem* Emblem ihrer Liebe: einem winzigen Wasserungeheuer.

Sarah fand es romantisch. Laney fand es skurril. Und Tash fand, dass die beiden dringend einen Fachmann aus dem psychiatrischen Gewerbe zu Rate ziehen sollten.

Elma schien anderer Meinung zu sein. Sie gab Stewart den Ring, und der steckte ihn ihr an den Finger.

»Sie hat Ja gesagt!«, keuchte Sarah unter Tränen.

»Wieso heulst du jetzt?«, fuhr Tash sie an »Wir stehen bis zum Hals im Wasser, du befindest dich auf Höhe eines Seeungeheuerdarms, und hier drinnen ist es widerlich kalt.«

Laney und Sarah ignorierten sie einfach und schauten fasziniert zu, wie Elma sich vorbeugte, ihren Frischverlobten küsste und dann die Arme ausstreckte, um auch ihren neuen Styroporfreund zu herzen. Laney und Sarah kehrten sicherheitshalber auf ihre Plätze zurück. Als Elma Nessie endlich losließ und sich wieder auf die Holzplanke des Ruderboots setzte, vernahmen Laney und Sarah vom Ufer etwas, das sich anhörte wie lautes Gejohle. Laney hoffte, dass es jubelnde Zuschauer waren und nicht die Wasserpolizei in einem Motorboot, die ihnen gleich befehlen würde, die Hände hochzuheben und sich zu ergeben.

»Unser Job ist erledigt«, verkündete Laney. »Zurück ans Ufer.«

Als sie wieder ihre Positionen eingenommen hatten, trat Laney nach links und Tash nach rechts, und das Ungeheuer begann sich zu drehen.

»Sarah, falls die Polizei uns erwartet, verlassen wir uns darauf, dass du uns mit deinem weiblichen Charme aus der Bredouille holst.«

»Oder sie ablenkst, indem du sie einfach auf jemand anderes hetzt«, schlug Tash vor. »Erzähl ihnen, dass mitten auf dem See ein Perverser in einem Ruderboot hockt, der Frauen die Augen verbindet.«

28. Kapitel

Nur in der Küche brannte Licht, als Sarah um elf Uhr abends ihren Beetle in die Einfahrt lenkte. Es war ein langer, aber definitiv unvergesslicher Tag gewesen.

Sobald sie Nessie zurück unter die Bäume gezogen hatten, war Fred ihnen zu Hilfe gekommen. Gemeinsam hatten sie die Clips gelöst, das Monster wieder in vier Teile zerlegt und anschließend in den Van geladen. Danach hatten sie Schwimmwesten und Neoprenanzüge abgestreift. Laney hatte sich ans Steuer des Vans gesetzt und, gefolgt von Sarah und Tash in deren Auto und Fred und Mrs. Crean in ihrem coolen neuen Midlife-Crisis-Range-Rover, einen nahegelegenen Parkplatz angesteuert. Dort hatte sie wie verabredet Stewarts Van abgestellt und die Schlüssel unter dem Radlauf versteckt. Sarah hoffte nur, dass sie dort niemand fand. Oder wenn, dass derjenige, der den Kofferraum öffnete und statt der erwarteten Flatscreens oder Golfschläger ein Seeungeheuer vorfand, einen Schock fürs Leben bekam. Anschließend waren sie im Konvoi Richtung Süden gefahren. Von unterwegs riefen sie Stewart an, um zu hören, ob alles nach Plan verlaufen war. Elma hatte geantwortet.

»Hi, Elma, herzlichen Glückwunsch! Wir freuen uns so für euch beide.«

Eine kurze Pause entstand, in der Sarah das Herz stockte. Schließlich konnte es immer sein, dass die Person, der der Heiratsantrag gemacht wurde, hinterher doch kalte Füße bekam. Aber zum Glück war das in diesem Fall nicht so.

»O mein Gott, es war fantastisch! So etwas hätte ich im Leben nicht erwartet. Ihr seid toll. Wirklich toll«, rief sie begeistert.

»Es war uns ein Vergnügen«, antwortete Sarah, ohne Tash zu beachten, die auf dem Beifahrersitz wilde Grimassen schnitt. »Habt ihr den Van schon abgeholt?«

»Ja, haben wir. Wir sind jetzt unterwegs nach Norden. Nessie bekommt einen Ehrenplatz in unserem Garten. Mein Stewart sagt, er würde uns immer beschützen.«

Tash schlug die Hände vors Gesicht. Auch das ignorierte Sarah.

»Das ist schön, Elma. Also noch einmal herzlichen Glückwunsch. Wir hoffen, dass ihr beide zusammen glücklich werdet. Bitte schickt uns Fotos von der Hochzeit und der Torte.« Danach folgte ein fröhliches Auf Wiedersehen aller Beteiligten.

Sarah seufzte zufrieden. »Ah, dafür machen wir diesen Job.«

Tash schüttelte den Kopf. »Um Irre kennenzulernen und so zu tun, als würden sie sich normal verhalten?«

»Nein, um Seelenverwandte zusammenzubringen«, erwiderte Sarah.

»Schade nur, dass wir keine Stammkundschaft aufbauen können«, warf Laney ein.

Sie hatte recht. Ein Heiratsantrag gehörte ebenso wie eine Bestattung und ein Weltraumflug zu den Dingen, die man nur einmal im Leben machte. Die Menschen waren geneigt, bei ihrer ersten Verlobung alles zu geben, aber wenn es schiefging, tendierten sie dazu, nicht noch einmal derart großzügig zu planen. Deshalb war jeder einzelne Kunde ungeheuer wichtig, und deshalb befanden sie sich gerade kilometerweit von zu Hause entfernt und hatten Leib und Leben und einen Eintrag ins Vorstrafenregister riskiert.

Sie hatten sich entschieden, über die A82 nach Hause zu fahren, die zwar sehr kurvenreich, dafür aber landschaftlich besonders reizvoll war. Sie waren an Fort William vorbeigekommen und durch das wunderbare Glen Coe gefahren, ehe sie eine Pause in der Lodge am Loch Lomond gemacht hatten, einem Hotel und Restaurant mit sagenhaftem Blick über die größere Schwester von Loch Ness. Nach dem Genuss von Austern und der Spezialität des Hauses, Beef Cheeks, fuhren sie weiter. Nach einiger Zeit verabschiedeten sie sich von Fred und Maisie. Laneys Dad bog auf die Great Western Road, und Sarah fuhr weiter in Richtung Zentrum, um Laney und Tash am Eingang zu Tashs Wohnhaus abzusetzen.

Dann war auch sie endlich zu Hause angekommen.

Als sie die Tür aufschloss, schlug ihr der Duft von Lilien entgegen. Sie warf die Tasche auf den Tisch im Flur und lief zur Küche, um nachzusehen, ob Leo zu Hause war.

Er war es.

»Hey, Baby!«, rief er und schaute von dem Script auf, das er in den Händen hielt.

Er saß auf dem großen pinkfarbenen Sessel in der Ecke unter der Stehlampe und trug die Brille, die er nur zum Lesen benutzte, obwohl Sarah ihn schon häufig gebeten hatte, sie öfter zu tragen, weil er damit so unglaublich sexy aussah. Das weiße, halb geöffnete Leinenhemd und die verwaschenen Jeans verstärkten den coolen Look noch. Mit seinen schwarzen Locken, die er zu einem lockeren Pferdeschwanz zusammengebunden hatte, und seiner hellen Haut sah er aus wie aus einem Werbespot für ein Aftershave oder eine Pflegeserie für Männer. Oder einen Urlaubsort in Spanien.

»Hallo, Schatz«, antwortete Sarah und ging auf ihn zu. Ihr Körper sehnte sich nach seiner Umarmung.

Es gab keine Worte, um zu beschreiben, wie sehr sie diesen Mann liebte. Und sie war sich ziemlich sicher, dass er sie mit derselben Intensität zurückliebte, auch wenn er in den letzten Wochen kaum Zeit gefunden hatte, es zu zeigen. Aber jetzt waren sie beide ganz allein, zusammen, ohne Unterbrechungen oder Ablenkungen.

»Du siehst erschöpft aus«, stellte er fest. »Und ziemlich zerzaust.«

Instinktiv fasste sie sich ans Haar. »Oh. Wir sind heute Morgen im Loch Ness geschwommen, und ich hab es anschließend an der Luft trocknen lassen.«

»Im Loch Ness geschwommen?«

»Unter einem Styroporungeheuer.«

Sie setzte sich auf Leos Schoß, genoss das Gefühl seiner sie umschlingenden Arme und berichtete ihm in Kürze von ihrem Event bis zu dem Punkt, als das frisch verlobte Paar zusammen weggefahren war.

»Du hast den verrücktesten Job, von dem ich je gehört habe«, sagte er.

Sein Gesicht war nur wenige Millimeter von ihrem entfernt, ihr Atem floss ineinander. Er beugte sich vor und küsste sie. Sanft knabberte er an ihrer Unterlippe. Lachend griff sie in sein Brusthaar und zog daran.

»Autsch!«

»Jetzt weißt du, wie sich Bikinizonewachsen anfühlt«, sagte sie. »Also, erzähl mir, wie es bei dir so läuft.«

Ihr Kopf ruhte auf der Sessellehne, sie hatte die Knie angezogen, und ihre Füße unter seine Oberschenkel gesteckt, während sie ihm zuhörte.

»Ich bin nicht ganz sicher. Ich denke, dass sie zufrieden mit mir sind, aber irgendwie fühle ich mich auch ein bisschen wie der Neue in der Klasse. Ich warte darauf, dass sie mir sagen, ich sei nicht gut genug, und mich rauswerfen.«

Sarah erschrak. So verunsichert kannte sie Leo gar nicht. Er war immer von seinen Fähigkeiten überzeugt gewesen und glaubte fest daran, dass sich am Ende für ihn alles so entwickeln würde, wie er sich das wünschte. Das trieb ihn an. Und die Gewissheit, dass ihm irgendwann der große Durchbruch gelingen würde, half ihm, seine Aushilfsjobs in diversen Cafés und Bars, als Reinigungskraft und Lagerarbeiter durchzuhalten. Kein Wunder, dass er sich in letzter Zeit so seltsam verhielt. Wie egoistisch von ihr, ihm vorzuwerfen, er sei nicht romantisch und verliebt genug, wo er gerade seine größte Krise durchlebte! Was für eine schlechte Partnerin war sie nur!

»Leo, alles wird gut! Du bist ein fantastischer Schauspieler, und das werden sie auch erkennen, da bin ich ganz sicher.«

»Ich hoffe es. Weißt du, ich wollte es so sehr und habe jetzt einfach Angst, alles wieder zu verlieren.«

Sarah nickte. »Ich verstehe dich.« Empfand sie nicht genauso? »Aber das wird nicht passieren. Du machst einen tollen Job, sie finden dich super, und das ist alles erst der Anfang von etwas ganz Großem.«

»Du bist der Anfang von etwas ganz Großem«, sagte er leise. »Es tut mir leid, wenn ich in letzter Zeit ein wenig nachlässig war. Ich hatte einfach viel um die Ohren. Ich liebe dich.«

Sarah beugte sich zu ihm und küsste ihn wieder.

»Ich liebe dich auch«, flüsterte sie. »Und weißt du was? Du solltest deine Freundin jetzt einfach ins Bett bringen und dich von all deinen Sorgen ablenken.«

Er zeigte auf den Papierstapel, der auf der Sessellehne lag. »Aber ich muss mich noch auf morgen vorbereiten.«

Sarah stand auf und zog ihn mit sich. Sie lachte. »Dann müssen wir uns eben etwas beeilen.«

Er fuhr ihr durchs Haar und verschränkte die Hände in ihrem Nacken. »Ich mache alles wieder gut, das weißt du, oder?«

»Das hoffe ich«, antwortete sie.

»Ich schwöre es.« Leo küsste sie. »Ganz bestimmt.« Er küsste sie wieder. »Sag mit nur, wie.«

Ihr Körper sehnte sich nach ihm, und Sarah fand, dass dies kein guter Zeitpunkt für eine pragmatische Diskussion über ihre Zukunftspläne war. Über Hochzeit und Familie. Es war kein guter Zeitpunkt für irgendwas, das nichts damit zu tun hatte, dass einer oder sie beide nackt waren.

29. Kapitel

»Ich will nie wieder Sex haben!«, verkündete Laney, während sie inhalierte. Sofort bekam sie einen Hustenanfall. »Jetzt weiß ich wieder, warum ich nie mit dem Rauchen angefangen habe. Was für eine bescheuerte Angewohnheit.«

Sie lehnte sich vom Sofaende herüber, gab Tash ihre Zigarette zurück und spülte den schlechten Geschmack in ihrem Mund mit einem Schluck Prosecco hinunter.

Tash zuckte nur mit den Schultern. »Es ist der einzige Genuss, der keine Kalorien hat«, antwortete sie und schnippte die Asche in einen Aschenbecher, den sie auf dem Bauch balancierte. Dabei achtete sie peinlichst genau darauf, dass keine Glut auf ihr Ramones-Shirt fiel. »Warum sollte ich also damit aufhören?«

Eine kurze Pause entstand, dann sagte Laney leise: »Ich habe kommendes Wochenende meinen Eisprung. Wir wollten es wieder probieren.«

»Hm …«

Tash zog intensiv an ihrer Zigarette, um Zeit zu gewinnen. Laney wusste, dass sie sich jetzt inständig wünschte, Sarah wäre bei ihnen. Der Umgang mit emotional Traumatisierten und Trostsuchenden gehörte nicht zu Tashs Spezialgebiet. Immerhin besaß sie so viel Feingefühl, um zu kapieren, dass sie jetzt nichts Flapsiges sagen durfte. Auf gar keinen Fall.

»Überlegst du jetzt krampfhaft, was du sagen kannst, ohne dass es flapsig wird?«, fragte Laney.

»Gott!« Tash verdrehte die Augen. »Wirklich traurig, dass ich nicht nur mies bin, sondern auch noch *berechenbar* mies.

Es tut mir leid, Laney. Du weißt, dass ich dich schrecklich gern habe und alles für dich tun würde, aber ich habe einfach nicht das Talent, dich aufzumuntern.«

Laney lächelte. »Du munterst mich auf«, widersprach sie, überkreuzte die Beine und zog ihren Cardigan enger um die Schultern.

»Super. Auch wenn das gelogen ist. Was glaubt er denn, wo du heute Abend bist?«

Noch ein Schluck Prosecco. »Noch in Inverness. Ich habe ihm gesagt, ich käme erst morgen Nachmittag zurück. Er verlässt das Haus um sieben Uhr, um den Zug nach Manchester zu kriegen. Ich kann es einfach nicht ertragen, ihn zu sehen, Tash. Vor allem weiß ich nicht, was dann passieren würde.«

Tash stützte sich auf einen Ellbogen und sah Laney ernst an. Laney wusste, was nun kam.

»Ich frage dich das nur noch ein einziges Mal, und ich verspreche dir, ich akzeptiere jede Antwort – aber bist du wirklich ganz sicher, dass wir diese New-York-Geschichte machen sollen?«

»Du glaubst gar nicht, wie häufig ich darüber nachgedacht habe«, antwortete Laney. »Ja, ich bin ganz sicher. Ich muss es mit eigenen Augen sehen. Ich will erleben, wie er reagiert, wenn sie ihm den Antrag macht.«

»Na, Gott sei Dank. Ich hab nämlich schon gepackt, und außerdem ist nächste Woche Sale bei *Macy's*. Findest du mich jetzt sehr egoistisch?«

»Allerdings.«

»Sorry. Weißt du was? Ich bin zwar sehr egoistisch, aber ich werde ein tolles Schnäppchen für dich mitergattern, um dir zu zeigen, dass ich auch anders kann.«

Ihr Lachen wurde von einem Klopfen aus der Nachbarwohnung unterbrochen.

»Was ist das?«, fragte Laney.

»Ein Zeichen. Es bedeutet, dass Sy zu Hause ist und wissen will, ob ich auch da bin und allein. Wenn ja, klopfe ich zurück, und dann steht er innerhalb von zehn Minuten bei mir vor der Tür. Ich versuche allerdings schon länger, ihm das abzugewöhnen.«

»Er lässt sich nicht abwimmeln?«

Tash schüttelte den Kopf. »Irgendwie nicht. Ich verstehe gar nicht, wieso Männer immer so klammern müssen. Warum sind sie so?«

»Ich wette, es gibt 'ne Menge Frauen, die exakt die gegenteilige Erfahrung machen.«

»Hm.« Tash dachte nach. »Vielleicht hast du recht. Aber genau das ist es. Ich wette, in den meisten Fällen geht es nur ums Jagdfieber. Die Typen sind so verrückt, weil sie sich ganz sicher sind, dass ich irgendwann nachgebe. Sie kapieren einfach nicht, dass ich keine feste Beziehung will und das nicht etwa mache, um sie noch zusätzlich herauszufordern.«

Laney bemerkte, dass ihr linker Oberschenkel einschlief, und lockerte die Beine. Nach der Schwimmaktion am Loch Ness hatte sie von der Hüfte abwärts ein ganz taubes Gefühl.

»Egal, Schluss jetzt mit meinem Antibeziehungsgejammer. Lass uns lieber über dein trauriges Leben sprechen.«

Laney verzog das Gesicht. »Super Idee.«

»Also, hast du schon überlegt, wo er heute Abend sein könnte und wie du Miss Busenwunder bespitzeln kannst?«

»Klar. Ich denke ununterbrochen darüber nach. Ich glaube nicht, dass er sie zu uns nach Hause holt. Dazu gibt es viel zu viele Spuren von mir.«

»Dann vermutest du also, dass er bei ihr ist?«

»Keine Ahnung. Ich will es gar nicht wissen.«

Tash sah sie forschend an. »Jetzt lügst du.«

»Stimmt.«

Tash sprang auf und zog eine Strickjacke von der Sofalehne. »Okay, dann lass uns gehen.«

»Sicher?«

»Und ob. Ich hatte erst ein halbes Glas Wein, ich kann noch fahren.«

Zwei Minuten später waren sie aus der Wohnung und auf dem Weg zum Aufzug. Tash hämmerte im Vorbeigehen an Sys Tür. Bis er öffnete und sich suchend nach rechts und links umsah, waren sie längst im Aufzug. Tash winkte ihm noch zu, ehe sich die Türen schlossen, und er schüttelte lachend den Kopf.

»Hattest du nicht gesagt, du willst ihn loswerden?« Laney sah sie erstaunt an.

»Schon, aber manchmal kann ich einfach nicht widerstehen.«

Selbst um diese späte Uhrzeit an einem Sonntagabend waren die Straßen in der Innenstadt noch voll von Ausgehwütigen. Leute kamen aus den Pubs, Mädels schlenderten barfuß mit ihren Freundinnen über die Straße, ihre High Heels in der Hand.

»Gott, vermisse ich das!«

»Du machst es doch noch«, korrigierte Laney sie.

»Viel zu selten. Okay, wohin zuerst? Zu dir nach Hause oder zu Miss Busenwunder?«

»Moment mal.« Laney zog ihr Handy aus der Tasche und tippte eine kurze SMS: *Hi, Darling, wollte nur kurz Gute Nacht sagen.*

Die Antwort kam unverzüglich. *Gute Nacht, Süße. Ich vermisse dich. Rufe dich morgen aus Manchester an. Hoffe, dein Job heute war erfolgreich.*

Sie wandte sich an Tash. »Er hat sofort geantwortet. Das heißt, entweder schreibt er mir in ihrem Beisein und tut, als wäre ich jemand anders, oder er ist allein.«

»Das hilft mir bei der Routenplanung nicht wirklich weiter.«

»Okay, zuerst zu ihr.« Filmreif und mit quietschenden Reifen bog Tash in die Seitenstraße. Zehn Minuten später fuhren sie in eine Parklücke vor der Imbissbude gegenüber von Caras Wohnung. Synchron ließen sie die Blicke hinaufwandern und schüttelten dann beide den Kopf. »Niemand da. Es sei denn, sie sind schon im Bett«, urteilte Laney.

»Yep. Wohin also als Nächstes? Zu euch?«

Laney zögerte. Wollte sie das wirklich? War es nicht völlig absurd, dass sie jetzt auch noch ihr eigenes Zuhause ausspionierte? Das war Wahnsinn. Absolut irrational.

»Ja«, antwortete sie.

»Okay, warte 'ne Sekunde.« Tash rannte aus dem Auto in die Imbissstube und kehrte fünf Minuten später mit zwei dampfenden Cappuccinos und zwei gigantischen Blaubeermuffins zurück. »Ich liebe dich!«, sagte sie zu Laney. »Aber ich kann das nicht tun, ohne vorher was Anständiges zu essen.«

Sie fuhren über den Expressway, von dort auf die Crow Road und weiter zur Anniesland Road bis zu der scharfen Kurve, die direkt zu Laneys Haus führte. Hier draußen waren die Straßen menschenleer. Ab und zu spazierte jemand mit einem Hund vorbei. Ein paar Jungs im Jogginganzug standen vor einem Kiosk und tranken Bier.

In Laneys Straße war ihr Auto das Einzige, was sich regte. Langsam fuhren sie durch die verkehrsberuhigte Zone. Sie blieben vor dem Nachbarhaus stehen. Eine hohe Hecke bot perfekten Schutz für eine Militäroperation. Oder für zwei muffinkauende Mädels in einem Suzuki Jeep.

»Was jetzt?«, fragte Tash.

»Weiß auch nicht. So weit habe ich noch nicht gedacht.«

»Wow. Das ist ja mal was ganz Neues.«

Tash hatte recht. Normalerweise war jeder Moment in Laneys Leben sorgfältig geplant, durchdacht und organisiert. Leider waren diese Fähigkeiten angesichts der Umstände völlig überflüssig geworden.

»Okay, ich checke mal vorsichtig die Lage«, erklärte Tash und öffnete die Autotür.

Laney hielt sie am Arm fest. »Ich komme mit.«

Sie stiegen beide aus und schlichen an der Hecke entlang. Laney nahm sich fest vor, die Nachbarn nicht mehr damit zu nerven, dass sie dringend geschnitten werden musste.

Als sie ihre Einfahrt erreicht hatten, scannte sie die Fenster. Alles war dunkel, nur unten links war ein Lichtschimmer zu erkennen. Vermutlich war eine Lampe in der Küche an.

»Habt ihr Bewegungsmelder?«, zischte Tash.

Laney schüttelte den Kopf. »Nein.«

Sie betete, dass keiner ihrer Nachbarn sonntagnachts aus dem Fenster sah, und schlich hinter Tash die rechte Hauswand entlang. Auf halbem Weg erkannte Laney, dass sie recht hatte – das Licht kam definitiv aus der Küche.

Unterhalb des Fensters blieben sie stehen. »Okay, mein Plan lautet folgendermaßen ...«, flüsterte Laney.

»Ich wusste, dass es nicht lange dauern würde, bis du wieder normal funktionierst.«

Laney ignorierte die Bemerkung. »Wenn er uns sieht, sage ich einfach, ich bin doch schon früher nach Hause gekommen und hab die Schlüssel vergessen.«

»Gute Idee. Und was tun wir als Nächstes?«

»Du kletterst rauf und schaust durchs Fenster«, erklärte Laney.

»Ich? Kommt nicht infrage. Das musst du machen.«

»Du bist größer als ich.«

»Es ist aber *dein* Mann.«

»Ich bin emotional nicht in der Lage dazu.«

»Mist!«

Laney konnte trotz der Dunkelheit sehen, dass Tash die Augen verdrehte.

Unter dem Küchenfenster stand eine Bank. Tash stieg hinauf, um über den Blumenkasten schauen zu können, den Laney vor dem Fenster angebracht hatte. Langsam wie eine Gottesanbeterin reckte Tash sich und spähte zwischen den Blumen hindurch, bis sie ungehinderte Sicht ins Zimmer hatte. Dann kam sie vorsichtig wieder runter.

»Und?« Laneys Magen rumorte so heftig, dass ihr übel wurde.

»Er sitzt an der Frühstücksbar. Allein.«

Erleichterung. Gott sei Dank!

Aber Tash war noch nicht fertig.

»Er hat einen Laptop vor sich stehen. Ich konnte zwar nichts Genaues sehen, aber immerhin konnte ich erkennen, dass er sich einen Porno anschaut.«

Laney schloss die Augen und ließ den Kopf gegen die Mauer sinken. Das klang nicht gut. Cam hatte noch nie Pornos angeschaut. Aber soweit sie wusste, hatte er auch nie Affären mit blonden, großbrüstigen Stylistinnen gehabt.

Ein Gedanke, ein Blick auf ihre Armbanduhr, eine schreckliche Erkenntnis.

»Es ist Mitternacht«, sagte sie mit vor Schmerz zitternder Stimme. »Er sieht sich keinen Porno an. Er skypt.«

30. Kapitel

Es war einer jener Abende, an denen Tash zwar überhaupt keine Lust hatte auszugehen, aber wusste, dass sie großen Spaß haben würde, wenn sie sich erst einmal aufgerafft hatte. Montags traf sie sich immer mit Jordan und John auf ein oder zwei Drinks, meist irgendwo im West End und meist in einem Klub, der gerade Happy Hour hatte.

Heute war das Crimson an der Reihe, eine neue Bar, die sich innerhalb kürzester Zeit einen zweifelhaften Ruf als Topadresse für billige Drinks und laute Pöbeleien erworben hatte. Tash hatte sich betont lässig gestylt – Hipster-Jeans, Booties, schwarzes Shirt, dazu einen coolen Ledergürtel mit einer dicken Schnalle.

Jordan und John sahen sie sofort und winkten sie zu sich. Als sie näherkam, applaudierten sie.

»Herrje, ich muss mich dringend um besseren Umgang bemühen«, kommentierte sie, als sie die beiden erreicht hatte, John sie kurz hochhob, auf beide Wangen küsste und anschließend wieder auf sicheren Boden stellte.

»Ich kann wirklich gut verstehen, warum keiner von euch eine feste Freundin hat«, murmelte sie.

Das stimmte nur bedingt. Denn eigentlich waren die beiden ein guter Fang. Selbst in ihren zerrissenen Jeans und Rugby-Shirts sahen sie verdammt attraktiv aus. Doch obwohl die beiden Tashs persönliche Vorbehalte gegen eine feste Beziehung nicht teilten, ließ die Kombination aus einem harten Trainingsplan und ihrer Vorliebe für feuchtfröhliche Abende mit ihren Kumpels eine feste Beziehung kaum zu.

Tash tauschte böse Bemerkungen gegen Wodka-Cocktails, als sie plötzlich jemanden bemerkte, der ihr nur allzu gut bekannt war.

»Hey, wie geht's?«, wandte sie sich an den Neuankömmling. »Ich schulde dir noch ein dickes Dankeschön, dass du dich an meinem Geburtstag so nett um Laney gekümmert hast. Sie sagte, sie sei ein psychisches Wrack gewesen, und du hättest dich rührend bemüht.«

Matt grinste, und Tash lächelte zurück. Er war süß. Sehr süß sogar. »Gern geschehen. Sie ist ein nettes Mädchen. Nur ihr Mann scheint ein ziemlicher Widerling zu sein.«

Tash nickte. »Gute Einschätzung.«

Ja, er war süß. Es wäre ganz einfach, ein bisschen mit ihm zu flirten, vielleicht sogar eine Runde zu knutschen und ihn zu einer heißen Nacht nach Hause abzuschleppen. Tash war geneigt, genau das zu tun, als ihr etwas einfiel. Matt half Laney, ihre finanziellen Angelegenheiten zu regeln. Das bedeutete, dass sie ihm künftig häufiger begegnen würde. Vielleicht sogar im Büro. Wenn der Sex also nicht gut war oder sie ihn aus irgendeinem anderen Grund nicht wiedersehen wollte, konnte sie ihm nicht aus dem Weg gehen. Das ordnete ihn definitiv in die Kategorie »Kein Sex« ein. Außerdem hatte sie eine anstrengende Woche vor sich. Sie mit nächtlichen Turnübungen im Bett zu beginnen war nicht die beste Idee. Kondition, Energie. Kraft. Das war es, was sie in dieser Woche brauchte. Vor allem, wenn sie Cam Cochrane am Ende doch noch eine verpassen wollte.

Tash nahm einen großen Schluck von ihrem Drink durch den bunten Strohhalm. Gott, sie hasste diese Dinger. Wie alt war sie eigentlich? Acht?

»Also nochmals danke. Du entwickelst dich zu einem echten Seriensuperhelden, wenn du weiter betrunkene Frauen nach Hause bringst und sie somit aus Notsituationen rettest.«

Er lachte ein bisschen verschämt, und Tash erinnerte sich wieder an den zweiten Grund, weshalb er ihre Hormone nicht in die allerhöchste Alarmstufe versetzte: Er war einfach viel zu nett. Wo blieb da die Herausforderung? Der Kitzel? Das Abenteuer?

Apropos …

Hinter Matt sah sie gerade einen anderen potenziellen Kandidaten näherkommen. Exkandidaten, um ganz genau zu sein. Shay Dixon, Geschäftsmann, Klubbesitzer, Mann von Welt, heiß, sexy, intelligent. Tash hatte im letzten Jahr einige wilde und leidenschaftliche Nächte mit ihm verbracht, ehe er mit einer ehemaligen Spielerfrau angebändelt hatte und vom Markt verschwunden war.

»Shay! Lange nicht gesehen! Ich dachte, du wärst im Knast«, scherzte sie und musterte unauffällig seinen Maßanzug, sein marineblaues Hemd, das kurz geschnittene Haar und das blendend weiße Lächeln – mit hoher Wahrscheinlichkeit Veneers, aber selbst aus der Nähe hätte sie das nicht mit allerletzter Sicherheit erkennen können.

»Da müsste ich vermutlich sein«, frotzelte er zurück. »Und zwar in der Zelle neben dir. Ich nehme mal an, euer Team steckt hinter dieser Aktion am Loch Ness?«

Tash lachte. »Natürlich nicht.«

Ihre Stimme ließ keinen Zweifel zu, dass das Gegenteil der Fall war. Die Sache hatte noch ein amüsantes Nachspiel gehabt. Auf dem Heimweg, während ihres netten Dinners an Loch Lormond, war im Fernsehen ein kurzer Bericht über einen angeblichen Heiratsantrag zu sehen gewesen, der zu über hundertfünfzig Anrufen bei Polizei und Medien geführt hatte – von Menschen, die behaupteten, Nessie gesehen zu haben. Glücklicherweise hatte einer der Zuschauer den Vorfall mit dem Handy gefilmt, sodass schnell klar geworden war, dass es sich um eine Inszenierung und nicht etwa um den ersten Technicolorauftritt der schottischen Legende gehandelt hatte. Auch sämtliche lokalen Zeitungen hatten die Story am Morgen gebracht, mit Fotos, die zum Glück zu grobkörnig waren, um Stewarts und Elmas Gesichter darauf zu erkennen. Die Medien berichteten, dass es sich um einen Heiratsantrag handelte, und stellten Spekulationen an, wer dahinterstecken könnte. Und jedes Mal war die Rede von der Fahrerin eines Vans, die dringend von der Polizei gesucht wurde. Diese prüfte inzwischen, ob es sich bei der Angelegenheit um den Tatbestand eines Kriminaldelikts handelte, auch wenn keine offizielle Klage vorlag.

Mit etwas Glück würde sich die Aufregung schnell wieder legen, und bis Mitte der Woche würde die ganze Aktion vergessen sein. Zumindest so lange, bis ein sechs Meter großer Nessie in einem Garten in Thurso auftauchte. Egal! Auf jeden Fall würden sie irgendwann das Fotomaterial von Mrs. Crean auf ihre Website nehmen und damit ordentlich Werbung machen.

»Falls ihr vielleicht doch dahintersteckt, war es eine irre Idee.«

»Eine, die du auch mal für deine Freundin in Erwägung ziehen würdest?«

Shay schüttelte den Kopf. »Ich fürchte, du bist nicht ganz auf dem neuesten Stand. *Ex*freundin. Wir haben uns vor ein paar Monaten getrennt.«

»O nein! Dabei hattet ihr sooo viel Potenzial! Ich dachte, seit ihr diese Tattoos habt, seid ihr ein Paar fürs Leben.«

Er verzog das Gesicht. Halb Glasgow kannte die auf Facebook geposteten und via Twitter verbreiteten Fotos von den Herzen mit den ineinander verschlungenen Initialen, die sich seine Exfrau auf die rechte Brust hatte tätowieren lassen.

»Ich verstehe gar nicht, wieso ich dich so mag.« Er lachte. »Wirklich nicht.«

Tash zuckte die Schultern. »Ich auch nicht. Aber was tust du eigentlich hier? Ist das nicht ein bisschen zu sehr unter deinem Niveau?«

»Der Schuppen gehört mir«, antwortete er.

Er sagte es kein bisschen angeberisch, aber in einem beeindruckenden Timing erschien genau in diesem Moment ein Kellner und reichte ihm einen klaren Drink. Tash war sich ziemlich sicher, dass es Tonic Water war, denn Shay trank nie Alkohol. Er sagte immer, wenn man in der Branche arbeitete, würde man sich viel zu schnell daran gewöhnen, daher enthielt er sich lieber völlig. Diese Konsequenz gefiel Tash, auch wenn sie sie mitnichten teilte.

»Und du? Was führt dich hierher?«

»Feierwütige Brüder, die am liebsten dort verkehren, wo es billigen Alkohol und Kylie-Minogue-Videos gibt.« Sie zeigte auf die Flatscreens an der Wand, wo Miss Minogue in unglaublich knappem Outfit gerade die ganze Flexibilität ihres Bodys zur Schau stellte.

»Ah ja, ich erinnere mich an die beiden.« Shay hob sein Glas in Jordans und Johns Richtung, ihre Brüder beäugten ihn äußerst misstrauisch. Sie hatten Shay nie sonderlich gemocht – er war ihnen zu aalglatt. »Ich sehe schon, sie sind noch genauso freundlich wie früher.« Es schien ihn nicht im Mindesten zu stören.

Ein Knistern lag in der Luft, das spürten sie beide. Im nächsten Moment würde sich entscheiden, ob sie die Nacht zusammen verbrachten oder nicht. Tash war noch unentschlossen. Was hatte sie sich vorhin vorgenommen? Energie sparen, sich zurücknehmen? Aber er sah so verdammt sexy aus, und er hatte ihr schon hinreichend Beweise geliefert, dass er im Bett mindestens so scharf war wie seine Bügelfalten.

»Ich gehe gleich was essen«, sagte er. Aha, er hatte sich entschieden und offenbar andere Pläne. »Hast du Lust, mich zu begleiten?«

Verflixt.

Tun oder nicht tun …

Das »Nein, danke« war schon fast über ihre Lippen – aber nur fast –, als der Genussmensch in ihr das Kommando übernahm.

»Gern. Aber nur, weil ich mich um dein Wohlergehen sorge. Denn wenn du noch länger hier mit mir stehst, könnten meine Brüder ungemütlich werden.«

Lächelnd gab sie Jordan und John ein Zeichen zu verschwinden. Sie teilten ihre Begeisterung nicht. Das Telefonat am kommenden Morgen würde sicher frostig werden und mindestens einen Vorwurf enthalten – in ihre Richtung natürlich.

Im Auto wählte Tash das Ziel, und er widersprach nicht. Park Circus. Der Straßenzug bildete die Grenze zwischen Stadtzentrum und West End und bestand aus lauter wunderschönen Stadthäusern aus dem 19. Jahrhundert. Sie waren eine Zeitlang als Bürogebäude genutzt worden, inzwischen aber wieder ihrer ursprünglichen Bestimmung als Luxuswohnraum zugeführt worden.

Shays Wohnung war noch genau so, wie sie es seit ihrem letzten Besuch ungefähr zwei Jahre zuvor in Erinnerung hatte. Damals war sie frisch renoviert gewesen, in edlen Grau- und Cremetönen, aber der Eingang und die geschwungene Treppe erregten auch ohne auffällige Tapeten oder Leuchter genügend Aufmerksamkeit.

»Gar keine weiblichen Einflüsse?«, fragte sie überrascht, als sie die schwarz-weiße Hochglanzküche betraten – Lackfronten, Marmorarbeitsflächen, teure Edelstahlgeräte.

»Nicht mehr, seit sie sich entschieden hat, mit einem Spieler von *Wigan Athletic* glücklich zu werden. Der vermeintliche

Glanz meines Lebensstils hatte sich für sie offenbar rasch abgenutzt. Sie meinte, sie wolle keine Zukunft mit einem Mann, der nachts arbeitet anstatt die Hotspots der Stadt mit seiner Anwesenheit zu beglücken. Und ich habe sie nicht zum Bleiben überredet.«

»Verstehe.« Tash öffnete den riesigen amerikanischen Kühlschrank und inspizierte den Inhalt – oder besser gesagt den fehlenden Inhalt. »Da ist ja gar nichts Essbares drin«, meinte sie enttäuscht.

»Und ob«, widersprach er. »Obst. Und Obst. Und Butter. Und noch mehr Obst. Irgendwo müsste auch noch eine Selleriestange sein.«

Dann fiel es ihr wieder ein. Er hatte sich das Essen jeden Tag frisch ins Haus bestellt, bei einem dieser schicken Lieferdienste.

»In der oberen Gefrierschrankschublade sind bestimmt auch noch ein paar Fertiggerichte.«

Er stand nun hinter ihr, die Hände an ihren Hüften, und drückte einen Kuss auf ihren Nacken, der kleine Stromstöße genau an den richtigen Stellen erzeugte. Ah, fühlte sich das gut an. Seine Nähe, sein Geruch und …

Sie zog ihr T-Shirt über den Kopf, ließ ihn ihren BH aufhaken und eine Spur von Küssen von einem Schulterblatt zum anderen setzen. Dann drehte sie sich um.

… sein Geschmack. Er schmeckte so gut.

Shays Jacke lag bereits auf dem Fußboden. Geschickt öffnete Tash die Knöpfe seines Hemds und streifte es ab. Er hob sie hoch und stöhnte auf, als sie die Beine um seine Hüften schlang. Rasch drehte er sich um, und sie wusste, dass er ins Schlafzimmer im ersten Stock wollte. Aber das dauerte ihr zu lange.

»Hier. Wir machen es gleich hier«, entschied sie und zeigte auf den großen dunklen Glastisch hinter der Granitkochinsel.

Sechzehn Personen hatten daran Platz. Tash brauchte nur einen. Horizontal.

Er verstand sofort, was sie wollte, ließ sie langsam hinunter und sah zu, wie sie Boots und Jeans abstreifte. Auch er hatte nun sämtliche Kleidung abgelegt. Links von ihnen befand sich ein Fenster, zu hoch, um Vorbeikommenden Einblick zu gewähren, aber breit genug für einen wunderbaren Blick auf die Lichter Glasgows. Sie kniete sich auf die Glasplatte und wartete, dass er zu ihr kam. Ein leises Stöhnen entfuhr ihr, als er es tat.

»Ich habe keine Ahnung, ob der Tisch uns beide aushält.«

Er grinste. Das gefiel ihr – es bedeutete, dass er hier noch nie Sex gehabt hatte.

»Dann probieren wir es aus, was meinst du?«

Sie probierten es. Gleich zweimal. Und sollte der Hersteller jemals Anlass haben nachzufragen: Ja, der Tisch wurde allen Ansprüchen seines Besitzers gerecht.

Als sie sehr viel später zusammen im Bett saßen und mit Stäbchen thailändische Köstlichkeiten aus Pappkartons pickten, seufzte Tash zufrieden.

»Warum haben wir damit eigentlich aufgehört?«, fragte er.

Tash grinste. »Weil du plötzlich auf dieses hübsche Mädchen mit der Vorliebe für Tattoos standest.«

Spielerisch piekste Shay mit einem Stäbchen in ihren Oberschenkel. »Und ich meine mich zu erinnern, dass es nur so weit gekommen ist, weil du dich geweigert hast, in mir mehr als ein gelegentliches Spielzeug zu sehen«, konterte er. »Die Narben in meiner Seele sind heute noch nicht verheilt.«

»Probier's mal mit Sekundenkleber. Meine anderen Expartner schwören drauf«, antwortete sie und krönte den guten Rat mit einem Kuss.

»Bleib die ganze Nacht hier«, bat er. »Ich weiß, dass das deinen Grundsätzen widerspricht. Nur ausnahmsweise.«

Tash mochte ihn. Die Art wie er Dinge sagte. Seinen Humor. Seinen Charme.

»Nein. Es tut mir leid. Ich könnte dir viele Gründe aufzählen, einige von ihnen sind sogar ehrlich. Ich muss morgen früh raus. Ich habe eine harte Woche vor mir. Ich bin allergisch gegen Bettwäsche aus Jersey …«

»Wirklich?« Sein Blick fiel auf die Decke in silbernem Paisley-Muster.

»Nein.« Sie grinste. »Das war der Teil, der nicht stimmt.«

Sein lautes Gelächter provozierte einen weiteren Piekser mit einem Stäbchen.

Sie beendeten das Essen, liebten sich noch einmal, dieses Mal auf der nicht allergieauslösenden Bettdecke. Anschließend ging Tash in das angrenzende Marmorbad, um kurz zu duschen.

Als sie zurückkam, ein weißes Handtuch um die Hüften geschlungen, schaute er sie mit gespielt traurigem Gesicht an.

»Du gehst also wirklich?«

»Ja.«

»Ich kann dich nicht überreden zu bleiben?«

»Nein.«

»Okay. Sehe ich dich wieder?«

Es war eine Frage, keine Aussage.

»Irgendwann bestimmt.« Sie beugte sich über ihn und küsste ihn. »Meine Klamotten liegen noch in der Küche. Ich hole sie schnell, bis dahin ist das Taxi sicher da.«

Er schwang die Beine aus dem Bett, griff nach einem Bademantel, der auf einem Kleiderstapel lag, und folgte ihr nach unten. Sie hatte recht. Genau in dem Moment, als sie den zweiten Bootie anhatte, klingelte es an der Haustür.

Tash stellte sich auf die Zehenspitzen und küsste ihn zum Abschied, dann lief sie winkend zur Tür.

Im Taxi seufzte sie. Dieser Abend war ganz nach ihrem Geschmack gelaufen. Gutes Essen, nette Gesellschaft, sagenhafter Sex. Wieso, fragte sie sich, während das Taxi durch die verlassenen Straßen fuhr, fühle ich mich dann so leer?

31. Kapitel

»Haben wir alles bedacht? Seid ihr sicher, dass wir alles im Griff haben?«, murmelte Sarah zu niemand Bestimmten.

Das war auch nicht nötig, denn Tash versuchte krampfhaft, sie zu ignorieren, und Laney saß an ihrem Computer und konzentrierte sich auf die vor ihr liegenden Rechnungen. Genau die richtige Arbeit, um nicht an die nächsten Tage denken zu müssen.

»Vielleicht sollten wir uns noch irgendein Zeichen überlegen, nur für den Fall, dass gleich alles aus dem Ruder läuft und wir gern abbrechen würden. Ein Codewort! Wir brauchen ein Codewort. Wie wär's mit ... mit ...?«

»Chillig!«, schlug Tash vor, lehnte sich zurück und überkreuzte ihre Beine.

»Nein, viel zu einfach«, antwortete Sarah.

»Das war kein Vorschlag, sondern eine Anweisung«, konterte Tash. »Sarah, du bist ja noch nervöser als Laney. Das hilft uns nicht wirklich.«

Als ihr Name fiel, schaute Laney endlich von ihrem Rechner auf. »Was hilft uns nicht?«

Tash seufzte. »Dass Sarah so angespannt ist. Sie meint, wir brauchen ein Codewort, falls es dir gleich zu stressig wird.«

»Und was passiert dann?«, fragte Laney verwirrt.

Tash verdrehte die Augen. »Ist doch klar. Dann stürmt eine bewaffnete Spezialeinheit das Gebäude, zu spät natürlich, weil Tom Cruise sich längst mit einem Seil vom Dach heruntergelassen hat und mit den Füßen voraus durchs Fenster ins Zimmer gehechtet ist.«

»Unter den Umständen würde ich darüber nachdenken«, meinte Laney. »Allein wegen des Unterhaltungswerts.«

Laney fiel auf, dass sich an diesem Morgen eigentlich alle verhielten, wie es ihrem Naturell entsprach. Sarah war nervös, weil ihrer Freundin, die sie gern hatte, ein schmerzhaftes Erlebnis bevorstand. Tash versuchte sich mit klugen Sprüchen hervorzutun, und Laney selbst wahrte eine absolut kühle Fassade und konzentrierte sich auf Aufgaben, Einzelheiten, Strategien. Dabei hatte sie in Wahrheit nur ein einziges Ansinnen: die nächste Stunde einigermaßen zu überstehen. Sie musste nichts beweisen. Mit niemandem konkurrieren. Trotzdem trug sie ein stylishes cremefarbenes Wickelkleid, in dem sie super aussah und sich großartig fühlte. Äußerlich!

Es war ihre Idee gewesen, Cara zu einer Abschlussbesprechung einzuladen. Sie wusste selbst nicht warum, vielleicht war es ein letzter verzweifelter Hoffnungsschimmer, dass sie etwas sagen würde, woraus sie schließen konnten, dass es sich doch um einen großen Irrtum handelte.

Als es an der Tür klingelte, schrie Sarah auf.

Tash beruhigte sie. »Das ist nur Tom Cruise. Er hat sich überlegt, dass es viel einfacher ist, durch die Tür zu kommen.«

Trotz ihrer festen Absicht, cool zu bleiben, behandelte Laney die Sprechanlage wie hochexplosives Plutonium.

»Ich hole sie ab«, bot Tash an und war bereits auf dem Weg zum Aufzug.

Laney nickte und rutschte an die äußerste Ecke eines der Sofas. Wenn sie saß, minimierte das die Gefahr, dass ihre Beine den Dienst versagten.

Viel zu schnell war Tash zurück, mit Cara im Schlepptau. Ihr Auftritt war mindestens so eindrucksvoll wie beim ersten Mal. Die blonden Locken waren zu einem Pferdeschwanz zusammengebunden, der ihr über den Rücken fiel. Das Kleid, das sie an ihrem spektakulären Body trug, hauteng, runder Halsausschnitt, grau und bis zu den Knöcheln reichend, sah definitiv aus wie der Victoria-Beckham-Fummel, den kürzlich Jennifer Lopez auf dem Titel eines dieser Promimagazine anhatte. Oder war es Gwyneth Paltrow gewesen? Oder Madonna? Konzentrier dich, Laney, konzentrier dich. Eine schwarze, eng taillierte Jacke und hohe Gladiator-Schuhe brachten den Look zur perfekten Vollendung. Laney hasste sie noch ein bisschen mehr.

Moment, das war jetzt nicht fair. Cara war ja gar nicht die Böse in dem Stück. Sie wurde genauso betrogen wie Laney und ahnte es noch nicht mal. Der Gedanke kanalisierte ihre Emotionen sofort in eine andere Richtung, aus Zorn wurde Mitleid.

»Hallo. Wie geht es dir?«, fragte sie Cara und bot ihr das andere Ende des Sofas an. Sarah und Tash saßen ihnen gegenüber.

Eigentlich ist diese Frage völlig überflüssig, dachte Laney im nächsten Augenblick. Man konnte sehen, wie es Cara ging. Die Anspannung, der unruhige Blick, der trockene Mund – typische Symptome von fast allen ihrer Kunden wenige Tage vor dem großen Event. Die Planungsphase war vorüber, die Realisierung und damit der Moment der Wahrheit rückten näher – und die Kunden bekamen plötzlich Lampenfieber und gerieten in Panik. So war es immer.

»Mir geht's super«, log Cara. »Aber ich bin irgendwie totaaal aufgeregt wegen des Wochenendes.«

»Hast du dir die Updates angesehen, die wir dir zugemailt haben? Bist du mit allem einverstanden?«

»Ja, es ist alles totaaal so, wie ich es mir vorgestellt habe.« Caras hellblaue Nägel schlugen beim Sprechen auf ihre Oberschenkel.

Wow, sie wurde nervös. Ganz kurz stellte Laney ihren Plan infrage. Eine der bohrenden Fragen, die sie seit dem ersten Tag des Debakels belastete, drängte sich erneut auf. War es herzlos, die Sache auf Caras Kosten durchzuziehen? In gewisser Weise war es das bestimmt, dabei wollte sie dem Mädel doch gar nicht wehtun. Wieder überlegte sie, Cara die Wahrheit zu sagen, die ganze Wahrheit. Jetzt und hier. Wenn sie mit einem Kerl zusammen war, der ihr versprach, sie zu heiraten, obwohl er noch mit einer anderen verheiratet war, war dies eine wichtige Information, die man Cara nicht vorenthalten sollte.

Dann kam Laney ein neuer Gedanke. Was, wenn Cam sich tatsächlich in Cara verliebt hatte und sie wirklich heiraten wollte? Was, wenn er ihr nur noch nicht gesagt hatte, dass er sie verlassen würde, dies aber schon lange vorhatte?

Die Haut unter ihren Armen erhitzte sich in einem Ausmaß, das die Wirkung des Deos, das sie am Morgen benutzt hatte, stark beeinträchtigte.

Die anderen sagten nichts, und Laney führte das Gespräch weiter. Sie wusste, dass das Tash umbringen musste. Und Sarah sah ohnehin so aus, als würde sie jede Sekunde in Tränen ausbrechen.

»Glaubst du, er ahnt etwas? Hat er einen Verdacht, dass du was planst?«

Die gezwungene Unbekümmertheit ließ Laneys Stimme viel schriller klingen als gewöhnlich. Oje, war das hart. Das waren alles Fragen, die sie auch sonst stellte, und doch war jedes Wort wie ein Schlag in die Magengrube.

Cara schüttelte den Kopf, und ihr Pferdeschwanz schwang hin und her. Laney war fasziniert von ihren ebenmäßigen pinkfarbenen Lippen: perfekte Outline, aufgefüllt mit Gloss – ein Schmollmund, wie man ihn von Kosmetikanzeigen kannte. Hatte Cam diesen Mund geküsst? Hatte er seine Finger über diese gebräunten Wangenknochen gleiten lassen, hatte er in diese riesigen, von langen Wimpern umrahmten blauen Augen geschaut? Ganz kurz überlegte Laney, wie Cara wohl ohne

Haarextensions, falsche Wimpern und Make-up aussah. Wahrscheinlich immer noch sehr sexy.

»Auf keinen Fall! Er ist so viel beruflich unterwegs, und ich war auch so totaaal im Stress in den letzten Wochen, dass wir uns kaum gesehen haben. Außer auf Skype natürlich«, ergänzte sie mit einem geheimnisvollen Kichern.

Das war zu viel Information. Viel zu viel. Laney spürte, wie ihre Eingeweide sich zusammenzogen, und plötzlich kostete es sie ihre gesamte Kraft, nicht doch an Ort und Stelle die Wahrheit herauszuschreien. Sie sollte es tun. Schluss mit dieser Scharade.

Ihr Blick fiel auf Tash und Sarah. Sie kannte die beiden so gut, dass sie genau wusste, wie sie reagierten. Sarah dachte dasselbe wie sie, und Tash sah aus, als würde sie gleich explodieren.

»Cara …«, begann Laney.

Wie sollte sie es formulieren? Welche Worte sollte sie benutzen? Auf diese Situation war sie nicht vorbereitet, sie hatte sie noch nie erlebt, und zugleich wusste sie ganz sicher, dass sie endlich reinen Tisch machen musste.

Aber Cara redete immer weiter, steigerte sich gerade in höchste Begeisterung über das Wunder ihrer Beziehung zu ihrem zukünftigen Verlobten.

»Die Sache mit meinem Cam ist, dass es keine Rolle spielt. Auch wenn wir uns eine ganze Woche nicht sehen, besteht zwischen uns diese totaaale … Bindung. Er sagt, das würde unsere Beziehung so besonders machen. Dass wir eben nicht jede Minute zusammen sind. Natürlich hat es für uns totaaale Priorität, uns sooft wie möglich zu treffen. Wisst ihr, was er letzte Woche gemacht hat?«

Nein, das wusste Laney nicht. Sie hatte nicht die geringste Ahnung, was Cam Cochrane in der vergangenen Woche gemacht hatte.

Cara holte tief Luft. »Er ist den weiten Weg nach Marbella geflogen, nur um mich zu sehen. Für eine einzige Nacht.« Ihre Hände machten weit ausladende Bewegungen. »Ich weiß auch gar nicht, warum ich gerade so totaaal emotional werde – das liegt sicher an meiner Aufregung wegen nächstem Wochenende. Er sagt immer, ich sei die süßeste, zarteste Person, die er je kennengelernt hat. Er sagt immer, ich sei innen und außen gleich schön. Er sagt, ich sei perfekt.« Sie sprach jetzt mit verträumter Stimme, ihre Hände bewegten sich schneller als ein Hurrikan.

Stille. Absolute Stille. Laney fehlten die Worte, und selbst wenn ihr welche eingefallen wären, hätte sie sie in keine sinnvolle Reihenfolge bringen können. Ihr Verstand war ausgeschaltet. Ihre Kehle ausgedörrt. Ihre Zähne zusammengepresst. Ihr Körper zitterte.

Tash sprang auf. »Laney, alles okay mit dir?« Sie wandte sich an Cara. »Die … die Grippe«, stammelte sie hastig. »Wir haben ihr gesagt, sie soll heute nicht kommen, aber sie hört ja nicht auf uns. Natürlich nicht. Sie ist ja so pflichtbewusst, unsere Laney.«

Laney wusste, dass jetzt und hier die einzige Chance bestand, alles aufzuklären und die Verlobung zu verhindern. Sie musste es tun.

Tash hielt ihr die Tasse mit dem Tee hin, der vor ihr auf dem Tisch kalt geworden war. Den Moment nutzte sie, um sie forschend anzusehen, zu erahnen, was Laney als Nächstes tun würde.

In Sekundenschnelle traf Laney eine Entscheidung.

»Danke, Tash.« Dankbar nahm sie den Tee. »Ich weiß auch nicht, was gerade mit mir los war – mir war ein bisschen schwindlig.« Mit dem Handrücken wischte sie sich den Schweiß von der Stirn und riss sich zusammen. »Das ist so wunderbar, Cara. Dein Cam scheint ja wirklich furchtbar nett zu sein.«

»Ja, das ist er. Ich hab so totaaal Glück. Aber das hab ich gleich im ersten Moment gespürt, als ich ihn kennenlernte.«

»Wie habt ihr euch denn kennengelernt?«

Sarahs Stimme war zum ersten Mal zu hören, und alle schauten sie an.

Cara lächelte, ihre Augen strahlten. »Tja, das war echt sooo witzig.«

Das bezweifle ich, dachte Laney, aber zum Glück sagte sie es nicht laut.

»Wir waren beide in Rom am Flughafen in der VIP-Lounge. Ich hatte da ein Shooting und er irgendein Meeting oder so. Der Flug wurde gecancelt. Erinnert ihr euch noch an diese Aschewolke aus Schweden oder wo?«

»Island«, korrigierte Laney.

»Wie auch immer, es war jedenfalls das Beste, was uns je hätte passieren können.«

Laneys Mund wurde ganz trocken, während sie sich den Kopf zermarterte, wann genau das gewesen war. Damals hatte es ihre Agentur noch nicht gegeben, sie hatte noch für das Pharmaunternehmen gearbeitet, es hatte ein Vertriebskongress in Paris stattgefunden, und sie war gerade noch rechtzeitig nach Hause gekommen, ehe alle Flüge nach und aus Großbritannien abgesagt worden waren. Auch Cam hatte Glück gehabt. Er war gestrandet in …

»Und dann sind wir beide im Flughafenhotel gestrandet.«

Cam war zuerst in einem Hotel am Flughafen untergebracht worden.

»Na ja, als wir dort so an der Bar miteinander gequatscht haben, hat es auf einmal zwischen uns gefunkt. Kurze Zeit später haben wir uns in einem der Zimmer wiedergefunden. Aber in diesen Flughafenhotels ist es nicht gerade sehr romantisch, wisst ihr … Also hat Cam beschlossen …«

Die Stadt … Cam war in die Stadt gefahren und dann abgestiegen im …

»… in diesem traumhaften Hotel in der Stadt mit mir abzusteigen. Wie hieß es noch …?«

… Raphael. Das Hotel, in dem Laney und Cam auf ihrer Hochzeitsreise übernachtet hatten. Bitte sag es nicht. Bitte nicht.

»… Raphael, genau. Wir hatten dort ein paar unglaublich irre Tage. Vier Tage, um genau zu sein. Und das Verrückte ist, dass wir so totaaal vertraut miteinander waren, obwohl wir uns doch gerade erst kennengelernt hatten. So als wären wir füreinander bestimmt.«

Laneys Gedanken wirbelten in ihrem Kopf herum wie ein Strudel in einem reißenden Fluss. Er war mit Cara im Raphael gewesen. In *ihrem* Hotel. An einem der wenigen Orte, die für sie beide eine ganz besondere Bedeutung gehabt hatten. Wenn Cam in diesem Moment durch diese Tür gekommen wäre, hätte sie ihn umgebracht.

Aber Moment noch. Sie hatte doch Caras Fragebogen genauestens studiert. Hatte da nicht gestanden, dass sie erst seit zwei Jahren zusammen waren? Das mit der Aschewolke war 2010 gewesen. Was sollte das alles bedeuten? War Cara vielleicht völlig durcheinander?

Cara war nicht mehr aufzuhalten. »Cam hatte damals allerdings eine feste Beziehung, und er fühlte sich so hin- und hergerissen. So ist mein Cam. Ein totaaal großes Herz hat er. Also ist jeder in sein Leben zurückgekehrt, und wir haben uns nicht gesehen, bis … Ihr werdet nie erraten, was dann passiert ist!«

Tash war die Einzige, die noch die Kraft hatte, etwas zu sagen. »Du hast recht. Wir werden es nie erraten«, bestätigte sie trocken.

Cara hatte kein Gespür für die Ironie ihrer Worte.

»Wir haben uns ein zweites Mal an einem Flughafen getroffen! Diesmal in London. Vor zwei Jahren. Es war magisch! Er war bei Mulberry, um eine Tasche für seine Schwester zu kaufen …« Laneys Blick fiel auf ihre Mulberry-Mitzy-Tasche, die neben dem Schreibtisch stand. »… und wir haben uns angeschaut, und das war's.«

»Wie romantisch«, sagte Tash. »Und was war mit seiner Beziehung?«

Cara machte eine wegwerfende Handbewegung. »Die war so gut wie zu Ende. Cam meinte, sie würde ihn sooo langweilen.«

Laney hatte gerade einen Schluck von ihrem Tee genommen. Sie spuckte ihn im hohen Bogen wieder aus.

»Sorry«, murmelte sie. »Hab … hab mich verschluckt. Ich … ich …«

»Hol einen Lappen«, schrie Sarah. »Schnell! Komm, ich helf dir suchen.«

Sie packte Laneys Hand, zog sie vom Sofa und zerrte sie zur Küche. Als die Tür hinter ihnen ins Schloss gefallen war, hörten sie Tash sagen: »Schöne Geschichte. Aber sag mal, ich muss mich noch mal vergewissern. Bist du wirklich ganz sicher, dass du die Sache durchziehen willst?«

»Wieso nicht?«, fragte Cara empört.

Tash ruderte zurück. »Nur so. Die Frage stellen wir all unseren Kunden in der Woche vor dem großen Tag. Wir vergewissern uns noch einmal, dass sie auch wirklich keine Zweifel haben.«

Cara schüttelte den Kopf. »Nein, keinen einzigen. Cam und ich sind wie füreinander geschaffen. Ich kann es gar nicht erwarten, bis er offiziell mir gehört. Cara Cochrane. Das ist doch totaaal irre, oder?«

In der Küche rutschte Laney an der Wand herunter, bis sie

auf dem Fußboden saß. Keine Tränen. Das war vorbei. Sie empfand lediglich eine große Taubheit.

Totaaal irre … Sie musste in der Tat aufpassen, dass sie nicht völlig den Verstand verlor.

32. Kapitel

Sarah hatte sich wirklich bemüht, den restlichen Tag konzentriert zu arbeiten. Im nächsten Monat standen zwei Events an, die ihren Auftraggebern wunderbare, unvergessliche Momente bereiten sollten. Aber irgendwie war es verdammt schwer, romantische Fantasien zu entwickeln, wenn der besten Freundin gerade von der Liebe ihres Lebens das Herz aus der Brust gerissen wurde. Jedes Mal, wenn Sarah an das verzweifelte Gesicht von Laney dachte, wurde ihr regelrecht übel. Hass war eigentlich ein Fremdwort für sie, aber genau das empfand sie augenblicklich. Vorausgesetzt natürlich, Cam Cochrane war tatsächlich schuldig. Oder nicht?

Es musste einfach ein Irrtum sein.

Sie hoffte nur, dass sie es bald herausfanden. Denn schon in zwei Tagen würden sie den Flieger nach New York besteigen, und das konnte sich durchaus als Horrortrip in die Scheidung erweisen.

O Gott. Das böse Wort! Schon der Gedanke daran ließ Sarah erschauern.

Untreue. Noch so ein Wort, bei dem ihr ganz schlecht wurde.

Nachdem Cara endlich gegangen war, total aufgeregt vom Schwärmen, war Laney so stoisch wie sonst gewesen. Zumindest nach zwei großen Gläsern Wein und einem Schrei, bei dem die Bürofenster beinahe zersprungen wären.

Sarah war weiterhin der Meinung, dass es ein Wahnsinn war, die Sache durchzuziehen. Aber es blieb ihnen wohl nichts anderes übrig. Auf keinen Fall würde sie Laney mit Tash allein ins Unglück schicken. Das wäre ja so, als würde man mit einer

Mittelstreckenrakete auf eine Friedensdemo gehen. Sie lenkte den Beetle auf die Pollokshaws Road. An der roten Ampel vor Guys Reisebüro blieb sie stehen. Während sie wartete, musste sie an den Crash denken, der auf der gegenüberliegenden Straßenseite passiert war. Was war nach dem Zusammenstoß geblieben? Sie fuhr nun ein megamäßig aufgehübschtes Auto. Ihr Unternehmen profitierte künftig von einem attraktiven Rabattarrangement. Und Guy war ein sehr netter Typ, der ihr ganz sicher langfristig zum Freund werden würde.

Dagegen standen nur eine kleinere Gesichtsverletzung und ein paar Unannehmlichkeiten.

Es herrschte dichter Feierabendverkehr, daher dauerte es eine weitere halbe Stunde, ehe Sarah in ihre Straße bog. Wie üblich war sie völlig verlassen. Die meisten der Häuser hier waren zwar Mietshäuser, hatten aber große Grundstücke, auf denen genügend Platz für mehrere Autos war. Außerdem herrschte überall Parkverbot, und die Politessen waren gnadenlos. Daher fiel es ihr auch sofort auf, das Auto, das ungefähr fünfzig Meter hinter ihrer Hauseinfahrt auf der anderen Straßenseite parkte.

Es war rot. Die Marke war ihr unbekannt, vielleicht ein Ford Focus oder ein Astra. Abgesehen von ihrem Beetle kannte Sarah sich mit Autos nicht sonderlich aus.

Ein rotes Auto also. Jemand saß darin. Wahrscheinlich eine Mummy, die ihre Kinder von der Schule abgeholt hatte und nun kurz anhielt, um zu telefonieren. Oder ein Vertreter, der irgendwelchen Papierkram ausfüllte.

Sarah hatte ihre Einfahrt nun fast erreicht, und als sie hinüberschaute, erkannte sie, dass beide Vermutungen falsch waren. In dem Auto saß eine Frau, aber kein Kind, damit war die Mummy-Theorie also hinfällig. Und die Fahrerin hatte auch nicht den Kopf gesenkt und war ins Schreiben vertieft, sondern sah aus dem Fenster.

Blonde Haare, die aus einer Baseballkappe quollen. Riesige Sonnenbrille. Das war alles, was Sarah erkennen konnte.

Doch dann fiel ihr noch etwas auf.

Die Fahrerin fixierte sie, und als sie nach links blinkte und in ihre Einfahrt bog, sah sie, dass der Blick der Frau ihr folgte, obwohl sie ihre Augen durch die Brille natürlich nicht erkennen konnte.

Wer war sie? Und was tat sie dort?

Sarah schüttelte die Unruhe ab, die sie sofort überfiel. Wieso sollte die Frau sie nicht beobachten? Schließlich gab es hier sonst nichts zu sehen. Und auch wenn sie ihr irgendwie bekannt vorkam, sie wusste nicht, woher. Vermutlich irrte sie sich.

Sie schloss die Wagentür und war kurz versucht zurückzugehen, um nachzuschauen, ob die Frau immer noch da war. Sie war nie paranoid gewesen. Aber noch ehe sie das Tor erreichte, hörte sie am Motorgeräusch, dass das Auto anfuhr. Sekunden später kam es an ihr vorbeigefahren.

Das war's. Ende. Aus. Nichts.

Aber wieso starrte die Frau so intensiv in ihre Richtung, als sie am Gartentor vorbeifuhr?

33. Kapitel

Was trug man zum Heiratsantrag des eigenen Ehemannes?

Laney durchforstete die Klamotten in ihrem Kleiderschrank und wusste nicht so recht, wo sie anfangen sollte. Sie würden drei Tage in New York sein – es sei denn, alles lief schrecklich schief. In dem Fall musste sie sich keine Sorgen machen. Gefängnisse hatte ihre eigene Kleiderordnung. Hübsche orangefarbene Overalls zum Beispiel.

Jeans, ein paar T-Shirts und ihre bewährten Converse lagen bereits im Koffer, dazu Wasch- und Kosmetikzeug, Unterwäsche und Pyjama. Sie würden sich zu dritt ein Zimmer in einem kleinen Hotel auf der Upper East Side teilen – in fußläufiger Entfernung vom Metropolitan Museum of Art und dem Carlyle. Cara hatte gut erreichbare Locations ausgewählt, um Laneys Leben zu zerstören. Das war immerhin etwas.

Eine schwarze Caprihose, ein schwarzes Polo und flache Schuhe folgten als Nächstes – sehr Audrey-Hepburn-mäßig und perfekt für das unkalkulierbare New Yorker Wetter im April. Zum Schluss noch ein Shiftkleid aus kupferfarbenem Crêpe von Next, das viel teurer aussah, als es in Wahrheit gewesen war. Laneys komplette Garderobe war pures Understatement, geradlinig und klassisch. Genau wie ich selbst, überlegte sie. Und das Gegenteil von Cara. War es das? War sie Cam langweilig geworden? Brauchte er plötzlich etwas Aufregenderes, eine Frau, die mit einem Schuss Glamour daherkam?

Dabei waren sie doch immer ein perfektes Paar gewesen. Er war der Socializer, der lockere, lebenslustige und unbeschwerte Typ, und sie war die Solide, Verlässliche, die sich um die grundlegenden Dinge kümmerte, damit er die Freiheit hatte, zu tun und zu lassen, was er wollte. Sie hatte nur nicht geahnt, dass dies auch eine Ersatzspielerin in der Partnerabteilung einschloss.

Das letzte Treffen mit Cara und das Mitgefühl, das es in ihr erzeugt hatte, hatte bei ihr zu einem Entschluss geführt: Sie würde ihr am Abend des Heiratsantrags noch nicht die Wahrheit sagen. Sie, Tash und Sarah würden aus der Entfernung zuschauen und – ganz gleich, wie es lief – sich anschließend zurückziehen und am nächsten Tag nach Hause fliegen. Es ergab keinen Sinn, eine Riesenszene vom Zaun zu brechen, die es für alle nur noch schmerzhafter machen würde. Geduld. Ruhe bewahren. Sollten sie ihren Augenblick doch genießen. Sie würde zu Hause die Schlösser austauschen und in Ruhe die nächsten Schritte überlegen.

Dabei gab es im Grunde gar nichts zu überlegen. Wenn es stimmte, war es aus. Wenn … Nein, kein Wenn. Wenns waren für hoffnungslose Optimisten und Träumer. Und zu denen gehörte sie nicht.

Das Klingeln an der Tür riss sie aus ihren Gedanken. Vermutlich jemand, der Spenden sammelte. Vielleicht die Pfadfinder, die Selbstgebackenes verkauften. Beim letzten Mal hatten sie ihr einen Fünfer abgeschwatzt, und sie hatte ihnen versprochen, dass sie einen Job als Verkäufer in ihrer Agentur haben könnten, wenn sie groß waren.

Barfuß lief sie nach unten. Hoffentlich war es niemand, den sie beeindrucken musste, denn sie hatte ihre älteste graue Yogahose und ein unförmiges rosafarbenes T-Shirt an und sah aus wie aus einem Achtzigerjahre-Pop-Video.

Wer auch immer vor der Tür stand, ließ dem Klingeln ein dreifaches Klopfen folgen. Laney öffnete mit einem Finger am Alarmknopf links an der Wand. Cam hatte ihn einbauen lassen, weil er so häufig unterwegs war und Sorge hatte, ein Eindringling könne ihr was antun. Was für eine Ironie!

»Tash!«

»Korrekt! Du würdest bei einer polizeilichen Gegenüberstellung einen guten Job machen. Ich wollte nur mal sehen, wie's dir geht.« Tash hatte sich schon ins Haus gedrängt. »Ich hab was zum Abendessen besorgt.«

Laney warf einen Blick auf das, was Tash in den Händen hielt, und lachte.

»Schätzchen, zwei Flaschen Wein und eine Tüte Chips gehen normalerweise nicht als Abendessen durch.«

Tash sah sie entrüstet an. »Doch, klar! Noch ein paar Zigaretten zum Nachtisch, und wir haben ein komplettes Drei-Gänge-Menü.«

Seltsam. Ihr Herz war gebrochen, sie war vor Zorn außer sich, und Tash brachte sie trotzdem noch zum Lachen.

In der Küche zog Tash einen Hocker unter der Frühstücksbar hervor, während Laney einen Korkenzieher und zwei Gläser von der Ablage über der Spüle nahm.

»Nach diesem Monat muss ich meine Leber entgiften lassen«, verkündete sie und zog den Korken aus der ersten Flasche. »Früher habe ich ein paar Gläser in der Woche getrunken, in letzter Zeit sind es ein paar Gläser am Tag. Manchmal auch mehr.«

»Du hast recht. Das muss aufhören, sonst müssen wir dich irgendwann noch aus der Gosse ziehen.«

Tash öffnete die Chipstüte und zog zwei große Becher mit Dips, Sour Cream und Salsa, aus ihrer Tasche.

»Tu mir einen Gefallen und nimm bloß nicht zwei Dips auf einmal. Ich werde verrückt, wenn ich Salsa in der Sour Cream habe.«

Für eine Chaotin wie Tash waren ihre Marotten höchst amüsant. Sie konnte hervorragend von Tequila und Junkfood leben, aber wehe, jemand vermischte die Dips.

Laney war versucht, es trotzdem zu tun, nur um zu sehen, wie sie reagierte, aber dann wagte sie es doch nicht.

»Ja, das wäre eine echte Katastrophe.« Sie schüttelte den Kopf. »Hast du schon mal überlegt, dass du nicht genug wirkliche Probleme im Leben hast, wenn du dich über so was aufregst?«

Tash antwortete, indem sie extra geräuschvoll in einen Nacho biss. Anschließend leerte sie das Glas, das Laney vor sie auf den Tresen gestellt hatte, in einem Zug.

»Und? Wie kommst du mit dem Packen voran?«

Laney seufzte. »Bin fast fertig. Ich brauche nur noch ein Paar flache Schuhe für eine schnelle Flucht.« Es war ein bewundernswerter Versuch, witzig zu sein, aber sie konnte niemandem etwas vormachen, nicht mal sich selbst.

»Und du? Alles fertig?«

»Laney, schau mich an.« Tash zeigte auf ihr Outfit. Alte, zerschlissene Jeans, die Laney schon mal bei einem *Oasis*-Konzert im Barrowland Ballroom irgendwann im letzten Jahrtausend an ihr gesehen hatte, und ein Enrique-Iglesias-T-Shirt aus der Zeit, als er diese Ballade rausgebracht hatte, die einem nicht mehr aus dem Kopf ging. *I can be your hero* … Gott!

»Das ist das Outfit einer Frau, die die Hälfte ihrer Klamotten in der Reinigung hat und die andere Hälfte in einem fertig gepackten Koffer. So würde ich normalerweise niemals unter die Menschheit gehen, aber die einzige Alternative wären Boxershorts und ein Shirt mit einer Liebeserklärung an *Iron Maiden* gewesen.« Tash trank einen großen Schluck. »Es ist seltsam, oder? Normalerweise freue ich mich auf jede Reise, aber diesmal ist es eher wie ein Höllentrip.«

Laney verstand nur zu gut, was sie meinte. »Allerdings. Mir

wird jedes Mal ganz übel, wenn ich nur daran denke, und gleichzeitig kommt es mir so unwirklich vor. Ergibt das einen Sinn?«

»Kein bisschen.« Tash trank noch einen Schluck, ehe sie das Weinglas wieder auf die Granitfläche stellte. Sie atmete tief durch, und Laney hatte das Gefühl, als wollte sie etwas Bedeutsames sagen. Sie irrte nicht. »Laney, lass uns alles absagen. Es ist wahnsinnig! Lass uns einfach in einen Zug oder in ein Flugzeug steigen, dahin fahren, wo Cam gerade ist, und ihn zur Rede stellen. Tu dir das nicht an.«

»Ich muss aber. Ich weiß ja selbst, dass es verrückt klingt. Bist du deshalb gekommen? Um mir das auszureden?«

Tash schüttelte den Kopf, und Laney sah, wie ihr schwarzer kinnlanger Bob jedes Mal wieder exakt in Position fiel. »Nein, abgesehen davon, dass uns diese Verlobung zehn Riesen einbringt, kann ich allerdings den Sinn nicht erkennen.«

»Reichen zehn Riesen etwa nicht?«

»Ich nehme Cam Cochranes Geld nur allzu gern, jedoch nicht auf deine Kosten.«

Zu ihrem Entsetzen spürte Laney, dass sich ein dicker Kloß in ihrem Hals bildete. Ein Schluck Wein konnte ihn nur teilweise auflösen. »Ich weiß, was ich tue, Tash. Und ich weiß auch, dass es brutal ist. Aber wenn ich mich schon von meiner Ehe verabschieden muss, dann soll es so wehtun, dass ich ja nicht auf die Idee komme, es noch mal mit ihm zu versuchen.«

»Verstehe.« Tash nickte. »Ich will nur, dass du zur Kenntnis nimmst, dass ich versucht habe, es dir auszureden.«

»Notiert.« Laney öffnete ein Glas Oliven, schüttete sie in eine Schale und stellte sie neben die Nachos. »Also«, begann sie und versuchte, das Gespräch in andere Bahnen zu lenken, »wir fliegen morgen nach New York. Wieso bist du hier, anstatt deinen Reservetank aufzufüllen, indem du schmutzige Dinge mit unschuldigen Männern tust?«

Tash zuckte mit den Schultern. »Irgendwie fühle ich mich nicht danach. Außerdem kenne ich niemanden, der meine verflossene Liebe zu Enrique Iglesias teilt.« Während dieser Erklärung ließ Tash die Oliven keine Sekunde aus den Augen.

»Also, raus mit der Sprache«, forderte Laney.

»Was meinst du?«

»Komm schon, Tash. Du hast einen freien Abend und babysittest ein emotionales Wrack, anstatt durch die Bars zu tingeln und dir jemanden mit weniger als fünfundzwanzig Prozent Körperfett zu suchen. Entweder du bist krank oder ... Oder ...«

»Oder was?«

Laney tat, als dächte sie ernsthaft nach. »Was anderes fällt mir nicht ein«, sagte sie schließlich. »Du musst krank sein.«

»Ich weiß nicht, ob ich mir das gefallen lassen muss«, bemerkte Tash. »Ich brauche dringend neue Freundinnen.«

Dieses Mantra wiederholte Tash, seit sie dreizehn waren. Damals hatten Sarah und Laney sie gnadenlos aufgezogen, weil sie Cargohosen trug und *All-Saint*-Songs im Jugendklub sang.

»Also. Erzählst du es mir endlich?«, beharrte Laney. »Du weißt genau, dass ich dich so lange löchere, bis ich alles weiß.«

»Was soll ich dir erzählen? Es gibt nichts. Ganz ehrlich. Ich denke, ich bin nur ... Ach, ich weiß auch nicht ... Vielleicht langweilen mich diese ganzen One-Night-Stands einfach nur allmählich.«

Laney erstarrte, die Olive auf halbem Weg zum Mund. Erst als ihre motorischen Fähigkeiten wiederhergestellt waren, gelang es ihr zu reagieren.

»Ich hätte nie geglaubt, dass dieser Tag einmal kommen würde. Das ist eine Sensation.« Tash verdrehte die Augen, aber Laney gab noch keine Ruhe. Sie schenkte ihnen Wein nach. »Seit wann genau ist das so? Dass du dich langweilst, meine ich.«

Tash zuckte mit den Schultern. »Keine Ahnung. Vor ein paar Tagen hab ich die Nacht mit Shay Dixon verbracht.«

»Er war auf meiner Liste«, stieß Laney hervor. Musste am Wein liegen. »Du weißt schon, auf dieser geheimen Wunschliste, die jeder hat, mit wem man es noch mal treiben möchte, ehe die nukleare Apokalypse kommt. Er gehörte auch dazu. Ich fand ihn immer göttlich.«

Tash konnte ihre Überraschung nicht verhehlen. »Du hast eine geheime Sexliste?«

Laney imitierte einen Ohnmachtsanfall. »Ja, Miss Langeweile hat eine Sexliste. Ich hätte sie nie abgearbeitet, aber ich habe eine.«

Tash sagte das Naheliegende. »Jetzt könntest du sie abarbeiten.«

Sie hatte nicht unrecht. Laney spürte, wie ihr Blut in den Adern rauschte. Sex. Mit einem anderen als Cam. Bis auf besagte Liste, die ein paar reiche Unternehmer und zwei, drei Hollywoodstars enthielt, hatte sie nie erwogen, jemals in ihrem Leben mit einem anderen Mann als Cam ins Bett zu gehen. Der Gedanke, jemand könnte sie berühren, ließ sie erschauern. Auch das war etwas, das das Label »zu schmerzhaft, um darüber nachzudenken« trug. Da war es viel einfacher, das Thema auf Tash zurückzulenken.

»Also Shay Dixon. Ist dabei was schiefgelaufen?«

Tash schüttelte den Kopf. »Nein, alles super. Er ist witzig und intelligent, und der Sex war göttlich.«

»Und was war dann das Problem?« Laney sah sie verständnislos an.

»Weiß auch nicht. Es kam mir einfach so anders vor. So sinnlos.«

Laney überdachte es von allen Seiten. »Ist das schon mal passiert?«

»Nein.«
»Bist du sicher, dass der Sex göttlich war?«
»Ja.«
»Hat er was Böses zu dir gesagt?«
»Nein.«
»Hat er dich gebeten, bei ihm zu bleiben?«
»Ja.«
»Hast du Nein gesagt?«
»Ja.«
»Bereust du es?«
»Nein.«
»Und mit wem warst du in letzter Zeit sonst noch zusammen?«
»Nur mit Sy von nebenan.«
»Fühlte sich das auch sinnlos an?«
Laney sah, dass Tash die Stirn runzelte und nach einer ehrlichen Antwort suchte. Während sie das tat, veränderte sich ihr Gesichtsausdruck. Sie schien erst ratlos, dann überrascht, dann verständnislos.
»Nein«, antwortete sie schließlich.

34. Kapitel

Sarah trank den letzten Schluck Tee, spülte ihre Tasse aus und stellte sie zum Trocknen auf das Abtropfgitter. Sie würde ihren gesamten weltlichen Besitz wetten, dass er dort noch stand, wenn sie zurückkam. Jetzt, da er dauernd so lange arbeitete, war im Fachbereich Hausarbeit von Leo gar nichts mehr zu erwarten. Er hatte die letzten Tage mit Filmaufnahmen verbracht, wobei er nach seinen Aussagen Stunden wartete, von denen er die meiste Zeit rumhing, um zwei Minuten Filmmaterial unter Dach und Fach zu bringen.

Nicht dass er sich beklagte. Im Gegenteil. Sarah hatte ihn noch nie so glücklich erlebt, so positiv und zufrieden. Seine Krise schien überstanden, er war fleißig und engagiert, ging manchmal schon vor Sonnenaufgang aus dem Haus und kehrte erst lange nach Einbruch der Dunkelheit zurück.

»Hey, Baby!«, rief Sarah.

In Shorts und schweißnassem Shirt kam er in die Küche. Die Joggingrunden am Morgen hatte er neu in sein Fitnessprogramm aufgenommen. Er lief jeden Morgen um halb sechs los, duschte anschließend und verließ das Haus dann endgültig gegen halb sieben. Nicht dass Sarah je Zeuge seiner Körperertüchtigung gewesen wäre, schließlich ging ihr Wecker erst um halb acht. Dies war jedoch kein gewöhnlicher Tag.

»Wann musst du am Flughafen sein?«, fragte Leo sie.

»Wir treffen uns um sieben zum Einchecken. Das Taxi müsste jede Sekunde hier sein.«

Er machte einen Schritt auf sie zu, aber sie wich ihm aus, hielt ihm nur die Lippen zum Küssen entgegen. Sie vergötterte ihn, doch ein Siebenstundenflug mit seinem Schweißgeruch an ihrem mintgrünen T-Shirt war einfach zu viel Liebesbeweis, sogar für sie.

»Ich werde dich vermissen«, flüsterte Leo, küsste sie und drängte sich näher an sie heran.

Ach was soll's, dachte Sarah und schlang die Arme um seinen Hals. Sie konnte sich ja später einfach mehr Parfüm aufsprühen.

»Ich versuche, dich von unterwegs anzurufen«, sagte sie zwischen seinen Küssen.

Leo löste sich und drehte sich um, um eine Flasche Wasser aus dem Kühlschrank zu nehmen.

»Ja klar, cool. Aber weißt du, ich hab vier megaanstrengende Tage vor mir, also sei nicht böse, wenn du mich nicht erreichst. Du verstehst schon, mit dem Zeitunterschied und allem.«

»Kein Problem. Warum rufst du mich nicht einfach an, wenn du mal Zeit hast. Ruhig auch nachts. New Yorker Zeit natürlich. Das bist du mir wert«, scherzte sie.

»Okay, aber ich weiß ja, dass du sehr beschäftigt bist. Also mach dir keine Sorgen, wenn's nicht klappt«, sagte er.

Sarah verspürte einen Anflug von Enttäuschung, die sie schnell verdrängte. War er weniger liebevoll und aufmerksam, seit er diese Rolle bekommen hatte? Definitiv. Aber das lag nur daran, dass er unter so hohem Druck stand und alles dafür tat, um seinen Lebenstraum nun endlich zu verwirklichen. Jeder andere würde sich genauso verhalten.

Das Geräusch eines heranfahrenden Taxis holte sie zurück in die Gegenwart. Ein Lächeln umspielte ihre Lippen. Sie schlüpfte rasch in ein Paar weiße Wedges, ein frühlingshafter Kontrast zu ihrem flaschengrünen Rock, setzte einen weißen Schlapphut auf und schnappte sich ihre Strohtasche.

»Ich werde dich vermissen, Baby«, sagte sie und reckte das

Kinn, damit sie ihn trotz der ausladenden Hutkrempe küssen konnte.

»Ich dich auch. Komm, lass mich den tragen.« Er nahm ihren Koffer und folgte ihr hinaus. »Bist du sicher, dass du alles hast? Reisepass? Tickets? Nicht dass du zurückkommen musst, nur weil du was vergessen hast.«

»Alles okay«, versicherte sie ihm. »Ich wusste gar nicht, dass du so gewissenhaft sein kannst.«

Am liebsten wäre sie wieder hineingegangen, ins Bett, und hätte ihm gezeigt, wie gewissenhaft *sie* sein konnte.

Der Taxifahrer, der nach einer sicher anstrengenden Nachtschicht Ringe unter den Augen hatte, warf ihren Koffer in den Kofferraum, schloss die Klappe und saß bereits auf seinem Platz, als Romeo und Julia sich endlich voneinander trennten. Entnervt verdrehte er die Augen. Wie konnte man am frühen Morgen so ein Theater veranstalten? Er hatte eigentlich gerade Feierabend machen wollen, als der Anruf kam, aber so eine lukrative Fahrt zum Flughafen ließ man sich schließlich nicht entgehen. Jetzt musste er die Kleine nur schleunigst dorthin schaffen, um vor dem Berufsverkehr zu Hause zu sein. Und da wäre es immens hilfreich, wenn das junge Glück sich ein bisschen beeilen könnte.

Sarah ließ die Tür zufallen und begann zu winken, während das Taxi aus der Ausfahrt fuhr. Sie winkte immer noch, als sie das Tor erreichten und sie feststellte, dass Leo schon hineingegangen war. Na ja, es war ziemlich kalt draußen, er sehnte sich nach einer Dusche.

Widerstrebend dachte sie an die Tage, die vor ihr lagen. Das konnte nicht gut gehen, und diese Vorstellung deprimierte sie. War es nicht das Gegenteil von dem, was eigentlich ihr Auftrag war? Sie waren doch darauf spezialisiert, Träume zu erfüllen und Menschen für den Rest ihres Lebens glücklich zu machen.

Niemals hätte sie für möglich gehalten, dass sie einmal einen Event organisieren würden, der jemandem das Herz brach. Es war alles so falsch. Trotz allen Bittens und Bettelns weigerte Laney sich, ihre Strategie zu ändern. Damit blieben Sarah und Tash zwei Möglichkeiten: einfach nicht mitzufliegen oder die Sache gemeinsam mit ihrer Freundin durchzustehen. Tash behauptete immer, es gäbe noch eine dritte Option. Aber Laney zu kidnappen und in einer Gummizelle einzusperren, während Tash und Sarah Cam zum Geständnis zwangen, würde ihre Freundschaft auf eine ernste Probe stellen.

Sarah war so damit beschäftigt, sich dieses Szenario auszumalen (Cam, an einen Stuhl gefesselt und dazu genötigt, alles zuzugeben), dass sie es fast übersehen hätte. Als sie auf die Pollokshaws Road kamen, herrschte so wenig Verkehr, dass sie eine hervorragende Sicht hatten. Als sie sich also der Stelle näherten, an der sie wenige Wochen zuvor den Unfall gehabt hatte, war sie sich ziemlich sicher, dass das Auto, das ihnen auf der gegenüberliegenden Straßenseite entgegenkam, exakt dasselbe Auto war, das Anfang der Woche bei ihnen vor dem Haus gestanden hatte.

Eine Gänsehaut überzog ihre Unterarme, als die beiden Wagen aneinander vorbeifuhren. Die Blondine in dem anderen Fahrzeug schaute in die entgegengesetzte Richtung, sodass Sarah ihr Gesicht nicht erkennen konnte.

Sie massierte sich die Arme und schüttelte den Kopf.

Diese blöde Sache mit Laney ließ sie schon überall Gespenster sehen. Je eher alles vorüber war, desto besser.

35. Kapitel

»Ladys und Gentlemen, darf ich Sie um Ihre Aufmerksamkeit bitten?«

Laneys Magen krümmte sich, und sie war froh, dass sie nicht wie Tash und Sarah vorhin auf dem Weg zum Gate noch schnell ein Schinkenbrötchen verputzt hatte. Als sie jetzt im Wartebereich saßen und die Sonne durch die deckenhohen Fenster schien, wollte sie nur noch in diesen Flieger und endlich los.

»Leider haben wir soeben erfahren«, fuhr die Bodenstewardess mit näselnder Stimme fort, »dass Flug 162 von Glasgow nach New York überbucht ist. Wir bitten Sie höflich, wenn Sie nicht aus dringenden Gründen unbedingt heute Morgen fliegen müssen, uns zu gestatten, Sie auf einen alternativen Flug umzubuchen.«

Tash setzte sich ruckartig auf. »Das ist ein Zeichen! Ein Omen! Wir sollen diesen Flug nicht antreten«, verkündete sie den anderen. Offenbar nahm ihre Flugangst panische Züge an.

»Unsinn«, widersprach Laney. »Das ist kein Zeichen, das ist einfach nur miese Organisation.«

»Ich erinnere dich später noch mal an diese Behauptung, wenn wir den Kopf auf die Knie legen müssen, weil wir notlanden.«

Tash sagte das so laut, dass eine Frau hinter ihnen sichtbar blass wurde.

Die näselnde Stewardess ding-dongte schon wieder. »Passagieren, die sich bereiterklären, auf einen Alternativflug auszuweichen, bieten wir als Entschädigung einen Gutschein im Wert von 800 Pfund an.«

Tash sprang auf, Sarah musste sie an ihrer Lederjacke festhalten, um sie daran zu hindern, sofort an den Schalter zu stürzen.

»Nein, Tash!«, zischte Laney.

Genau in dem Moment stand die blasse Frau hinter ihnen ebenfalls auf und bewegte sich auf die Flughafenangestellte am Mikrofon zu. Laney war nicht ganz sicher, ob ihr dringender Wunsch, den Flieger zu wechseln, etwas mit dem finanziellen Anreiz zu tun hatte oder eher mit der Aussicht, in derselben Maschine wie Tash zu sitzen. Jede Faser ihres Körpers drängte sie dazu, dasselbe zu tun, das Unausweichliche aufzuschieben, Zeit zu gewinnen und ganz neu zu planen, aber sie wusste, dass das unklug war. Zwanzig Minuten später saßen sie im Flieger, auf drei bequemen Ledersesseln im Mittelgang.

»Businessclass?« Sarah zog ungläubig die Augenbrauen hoch.

Laney lächelte kühl. »Ich finde, das ist das Mindeste, was Cam für uns tun kann.«

Keiner von ihnen sprach ein Wort, als sie aufs Rollfeld gezogen wurden und auf die Starterlaubnis warteten. Erst als sich das Flugzeug erneut in Bewegung setzte, beschleunigte und Tashs Fingernägel sich in ihren Unterarm krallten, kam Laney ein schrecklicher Gedanke.

Sie flog nach New York, verheiratet mit der Liebe ihres Lebens. Wenn alles planmäßig lief, würde sie als Single zurückkehren.

36. Kapitel

Der Fahrer, der das Pappschild mit dem Namen COCHRANE hochielt, sah aus, als gehörte er zur Besetzung des Musicals *Grease*. Er war groß, muskulös und dunkelhaarig.

»Wow! Wer hat uns denn dieses Sahneschnittchen geschickt?«, zischte Tash – immerhin noch so laut, dass die beiden anderen die Augen verdrehten.

Oder war das gar kein Augenverdrehen gewesen, sondern nur ein Rotieren ihrer Köpfe? Die Kombination aus Schlafmangel, acht Whiskey-Cola, vier Kaffee und einer Schlaftablette hatte eine fatale Wirkung.

Und wie. Nachdem Laney ihnen extra strikte Anweisung gegeben hatte, zu behaupten, sie kämen nur zum Urlaubmachen – es hatte irgendwas mit Visa zu tun –, hätte sie dem Kerl am Schalter, der aussah, als würde er zum Lachen in den Keller gehen, vielleicht besser nicht erzählen sollen, dass sie an einem Casting für ein Broadway-Musical teilnehmen wollte. Als Katze. Und dann zu miauen.

Gott, war sie genervt!

Laney und Sarah versuchten sie aufzumuntern, während sie sich durch die Menge schoben und dem schnuckligen Fahrer aus dem Terminalgebäude folgten. Nach einem gefühlten Halbmarathon über den kompletten Parkplatzbereich des Flughafens standen sie endlich vor einer Limousine. Tash stieg vorne ein und stellte Sekunden später fest, dass sie am Steuer saß.

»Ups! Ich hab ganz vergessen, dass hier ja alles falsch rum ist. Haha! Hatte wohl einen Whiskey und ein paar Schlaftabletten zu viel.«

Ungeschickt lief sie um die Motorhaube des eleganten schwarzen Mercedes herum auf die Beifahrerseite.

»Ich entschuldige mich für sie«, meinte Laney. »Wir haben keine Ahnung, wer das ist. Sie läuft uns schon die ganze Zeit hinterher, und wir waren einfach nur zu nett, um die Polizei zu rufen.«

Der Fahrer grinste breit. »Kenne ich. So was passiert mir auch ständig.«

»Das hab ich mal in einer Folge von *Criminal Minds* gesehen.« Tash freute sich, dass er auch darüber lachte.

Es war kurz vor ein Uhr mittags, und auf dem Lincoln Highway in Richtung Holland Tunnel herrschte dichter Verkehr. Tash plapperte ununterbrochen auf den Fahrer ein. Er schien nett zu sein. Hatte auch noch seine eigenen Zähne. Und Haare. Bis sie Manhattan erreicht hatten, hatte sie in Erfahrung gebracht, dass er Single war, zweiunddreißig, aus Hoboken stammte, Todd hieß, eigentlich Schauspieler war und nebenbei jobbte und dass sein bisheriges Karrierehighlight ein Werbespot für ein Deo gewesen war. Das wiederum erregte Sarahs Interesse. Sie beugte sich vom Rücksitz nach vorn.

»Mein Freund ist auch Schauspieler«, erklärte sie.

»Moment mal, ich muss meiner dazwischenquatschenden Freundin gerade mal einen bösen Blick zuwerfen«, meinte Tash, drehte sich um und führte ihre Drohung aus.

Todd lachte wieder. Sarah kapierte, setzte sich beleidigt zurück und unterhielt sich weiter mit Laney.

Tash liebte das! Zu flirten, zu plaudern, das Terrain zu testen und die Opfer einzuspinnen. Und es sah so aus, als würde sich Todd gerne einspinnen lassen.

Als sie in der East 78th Street ausstiegen, half Todd ihnen mit ihrem Gepäck und wartete, bis Laney und Sarah im Innern des netten kleinen Hotels verschwunden waren.

»Das klingt jetzt vielleicht abgedroschen, aber gibst du mir deine Telefonnummer?«, fragte er.

Tash sah fasziniert die kleinen Fältchen in den Augenwinkeln, die Todd beim Lächeln bekam.

Verdammt.

Sie sah in sein Gesicht, und plötzlich war es nicht mehr Todd, der Aushilfsfahrer aus Hoboken, der vor ihr stand, sondern Sy, der Nachbar, der sie mehr irritierte als ein zu enger String.

Definitiv zu viele Whiskey-Cola.

Die Erkenntnis bestärkte sie in ihrem Entschluss, dass sie Sy dringend loswerden musste. Was fiel ihm ein, auch noch in Tausenden von Kilometern Entfernung in ihr Leben einzudringen?

»Klar«, antwortete sie, nahm ihm das Handy aus der Hand und tippte ihre Nummer ein. »Wir haben beruflich hier zu tun. Bitte vergiss diese Information wieder, falls du mit jemandem verwandt oder verschwägert bist, der für die Einreisebehörde am Flughafen arbeitet. Vielleicht können wir uns trotzdem mal auf einen Drink treffen.«

Todd beugte sich zu ihr hinunter, und einen Moment lang glaubte sie, er wollte sie küssen. Wow – der ging ran! Sie wollte ihm gerade die Lippen entgegenhalten, als sie spürte, dass etwas in ihre Hand geschoben wurde. Ihre Handtasche. Gott, er hatte sie überhaupt nicht küssen wollen.

Sie würde nie wieder Whiskey trinken!

Er lachte immer noch, als er zurück ins Auto stieg und davonfuhr. In der kleinen Lobby standen Laney und Sarah am Fenster, beide grinsten.

»Wir haben bereits eingecheckt«, meinte Laney und stopfte einen Stapel Papiere in ihre Mulberry Mitzy.

»Habt ihr mich etwa gerade beobachtet?«

Tash ließ ihren Koffer fallen und hob die Hand an die Stirn wie ein Vierzigerjahre-Filmsternchen kurz vor einer Ohnmacht.

Sarah nickte. »Allerdings.«

»Und hab ich mich total zum Idioten gemacht?«

»Nicht total«, antwortete Laney ihr ehrlich. »Aber es gab definitiv Phasen außerordentlicher Peinlichkeit. Hast du gedacht, er würde dich küssen? Du hast ausgesehen, als würdest du dich innerlich auf eine Knutscherei vorbereiten.«

Tash schüttelte betreten den Kopf. »Ich weiß. Herrje, was ist nur mit mir los? Ich hab keine Lust mehr auf unverbindlichen Sex, und meine Wahrnehmung ist völlig gestört.«

Erst in diesem Augenblick registrierte sie, dass der etwas grauhaarige Concierge an der Rezeption jedes Wort amüsiert mitverfolgte.

»Oh, sorry, ich hab Sie gar nicht gesehen.« Tash spürte, dass sie rot wurde. Gott, sie war eine komplette Katastrophe. »Darf ich Sie um einen Gefallen bitten?«

Der Mann nickte. »Natürlich, Madam. Jederzeit.«

»Sollten Sie mich dabei beobachten, dass ich mich einem Mann in die Arme werfe, schicken Sie mich dann bitte sofort in mein Zimmer?«

»Natürlich, Madam«, antwortete er. Sein Lachen war noch zu hören, als die Aufzugtüren sich hinter ihnen schlossen.

37. Kapitel

Das Zimmer war nicht riesig, aber immerhin passten zwei große Doppelbetten hinein.

»Das ist ja super«, höhnte Tash. »Müssen wir uns halt seitlich aneinander vorbeischieben.«

Sie hat nicht ganz unrecht, dachte Laney. Es würde etwas eng werden, aber mit den Flügen in der Businessclass und dem Mercedes-Limousinen-Service vom Flughafen war sie ohnehin schon weit über ihr finanzielles Limit gegangen.

»Wir zahlen dreihundert Dollar pro Nacht«, erklärte sie den anderen. »Und selbst da sind schon dreißig Prozent Rabatt drin, weil Guy all seine Beziehungen hat spielen lassen.«

Tash ließ nicht locker. »Laney, wer zahlt das alles?«

»Cara – mit Cams Kreditkarte. Aber …«

»Kein Aber«, unterbrach Tash sie. »Willst du wirklich die beschissenste Zeit deines Lebens in einem Hotelzimmer erleben, in dem du mir so nah bist, dass du sehen kannst, wann ich mir das letzte Mal die Oberlippe rasiert habe?«

Trotz des Knotens in ihrem Magen musste Laney lachen. »Ehrlich gesagt nicht.«

Der Typ von der Rezeption antwortete beim zweiten Klingelzeichen. »Was kann ich für Sie tun?«

Laney holte tief Luft. »Wir haben gerade eingecheckt. Ich will mich nicht beschweren, und ich weiß, dass wir ein Zimmer mit zwei Doppelbetten gebucht hatten, aber hätten Sie vielleicht noch eins, das ein bisschen größer ist?«

Sie registrierte Tashs Handbewegungen und korrigierte die letzte Frage noch einmal. »Ich meine eins, das *viel* größer ist?«

»Natürlich, Madam. Eine Suite ist noch frei, aber ich fürchte, es gibt da eine nicht unerhebliche Preisdifferenz.«

Tash, die mitgehört hatte, hob den Daumen.

»Darf ich fragen, wie hoch diese Preisdifferenz ist?«

»Normalerweise kostet die Suite pro Nacht dreihundert Dollar mehr, aber da sie für die nächsten drei Nächte nicht gebucht ist, könnte ich Ihnen einen Nachlass gewähren und sie Ihnen für fünfhundert pro Nacht überlassen.«

Laney rechnete kurz nach. Fünfhundert Dollar. Das waren über dreihundert Pfund. Eine Menge Geld, aber wenn sie in diesem Zimmer blieben, würde Tash die ganze Zeit rumzicken. Das zu verhindern war jede Summe wert.

»Das wäre super, vielen Dank.«

Zehn Minuten später führte der nette Concierge sie in eine hübsche Ecksuite mit bodentiefen Fenstern an beiden Außenwänden. Sarah entdeckte sofort, dass es sich um Flügeltüren handelte, die auf winzige Balkone führten. Sie öffnete eine von ihnen und streckte den Kopf nach draußen.

»Wenn man sich weit genug übers Geländer lehnt, kann man bis zum Central Park sehen«, rief sie.

Die Vorstellung beunruhigte Laney. »Mach die Tür lieber schnell wieder zu, bevor Tash es versucht und unten auf dem Pflaster landet.«

Ihre Sorge war unbegründet. Tash hatte sich bereits auf eins der beiden riesigen französischen Betten fallen lassen und lümmelte sich auf dem roten Samtüberwurf. Das Zimmer war im selben Stil gehalten wie die Rezeption. Weiße Wände, Eichenparkett, dunkle Möbel. Ein Schreibtisch in der Ecke. Ein großer Kleiderschrank, in dem all ihre Klamotten Platz hatten. In einer Ecke gab es einen Kühlschrank, eine Kaffeemaschine und eine iPhone-Dockingstation. An der Wand den Betten gegenüber hing ein großer Fernseher. Davor zwei weiße Ledersofas und ein Tisch aus dunklem Walnussholz. Stylish. Cool. Luxuriös. Eine Hotelzimmereinrichtung, wie man sie aus Kinofilmen kannte. Genau so etwas hatten sie verdient, fand Laney. Cam konnte von Glück reden, dass sie nicht im Plaza abgestiegen waren.

Sarah hatte inzwischen die Minibar geöffnet und eine Cola Light herausgenommen. »Was wollt ihr trinken, Mädels?«

Laney dachte kurz nach. Der Jetlag und der lange Flug hatten ihr ganz schön zugesetzt. Vermutlich war es besser, die Finger vom Alkohol zu lassen.

»Ich nehme einen Gin Tonic«, entschied sie.

Zur Abwechslung würde sie einmal etwas Unvernünftiges tun. Man sah ja, wohin sie das andere Verhaltensmuster letztlich gebracht hatte, oder? Wer weiß, wenn sie ein bisschen unvernünftiger gewesen wäre und öfter mal einen Gin Tonic am Nachmittag getrunken hätte, wäre sie vielleicht jetzt nicht in dieser beschissenen Lage. Cara war da sicher anders. Eine typische Wein-zum-Essen-Tussi. Mit einem wilden Leben. Offenbar hatte das mehr Sexappeal.

»Alles okay mit dir?«

Sarah reichte ihr den Drink und ließ sich auf die Bettkante fallen. Laney setzte sich neben sie, trat ihre Stiefel aus und zog die Beine an. Schon wieder! Sie zog sich sogar die Schuhe aus, um nur ja nichts schmutzig zu machen – so vernünftig war sie.

»Ach, ich weiß nicht.« Sie ließ sich nach hinten fallen und stopfte sich zwei dicke Kissen in den Rücken. »Manchmal hab ich das Gefühl, ich muss mich gleich übergeben, und dann bin ich plötzlich fürchterlich traurig. Aber heute habe ich eine verdammte Wut im Bauch. Ich frage mich ständig, was sie hat, das ich nicht habe. Ich meine, abgesehen von ihrem Aussehen. Cam war doch nie einer, der nur auf Oberflächlichkeiten abfuhr. Er lachte gern mit mir. Genoss es, wenn wir uns stundenlang unterhielten. Liebte … liebte mich.«

Als sie das Ende des Satzes erreicht hatte, war ihre Stimme nur noch ein Flüstern. Sarah rutschte zu ihr, um sie in den Arm zu nehmen.

»Laney, er hat bestimmt auch eine Midlife-Crisis. Es hat nichts mit dir zu tun, er hat Probleme mit sich selbst. Und er wird es ein Leben lang bereuen, dass er die beste Frau verloren hat, die er jemals kriegen konnte.«

Laney presste sich an sie. »Das sagst du nur, weil du meine Freundin bist.« Eine dicke Träne hinterließ einen feuchten Fleck auf Sarahs Schulter.

»Klar. Aber es ist trotzdem die Wahrheit.« Sarah schüttelte nachdenklich den Kopf. »Er ist ein Idiot. Vorausgesetzt natürlich, die ganze Geschichte ist wahr.«

Die Hoffnung in Sarahs Stimme ließ Laney aufhorchen. »Glaubst du immer noch, es gibt eine Chance, dass es sich um einen dummen Irrtum handelt?«

»Vielleicht«, antwortete Sarah. »Ich kann mir einfach nicht vorstellen, dass Cam so etwas tut.«

»Aber nur, weil du immer das Gute in den Menschen siehst. Manchmal glaube ich, es wäre besser, wenn wir alle so zynisch und abgebrüht wären wie Tash. Das wäre definitiv einfacher.«

Aufs Stichwort seufzte Tash.

»Lass uns einen Schritt nach dem anderen machen, okay? Und denk immer daran, du kannst jederzeit aus der Nummer raus. Tash und ich kriegen das auch allein hin. Wenn es dir zu viel wird, sag es.«

»Versprochen.« Laney machte es sich im Yoga-Sitz gemütlich.

Sarah rutschte ans Fußende zurück und sah ihre Freundin an. »Was ist also der Plan?«

Laney brauchte nicht auf ihre Notizen zu schauen. Sie kannte jeden einzelnen Schritt genau. »Cara sagt, dass Cam heute bei ihr in Glasgow ist. Sie hat ihn dazu überredet, sich morgen freizunehmen um mit ihr zu irgendeiner Preisverleihung nach London zu fliegen. Keine Ahnung, um was es sich handeln könnte. Kategorie Bester Zwickel in einer Unterhose oder so was.«

»Du wirst tatsächlich immer mehr wie Tash«, bemerkte Sarah.

Laney quittierte das zweifelhafte Kompliment mit einer Verbeugung. »Morgen früh am Flughafen wird sie ihm dann sagen, dass sie in Wahrheit nach New York fliegen. Sie werden von demselben Fahrservice abgeholt wie wir, nur mit einer noch größeren Limousine. Sehr edel. Und dann geht's ins Carlyle. Morgen werden wir drei als Erstes dorthin fahren und ihre Suite checken, bevor sie ankommen. Ich werde Rosenblätter aufs Bett streuen, das kann Cam nicht ausstehen. Als wir letztes Jahr auf den Malediven waren, hatten wir diese ganze Romantiknummer. Ständig und überall Rosenblätter. Er reagiert total allergisch darauf.« Sie dachte kurz daran zurück, ehe sie weiterredete. »Außerdem wünscht Cara sich Champagner und für Cam Budweiser. Was seltsam ist, denn ich dachte immer, er mag lieber Miller Light. Aber ich dachte ja auch, dass er mich lieber mag als eine völlig überspannte fünfundzwanzigjährige Blondine.«

»Bleib bei der Sache«, mahnte Sarah. »Werd jetzt nicht persönlich.«

Laney schilderte lediglich die Fakten – und das war nun mal leider persönlich. Aber Sarah meinte es nur gut mit ihr, also schluckte sie weitere Randbemerkungen hinunter und fuhr fort.

»Sie müssten morgen um dieselbe Zeit ankommen, wie wir heute angekommen sind. Es gibt ein unverplantes Zeitfenster bis acht Uhr abends, über das ich gar nicht nachdenken möchte.

Dann holt die Limousine sie ab und bringt sie zum Museum. Dort warten wir bereits auf sie. Ich habe mit den Musikern besprochen, dass wir uns um sieben treffen. Ich bin ganz sicher, dass sie zuverlässig sind.«

»Hast du eine Harfinistin aufgetrieben? Und ein Streichquartett?«

»Nicht wirklich. Aber ich bin sicher, das Orchester, das stattdessen kommt, ist genauso eindrucksvoll. Es wird bestimmt schön. Ich habe Kerzen für die Treppenstufen besorgt und noch mehr Rosenblüten, aber die können wir erst kurz vor ihrer Ankunft dort arrangieren, sonst kriegen wir Ärger mit der Ordnungsbehörde.«

»Was ist mit dem Ring?«

»Den holen wir auf dem Weg zum Met ab. Cara deponiert ihn an der Rezeption des Carlyle. Ein Butler ist ebenfalls gebucht, besser gesagt ein Schauspieler, der als Butler verkleidet ist. Er soll den Ring überreichen, danach bringt die Limousine die beiden ins Mandarin Oriental. Sofern Tash nicht einen Auftragskiller aus der Unterwelt angeheuert hat, der den Transport überflüssig macht.«

Laney sah, wie unglücklich Sarah das alles machte. Es widersprach so sehr ihrem romantischen Wesen. »Du hältst mich für völlig verrückt, oder?«, fragte sie, obwohl sie die Antwort genau kannte.

Sarah lächelte traurig. »Ja. Ich finde es furchtbar, dass dir das alles passiert, Laney. Du bist zwar die Stärkste von uns, aber ich kann trotzdem nicht fassen, dass du das durchmachen musst.«

Laney nahm einen kräftigen Schluck von ihrem Gin Tonic. »Ich auch. Aber hey, es könnte noch schlimmer sein …«

»Nämlich wie?«

Sarah hatte die Frage kaum ausgesprochen, als Laneys Handy klingelte. Sie zuckte zusammen, dann angelte sie es aus ihrer

Tasche. Das Foto von Freddy Krueger erschien auf dem Display.

»Oh, Mist«, entfuhr es ihr. Sie nahm das Gespräch an, und sofort wurde ihre Stimme zuckersüß.

»Hi, Darling, wie geht es dir?«, flötete sie.

»Gut, Liebes. Ich mache mir einen schönen Tag. Die Typen von Anderson haben sich bei Euromind gemeldet. Sie sind ganz begeistert, wie die Woche gelaufen ist. Ich schätze, ich kann jetzt mit einer hübschen kleinen Bonuszahlung rechnen. Das bedeutet, wir sollten ein paar Urlaubstage buchen, Laney. Irgendwo, wo es schnucklig ist. Bali zum Beispiel. Da wollten wir doch immer noch mal hin.«

Ihr erster gemeinsamer Urlaub … Die Erinnerung war so schmerzhaft wie ein Schlag ins Gesicht.

»Klar. Gute Idee«, presste Laney mühsam hervor.

»Alles okay bei dir? Du klingst so seltsam.«

Laney riss sich zusammen. »Alles bestens. Nur diese kleine Grippe, fürchte ich.«

»Nimm eine Paracetamol, dann geht's dir gleich besser.«

Bei diesem Satz hätte Laney beinahe laut gelacht. Typisch Cam, der – voll und ganz dem Klischee über Männer entsprechend – sich für drei Tage ins Bett legte, sobald er sich auch nur einmal die Nase schnäuzen musste.

»Mach ich«, versprach sie dennoch.

»Wie ist es sonst so in Paris? Ich wünschte, ich könnte bei dir sein, Laney.«

»Sehr schön.« Den zweiten Teil seiner Bemerkung ignorierte sie. Das mit Paris war ihr Meisterstück gewesen: Sie hatte ihm erzählt, sie würde für ein paar Tage nach Paris müssen, damit er nichts Verdächtiges daran fand, wenn sie am Handy weit weg klang. »Ich hatte ganz vergessen, wie großartig diese Stadt ist. Was ist mit dir? Wie ist das Wetter in Manchester?«

Wenn er dort war. Ohne Zuhilfenahme eines Ortungsdienstes konnte sie da nicht sicher sein.

Wieder ein Zögern. Das ihr verriet, dass er jedes Wort gut überdenken musste, ehe er es laut aussprach.

»Äh … super. Aber es kommt mir so vor, als hätten wir uns Ewigkeiten nicht gesehen.«

Na, immerhin war ihm das aufgefallen.

»Es *ist* Ewigkeiten her – fast drei Wochen. So lange waren wir noch nie getrennt.« Es fiel ihr schwer, die Traurigkeit in ihrer Stimme zu verbergen.

»Du hast recht. Wir sollten nicht zulassen, dass das je wieder passiert. Ich vermisse dich so.«

Wirklich? Tust du das wirklich, Cam? Wieder sprach Laney nicht aus, was sie dachte. Wie konnte das sein? Wie konnte er sich so liebevoll und echt anhören, da sie doch genau wusste, dass er eine Affäre mit einer anderen hatte – und zwar seit Langem? Wie konnte er so sorglos durch dieses Doppelleben segeln? Er musste einen fundamentalen psychischen Schaden haben. Eine ernste Krankheit. *Infidelitus Optimus*.

»Ich vermisse dich auch«, antwortete sie. Sie sah, wie Sarah zusammenzuckte.

»Aber es ist ja nur noch für ein paar Tage«, tröstete er sie und erwischte sie kalt.

»Du kommst am Wochenende nach Hause?«, fragte sie erstaunt.

»Natürlich! Glaubst du etwa, ich hätte es vergessen?«

»Was vergessen?«

Ihre Gedanken rotierten jetzt, suchten hektisch in der Datenbank früherer Bemerkungen, um die richtige zu finden.

»Laney, hast du was getrunken?«

»Ich wünschte es.« Sie lachte, ihre Gedanken schwirrten weiter.

»Du hast doch am Wochenende deinen Eisprung. Ich hab es mir extra freigehalten und stehe dir voll und ganz zur Verfügung.«

O Gott.

Der Eisprung.

Das hatte sie vollkommen verdrängt.

Dass er es erwähnte, katapultierte ihren Schmerz auf ein ganz neues Level. Zwei Jahre hatten sie es probiert, ohne Ergebnis. Sie hatten entschieden, dass dies ihr letzter Versuch sein sollte, auf natürlichem Weg schwanger zu werden. Danach wollten sie sich einen Arzt suchen, der sie in Sachen künstlicher Befruchtung beraten konnte.

Es war ziemlich sicher, dass diese Chance vorbei war.

»Wir haben morgen hier noch ein abschließendes Dinner, danach komme ich nach Hause. Samstagmorgen bin ich da, Süße.«

Aber Moment mal. Wie konnte er am Samstag nach Hause kommen, wo er doch hier in New York sein sollte? Vermutlich würde er sich bis dahin eine neue Entschuldigung ausdenken, warum er doch übers Wochenende wegbleiben musste. Schließlich hatte Cara gesagt, dass er am Donnerstagabend bei ihr sein werde, und er log sie frech an und behauptete, er bleibe länger in Manchester. Laney schaute auf ihre Armbanduhr und rechnete kurz nach. Zwanzig Uhr. Er war vermutlich schon auf dem Weg zu ihr. Sie würden die Nacht zusammen verbringen, ehe sie morgen früh – am Freitag – zusammen zum Flughafen fuhren. Himmel, es war ganz schön schwierig, da nach dem großen Gin Tonic noch durchzublicken. Er dachte also im Moment noch, er würde nur eine Nacht mit Cara unterwegs sein, zu dieser Show. Und vermutlich hatte er vor, Cara am Samstagmorgen in ihr Apartment zu bringen, nach Hause zu eilen und zu ihr ins Bett zu springen zum Eisprungsex. Was würde er tun, wenn ihm klar wurde, dass Cara andere Pläne mit ihm hatte?

Das war seine letzte Möglichkeit, sich zu entscheiden. Wenn er zum Flughafen kam und kapierte, dass Cara ein Wochenende in New York geplant hatte. Was würde er dann tun? Würde er mitfliegen? Oder würde er sich weigern und das Versprechen erfüllen, das er ihr und dem Kind, von dem sie träumten, gegeben hatte?

Und wenn er sich für Letzteres entschied, wie groß würde sein Schock sein, wenn er feststellte, dass seine Frau mit seiner Kreditkarte in New York war, wo er mit seiner Geliebten sein restliches Leben plante?

38. Kapitel

»So ein Mist! Ich kann gar nicht glauben, dass ich eingeschlafen bin und alles verpasst habe. Also, was hast du gesagt?« Tash bemühte sich verzweifelt, den Anschluss zu finden.

»Ich hab ihm gesagt, wir würden uns Samstag sehen. Und dass ich ihn vermisse. Und liebe. Und dann hab ich aufgelegt.«

»Und danach hat sie geheult«, fügte Sarah hinzu.

»Danach hab ich geheult«, bestätigte Laney. »Aber nur ganz kurz, dann bin ich richtig sauer geworden. Und dann … Ach, ich weiß nicht, Tash. Er war so cool. So normal. Er will Samstag nach Hause kommen, um mit mir ein Baby zu machen. Das Leben soll seinen Worten nach so weitergehen wie geplant.« Sie schüttelte verbittert den Kopf.

Tash zog sich das T-Shirt aus, unter dem sie einen karierten BH trug, dann begann sie, den Reißverschluss ihrer Jeans zu öffnen. Eine heiße Dusche, danach würde sie sich wieder top fühlen. Und das obwohl es sieben Uhr in New York war, nach Glasgower Zeit also eigentlich Mitternacht.

Laneys Handy vibrierte. Sie schaute auf das Display und seufzte.

»Cara. Sie schreibt, dass er jetzt bei ihr zu Hause ist. Das wäre dann also die erste Lüge. Mir hat er nämlich erzählt, er werde heute in Manchester übernachten.«

»Dann wird der Augenblick der Wahrheit also um zwei Uhr nachts unserer Zeit sein«, stellte Tash fest und bewegte sich zu einem der beiden Bäder.

»Wie meinst du das?«, fragte Sarah, aber Laney hatte schon verstanden.

»Weil er dann am Flughafen in Glasgow eincheckt und erfährt, dass er nach New York fliegen soll. In dem Moment muss er sich entscheiden.«

Laney begann zurückzusimsen. Sie sprach jedes Wort mit, das sie an Cara tippte. *»Perfekt! Bei uns ist auch alles klar. Melde dich, sobald ihr eingecheckt habt und alles nach Plan läuft.«*

Auf dem Weg zur Dusche blieb Tash kurz stehen, um Laney in den Arm zu nehmen. Sie konnte die pure Verzweiflung, die im Gesicht ihrer Freundin stand, kaum ertragen. Wenn es das war, was eine Beziehung mit einem machte, war sie froh, keine zu haben.

»Okay, ich werde jetzt kurz duschen. Was machen wir heute Abend? Wozu habt ihr Lust?«

Sarah zuckte mit den Schultern. »Für mich ist alles okay. Sucht ihr was aus.«

Tash wusste, dass sie es ehrlich meinte, auch wenn sie etwas traurig auf das Lichtermeer unter ihnen blickte.

»Ich bin für irgendwas Einfaches«, gestand Laney. Was haltet ihr davon, wenn wir uns eine Pizza bestellen und einen Film anschauen?«

»Gute Idee.« Tash nickte. »Kommt aber trotzdem nicht infrage. Wir gehen richtig aus. Wir nehmen uns ein Taxi, fahren nach Chinatown, essen was Leckeres und arbeiten uns dann Klub für Klub ins Hotel zurück. Und ich dulde keinen Widerspruch.«

»Ja, aber …« Natürlich wieder Laney.

Tash hob die Hand, um sie zum Schweigen zu bringen. »Ich glaube, du hast meinen letzten Satz nicht verstanden. Ich weiß, Laney, es ist alles ein riesengroßer Mist. Ich würde ihn am liebsten umbringen. Aber wenn wir heute Abend hierbleiben, wird jede Minute zur Qual, und du würdest irgendwann völlig durchdrehen. Wenn wir dagegen auf Caras Rechnung schön ausgehen, dann haben wir wenigstens was zu tun, und die Nacht geht schneller vorbei.«

Die leichte Veränderung in Laneys starrer Körperhaltung signalisierte Tash, dass sie sie erreicht hatte.

Gut. Ein Punkt für die Serienhedonistin.

Eine Stunde später standen sie in der Lobby, gestylt für eine coole Nacht in New York. Sarah sah in ihrem schwarzen Maxikleid mit goldenen Plateaus und einer dicken orangefarbenen Gerbera in den Haaren atemberaubend aus. Laney trug das kupferfarbene Shiftkleid, das so perfekt zu ihrem Hautton passte und ihre braunen Augen noch dunkler erscheinen ließ. Tash hatte sich für Skinny Jeans in Lederoptik entschieden, ein schwarzes Shirt und eine Bikerjacke, die sie lässig über der Schulter trug. Die vielen Armreife machten aus dem Beerdigungslook wilden Schick.

Als sie aus der Hoteltür kamen, wartete Todd bereits mit dem Wagen auf sie.

»Na so was«, spottete Laney, als sie ihn erkannte. »Was für ein Zufall. Der heiße Todd, der die Hormone unserer zauberhaften Tash durcheinandergebracht hat, taucht genau in dem Moment vor unserem Hotel auf, in dem wir ihn brauchen.«

»Tja, an diesem Wunder können nur die Götter der Lust schuld sein.« Tash grinste. »Hey, Todd, super, dass du uns abholst. Ich dachte mir gleich, dass du genau der Typ bist, der unsere erste New Yorker Nacht so richtig interessant macht.«

Todd verbeugte sich lachend und bot ihr formvollendet seine Hand an, während er mit der anderen die Autotür aufhielt. Als Tash an ihm vorbeiging, fiel ihr auf, wie gut er roch. Richtig, richtig gut. Laney war nicht die Einzige, die gute Ideen hatte. Todd anzurufen und für den Abend zu buchen, war ein Geniestreich gewesen. Wenn es jemanden gab, der sie aus ihrer unerklärlichen Sexkrise holen konnte, dann dieser Mann, der so sinnlich nach Dolce und Gabbana Light Blue duftete.

Im Restaurant bot Laney ihm an, sich zu ihnen zu setzen, und Tash machte einen mentalen Luftsprung.

»Dann vergeht die Zeit schneller«, flüsterte Laney ihr zu. »Und wir reden nicht den ganzen Abend über Cam.«

Genauso sah Tash es auch. Todd entpuppte sich als echter Hauptgewinn. Er bestellte für sie, nachdem er ihnen versichert hatte, dass er die besten Gerichte kannte, sie lachten zusammen, plauderten angeregt und dachten fast gar nicht mehr daran, weshalb sie hier waren. Selbst Laney beteiligte sich. Tash bewunderte ihre Freundin. Laney war immer die stabile Bank in jedem Chaos gewesen. Sicher lag das mit daran, dass sie als Teenager ohne ihre Mum hatte zurechtkommen müssen. Das hatte ihr viel Kraft gegeben, und bei Gott, die brauchte sie nun dringend.

Todd unterhielt sie mit Geschichten über seine Engagements, erzählte ihnen schlüpfrige Storys über das, was sich bei seinen Auftritten im Chor eines Broadway-Musicals hinter der Bühne abgespielt hatte, und gestand, dass er seinen zweithöchsten Honorarscheck – nach dem für die Deowerbung – einer Rolle in einem Kriminalstück verdankte. Er hatte eine Leiche im Central Park gespielt.

»Mein bester Auftritt«, versicherte er ihnen beim Kaffee.

In diesem Moment registrierte Tash, dass er den Arm locker auf ihre Stuhllehne gelegt hatte. Er gefiel ihr. Aber war es nicht unschicklich, an dem Wochenende, an dem die Ehe ihrer besten Freundin zu Bruch ging, Sex zu haben? Nein, Laney würde das verstehen. Hatte sie nicht erst kürzlich gesagt, der ganze Albtraum mit Cam habe sie gelehrt, in Zukunft anders zu leben, weniger vernünftig? Und spontan einen gutaussehenden New Yorker zu vögeln fiel doch in diese Kategorie oder? Carpe diem, genieße den Tag – so hieß das doch.

Auf dem Weg zurück in Richtung Hotel stoppten sie in diversen Bars, tranken den einen oder anderen Cocktail und amüsierten sich prächtig. Als sie die vierte Bar betraten, einen irischen Pub ganz in der Nähe des Hotels, war Tash so scharf, dass sie für nichts mehr garantierte, und Sarah war völlig betrunken, was bedeutete, dass sie immer alberner wurde. Laney hingegen zeigte erste Anzeichen von Stress, was man daran merkte, dass sie ununterbrochen auf die Uhr schaute. Ein Uhr. Zehn nach eins. Viertel nach. Sie bestellten noch eine Runde. Halb zwei.

Cara und Cam fuhren jetzt zum Flughafen.

»Willst du zurück ins Hotel?«, flüsterte Tash ihr zu. »Wir können ja auch dort auf Caras SMS warten.« Laney schüttelte den Kopf. »Nein. Wozu soll das gut sein? Ich glaube, ich möchte lieber hier unter Menschen bleiben. Dann kippe ich nicht so leicht um.« Sie zeigte auf die lärmende Menge um sie herum.

Tash widersprach ihr nicht. Todds Hand hatte irgendwann in der letzten Stunde ihre gefunden, und als er kurz zur Toilette gegangen war, hatten seine Lippen kurz ihre Wange gestreift. Aber, hey, auch wenn ihre Hormone längst den Zustand eines Beinaheorgasmus erreicht hatten, sie hatte beschlossen, dass sie es für heute doch nicht weitertreiben würde. Gott, es war erschreckend, dass der Anstand bei ihr Oberhand über ihre zweifelhafte Moral gewann. Das Spontaneitätsargument funktionierte irgendwie nicht so richtig. War es nicht unschicklich, an dem Wochenende, an dem die Ehe ihrer besten Freundin zu Bruch ging, Sex zu haben? Definitiv! Mist, es war manchmal ganz schön nervend, eine gute Freundin zu sein.

Als hätte sie ihre Gedanken erraten, beugte Laney sich auf einmal zu ihr herüber, damit sie sich bei dem zunehmenden Lärmpegel um sie herum verständlich machen konnte.

»Hey, Süße, ich habe echt kein Problem damit, wenn du mit

ihm losziehen willst. Ich an deiner Stelle würde das auf jeden Fall tun. Er ist ein Knaller! Nur weil Cam ein Schwein ist, müssen wir ja nicht allen Männern abschwören.«

»Ehrlich? Würdest du mich nicht für eine miese Freundin halten?«

»Neiiiiin!« Laney lallte ein wenig. Offenbar hatte sie ein paar Drinks zu viel gehabt. »Im Gegenteil. Es würde mich aufmuntern. Mir zeigen, dass es noch Hoffnung gibt auf ein Leben danach. Wenn du Männer an Land ziehen kannst, schaffe ich das auch.«

Laney hob ihr Glas und prostete ihr zu, etwas von ihrem Gin Tonic schwappte auf ihre Hand. Entweder merkte sie es nicht oder es war ihr gleichgültig.

Todd war inzwischen von der Toilette zurück und quetschte sich wieder neben Tash. Als er ihre Beine berührte, löste dies ein kleines Feuerwerk in ihrer Beckengegend aus. Mann, war der Typ heiß! Doch sie würde standhaft bleiben – trotz Laneys Beteuerungen. Zumindest in dieser Nacht.

Sie registrierte, dass Laney schon wieder auf ihr Handy schaute. Zwei Uhr. Nichts. Keine SMS, kein Anruf. Aber die Spannung stieg merklich. Der arme Todd bemerkte es auch, und Tash sah, dass es ihn irritierte.

»Tut mir leid«, flüsterte sie ihm ins Ohr. Es fiel ihr schwer, dem Drang zu widerstehen, daran zu knabbern. »Aber meine Freundin erwartet eine echt wichtige Nachricht, und wir sind alle ein bisschen nervös.«

Zeit, eine endgültige Entscheidung zu treffen. »Kannst du uns bitte ins Hotel zurückbringen?« Seine Enttäuschung war nicht zu übersehen. »Ich weiß, was du denkst«, sagte sie und hauchte einen flüchtigen Kuss auf sein Ohrläppchen. »Normalerweise würde die Party für mich jetzt erst richtig anfangen, aber es ist … eine komplizierte Nacht.«

»Sehen wir uns noch mal, ehe ihr wieder zurückfliegt?«

Tash schaute in sein attraktives Gesicht. Sie dachte an sein tadelloses Benehmen, seinen Charme, seinen Humor und daran, dass sie ihre komplette Schuhsammlung darauf verwettete, dass er ein Sixpack unter seinem schwarzen Shirt versteckte.

»Ich hoffe es«, sagte sie. Und dann zu den Mädels: »Kommt, wir fahren ins Hotel.«

Trotz Laneys Beteuerungen war sie sichtlich erleichtert. Viertel nach zwei. Immer noch nichts. Es war zermürbend. Auf einmal wollte auch Tash nur noch zurück ins Hotel und Laney in eine Decke aus Trost hüllen.

Kurze Zeit später saßen sie im Auto. Tash hatte gerade mühsam den Protest ihrer Libido besänftigt, die energisch dagegen widersprach, sich jetzt schon von Todd zu verabschieden, als ein Geräusch sie alle aufschrecken ließ.

Das Vibrieren eines Handys.

Tash drehte sich um. Sämtliche Farbe war aus Laneys Gesicht gewichen, als sie auf das Display schaute und ... Verwirrt zeigte sie Tash und Sarah das Handy. Keine Nachricht.

Sarah kramte in ihrer Tasche, bis sie ihr Handy gefunden hatte. Ihres war es auch nicht.

Damit blieb nur ... Widerstrebend zog Tash ihre Hand von Todds Oberschenkel und griff in die Tasche ihrer Jeans. Sie gab den Code ein und wartete, bis die Nachricht geladen war.

Ein neues und ihr völlig unerklärliches Gefühl überkam sie, als sie den Namen des Absenders sah.

Sy.

Sie war versucht, es zu ignorieren, aber ihr Daumen zuckte bereits, um die Nachricht zu öffnen. *Hey, die Haus-Security meldet dich als vermisst. Du wurdest zuletzt gesehen, als du mit einem Koffer das Haus verlassen hast. Muss ich Interpol einschalten?*

Hastig drückte sie die SMS weg! Was für ein Blödmann! Was

fiel ihm ein, ihr nachzuspionieren? Er war doch nicht ihr Kindermädchen!

Noch eine Nachricht. Wütend presste sie die Zähne aufeinander. *P.S. Irgendwie vermisse ich dich.*

Das nervte! Wieso fing er auf einmal an, sie so zu erdrücken? Hatten sie nicht jahrelang eine prima Beziehung gehabt, mit gelegentlichem Sex und ohne weitere Verpflichtungen? Hatten sie sich nicht immer wieder gegenseitig zu diesem perfekten Arrangement gratuliert, weil sie so super zusammenpassten? Beide hatten dieselben Werte (nicht allzu viele) und wollten exakt dasselbe. Warum machte er das? Noch einer mit einer Midlife-Crisis? Oder war er einfach irgendwann morgens aufgewacht und hatte sich vorgenommen, alles kaputtzumachen?

Und wieso fühlte sie sich jetzt so total ernüchtert? Der Idiot hatte sogar ihren Tequila-Rausch zerstört.

Tash ballte die Hände zu Fäusten. Das reichte! Sobald sie zu Hause war, würde sie Schluss mit ihm machen. Keine erotischen Spielchen mehr. Keine heißen Flirts auf dem Flur. Ihre Beziehung würde sich künftig auf eine kurze Diskussion über das Wetter beschränken, falls sie sich zufällig im Aufzug begegneten.

Nach dieser Entscheidung schob sie ihr Handy wieder in die Hosentasche. »Alles in Ordnung?«, fragte Sarah, in dem Moment, als sie vor dem Hotel vorfuhren.

»Absolut.«

Tash nickte entschieden. Das war es. Jedenfalls spätestens, wenn sie bei Mr. Sexgott von nebenan ein paar Dinge klargestellt hatte.

Todd sah sie an. »Ruft mich an, wenn ihr morgen was unternehmen wollt oder einfach nur einen guten Fahrer braucht, der euch ein bisschen durch die Stadt fährt.«

»Wieso, kennst du einen?«

Tash konnte nicht widerstehen. Aber es lohnte sich zu sehen, wie sich seine Augen beim Lachen zusammenzogen. Er sah dabei ein bisschen aus wie … Ah, verdammt, wieso war er schon wieder in ihrem Kopf, wo sie doch gerade neben einem anderen absolut göttlichen und unglaublich heißen Exemplar der männlichen Gattung saß?

Sie schüttelte ihre Gedanken ab und tastete nach dem Türgriff. Als sie merkte, dass Todd aufspringen und aussteigen wollte, um ihr die Tür zu öffnen, wie er es bei jedem anderen Stopp gemacht hatte, legte sie die Hand auf seinen Arm.

»Lass nur, ich schaff das schon«, sagte sie und fügte »mit unglaublich guten Manieren« auf ihrer Liste hinzu. Sie lehnte sich zu ihm hinüber und küsste ihn auf die Wange. »Ich rufe dich morgen an.«

»Versprochen?«

»Versprochen«, antwortete Tash und stieg aus wie die beiden anderen, die gleich im Hotel verschwanden.

Einen Moment stand sie noch auf der verlassenen Straße, sah den roten Rücklichtern des Wagens nach, der mit der New Yorker Nacht verschmolz, und versuchte zu begreifen, was mit ihr los war. War sie tatsächlich nur betrunken? Sie hatte entschieden, dass Laney an diesem Abend absolut Vorrang hatte, und ihr Verzicht auf eine sensationelle Nacht war eine rein physiologische Entscheidung gewesen, gegen den Wunsch wesentlicher Bestandteile ihrer Anatomie.

Wie kam es dann, dass nach der Nachricht von Sy keine einzige Faser in ihr noch Sex mit dem göttlichen, heißen New Yorker Fahrer mit den guten Manieren haben wollte?

39. Kapitel

Sarah zog sich ihr kuschliges Nachthemd über und bewegte sich schwankend in Richtung Bett. In diesem Moment stürmte Tash ins Zimmer.

»Du bist nicht mehr mit ihm ausgegangen?«, fragte Laney.

Tash schüttelte den Kopf. »Nö. Ich wollte lieber bei euch bleiben.«

Laney seufzte. »Ich glaube, das ist das Netteste, was jemals jemand für mich getan hat.«

»Tja, na ja, also das wird nicht wieder passieren. Ist absolut einmalig«, antwortete Tash.

Sarah lächelte. Zumindest glaubte sie das. Sie hatte so viel getrunken, dass sie nicht ganz sicher war, ob ihre Physiognomie ihr noch gehorchte. Sie sah zu, wie Tash ihre Klamotten an Ort und Stelle zu Boden fallen ließ, einen Pyjama aus dem Schrank zog und zu ihnen in das riesige Bett kam. Sie war ganz sicher gewesen, dass Tash nicht mit Todd gehen würde. Auch wenn sie nach außen oft rau wirkte, sie würde sie niemals im Stich lassen, wenn eine von ihnen Hilfe brauchte.

So wie jetzt.

Zu dritt starrten sie auf Laneys Handy, das auf der Bettdecke lag. Völlig still.

»Okay, wir haben jetzt genau zwei Alternativen«, bemerkte Tash. »Entweder wir glotzen es die ganze Zeit an, bis sie was schreibt, oder wir tun es einfach selbst. Es ist jetzt drei Uhr nachts, das heißt also acht Uhr morgens zu Hause. Wenn es nach Caras verdammtem Plan geht, haben sie eingecheckt, sind durch den Security-Bereich und warten aufs Boarding. Schreib ihr, Laney. Ich weiß, es tut höllisch weh, aber lass es uns hinter uns bringen, damit wir endlich Klarheit haben.«

Laney regte sich nicht. »Ich kann nicht«, flüsterte sie. »Ich schaffe es einfach nicht.«

Sarah nahm das Handy an sich. »Soll ich es für dich tun?« Ihr Magen drehte sich, und das kam definitiv nicht vom Alkohol.

Laney schüttelte den Kopf, dann änderte sich plötzlich ihr Gesichtsausdruck. »Ich hab eine Idee! Schreib zuerst eine SMS an Cam. Ja, genau so machen wir es! Also, hör zu.«

Sarah machte sich bereit zum Diktat. Sie war froh, dass sie trotz ihres vom Alkohol vernebelten Hirns und der leichten Sehschwäche die Buchstaben erkennen konnte. Aber jetzt war keine Zeit mehr, nüchtern zu werden oder die Brille zu suchen. Laney brauchte sie.

»Schreib ›Guten Morgen, Schatz. Hoffe, du hast schönes Wetter in Manchester. Kann es kaum erwarten, dich morgen wiederzusehen. Liebe dich, Laney.‹ Senden.«

Sarah führte den Befehl aus und legte das Handy wieder auf das Bett. So! Das, was in den nächsten zwei Minuten passierte, konnte alles verändern.

Als das Handy vibrierte, zuckten alle drei zusammen.

Laney hielt sich die Augen zu. »Wer ist es? Er oder sie?«

Sarah schaute nach. »Er.«

Sie öffnete die Nachricht und las laut vor. »*Ich dich auch, Baby. Ja, hier scheint die Sonne. Morgen wird's noch schöner, dann sind wir endlich wieder zusammen. Ich freue mich so auf dich. Cam.*«

»Ich hasse ihn!«, zischte Tash im selben Moment, als Laney sagte: »Ich verstehe das alles nicht. Ist er jetzt mit ihr zusammen oder nicht? Sitzt er neben ihr, während er mir das schreibt und mir sagt, dass er mich liebt? Oder … oder … Werde ich jetzt völlig verrückt?«

Sarah schüttelte den Kopf. »Das macht keinen Sinn, Laney.

Ich glaube ganz sicher, dass es sich um eine Verwechslung handelt. Sie muss mit irgendeinem anderen Typen zusammen sein.«

»Aber ich habe sie doch damals beide in diesem Restaurant gesehen. Und dann sind da noch die vielen anderen Dinge, die genau passen«, wandte Tash ein.

»Ja, schon, aber nichts davon hat uns bisher einen eindeutigen Beweis geliefert, oder?«, beharrte Sarah. »Es könnte irgendwas total Schräges und Abwegiges mit einer völlig logischen und harmlosen Erklärung passiert sein.«

»Vielleicht hast du ja recht«, sagte Laney, und aus jedem einzelnen Wort quoll verzweifelte Hoffnung.

Das Handy vibrierte wieder, und wieder zuckten sie alle zusammen.

Sarah las vor. »Diesmal ist es Cara«, verkündete sie. »*Sorry, hab ganz vergessen, mich zu melden. Sitzen am Flughafen und warten aufs Boarding. Alles läuft genau nach Plan.*«

Laney sank auf ihr Kopfkissen. »Tja, es sieht so aus, als würden wir bald wissen, ob es sich um eine Verwechslung handelt oder nicht.«

40. Kapitel

»Verdammt, tut mein Kopf weh!«

Stöhnend kniff Laney die Augen zusammen, um sich gegen das grelle Tageslicht zu schützen. Gott, sie fühlte sich elendig. Ihr Kopf schmerzte. Ihr Magen drehte sich. Ihre Hände zitterten.

Doch als ihr allmählich klar wurde, was sie an diesem Tag erwartete, wusste sie, dass sie sich ohnehin so gefühlt hätte. Wenn sie nicht so betrunken gewesen wäre, wäre sie mit Sicherheit die ganze Nacht wach gewesen und im Zimmer auf und ab gelaufen. So hatte sie wenigstens etwas Schlaf gehabt. Oder besser gesagt, ein paar Stunden selbst herbeigeführtes Koma.

Sie angelte ihr Handy vom Nachttisch und schaute auf den Bildschirm. Eine SMS. Ihr Herz pochte, bis sie die Nachricht öffnete und feststellte, dass sie von Matt war. Vom netten lieben Buchhalter Matt.

Hoffe, es geht dir gut. Ruf mich an, damit wir die nächsten Schritte beraten können.

Das machte sie noch trauriger. Es gab also tatsächlich nette Männer auf dieser Welt. Was für eine Schande, dass sie sich ausgerechnet einen ausgesucht hatte, der es nicht war.

Laney setzte sich auf und versuchte, den Schwindel in ihrem Kopf zu ignorieren. Sarah, die neben ihr lag, wachte auf.

»Hey, du Schlafmütze! Es ist Zeit, meiner Ehe den Todesstoß zu geben.«

Sarah schlug die Augen auf und schloss sie sofort wieder. »Oje, das tut weh! Warum haben wir uns das angetan? Warum nur?«, jammerte sie.

»Um uns zu betäuben«, antwortete Laney und versuchte aufzustehen. »Glaubst du, wir brauchen medizinische Unterstützung, um Tash zu wecken?«

Sarah schüttelte den Kopf und zuckte zusammen, als der Schmerz bis in ihre Nervenenden schoss. »Nein. Pass auf.« Sie schüttelte Tash. »Tash! Tash! Wach auf! Christian Bale ist im Fernsehen!«

Tashs Augen öffneten sich blitzartig, und sie schoss wie ein HB-Männchen in die Höhe.

»Morgen«, zwitscherte sie und starrte dann auf den Fernseher. »Du blöde Kuh, du hast mich angelogen. Na gut. Wie geht's euch heute?« Das klang nicht mehr ganz so fröhlich, aber trotzdem erstaunlich lebendig.

Laney sah sie ungläubig an. »Tut *dir* der Kopf nicht weh?«

»Nö, kein bisschen.«

»Und was ist mit einer trockenen Kehle, müden Knochen oder Übelkeit?«, forschte Sarah.

»Fehlanzeige.«

»Herrje, das glaub ich nicht ...«

»*Und* ich stehe kurz vor dem Verhungern«, ergänzte Tash.

Die beiden anderen stöhnten.

Tash rief den Zimmerservice an und bestellte Toast, Eier und Speck, dann verschwand sie im Bad, aus dem sie nach zehn Minuten geduscht herauskam. Laney und Sarah hatten sich bis zum Sofa geschleppt, wo sie nun darauf warteten, dass die große Dosis Ibuprofen, die sie beide geschluckt hatten, endlich wirkte.

»Wie geht es dir denn, abgesehen von deinem Kater?«, fragte Sarah.

»Ehrlich gesagt bin ich ganz froh über die Schmerzen«, antwortete Laney. »Es lenkt mich ein bisschen von allem anderen ab. Ich kann gar nicht glauben, dass es heute geschieht. Es fühlt sich so surreal an. So als würde ich alles nur von außen sehen.«

Sarah nickte mitleidig. »Ganz gleich was passiert, Laney, du wirst es überleben. Allerdings kann es sein, dass du dir eine gute Entschuldigung einfallen lassen musst, wenn es doch nicht dein Cam ist und du ihm erklären musst, wieso du nicht zu Hause bist, wenn er morgen früh zurückkommt.«

Laney lächelte traurig. »Ich wünschte, es wäre so. Aber ich glaube einfach nicht mehr daran.«

»Woran glaubst du nicht mehr? Dass Cam Cochrane nach heute noch immer in Besitz seines Penis ist?« Tash kam aus dem Bad zurück und rubbelte ihre nassen Haare trocken.

»Tash!«, tadelte Laney leise. »Du schaffst es, alles auf Gossenniveau zu reduzieren, weißt du das?«

»Na klar. Ah, Frühstück, endlich!«, rief sie, als es an der Tür klopfte.

Es dauerte eine weitere Stunde, bis die drei sich endlich auf den Weg zum Carlyle machten. Sie beschlossen, zu Fuß zu gehen, um wieder einen klaren Kopf zu bekommen.

Als sie die Lobby des Hotels betraten, war das wie der Eintritt in eine andere Welt. Ein flauschiger beiger Teppich, Tapeten in gedämpften Cremetönen mit Goldmustern. Laney sah sich staunend um, dann fiel ihr wieder ein, warum sie hier waren.

An der Rezeption erklärte sie der höflichen jungen Dame mit dem französischen Akzent, wer sie waren und was sie vorhatten. Die Buchung war auf den Namen der Agentur erfolgt und die Rechnung bereits bezahlt, sodass sie problemlos den Schlüssel erhielten. Vorher gaben sie allerdings noch eine strikte Anweisung: Wenn Miss Deacon auftauchte, musste sie unbedingt ganz normal unter ihrem Namen einchecken, damit ihr Begleiter ja nicht misstrauisch wurde und die geplante Überraschung misslang. Ach, und alle weiteren Kosten würde Miss Deacon beim Auschecken begleichen.

Die Dame an der Rezeption nickte nur, als wären außergewöhnliche Bitten für sie etwas völlig Normales. Vermutlich war das in diesem Hotel, in dem viele Promis aus aller Welt abstiegen, tatsächlich so.

Ein Concierge begleitete sie zu den Aufzügen und zeigte ihnen das Zimmer. In der Superior Suite im sechzehnten Stock stand ein riesiges Bett, daneben befand sich eine separate Lounge, die ebenso elegant dekoriert war wie die Lobby. Dazu gab es von hier oben einen grandiosen Blick über die Stadt. Erst als sich der Concierge zurückgezogen hatte, stellte Laney fest, dass sie die ganze Zeit die Luft angehalten hatte. Als sie endlich ausatmete, rollten ihr zwei große Tränen über die Wangen. Tash legte schnell den Arm um sie.

»Laney, tu dir das nicht an. Geh wieder nach unten und warte in der Lobby auf uns. Sarah und ich machen das schon. Oder lass uns alle zusammen verschwinden. Ich kenne eine gute Bar, in der wir unseren Kummer ertränken können.«

Laney wischte sich die Träne mit dem Ärmel ihres Poloshirts fort. »Danke, Tash, aber ich schaff das schon.«

»Sicher?«

»Absolut.« Wenn es tatsächlich Cam war, musste sie es sehen – und wenn er es nicht war, hatte sie eine Verantwortung gegenüber ihrer Kundin, dass ihr Tag genauso totaaal irre ablief, wie sie es sich immer erträumt hatte.

In den nächsten zehn Minuten arbeiteten sie schweigend, bereiteten den Raum vor, so wie sie es schon viele Male zuvor getan hatten. Rosenblütenblätter wurden auf das Bett gestreut, die Minibar mit Budweiser-Flaschen bestückt. Caras iPod Nano mit ihren ganzen Lieblingssongs kam in die Dockingstation.

Laney empfand einen Hauch von Schadenfreude, als der erste Song lief. Cam hasste Mariah Carey.

Irgendwann klopfte es an der Tür. Ein Hotelangestellter brachte den silbernen Champagnerkühler, den sie geordert hatten. Er wurde mit einer Flasche von Caras Lieblingschampagner bestückt.

Laney schaute auf ihre Armbanduhr. Wenn der Flieger pünktlich war, würden Cam und Cara in ungefähr einer Stunde im Hotel sein, je nach Andrang bei der Einreise und Verkehr unterwegs. Ihr war übel, ihre Beine zitterten, und sie wünschte sich nichts sehnlicher als ihr Zuhause, ihr Bett, ihre Bettdecke.

Traurig warf sie einen letzten Blick in den wunderschön dekorierten Raum, dann ging sie mit den anderen hinaus. Sie warteten in einem kleinen Café auf der gegenüberliegenden Seite. Von hier aus konnte man den Hoteleingang gut sehen. Laney würde ein einziger Blick genügen, um zu erkennen, ob der Mann, der mit seiner künftigen Verlobten das Luxushotel betrat, ihr Ehemann war.

Tash bestellte sich einen Zimt-Bagel und einen großen Cappuccino, Sarah wählte einen Toast und einen Skinny Latte, und Laney entschied sich für einen Kaffee. Schwarz, stark und kräftig. Die Schmerzmittel und die beiden Flaschen Wasser, die sie getrunken hatte, hatten ihr Kopfweh ein wenig gelindert, nicht jedoch ihren Herzschmerz und ihre Traurigkeit. Wortlos starrten sie aus dem Fenster.

Irgendwann griff Tash zu ihrem Handy. »Ich hab eine Idee.« Sie hämmerte eine Nachricht hinein. »Ich wüsste gern, ob Todd sie heute gefahren hat. Du hast doch denselben Fahrservice gebucht, oder?«

Laney nickte. »Ja, aber es gibt dort sicher Hunderte von Fahrern. Wie groß ist die Chance, dass ausgerechnet …«

Tashs Handy vibrierte, und sie las die Antwort laut vor. »*Hab gerade ein schottisches Paar vom Flughafen abgeholt. Bringe sie jetzt ins Carlyle.«*

Wann werdet ihr dort sein?, schrieb Tash.

In ca. 20 min, antwortete Todd, und Tash gab die Info an die Freundinnen weiter.

»Ich kriege gleich einen Herzanfall«, flüsterte Laney.

Sie schauten weiter stumm hinaus. Keine Limousine in Sicht. Und … meine Güte, wieso hielt denn ausgerechnet jetzt dieser Laster dort?

Ein riesiger LKW mit einem Getränkelogo an der Seite hatte genau vor ihrem Aussichtsplatz geparkt. Der Fahrer streckte den Kopf aus dem Seitenfenster und unterhielt sich mit einem Polizisten auf einem Fahrrad.

»Komm, mach schon! Fahr endlich weiter.«

Es waren höchstens fünf Minuten, aber sie fühlten sich an wie eine Stunde. Dann winkte der Lastwagenfahrer dem Cop endlich zu und gab die Sicht auf den Eingang des Carlyle wieder frei.

»Wir haben sie bestimmt nicht verpasst«, sagte Sarah zuversichtlich. »Aber sie müssten jede Minute kommen.«

Wieder starrten sie hinaus. Und starrten und starrten.

»Oje, ich halte das nicht mehr aus«, stöhnte Tash und kramte erneut ihr Handy hervor.

Wann kommt ihr?, schrieb sie.

Das Warten auf eine Antwort war quälend. Die Nachricht katastrophal. Mit belegter Stimme las Tash vor: *»Sie sind schon da. Ich bin unterwegs zum nächsten Auftrag. Sehen wir uns später?«*

»Verdammt!«, zischte Tash.

Laney richtete den Blick wieder auf das Gebäude vor ihnen. Im Geiste zählte sie die sechzehn Stockwerke ab und fixierte die Fenster in dieser Etage. Das Zimmer, das sie für Cara gebucht hatten, lag auf der anderen Seite des Gebäudes, aber das spielte keine Rolle. War er dort? Schaute sie auf das Gebäude, in dem ihr Ehemann gerade Budweiser trank und sich über die Überraschung seiner Geliebten freute? Nahm er sie gerade in den Arm? Oder betrachtete er die Rosenblüten und fragte sich, wo er schnellstmöglich ein Antiallergikum herbekam?

41. Kapitel

»Am liebsten würde ich gleich wieder losziehen und mich betrinken«, verkündete Sarah. »Da vergeht wenigstens die Zeit.«

Der Nachmittag hatte sich endlos hingezogen. Sie waren in ihr eigenes Hotel zurückgekehrt und hatten versucht, ein bisschen zu schlafen. Es war nur Tash gelungen. Sarah und Laney hatten die ganze Zeit auf dem Sofa gelegen und auf den Fernseher gestarrt. Dabei konnte Sarah sich nicht mal erinnern, was sie gesehen hatten. Irgendeine Soap. Und danach noch eine Quizshow. Irgendwie war in ihrem Kopf nichts angekommen – sie war viel zu sehr damit beschäftigt zu überlegen, wie sie Laney helfen konnten, die drohende Katastrophe am Abend zu überstehen.

Laney kam aus dem Bad und zog eine Jacke aus dem Kleiderschrank. »Okay, ich bin fertig«, sagte sie mit tonloser Stimme.

Die anderen beiden wussten, dass es keinen Sinn machte, sie zur Umkehr zu bewegen. Das hatten sie jetzt schon so oft versucht.

»Du siehst aus wie eine Ninja-Kämpferin«, meinte Tash, als sie Laneys Outfit sah.

Sie hatte recht. Schwarze Hose, schwarzer Pulli, schwarze Stiefel, schwarze Jacke und ein passendes Tuch.

»Ich bin in Trauer«, antwortete Laney.

Aber der Witz funktionierte nicht, weil er zu nah an der Wahrheit war. Sarah und Tash konnten den Schmerz, der sich in ihrem Gesicht in jede Sorgenfalte gegraben hatte, genau erkennen.

Die drei hatten in ihrem Leben schon einer Menge Stürme getrotzt, aber als sie sich jetzt zum zweiten Mal auf den Weg ins Carlyle machten, sprach keine von ihnen ein einziges Wort. Es gab eben Situationen, für die es keine Worte gab.

An der Rezeption übernahm Laney die Führung. Sie sprach dieselbe junge Frau an, die ihnen schon am Vormittag geholfen hatte.

»Haben unsere Kunden inzwischen eingecheckt, Marianne?«, fragte sie mit einem Blick auf das Namensschildchen der Französin. »Ist alles glatt gelaufen?«

»Ja, Madam. Die beiden machten einen sehr glücklichen Eindruck.«

»Gut. Ich glaube, Miss Deacon hat hier etwas für mich hinterlegt.«

»Das hat sie.«

Marianne sprach eine Kollegin an, die in einem Nebenraum verschwand und mit einer kleinen Schachtel und einem Formular zurückkehrte. Laney unterschrieb wie verlangt und nahm die Schachtel in Empfang.

Sobald sie das Hotel wieder verlassen hatten, blieb Tash stehen. »Los, mach schon auf!«, drängte sie. »Lass sehen! Lass sehen!«

Sarah war die Panik in Laneys Augen nicht entgangen. »Das ist doch nun wirklich nicht nötig«, widersprach sie und stieß Tash heimlich in die Seite. »Wirklich nicht, Laney.«

»Doch«, flüsterte Laney mit brüchiger Stimme.

Die drei drängten sich dicht aneinander, als sie die dunkelblaue Seidenschatulle mit zitternden Händen öffnete. Das, was Sekunden später zum Vorschein kam, war so absurd, dass Sarah beinahe laut gelacht hätte. Ein gigantischer pinkfarbener Stein, in der Größe eines Eiswürfels, umgeben von winzigen Diamanten.

»Ich glaube, so einen hatte meine Barbie-Puppe auch«, rief Tash und sprach aus, was alle dachten.

»Tash, du hattest doch nie eine Barbie-Puppe«, entgegnete Laney.

»Okay, aber wenn ich eine gehabt hätte, hätte sie genau so einen scheußlichen pinkfarbenen Protzring gehabt wie diesen.«

Trotz ihres Kummers, oder vielleicht auch deswegen, entfuhr Laney ein hysterisches Kichern, das sich wie ein Virus auf die anderen übertrug. Ehe Sarah es verhindern konnte, hielt sie sich den Bauch und schnappte nach Luft. Tränen liefen ihr übers Gesicht. Es dauerte fünf Minuten, ehe sie sich beruhigte und wieder reden konnte.

»Ich glaube, ich werde noch völlig verrückt«, keuchte Laney.

Dann, dachte Sarah, werden wir alle verrückt.

Zehn Minuten später bogen sie in die 5th Avenue ein, und das Metropolitan Museum lag direkt vor ihnen in der Abendsonne. Sarah war schon mehrmals in Manhattan gewesen und ärgerte sich jetzt, dass sie dieses architektonische Meisterwerk noch nie aufgesucht hatte. Majestätisch war es. Prächtig. Würdevoll. Absolut atemberaubend. Sie hatte immer geglaubt, am schönsten sei ein Heiratsantrag in der Natur, aber jetzt wurde ihr klar, dass auch dies hier eine spektakuläre Kulisse für den romantischsten Augenblick im Leben eines Menschen war. Sollte Leo jemals beschließen, um ihre Hand anzuhalten, wäre dieser Ort für sie durchaus akzeptabel. Oder war das alles ohnehin nur Wunschdenken ihrerseits?

Die Verkäufer in den kleinen Wagen, die am Straßenrand Hot Dogs, Pommes frites und Donuts verkauften, machten allmählich Feierabend. Einige von ihnen gingen bereits, andere packten noch zusammen. Laney lief voraus, die Treppe hinauf bis zu den verschlossenen Türen des Museums. Ein einsamer Mann im Smoking stand dort, das graue Haar zurückgekämmt wie ein Vierzigerjahre-Filmstar.

»Clark?«, fragte Laney und streckte ihm die Hand hin.

»Ja, Madam.« Er lächelte.

»Ich hab Sie gleich erkannt. Ich freue mich, Sie kennenzulernen, und danke, dass Sie uns heute Abend aushelfen. Hat man Ihnen gesagt was Sie tun müssen?«

»Ja, natürlich. Ich soll einen Ring übergeben. Ein Heiratsantrag, vermute ich?«

Laney nickte und zog die Schachtel aus der Tasche. Sarah registrierte genau, wie schwer ihr das alles fiel. Sie unterbrach ihre Freundin einfach.

»Also, das Paar kommt in einer Limousine in …«, sie schaute auf ihre Armbanduhr, »… in ungefähr einer Stunde. Wenn Sie rechtzeitig unten stehen könnten, um die Wagentür zu öffnen, wäre das perfekt. Die beiden werden dann die Treppe hinaufgehen und dort stehen bleiben.« Sie zeigte auf einen Treppenabsatz in der Mitte, der etwas breiter war als die anderen. »Wenn Sie dann bitte auf sie zugehen, dem Herrn den Ring reichen und sich danach wieder zurückziehen. Anschließend erfolgt der Heiratsantrag, und das Paar kehrt zum Wagen zurück. Dann müssten Sie noch einmal die Türen zum Einsteigen aufhalten. Das wäre es auch schon. Oder hab ich was vergessen, Laney?«

»Nein.«

»Entschuldigen Sie bitte, ich habe Ihren Akzent gehört. Ist eine von Ihnen zufällig Mrs. Cochrane?«

»Ja, ich«, antwortete Laney, und alle drehten sich zu dem eleganten Neuankömmling um.

Sie schauten in das strahlende Gesicht eines Afroamerikaners. Er war Anfang sechzig und trug einen weißen Anzug, dazu ein mehrfarbiges Hemd und einen weißen Filzhut.

»Ich bin Lincoln. Wir haben telefoniert. Ich freue mich, Sie kennenzulernen.«

»Ganz meinerseits, Lincoln.«

Es war das erste echte Lächeln, das an diesem Tag über Laneys Lippen kam. Sarah blickte an ihm vorbei und sah eine Gruppe Männer im Hintergrund warten. Alle waren genauso gekleidet wie Lincoln und hatten Blasinstrumente dabei. Sie zählte zwei Trompeten, zwei Saxophone und eine Posaune.

»Wo sollen wir uns aufstellen?«, fragte Lincoln. »Und bleibt es bei den Stücken, die wir am Telefon besprochen haben?«

»Unbedingt.« Laney nickte. »Ich denke, es wäre am besten, wenn Sie sich vor der Tür positionieren würden. Dort ist die Akustik sicher gut, gleichzeitig ist es nicht so laut, dass das Paar seine eigenen Worte nicht mehr versteht.«

»Klingt perfekt.« Er winkte seine Orchestermitglieder zu sich.

»Danke, Lincoln. Wir verschwinden jetzt. Ihr Einsatz beginnt in dem Augenblick, in dem die Limousine kommt und Clark die Tür öffnet.«

»Sie können sich auf uns verlassen«, versicherte er und lächelte versonnen. »Ein perfekter Abend für ein Liebespaar.«

»Laney …« Sarah sah die Freundin an wie ein Kind, das man beim Naschen ertappt hatte. »Solltest du nicht ein Streichorchester mit Harfe engagieren?«

Laney sah unschuldig zurück. »Vielleicht.«

»Und ist Lincoln der Dirigent eines Streichorchesters mit Harfe?«

»Vielleicht nicht.«

»Und wieso …« Amüsiert betrachtete Sarah das hintergründige Lächeln, das über Laneys Gesicht huschte.

»Mein neues Lebensmotto«, erklärte Laney schulterzuckend. »Ich habe beschlossen, einfach mal alles anders zu machen.«

42. Kapitel

Orchester? Erledigt. Butler? Erledigt. Rosenblütenblätter? Erledigt. Fotograf, nein, Videograf? Erledigt. Feuerwerk? Keine Chance. Laney hatte sich eingehend erkundigt. Es war im gesamten Staat New York strengstens verboten, ein Feuerwerk abzubrennen. So verlockend es war, Cams und Caras intimen Augenblick von der New Yorker Polizei stören zu lassen, sie hatte sich dagegen entschieden. Stattdessen hatten sie hundert Kerzen von einer Kerzenmanufaktur in Midtown geordert und auf den Stufen aufstellen lassen. Die Kerzen standen nun wie ein Spalier auf beiden Seiten der Treppe. Es sah wunderschön aus. Wenn Cara sich über den Mangel an explosiven Farben beklagte, würde Laney einfach argumentieren, dass die Alternative gewesen wäre, ihre erste Nacht als Verlobte im Gefängnis zu verbringen. Und ihre Verhaftung wäre von dem Mann mit der Kamera, der gerade erschienen war und sich in einiger Entfernung diskret hinter einem der großen Pfeiler positioniert hatte, minutiös aufgezeichnet worden – so wie die gesamte Aktion.

Als sie nun noch einmal das Gesamtbild betrachtete, spielten ihre Nerven verrückt. Irgendwie war es einfacher, Aufgaben zu erfüllen, zu organisieren und zu kontrollieren. Wenn sie zurücktrat, durchatmete und das Ganze mit etwas Abstand betrachtete, setzte sofort der Schmerz wieder ein.

Tash sah es und legte ihr fürsorglich den Arm um die Schulter. »Wie fühlst du dich?«

»Schrecklich«, antwortete sie ehrlich. »Es ist so, als würde man einen Unfall in Zeitlupentempo auf sich zukommen sehen.

Man weiß genau, dass man nichts tun kann und keine Chance hat, ohne Verletzungen davonzukommen. Ohne sehr schwere Verletzungen.«

»Laney …«

»Sag mir jetzt bloß nicht, ich soll lieber gehen. Das kommt nicht infrage.«

Tash hob die Hände. »Schon gut, schon gut. Aber wir sollten uns nun dringend verstecken, sie können nämlich jeden Moment hier auftauchen.«

Laney nickte und warf einen letzten Blick auf die Szene, die sie geschaffen hatten. Die Scheinwerfer, die das alte Gebäude wunderschön beleuchteten. Der malerische Anblick der Kerzen und Rosenblüten. Und die untergehende Sonne, die den Himmel in eine Mischung aus Blau-, Orange- und Gelbtönen tauchte und zusätzlich einen wunderbaren Hintergrund zauberte.

Eines musste man Cara lassen: Sie nahm zwar einer anderen den Ehemann weg, aber sie tat es wenigstens mit Stil.

Laneys Handy vibrierte, und sie schaute kurz auf das Display. Matt, der nette Buchhalter. *Bin jederzeit bereit, wenn du es bist,* las sie. Im Moment konnte sie sich nicht vorstellen, das jemals zu sein. *Danke. Melde mich bald,* schrieb sie zurück.

Laney verstaute das Handy wieder in ihrer Hosentasche, hob den Daumen in Richtung Lincoln und Clark und wartete, bis beide das Zeichen erwiderten.

»Okay, Mädels, lasst uns von hier verschwinden.«

Tash und Sarah nahmen sie in die Mitte und hakten sich bei ihr unter. Dies war gewöhnlich der aufregendste Moment. Alles war perfekt vorbereitet, und sie mussten nur noch zusehen, wie es lief. Doch dieses Mal verspürte Laney statt Aufregung Übelkeit, Grauen und Horror. So schlecht war es ihr seit dem Augenblick, als ihre Mutter sie damals verlassen hatte, nicht mehr gegangen. Wenn die Mädels sie nicht festhielten, würden spätestens jetzt ihre Beine wegsacken.

Sie stellten sich in den Hauseingang eines prächtigen Sandsteingebäudes und versteckten sich sicherheitshalber noch hinter einem schwarzen Metallgitter. Sie waren nur dreißig Meter entfernt, aber Laney war ganz sicher, dass sie hier unentdeckt bleiben würden. Sie war allerdings nicht sicher, ob das gut oder schlecht war.

»Hier, bitte.« Tash zog drei kleine Ferngläser aus ihrer Tasche. Sie hatten sie bei jedem Job dabei, um notfalls auch aus der Entfernung jede Einzelheit genau mitverfolgen zu können. »Alles okay?« Tash drückte Laneys Hand.

Laney nickte. Die nächsten zehn Minuten musste sie irgendwie durchstehen. Ein letzter Blick auf die Treppe. Alles war genau so, wie sie es sich vorgestellt hatten. Ein paar Touristen liefen vorbei, einige Studenten saßen unten auf den Stufen, ein paar New Yorker führten winzige Hunde an der Leine spazieren und warfen neugierige Blicke auf die Kerzen, Clark und die Musiker. Einige blieben stehen, um zu warten, was passierte, aber zum Glück in respektvoller Entfernung.

»Da kommt der Wagen«, sagte Sarah leise.

Laney drehte den Kopf in die Richtung, in die ihre Freundin zeigte. War er das wirklich? Es gab sicher Hunderte von Limousinen in Manhattan, es konnte sich auch um eine völlig andere handeln. Wie hoch war die Chance, dass dies die richtige war? Wie hoch war die Chance, dass darin die beiden Menschen saßen, die ihr Leben zerstören würden?

»Oje, er wird langsamer. Das sind sie! Gott, ich kriege keine Luft mehr!«

Laney wusste nicht, mit wem sie sprach und ob sie überhaupt jemand hören konnte. Ihr Herz hämmerte viel zu laut. Fall jetzt nicht in Ohnmacht. Fall nicht in Ohnmacht. Fall nicht in Ohnmacht, redete sie sich ein, aber ihre schlotternden Knie schienen es nicht mitzubekommen.

Der elegante Wagen hielt am Fuß der Treppe, im selben Moment trat Clark vor und öffnete die Hintertür. Laney sah, dass er sich in den Innenraum beugte und jemandem hinaushalf. Sie sah einen Arm, eine nackte Schulter, blonde Haare, ein Gesicht …

Mit einem unterdückten Schrei hob Laney das Fernglas vor die Augen. Cara saß umwerfend aus. Ihre makellose Haut war sonnengebräunt, sie hatte das blonde Haar zu einem perfekten Chignon gekämmt. Einige Strähnen hatten sich gelöst und fielen locker in ihr hübsches Gesicht. Laney konnte das rote Kleid erkennen, ein atemberaubendes Teil. Cara sah aus wie ein Haute-Couture-Model, lebendig gewordene Perfektion.

Auf einmal tat sie Laney wieder leid. Das Mädchen hatte einen anständigen Mann verdient. Einen, der sie liebte und umsorgte. Nicht einen, auf den zu Hause eine Ehefrau wartete.

»Komm schon, komm schon, komm schon«, flüsterte Tash neben ihr, während Sarah auf der anderen Seite so still war, dass Laney nicht sicher war, ob sie überhaupt noch atmete.

Cara blieb kurz stehen, beugte sich zurück zum Wagen, streckte ihre Hand aus und wartete, dass ihr Liebster ebenfalls ausstieg.

Oben auf der Treppe stimmten Lincoln und seine Musiker den ersten Song an. *Moon River*. Sarahs Schweigen mündete in ein leises Schluchzen.

Plötzlich schossen die Gedanken wie Maschinengewehrsalven durch Laneys Kopf. Es war nicht Cam. Es war jemand anders. Ein Scherz. Eine Sequenz für eine Fernsehshow. Oder ein Traum. Ja, das war es! Die letzten drei Wochen waren ein Traum gewesen, und sie würde jede Sekunde aufwachen, in ihrem Bett, mit dem Mann, mit dem sie zusammen alt werden wollte.

Eine Hand. Mehr nicht. Nur eine Hand. Sie griff nach Cara, ein schwarzer Jackettärmel rutschte hoch, die Manschette eines weißen Hemdes blitzte auf. Cara machte nun einen Schritt zurück, damit er ganz aussteigen konnte …

Laney konnte nur seinen Rücken sehen, aber das reichte. Das blonde Haar, die breiten Schultern, der leicht unstete Gang …

Cara löste den Blick nicht von seinem Gesicht, als sie hinaufgingen. Mit jedem einzelnen Schritt bekamen die drei in ihrem Versteck bessere Sicht.

»Verflucht!«, entfuhr es Tash.

Laney hatte dem nichts hinzuzufügen. Es war kein Irrtum. Keine versteckte Kamera, kein Scherz. Und ganz gleich, wie sehr sie sich das wünschte, es war auch kein böser Traum.

Es war wirklich. Echt. Und das Ende von allem.

Laney konnte nicht schreien, und sie konnte nicht weinen. Alles, was sie tun konnte, war zuzusehen, wie ihr Ehemann langsam mit seiner Geliebten die Treppe zum Metropolitan Museum of Art hinaufging.

43. Kapitel

Auf dem Video war jede noch so kleine Einzelheit festgehalten. Die junge Frau im roten Kleid ging voran, auf der Mitte der Treppe wartete ein Butler. In der rechten Hand hielt er ein Silbertablett mit einer kleinen dunkelblauen Samtschachtel. Die junge Frau im roten Kleid mit den leuchtenden Augen, ein strahlendes Lächeln im Gesicht, drehte sich zu ihrem Geliebten um und wartete, bis er instinktiv verstand, was er tun sollte.

Er nahm die Schachtel, öffnete sie so, dass nur er den Ring darin sehen konnte. Ein kurzes Erstaunen im Gesicht, ein beinahe unsichtbares Kopfnicken, dann fiel er auf die Knie. Das Kerzenlicht spiegelte sich in ihren Augen, Passanten blieben stehen und sahen mit offenen Mündern zu.

Die Stimme des Mannes war fest, er sprach so laut, dass man ihn über das Mikrofon gut verstehen konnte.

»Liebes«, sagte er und nahm ihre linkte Hand in seine. Ein kurzes Zögern. Ein tiefer Atemzug. »Willst du mich heiraten?«

Die junge Frau im roten Kleid lachte, warf den Kopf in den Nacken und rief Jaaa.

Das Orchester wechselte jetzt von *Moon River* zu einem Song, bei dem der Mann kaum merklich zusammenzuckte. Die langsame Version eines Klassikers von Ray Charles. *Your Cheatin' Heart*. Der Mann stand wie betäubt da, bis ihm klar wurde, dass die Lippen der hübschen Frau näher kamen und näher und näher …

Der Videograf hatte keine Ahnung, wie er die Passage später löschen sollte, in der der frisch Verlobte seiner Braut mitten ins Gesicht nieste.

44. Kapitel

»Ich kann nicht mal mehr weinen.« Laney hielt ihre Kaffeetasse fest umklammert und starrte vor sich hin. Die anderen Gäste in der irischen Bar registrierte sie kaum. »Er war es, stimmt's? Ich meine, ihr habt ihn doch auch alle gesehen, oder?«

Ständig Fragen zu stellen, auf die man die Antwort längst kannte – war das nicht ein sicheres Zeichen dafür, dass man allmählich verrückt wurde?

»Soll ich dir den Film noch einmal zeigen?« Tash nahm ihr Handy vom Tisch. Der Videograf musste das Material zwar noch bearbeiten, aber auf Tashs Wunsch hatte er es ihnen schon mal vorab geschickt, sodass sie es alle auf ihren Handys hatten. »Ich würde am liebsten jetzt sofort ins Asiate, um ihn zur Rede zu stellen. Laney, wir können ihn doch jetzt nicht einfach in Ruhe da sitzen lassen. Das geht einfach nicht!«

Laney trank noch einen Schluck von ihrem heißen Kaffee, ohne sich darum zu kümmern, dass sie sich dabei die Oberlippe verbrannte. Im Geiste malte sie sich aus, was Tashs Vorschlag bedeutete. Sie würden in das Restaurant stürmen, am Maître vorbei durch den Raum laufen und Cam Cochrane eine schallende Ohrfeige verpassen. Cara würde laut schreien, daraufhin würde jemand den Sicherheitsdienst rufen. Laney würde erklären, dass Cam *ihr* Ehemann war, und Cara würde anfangen zu weinen und ihn anflehen, diese Behauptung zu widerlegen. Er würde den Kopf senken, ertappt wie ein Schuljunge, und Cara würde wieder schreien. Die anderen Gäste würden herüberschauen, interessiert und abgestoßen zugleich. Die hübsche junge Frau im roten Kleid würde sie faszinieren, die drei Frauen, die ihr so einen Stress bereiteten, eher nerven. Nur die arme, betrogene Ehefrau würden sie bemitleiden, sich aber zugleich darüber empören, dass sie ihre schmutzige Wäsche in aller Öffentlichkeit wusch. Irgendwer würde vielleicht sogar ein Handy hervorziehen, die Szene filmen und auf YouTube posten. Dort würde sich der schmerzhafteste Moment ihres Lebens in Windeseile verbreiten, und am Ende würde Cara einen Auftritt in irgendeiner billigen Realityshow haben, wo sie ihr traumatisches Erlebnis tränenreich ausbreiten konnte – für einen kostenlosen All-inclusive-Urlaub auf Teneriffa.

Nein. Das würde sie nicht tun! Es würde nichts bringen. Und Cara hatte es nicht verdient, an dem Tag, der eigentlich der glücklichste ihres Lebens sein sollte, in einem Edelrestaurant herauszufinden, dass ihr neuer Verlobter ein mieses Schwein war.

Sollte sie ihren Abend genießen. Für Schmerz, Wut und Tränen war später noch Gelegenheit genug. Und wenn Cara ihn dann immer noch wollte, war das ihr Problem.

Laney jedenfalls hatte jetzt das, wozu sie hergekommen war: einen sicheren Beweis dafür, dass Cam ein Doppelleben führte.

»Doch, das geht«, antwortete sie und sah, dass Tash wütend wurde. Rasch legte sie ihr die Hand auf die Finger, die ungeduldig und frustriert auf die Tischplatte trommelten. »Ich weiß ja, dass du anderer Meinung bist, Tash. Aber wenn wir die beiden jetzt überraschen, habe ich keine Chance mehr, noch ein paar Wahrheiten herauszufinden und einige Dinge zu regeln.«

»Und die wären?« Tash sah sie gespannt an.

»Ich muss mein Leben neu ordnen.«

Der Satz erinnerte sie an etwas. Sie nahm ihr Handy und gab eine Nummer ein. Matt, der Buchhalter, meldete sich beim ersten Klingelzeichen, dabei war es in Schottland drei Uhr morgens. Laney nahm sich fest vor, ihm zum Dank was Schönes aus dem Duty-free-Shop mitzubringen.

»Hey, du hörst dich an, als wärst du in einer Bar. Das bedeutet, entweder war er's nicht und ihr feiert gerade, oder du ertränkst deinen Kummer im Alkohol.« Seine Logik war wirklich bestechend.

»Kummer«, antwortete Laney nur und konzentrierte sich darauf, nicht loszuheulen – der Ärmste hatte sie schon einmal völlig aufgelöst erlebt, ein zweites Mal wollte sie ihm das nicht zumuten.

»Echt? Er war es wirklich? Was für ein Idiot!«

»In der Tat.« An besseren Tagen wäre Laney eine schlagfertigere Antwort eingefallen, doch jetzt kostete es sie alle Kraft, das Telefonat ohne Tränen hinter sich zu bringen. »Das heißt also, du kannst so verfahren, wie wir es besprochen haben.«

»Klar, ich kümmere mich sofort darum.«

»Und dein Kumpel, der Schlosser, erledigt den Rest?«

»Ja. Ich hab schon mit ihm gesprochen. Wir fahren gleich morgen früh zu dir, damit alles erledigt ist, bevor du nach Hause kommst.«

»Danke. Ich könnte es nicht ertragen, es mitzuerleben. Es ist so … so endgültig.«

»Das verstehe ich. Und Laney … es tut mir leid. Du hast das nicht verdient.«

Das Mitgefühl in seiner Stimme schnürte ihr die Kehle zu, sie musste heftig blinzeln.

»Danke, Matt. Ich leg jetzt lieber auf, sonst hast du gleich schon wieder ein heulendes Wrack am Hals.«

Tash sah sie erstaunt an. »Wer war das denn? Und worüber habt ihr gesprochen?«

Laney musste ein paarmal tief durchatmen, ehe sie antworten konnte. Nicht weinen! Keine einzige Träne würde sie wegen dieses Mistkerls mehr vergießen.

»Matt. Er wechselt die Schlösser für mich aus. Ich hab ihm einen Schlüssel dagelassen, damit er es erledigen kann, bevor ich nach Hause komme. Außerdem muss er noch ein paar Kleinigkeiten bei der Bank für mich regeln.«

»Zum Beispiel?« Tash war nun echt beeindruckt.

Laney schaute auf ihre Armbanduhr. »Sagen wir mal so: Ich hoffe sehr, dass Cam nicht vorhat, das Essen heute Abend mit seiner Kreditkarte zu bezahlen, denn die wird in genau fünf Minuten gesperrt. Genau wie seine ganzen anderen Zugänge zu unseren Konten. Es bleibt ihm also nichts mehr als das Bargeld, das er in der Tasche hat, und das dürfte nicht allzu viel sein. Natürlich hat Cara noch die Karte, die er ihr überlassen hat, aber er wird Probleme haben, die Rechnung nächsten Monat auszugleichen.«

»Und wie macht Matt das alles?«, fragte Sarah, die sich nun erstmals am Gespräch beteiligte.

»Ich habe ihm sämtliche Benutzerkennungen und Passwörter unserer Konten gegeben und genaue Anweisung, wie er Cam künftig vom Zugriff zu allen Konten ausschließen kann. Ich bin mir ziemlich sicher, dass er noch ein heimliches Konto hat, auf das er regelmäßig Geld abzweigt. Matt versucht gerade, Näheres herauszufinden. Sobald das geschehen ist, macht er auch das dicht. Und vor allem sorgt er dafür, dass keine Zahlungen mehr dort hinfließen.«

»Ist das nicht illegal? Das ist ja fast so wie Hacken.« Sarah bis sich auf die Unterlippe, ein sicheres Zeichen, dass sie beunruhigt war. »Nicht dass du noch in ernste Schwierigkeiten kommst.«

»Das wird er nicht wagen – nicht, wenn er unser gemeinsames Geld benutzt hat, um Cara zu finanzieren. Ich will erst das

Haus sichern und die Geldgeschäfte regeln, und danach kümmere ich mich um Cam.«

»Und was genau hast du mit ihm vor?«

Die Frage kam diesmal von Tash, und man sah ihr deutlich an, dass sie eine diebische Schadenfreude empfand.

Laney schaute starr geradeaus, ihre Stimme klang tödlich. »Dazu muss ich ihn noch genau ein einziges Mal sehen.«

45. Kapitel

»Und? Ist schon was gekommen?« Tash zeigte auf Laneys Laptop.

Zum mindestens zehnten Mal in dieser Stunde checkte Laney ihre E-Mails. »Nö. Aber stopp mal, hier ist eine Nachricht von Matt. *Bin gerade unterwegs zu dir nach Hause,* schreibt er.«

Tash schaute auf ihre Armbanduhr. »Kurz nach zwei. Also kurz nach sieben morgens in Schottland. Das nenne ich Effizienz.«

Tash dachte daran, wie sie Matt damals in ihrer Wohnung begegnet war, nachdem er sie am Abend zuvor völlig betrunken nach Hause gebracht hatte. Ihr Instinkt hatte sie also nicht getäuscht. Zu nett. Zu süß, zu nett, zu lieb, zu langweilig. Und damit für sie uninteressant.

Andererseits – sollte er je kurzfristig eine Frau benötigen, die den ganzen Tag sein Sixpack bewunderte, würde sie ihm den Freundschaftsdienst gern erfüllen.

Ein weiteres Pling. Dieses Mal war es ihr Handy. HLF stand auf dem Display. Kurz für Heißer Limo-Fahrer. Sie hatte ihm versprochen, ihn anzurufen, es dann aber doch nicht getan, weil sie einfach nicht in der Stimmung dazu gewesen war. Yep, das war es, was mit ihr nicht stimmte. Laneys Probleme warfen sie völlig aus der Bahn. Sobald ihre Freundin ihren schlimmsten Herzschmerz überwunden hatte, würde sie wieder die Alte sein: jung, freigiebig und offen hedonistisch. Die SMS, die sie nun öffnete, war die Antwort auf die, die sie ein paar Stunden zuvor gesendet hatte. Sie hatte ihn gefragt, ob er sie am Sonntag zum Flughafen fahren würde. Seine Antwort kam spät, war aber positiv. *Klar. Bis morgen also. Es sei denn, meine Lieblingskundin ist noch wach und wünscht sich eine nächtliche Stadtrundfahrt.*

Volle Punktzahl für sein Engagement. Tash mochte es, wenn ein Mann charmant *und* zuverlässig war. An jedem anderen Tag wäre er auch genau ihr Typ gewesen. Gut aussehend, muskulös, direkt und extrem sexy.

Sorry, schlafe schon halb. Nächstes Mal …

Es würde kein nächstes Mal geben. Zu dumm! Manchmal gab es einfach zu viele heiße Fische im Single-Meer.

Pling! In diesem Zimmer befanden sich definitiv zu viele elektronische Kommunikationsgeräte. Tash lag auf dem Sofa und schaute, wem es gehörte. Sarah reagierte nicht, also war es entweder nicht ihr Klingelton, oder sie hatte keine Lust dranzugehen. Laney hockte im Schneidersitz neben ihr auf dem Fußboden, in grauen Shorts und einem weißen Shirt, ihren geöffneten Laptop auf dem Schoß.

»Da ist sie«, sagte sie und starrte auf den Bildschirm.

Tash wusste, was sie meinte.

Sie warteten auf eine Nachricht von Cam. Sie hatten ihn zuletzt gesehen, als er nach seiner Verlobung vor einer New Yorker Sehenswürdigkeit im Fond eines Luxuswagens verschwunden war. In Glasgow war jetzt Samstagmorgen, und er hatte Laney versprochen, nach Hause zu kommen, um mit ihr ein Baby zu machen. Jetzt musste er ihr erklären, wieso er es doch nicht tat. So makaber das klang, sie hatten gewettet, und die Verliererin musste ihnen allen in der kommenden Woche ein Mittagessen spendieren. Laney glaubte fest, er würde behaupten, dringend zu einem Meeting mit dem Vorstand in die Firmenzentrale nach London zu müssen. Sarah vermutete, er würde eine Krankheit vortäuschen und so tun, als wäre er nicht in der Lage zu fliegen. Und Tash meinte, er würde sich damit rausreden, dass er nach einem Überfall auf der Straße im Krankenhaus liege. Aber das war eher Wunschdenken.

»Und? Was schreibt er?«, fragte sie Laney.

»*Hi, Darling, es tut mir leid, aber ich schaff's nicht nach Hause. Muss dringend ins Büro, um ein paar neue Leute anzulernen. Ich weiß, es ist dein Eisprungwochenende, daher habe ich Montag und Dienstag freigenommen. Hoffe, das ist nicht zu spät. Mache alles wieder gut, Süße, ich schwöre es! Rufe dich später an. ILD Cam. P.S. Mein Handy ist kaputt, lasse es sobald wie möglich bei uns in der Technik durchchecken.*«

»Neue Leute anlernen?« Tash seufzte. »Mist, darauf hätte ich kommen können.«

Laney gab keine Antwort. Sarah beugte sich zu ihr und nahm sie in den Arm. Und als würde dieses Zeichen der Zuneigung sie ins Leben zurückholen, fand sie ihre Stimme wieder.

»Er ist so ein verdammter Lügner.« Keine Wut, nur Fassungslosigkeit. »Wen habe ich da bloß geheiratet?«

Tash schaute zur Decke und gab sich alle Mühe, ihren Zorn zu beherrschen. Wie konnte er es wagen? Der Typ war der letzte Abschaum. Laney wollte alles erwachsen und vernünftig regeln, aber es fiel Tash irre schwer, das zu respektieren und ihm nicht einen Holzhammer in die Genitalien zu rammen. Sie lehnte den Kopf an die Couch und starrte wieder zur Decke.

»Und wie widerlich ist diese Lüge mit dem Handy?«

»Wieso?« Sarah sah sie verwirrt an. »Woher weißt du, dass es eine Lüge ist?«

»Weil er das natürlich nur sagt, damit er sein Handy ausschalten kann. Er will nicht ständig erreichbar sein.«

»Du hast recht.« Laney nickte traurig. »Dieser Scheißkerl!«

Tash triumphierte innerlich. Gut so! Laney bewegte sich durch die verschiedenen Trauerphasen: Nichtwahrhabenwollen, Schmerz, Wut und Einsatz von Elektroschocks.

Tash rollte sich vom Sofa und rutschte über den Fußboden, bis sie neben Laney saß. Sie legte ihr den Arm um die Schulter und küsste sie liebevoll auf die Wange.

»Laney, wir schaffen das«, sagte sie leise. »Ganz egal, was passiert, du hast uns, und das Leben wird wieder gut. Ich schwöre es.«

Laney ließ den Kopf auf Tashs Schulter sinken und blieb so sitzen, bis die Tränen aufhörten zu fließen.

46. Kapitel

Die Sonne schien durch die Küchenfenster, und Laney stellte zufrieden fest, dass nirgends mehr ein Staubkörnchen zu sehen war. Was hatte sie geschrubbt! Seit der Sekunde, als das Taxi sie zu Hause abgesetzt hatte, hatte sie sich aufgeführt wie ein Putzteufel auf Ecstasy.

Cams Kleiderschrank war als Erstes an die Reihe gekommen. Es wäre verlockend gewesen, sich an seinen Klamotten zu verausgaben, aber was hätte es für einen Sinn gemacht, seine Anzüge zu zerschneiden oder rohen Fisch in die Hosentaschen einzunähen? Es wäre reine Verschwendung wertvoller Ressourcen gewesen, und das brachte sie einfach nicht übers Herz. Sie hatte alles in irgendwelche Koffer und Taschen gestopft, und die standen nun unten im Esszimmer neben diversen Pappkartons, die Cams übrige weltliche Güter enthielten. Seine grässliche CD-Sammlung. Seine Küchenmaschine. Sein Treue-Gen. Ups, nein, das musste ein Irrtum sein. Das wohnte hier schon lange nicht mehr.

Danach hatte es kein Halten mehr gegeben. Wutentbrannt und aufgeputscht durch unzählige Kaffees hatte sie den Rest des Tages damit verbracht, zu fegen, zu entstauben, Betten abzuziehen, Handtücher zu waschen und jede DNA-Spur von ihm aus dem Haus zu entfernen.

Nun hatte sie ihr Haus ent-Camt.

Er war entsorgt.

Müde und erschöpft hatte Laney sich schließlich noch einen Espresso gemacht und sich dieses verdammte Video aus New York zum hundertsten Mal angesehen. Inzwischen kannte sie jeden Gesichtsausdruck von ihm, jedes Heben und Senken seiner Brust, jeden Blick.

Eine Zeitlang grübelte sie darüber nach, wie er und Cara wohl den nächsten Tag in New York verbracht hatten. Hatten sie einen Spaziergang durch den Central Park gemacht? Auf dem Empire State Building Zukunftspläne geschmiedet? Oder waren sie im Bett geblieben und hatten nur Sex gehabt und Leckereien aus der Hotelküche genascht? Vom Hinterteil des anderen?

Ihre düsteren Gedanken wurden unterbrochen, als die Uhr achtmal schlug. Wenn er direkt von seinem New-York-Flug herkam, musste er in etwa einer Stunde da sein. Was würde er Cara wohl erzählen? *Sorry, Schätzchen, ich weiß, wir haben uns gerade erst verlobt, aber ich muss kurz zu meiner Frau nach Hause.*

Noch während sie darüber nachdachte, fiel ihr die Antwort ein. Er würde behaupten, er müsse arbeiten, und Cara würde das glauben – so wie Laney ihm jahrelang jedes Wort geglaubt hatte.

Er arbeitete bei Euromind, so viel war immerhin sicher. Schließlich hatte sie jeden Monat die Gehaltszahlung auf ihrem Konto gesehen. Aber offenbar arbeitete er nicht so viel und so lange dort, wie er ihr immer weisgemacht hatte, sonst hätte er ja keine Zeit für eine so intensive Affäre gehabt.

Wie naiv war sie bloß gewesen!

Damit war jetzt Schluss!

Es klingelte an der Haustür, und ihr Herz begann zu rasen. Das ging schnell! Er musste durch die Gepäckkontrolle und den Zoll gejoggt sein.

Laneys Beine fühlten sich auf einmal ganz schwach an, sie konnten ihren Körper kaum noch halten. Keuchend stützte sie sich an der Wand ab, als sie durch den Flur ging, den neuen Schlüssel im Schloss umdrehte, die Tür öffnete und …

»Matt!«

Er lächelte mitfühlend. »Hi. Ich wollte das nur schnell abgeben. Ich konnte es doch nicht einfach unter die Matte oder einen Blumentopf legen.«

Er wedelte mit einem braunen Umschlag, und Laney brauchte einen Moment, ehe sie begriff. Die Kombination aus wenig Schlaf und viel zu viel Kaffee hatte ihre Reaktionsfähigkeit außer Kraft gesetzt.

»Komm rein«, sagte sie.

Matt hob abwehrend die Hände. »Nein, nein. Dein Mann kommt sicher jeden Moment.«

»Erst in einer Stunde.«

»Und? Nervös?«

»Hm. Ich weiß es ehrlich gesagt nicht. Ich fühle mich einfach nur … leer. Und erschöpft. Bei mir geht im Moment so viel durcheinander.«

»Ich verstehe das«, sagte er, und Laney wusste, dass er es so meinte.

Herrje, wie selbstsüchtig war sie eigentlich? Sie hatte Matt noch nie nach einer Beziehung gefragt oder nach seinem Leben außerhalb des Rugbys und seiner Tätigkeit als extrem netter Buchhalter.

»Setz dich lieber, bevor du das liest«, riet er und zeigte auf den Umschlag. »Es ist nicht besonders schön.«

»Wie schlimm wird es denn? Kannst du mich kurz aufklären?«

»Ich habe mir all eure Konten angesehen, so wie du es gewünscht hast. Er hat in den letzten drei Jahren ungefähr zwanzig Riesen abgezweigt. Hauptsächlich in bar, das Geld hat er auf ein Konto überwiesen, das er auf seinen Namen angelegt hat. Als er es damals eröffnet hat, hat er eine Überweisung getätigt – so habe ich es überhaupt nur gefunden. Und die dreihundert

Pfund jeden Monat gehen auf das Konto einer Hausverwaltung, offenbar eine Mietzahlung für Cara.«

Laney seufzte. »Ich möchte gar nicht wissen, wie du das alles rausgefunden hast.«

Matt zuckte mit den Schultern. »Ehrlich gesagt war es ganz einfach, nachdem ich einmal begonnen hatte, ein bisschen zu graben. Er hat verdammt viele Fehler gemacht. Und mir ist noch etwas aufgefallen. Du zahlst viel zu viel Krankenversicherung. Ich kenne einen guten Finanzberater, der dir da weiterhelfen kann.«

Er lächelte, und es tat ihr gut. »Danke, Matt. Du glaubst gar nicht, wie sehr ich deine Hilfe zu schätzen weiß.«

»Kein Problem. Pass auf dich auf. Ich melde mich nächste Woche mal wegen der Versicherung.«

Laney nickte und brachte Matt zur Tür. Als sie sie hinter ihm geschlossen hatte, stopfte sie den Umschlag in die nächstbeste Küchenschublade. Gut, es alles Schwarz auf Weiß zu haben, auch wenn es nichts war, was sie nicht schon längst geahnt hatte.

Er hatte sie belogen. Er hatte sie betrogen. Er hatte alles zerstört, was sie hatten.

Eine halbe Stunde später klingelte es wieder, und dieses Mal wusste sie ganz sicher, dass er es war. Seltsamerweise fühlte sie sich auf einmal völlig ruhig.

Die Tür war kaum einen Spalt offen, als er sich auch schon an ihr vorbeidrängte, mit einer Reisetasche und einem Trolley, den er hinter sich herzog.

»Was für ein beschissener Morgen!«, schimpfte er. »Stell dir vor, meine verdammten Kreditkarten funktionieren plötzlich nicht mehr. Als ich bei der Bank angerufen habe, haben sie mir erklärt, sie seien alle gesperrt. Kannst du mir schnell zwanzig Pfund für das Taxi geben, Süße?«

»Bist du mit einem Taxiunternehmen aus Glasgow gekommen?«

Ehe er antworten konnte, hatte sie schon den Kopf aus der Tür gestreckt. Ja, es war ein Glasgower Taxiunternehmen. Besser noch, es war ein Fahrer, den sie kannte. Laney machte eine Handbewegung, als würde sie etwas unterschreiben, und er begriff sofort, dass er die Rechnung an die Agentur schicken sollte …

Das Taxi fuhr davon, und Laney drehte sich um. Erschrocken stellte sie fest, dass Cam dicht hinter ihr stand. Das war zu nah. Viel zu nah. Und jetzt … berührte er sie auch noch.

Er legte eine Hand in ihren Nacken und beugte sich vor, um sie zu küssen. Ihre innere Alarmanlage schrillte wie Polizeisirenen bei einer Verbrecherjagd.

Sie zuckte zurück, ehe die Berührung bei ihr einen Brechreiz hervorrief. Ihre Stimme war jedoch so normal wie immer.

»Dann funktioniert dein Handy also wieder?«

»Was?«

»Du hast mir doch erzählt, dein Handy sei kaputt. Und gerade hast du gesagt, du hättest die Bank angerufen. Haben eure Techniker es reparieren können?«

Kaninchen. Scheinwerfer. Sie sah, wie er hektisch in seinen Erinnerungen kramte, um nur ja die richtige Antwort zu geben.

»Äh … ja. Haben sie.«

Wow. So sah er also aus, wenn er ihr ins Gesicht log. Seine Augen flackerten unruhig. Die Schlagader an seinem Hals pochte heftig. Er hatte die Lippen zusammengekniffen. So verräterisch und – wie sie jetzt feststellte – so vertraut.

Sie drehte sich um und ging durch den Flur in die Küche, um der klaustrophobischen Nähe zu entkommen. Dort nahm sie ihre Kaffeetasse und versuchte, entspannt zu wirken. Sie war froh, dass sie sich lässig gekleidet hatte – Jeans, ein Stück hochgekrempelt, nackte Füße, ein rotes Shirt.

In den letzten Tagen hatte sie in Gedanken an diesen Moment Tausende Szenarien durchgespielt, Dutzende Reden, tonnenweise Emotionen. Und jetzt, da der Moment gekommen war, war sie absolut ruhig, völlig konzentriert.

Er schob eine Tasse unter die Kaffeemaschine, drückte ein paar Tasten und ließ den Kaffee laufen, ehe er sich wieder zu ihr umdrehte, das Val-Kilmer-in-*Top Gun*-Lächeln im Gesicht, verführerisch wie immer.

»Ich hab dich so vermisst, meine Süße. Es ist schön, wieder zu Hause zu sein.« Kein nervöses Flackern der Augen. Kein Pulsieren der Halsschlagader. Vielleicht meinte er es tatsächlich ehrlich. Dieser Typ war unberechenbar. »Und ich freue mich so, zwei Tage lang nur mit dir im Bett …«

Zu ihrem Entsetzen sah sie, dass er schon wieder auf sie zukam. Sie wusste ganz genau, was er vorhatte. Er würde die Hände um ihre Hüften legen, er würde sie küssen, dann würde er sie hochheben, sie auf die Arbeitsplatte setzen. Dann würde er sie wieder küssen, seine Hände würden unter ihr T-Shirt wandern und …

Nein, das durfte nicht passieren!

Als er einen weiteren Schritt auf sie zukam, stoppte sie ihn mit einem forschen: »Und? Wie war Manchester?« Er blieb überrascht stehen.

»Oh, gut. London auch. Super, dass sie mich gebeten haben, die Neuen einzuarbeiten. Daran kann man sehen, wo ich in der Hierarchie stehe. Es geht steil nach oben.«

Er grinste. Gott, war er immer so eitel und selbstgefällig gewesen? Oder lag es nur daran, dass er seine ganzen Lügen überspielen musste?

Schon wieder nur Lügen.

Es reichte!

»Und wie war New York?«, fragte sie.

Schweigen.

Flackern. Pulsieren.

Schweigen.

Und absolutes Entsetzen in seinem Gesicht.

Laney drehte sich zu ihrem iPad um und drückte auf Play. Eine Straße in New York. Die Limousine. Cara, die ausstieg. Danach Cam. Die beiden auf der Treppe. Der Butler. Das Tablett. Der Ring. Die …«

»Stopp! Bitte halt es an«, flehte er sie an.

»Kann ich machen. Ich hab es eh in natura gesehen.«

»Du … du warst dort?«

»Ja. Auf der Straßenseite gegenüber.«

»Fuck!«

»Nein. Bis zu dem Teil bin ich nicht geblieben.«

Es war ein billiger Schlag, aber, hey, sie war schließlich auch kein Engel. Er streckte nun beide Arme aus, bat sie verzweifelt um Verzeihung.

»Laney, es tut mir so …«

»Wag ja nicht zu behaupten, dass es dir leidtut. Wag es nicht!« Ihre Stimme war nun gefährlich leise, mit einem drohenden Unterton. »Ich sage dir jetzt, was ich weiß.«

Laney sah, dass alle Farbe aus Cams Gesicht wich. Seine Haut hatte jetzt einen seltsamen Grauton, der ihn um mindestens zehn Jahre älter machte.

»Ich weiß, dass du schon lange ein Verhältnis mit Cara hast. Ich weiß, dass du mich anlügst. Dass du mir erzählst, du müsstest arbeiten, und in Wirklichkeit bei ihr bist, mit ihr verreist und was weiß ich nicht alles machst. Ich weiß, dass du regelmäßig um Mitternacht mit ihr skypst.« Er schloss gequält die Augen. »Ich weiß, dass du euer gemeinsames Leben mit unserem

Geld bezahlst hast. Ich weiß, dass sie eine Kreditkarte von dir hat und dass du einen Teil ihrer Miete finanzierst.«

»Die Bankkarten …«, stieß er hervor, als ihm allmählich alles dämmerte.

Laney nickte. »*Ich* habe sie sperren lassen.«

»Ich weiß auch, dass du das Wochenende mit ihr im Carlyle verbracht hast und dich mit ihr verlobt hast. Und ich weiß, dass du heute herkommen und Sex mit mir haben wolltest, weil du aus irgendwelchen Gründen weiter an unseren Babyplänen festhalten willst.« Der letzte Teil schmerzte besonders, sie hatte große Mühe, nicht die Fassung zu verlieren. »Und ich weiß, dass du der letzte Abschaum bist.« Er widersprach nicht. »Ich weiß, dass alles, was dir gehört, in Koffern und Kartons verpackt ist und in den nächsten vierundzwanzig Stunden an eine von dir gewählte Adresse geschickt werden muss. Wenn du mir keine nennen kannst, verbrenne ich das ganze Zeug. Ich weiß …«, sie schluckte, jetzt wurde es echt schwer, »… ich weiß, dass ich dir vertraut habe und gedacht, das mit uns wäre für immer. Ich habe mich getäuscht.«

Seine Körpersprache signalisierte ihr, dass er etwas sagen wollte. Sie ließ ihn reden. »Laney, es tut mir so …« Er stockte, sah, dass sie wütend wurde, wechselte die Taktik. »Es sollte nicht so weit kommen. Es war nur eine Affäre. Oberflächlich. Nichts Besonderes. Sie hat immer viel mehr gewollt als ich, und ich bin da einfach nicht mehr rausgekommen. Es hat mir geschmeichelt, Laney. Ich war ein völliger Idiot und dumm, aber sie war so süß und …«

»Sagst du das, weil du glaubst, dass ich mich danach besser fühle?«, fragte sie kalt.

Er hatte nun Tränen in den Augen. Er fuhr sich mit den Händen durchs Haar, danach hob er sie resigniert über den Kopf.

»Mist! Sorry, aber … Es sollte nicht so lange gehen, Laney.

Ich will nicht mit ihr zusammen sein, ich will mit dir zusammen sein, aber ich … konnte … ich … ich wollte einfach nicht aufhören. Noch nicht. Und dann diese Nummer am Wochenende. Mist. Du kannst dir gar nicht vorstellen, wie geschockt …«

»Oh, ich glaube doch.«

»Klar. Aber ich war nur … ich musste da mitspielen. Was sollte ich denn sonst tun? Ich konnte doch nicht Nein sagen. Da stand so ein verdammter Butler und alles.«

Laney hatte keine Ahnung, warum das eine Rolle spielte, aber sie verstand ohnehin so einiges nicht.

»Ich musste es tun.«

»Nein, musstest du nicht.« Ihre Brust begann nun zu schmerzen, und sie wusste nicht, wie weit ihre Kraft noch reichen würde. »Liebst du sie?«

Gott, sie hasste sich selbst für diese Frage, aber sie musste es wissen.

Er atmete tief durch. »Nein.«

Kein Flackern. Kein Pulsieren. Er sagte die Wahrheit. Sie fühlte sich trotzdem kein bisschen besser.

»Ich finde sie interessant. Aber sie ist nicht wie du. Ich will mit *dir* zusammenbleiben.«

»Das wirst du aber nicht. Geh jetzt, bitte, Cam. Geh zu einem Kumpel, geh zu Cara, geh sonst wohin. Es ist mir egal. Komm bloß nie wieder zurück.«

»Aber …«

»Geh!«

Die Aggression, das Blitzen in ihren Augen, die Kälte in ihrer Stimme machten es endgültig.

Er nahm die Reisetasche und den Koffer, mit dem er gekommen war, drehte sich um und ging zur Tür. Dort blieb er noch einmal stehen.

»Laney, ich hab das alles nicht so gewollt.«

»Ich weiß«, antwortete sie. »Aber ich. Und jetzt verschwinde.«

Er ging mit hängenden Schultern aus der Tür, die hinter ihm ins Schloss fiel. Laut polternd stürzten Tash und Sarah aus dem Abstellraum.

»Ist er weg?« Tash sah sich um.

Zum ersten Mal an diesem Morgen atmete Laney tief durch. »Ja.«

»Gott sei Dank«, stieß Sarah aus. »Ich musste Tash da drinnen regelrecht festhalten. Ich glaube, dabei hab ich mir die Schulter ausgekugelt.«

Es war einer der schrecklichsten Augenblicke ihres Lebens, aber seltsamerweise lächelte Laney. Tash und Sarah. Sie waren gleich vom Flughafen mit zu ihr gekommen, dieses Mal hatten sie sich durchgesetzt. Sie hatten mit ihr geputzt, mit ihr gepackt und sie in den Arm genommen, wenn es besonders schlimm wurde. Nein – Sarah hatte sie in den Arm genommen, Tash hatte versucht, sie zu überreden, mit ihr in den Garten zu kommen und eine zu rauchen. Man war schließlich nie zu alt, um sich die Lunge zu ruinieren.

Laney war schon einmal verlassen worden, und sie wusste, dass sie irgendwann darüber hinwegkommen würde. Sie hatte keinen Zweifel, dass sie dazu stark genug war. Sie hatte Cam von ganzem Herzen geliebt, aber er hatte alles zerstört, und sie würde keinen weiteren Tag ihres Lebens an ihn verschwenden. Cam Cochrane war fort. Und die wirklich wichtigen Menschen waren noch bei ihr.

»Okay, holt eure Jacken. Noch eine Sache, dann haben wir's geschafft.«

»Cara?«

Laney nickte. »Ich schätze, er geht erst mal zum Pub am Ende der Straße, um wieder klar denken zu können. Bis er ein Taxi anruft, um zu ihr zu fahren, dürften wir eine halbe Stunde Zeit haben. Wenn wir schnell genug sind, können wir vor ihm bei ihr sein.«

»Wir nehmen den Beetle«, rief Sarah und ignorierte Tash, die die Augen verdrehte.

»Okay, aber schnell. Ich will nicht, dass sie seine verlogene Version hören muss. Das bin ich ihr schuldig. Sie hat das alles nicht verdient und muss die ganze Wahrheit erfahren.«

47. Kapitel

Tash und Sarah standen schützend hinter Laney, als sie auf den Klingelknopf drückte.

»Hi, Baby.« Eine fröhliche Stimme zwitscherte aus dem Lautsprecher.

Das war nicht die Begrüßung, die sie erwartet hatte.

»Cara? Hier ist Laney. Von *derbesondereheiratsantrag*.«

Eine Sekunde war es totenstill, dann öffnete sich die Tür mit einem leisen Surren. Laney, Tash und Sarah trotteten die Treppe hinauf. Laneys Magen drehte sich. Merkwürdigerweise war das der Teil, vor dem ihr am meisten graute. Ihre Zukunft war gerade zerstört und in den Staub getreten worden, und jetzt würde sie dasselbe mit dem Leben einer anderen Person tun.

Zu ihrer Überraschung stand Cara schon an der Wohnungstür und wartete auf sie.

»Hi, Cara.«

»Hi«, antwortete die Jüngere, machte aber keine Anstalten, sie hereinzubitten.

Das passte Laney gut, zumal sie sah, dass Cara nicht für ein Plauderstündchen unter Frauen gekleidet war. Wer auch immer ihr Kleid entworfen hatte, sollte sie für seine nächste Werbekampagne engagieren, denn sie verkaufte es perfekt! Der Fummel war tief ausgeschnitten, enthüllte ihre perfekt gerundeten Brüste. Jede Kurve und Faser ihres Körpers atmete pure Erotik. Das blonde Haar fiel ihr in lockeren Wellen auf die Schultern, ihr Make-up war sparsam, aber wirkungsvoll. Kein Wunder, dass Cam sich von ihr angezogen fühlte. Sie zuckte innerlich, als dieser Gedanke ihr Herz erreichte.

»Sorry, dass wir so unangemeldet hier aufkreuzen, aber wir wollten kurz mit dir über … ich meine, wir wollten dir sagen, dass …« Laneys Verstand und ihr Mund wollten irgendwie nicht kommunizieren. Es war so hart. Das arme Mädchen. Ihre Zukunft würde gleich in Schutt und Asche gelegt, und ausgerechnet Laney war diejenige, die ihr die schmerzhafte Botschaft überbrachte. »Ich weiß gar nicht, wo ich anfangen soll, aber es gibt da ein paar Dinge, die ich dir sagen muss. Über Cam. Deinen … Verlobten.«

Laney stolperte über ihre eigenen Worte, als sie sah, wie Cara die dichten, perfekt gezupften Augenbrauen in die Höhe zog.

»Cara, vielleicht ist es besser, wenn wir uns drinnen unterhalten«, schlug Sarah vor.

»Nein. Es ist schon okay. Wir reden hier.«

Ihre Stimme hatte auf einmal etwas, das vorher nicht da gewesen war. Laney beschloss, es schnell hinter sich zu bringen.

»Cara, ich weiß nicht, wie ich es sagen soll, und es tut mir unendlich leid, aber …«

»Er ist dein Mann.«

Laney, Tash und Sarah wichen erschrocken zurück.

Tash war die Erste, die die Sprache wiederfand. »Das hast du gewusst?«

Cara zuckte mit den Schultern. »Klar hab ich das gewusst. Ich hab eure Visitenkarte doch in seiner Brieftasche gefunden und mir eure Homepage angeschaut …« Jetzt fiel es ihnen wieder ein. Cara hatte das bereits bei ihrem ersten Besuch in der Agentur erwähnt. »Mir ist natürlich gleich aufgefallen, dass du denselben Nachnamen hast. Danach war es nicht allzu schwer. Ich hab deine Facebook-Seite gecheckt und die Fotos von euch gesehen.«

»Und du bist trotzdem mit ihm zusammengeblieben?«

»Klar.« Cara verschränkte die Arme und machte ein Gesicht

wie ein trotziges Kind. »Wir sind füreinander bestimmt, und er will mit mir zusammen sein. Er brauchte nur ein bisschen Nachhilfe, um das zu kapieren. Aber ich verstehe nicht, dass du es so weit hast kommen lassen. Ich hätte gedacht, du würdest ihn sofort zur Rede stellen.«

»Dann war das also ein ganz mieser Plan?«

Laney war völlig verstört. Sie hatte es gewusst? Sie hatte es die ganze Zeit gewusst?

Cara schüttelte ihre schimmernde Mähne. »Das kann man so nicht sagen. Bei meinem ersten Besuch in der Agentur wollte ich dich nur kennenlernen, wollte sehen, was für ein Typ du bist. Ich war doch neugierig auf meine Konkurrentin. Ich war ganz sicher, dass du noch am selben Abend zu ihm rennen und ihm eine Szene machen würdest. Aber das hast du nicht getan. Und als ihr mich dann eingeladen habt, noch einmal zu kommen, um die nächsten Schritte durchzusprechen, dachte ich, dass du mir dieses Mal sagen würdest, dass du mit ihm verheiratet bist. Aber du hast es wieder nicht gemacht. Auch wenn du ausgesehen hast, als würdest du jede Sekunde zusammenbrechen.«

»Du widerliche Kuh«, zischte Sarah, und Laney und Tash sahen sie überrascht an. Solche Töne waren sie von ihrer Freundin gar nicht gewöhnt.

Cara blieb ungerührt. »Ja, vielleicht bin ich das«, sagte sie. »Aber ihr wart diejenigen, die es immer weitergetrieben haben, und da dachte ich, ich schaue mal, wie weit ihr geht. Ich hätte niemals geglaubt, dass ihr bis zum Ende durchhaltet. Ich habe euch am Flughafen erwartet. Danach im Hotel. Ihr seid nicht gekommen. Aber hey, so hatte ich das beste Wochenende meines Lebens. Ich bin euch echt totaaal dankbar.«

Diese Selbstgefälligkeit war zu viel für Tash. »Du verlogene …«

»Tash, hör auf«, unterbrach Laney sie.

Sie war zu einer Erkenntnis gekommen, und sie war auf einmal eiskalt. Cam war ein mieses, betrügerisches, rücksichtsloses, selbstsüchtiges Schwein. Und er hatte die perfekte Partnerin gefunden.

Zur Überraschung aller fing Laney an zu lachen. Ihr Lachen war laut und echt, und dann sagte sie die letzten Worte zu der ganzen Angelegenheit.

»Weißt du was, Cara? Ihr zwei habt euch gegenseitig echt totaaal verdient.«

48. Kapitel

»Du siehst aus, als hättest du die ganze Nacht geheult, kein Auge zugetan und wärst jetzt lieber ganz woanders.«

Sarah hielt Laney einen Skinny Latte hin, den sie auf dem Weg ins Büro besorgt hatte. Danach ließ sie sich so schwungvoll neben ihr aufs Sofa fallen, dass die Fransen des Schals, den sie über ihrem stahlblauen Maxikleid trug, aufflogen.

Laney hob den Deckel ab und nippte an dem weißen Schaum oben am Rand. »Die ersten beiden Vermutungen stimmen, die dritte nicht. Ich bin froh, dass ich hier bin. Das ist eine gute Ablenkung. Ich umgebe mich mit glücklichen, lebensfrohen Menschen und hoffe, dass das irgendwann auf mich abfärbt.«

»Dann solltest du dich von Tash fernhalten. Ich weiß nicht, was mit ihr los ist, aber sie ist seit Wochen schlecht gelaunt.«

»Sie ist doch immer schlecht gelaunt.« Laney lachte.

»Stimmt.«

»Wer ist immer schlecht gelaunt?« Sarah drehte sich um. Tash kam gerade durch die Tür.

»Du!«

Tash blieb stehen, sah sie an, atmete tief durch und grinste. »Das ist doch nix Neues, oder?«

Sie setzte sich zu den anderen aufs Sofa. »Gott, Laney, du siehst grauenvoll aus. Hattest du eine schlimme Nacht?«

Laney dachte einen Moment nach, ehe sie antwortete. »Es ist merkwürdig, aber irgendwie tut es gar nicht mehr so weh. Mir kommt es vor, als hätte Cam Cochrane nie existiert. Ich bin so daran gewöhnt, dass er kaum zu Hause ist, dass ich ihn gar nicht groß vermisse. Ich hasse ihn für das, was er mir angetan hat, aber ich fühle mich wie … Ich weiß gar nicht, mit wem ich da verheiratet war. Wir haben nie mehr als ein oder zwei Nächte in der Woche im selben Haus verbracht, manchmal sogar weniger. Gestern Abend habe ich mich gefragt, wie es wohl mit uns gelaufen wäre, wenn wir tatsächlich die ganze Zeit zusammen gewesen wären. Ob wir dann geheiratet hätten? Überhaupt zusammengeblieben wären? Oder hätten wir schon viel früher gemerkt, dass es zwischen uns nicht funktioniert? Ich glaube …« Sie zögerte, dann sprach sie traurig weiter. »… ich glaube, was mir fehlt, ist unsere Zukunft. Jedenfalls die, die ich mir ausgemalt hatte. Aber ich werde mich daran gewöhnen. Und ich werde jemand Neues finden«, schloss sie mit entschlossener Miene.

Es klingelte an der Tür, und Tash drückte den Türöffner.

»Wer ist das?«, wollte Sarah wissen.

Tash zuckte mit den Schultern. »Keine Ahnung. Lassen wir uns überraschen.«

Wenig später kamen Fred und Mrs. Crean herein. Mrs. Crean sprudelte nur so vor Neuigkeiten. »Wir waren gerade am Bahnhof. Alles ist perfekt vorbereitet. Diese Tänzer mit ihren durchtrainierten Körpern! Da kann einem ganz schön heiß werden.«

»Hi, Süße.« Fred bückte sich und küsste Laney auf die Wange. »Es kann losgehen. Tash hat alles generalstabsmäßig organisiert.«

»Prima. Danke, Dad. Dann sollten wir jetzt losfahren«, antwortete Laney und wandte sich an Sarah. »Was meinst du?«

»Auf jeden Fall.« Sarah warf einen Blick auf die Uhr und verspürte sofort wieder die vertraute Aufregung, die sie vor jedem Event empfand – auch wenn dieser Bahnhof-Flashmob nicht gerade ihrer Idealvorstellung von Romantik entsprach. Es war eine große Sache, würde für reichlich Publicity sorgen und ihnen hoffentlich einen weiteren zufriedenen Kunden einbringen, der anschließend auf der ganzen Welt erzählte, wie super ihre Agentur war.

Zu fünft fuhren sie zum Bahnhof und erreichten ihn genau zwanzig Minuten, bevor Maggie eintreffen sollte. Wenn alles nach Plan lief, würde sie in dem Glauben, mit Paul shoppen zu gehen, ankommen und den Bahnhof anschließend mit einem funkelnden Ring am Finger verlassen. Das war der Grund, weshalb Sarah ihren Job so liebte. Ja, liebte!

Sie schaute sich in der Bahnhofshalle um und konnte nichts Auffälliges entdecken. Genau so sollte es sein. Die Tänzerinnen und Tänzer hatten sich zwischen die Pendler gemischt und waren quasi unsichtbar. Sehr gut! Tash hatte wie immer einen ausgezeichneten Job gemacht. Als Nächstes warf Sarah einen Blick zu einem der höher gelegenen Fenster innerhalb des Gebäudes. Es war das Büro, aus dem das obligatorische Video gedreht werden sollte. Tash hatte erst einige Probleme gehabt, die Genehmigung dafür zu bekommen, aber am Ende war es ihr doch noch gelungen. Das Aufblitzen von Metall ließ darauf schließen, dass der Kameramann auf seinem Posten war. Jetzt brauchten sie also nur noch den Typen mit dem Ring und …

Sarah scannte die Menge und stockte. Ihr Blick blieb an einem bekannten Gesicht hängen.

»Tash!«, rief sie erstaunt. Tash schaute von ihrem Klemmbrett auf.

»Was ist?«

»Ist das da drüben nicht dein Nachbar?«

Sie sah, wie Tash ihrem Blick folgte, bis sie ihn auch entdeckt hatte …

»Gott! Was macht der denn hier? Er taucht in letzter Zeit aber auch wirklich überall da auf, wo ich bin«, sagte sie böse.

Zumindest die Worte waren böse, ihre Stimme klang überraschend entspannt.

Ein durchdringender Ton drang plötzlich durch die Bahnhofshalle.

»Was ist das denn?« Der Ton stammte von einer Mundharmonika, und in der nächsten Sekunde erklangen die ersten Töne von *Be My Girl*.

»O nein! Nein!«, schrie Sarah. »Das ist viel zu früh! Die sollen doch erst anfangen, wenn Maggie kommt. Tash! Was ist da los? Wir müssen sie stoppen und alles wieder wieder so herrichten, wie es war, bevor sie kommt und etwas merkt.«

Sarah war in höchster Alarmbereitschaft. Hektisch sah sie sich um und suchte nach der Ursache für die Panne. Bei ihren Events war noch nie was falsch gelaufen, und das durfte es auch heute nicht.

»Tash! Tash! Wo kommt die Musik her?«

»Aus den Lautsprechern! Man hat uns erlaubt, die Bahnhofsanlage zu nutzen. Oje, dafür werden Köpfe rollen. Und, meine Güte, jetzt fangen sie auch noch an zu tanzen. Lieber Himmel, haltet sie auf!«, kreischte Tash.

Sarah wirbelte herum. Tash hatte recht. Die Tänzer formierten sich gerade. Vier Männer im Anzug tänzelten auf die vorgesehene Tanzfläche. Sechs »Studenten« ließen ihre Rucksäcke fallen und reihten sich ein. Zwei Fahrscheinkontrolleurinnen streiften Uniformjacken und Baretts ab und schüttelten ihre langen blonden Mähnen. Drei alte Damen und ein älterer Herr lösten sich von ihrer Warteposition vor einem Fahrplan und bewegten sich zu den anderen. Die übrigen Pendler blieben neugierig stehen und sahen mit offenen Mündern zu. Ein paar von ihnen hatten bereits ihre Handys gezückt.

Dann kam plötzlich Paul durch die Menge auf sie zu, mit einem breiten Grinsen im Gesicht. Er kam näher und näher …

»Paul! Was tust du hier? Sie ist noch nicht da«, brüllte Tash. »Geh wieder zurück an deinen Platz und … «

Sarah hörte den Rest nicht mehr. Denn aus dem Augenwinkel sah sie noch jemanden durch die Bahnhofshalle kommen. Das Gesicht war von einem Hut und einer großen Sonnenbrille verdeckt, die energischen, weit ausladenden Schritte brachten ihn rasch auf Kollisionskurs mit Paul.

»Entschuldigt mich! Entschuldigt ...« rief sie.

Zu spät. Er stieß mit Paul zusammen, der zu Boden fiel. Gott! Was für ein Chaos! Sie musste dringend etwas unternehmen. Die Tänzer stoppen. Die Musik stoppen. Diesen Typen stoppen. Das ... Der Neuankömmling stand nun direkt vor den Tänzern, begann mit den Füßen zu wippen, die Hüften zu schwingen und dann ...

Paul stand lächelnd vom Boden auf und mischte sich unter die Tänzer, als wäre alles in bester Ordnung. Im selben Augenblick nahm der Typ, der ihn umgerannt hatte, seine Sonnenbrille ab, und Sarah fing an zu lachen. Sie lachte und weinte und schrie, als ihr Leo, ihr geliebter Leo, ebenfalls mit Tanzbewegungen einsetzte und die Tänzer mit geschmeidigen Bewegungen anführte. Von hinten drängten sich die beiden Pseudo-Fahrscheinkontrolleurinnen nach vorn, und sie erkannte Deedee und Rianne, die beiden Mädels, die damals bei ihnen ...

Sarah riss die Hände vors Gesicht, ihr Kinn sackte nach unten.

»*Hey, Baby, will you be my girl ...*«

Alle sangen und Leo am lautesten. Er hüpfte, wippte, ließ die Hüften kreisen und bat sie, sein zu werden. Dabei schaute er ihr tief in die Augen. Als der letzte Ton des Songs erklungen war, fielen alle Tänzer auf die Knie. Leo machte ein paar Schritte nach vorn, sank ebenfalls auf die Knie, zog eine rote Lederschachtel hervor, öffnete sie und hielt etwas Glitzerndes in die Höhe.

»Sarah Armit, ich liebe dich. Bitte, bitte, heirate mich!«

49. Kapitel

»Weinst du? Ja, du weinst wirklich!«, rief Laney.

Tash schniefte und trocknete sich das Gesicht mit dem Ärmel ihres Lieblingscardigans. »Aber nur, weil ich gedacht habe, wir hätten einen Auftrag versaut.«

Dabei wusste sie genau, dass sie niemandem etwas vormachen konnte, am allerwenigsten Laney, Sarah und Leo, mit denen sie noch immer am Bahnhof stand. Die Vorstellung war seit zehn Minuten vorbei, die Zuschauer hatten sich wieder verzogen, die Tänzer waren fort, und alles sah aus, als wäre nie etwas passiert. Nur dass eine von ihnen strahlte und aussah wie das glücklichste Mädchen auf der ganzen Welt.

Leo räusperte sich. »Laney, das was dir passiert ist, tut mir irre leid, und das Timing war echt blöd. Ich wollte natürlich nicht, dass mein Heiratsantrag ausgerechnet kurz nach … na ja du weißt schon.«

Laney winkte ab. »Sag das nicht. Es war genau das, was wir alle gebraucht haben. Etwas fürs Herz, etwas, das uns aufheitert und daran erinnert, dass es auch richtig nette Männer gibt.«

»Na, so weit würde ich jetzt nicht gehen«, scherzte Tash. »Ich meine, er hat ganz schön viele Lügen erfunden, um das hier abzuziehen. Und ein Flashmob auf einem Bahnhof für einen Heiratsantrag an Sarah? Sag mal, Leo, kennst du sie überhaupt?«

Leo verdrehte die Augen. »Hör bloß auf! Ich hab extra Paul vorgeschickt, meinen alten Kumpel von der Schauspielschule …«

»*Deshalb* hat er immer so einen coolen, unbeteiligten Eindruck gemacht.« Laney wurde so langsam einiges klar.

»Tja, das kann gut sein. Ich hab ihm jedenfalls genau erklärt, wer ihr seid, aber irgendwie hat er alles vermasselt. Ich hab ihn beauftragt herauszufinden, wie Sarah sich den idealen Heiratsantrag vorstellt, und er kam zurück und meinte, sie würde sich einen Flashmob wünschen.«

»Aber das mit dem Flashmob war *meine* Idee«, widersprach Tash.

Leo verzog das Gesicht. »Das weiß ich jetzt auch. Anfangs war mir das allerdings nicht so klar. Ich wurde erst hellhörig, als Paul behauptete, Sarah würde sich einen ganz schlichten Ring wünschen. Das konnte irgendwie nicht stimmen. Aber ganz ehrlich hatte ich an einen Ring bis zu diesem Zeitpunkt auch noch gar nicht gedacht. Ich war so aufgeregt, dass ich das Wichtigste völlig vergessen hatte. Gut, dass ihr Paul darauf angesprochen habt.«

Tash grinste. »Du bist echt hoffnungslos.«

»Stimmt. Und das war mir nie klarer als in dem Augenblick, als ich ihn bat, euch zu beschreiben, und kapiert habe, dass er euch zwei verwechselt hat. Da hatte er mir längst die Tanzschritte beigebracht, und ich hatte jede freie Sekunde mit der Truppe geübt. Also haben wir entschieden, es durchzuziehen. Ach, die Tänzer – das waren übrigens auch alles Leute, mit denen wir an der Schauspielschule immer zusammengesteckt haben. Ich habe sofort Kontakt zu ihnen aufgenommen, nachdem Paul meldete, dass du dir einen Flashmob wünschst. Ich wusste, dass sie mir helfen würden, und war froh, dass ihr ihnen den Job gegeben habt. Paul hat mit ihnen trainiert, und dann haben wir uns abends oder frühmorgens getroffen, und er hat mir die Schritte gezeigt. Manchmal sind die Mädels auch heimlich zu uns nach Hause gekommen.«

Sarah boxte ihn liebevoll auf den Oberarm. »Und ich habe dir die Story von deiner morgendlichen Joggerei geglaubt. Und dass du die Mädels beim Laufen getroffen hast. Ich bin echt sooo gutgläubig. Wer war denn die Frau in dem roten Auto, die damals vor unserem Haus stand?«

»Wann?« Er schien ehrlich erstaunt zu sein.

»Irgendwann, als ich abends nach Hause gekommen bin. Und dann hab ich sie noch einmal auf der Pollokshaws Road in der Nähe von Guys Reisebüro gesehen.«

Leo zuckte mit den Schultern. »Keine Ahnung. Echt nicht.«

»Das ist ja seltsam. Sie kam mir irgendwie bekannt vor, aber ich weiß immer noch nicht, woher. Vielleicht war es ja bloß ein Zufall, dass ich sie innerhalb weniger Tage zweimal gesehen habe. Was sie wohl in unserer Straße wollte?«

Laney wirkte nachdenklich, dann sagte sie: »Moment mal. Eine Blondine? In einem roten Sportwagen?«

»Genau.«

»Ist es die da?«

Alle schauten in die Richtung, in die Laney zeigte. Am Eingang machte Guy vom Reisebüro noch immer Fotos für einen neuen Werbeflyer, mit dem er künftig unter anderem *derbesondereheiratsantragweltweit* bewerben wollte.

»Ja!«, bestätigte Sarah, als sie die Frau neben ihm erblickte.

»Das ist Jorja«, erklärte Laney. »Guys Freundin. Ich hab sie kennengelernt, als ich die New-York-Reise gebucht habe. Sie arbeitet auch im Reisebüro. Guy hat mir erzählt, dass sie supereifersüchtig ist. Bestimmt hat sie dir nachspioniert, weil er ein paarmal bei dir war.«

»Ah. Na ja, nach allem, was dir passiert ist, kann ich das gut verstehen.«

Sarah richtete ihre Aufmerksamkeit wieder auf ihren frisch Verlobten. »Schatz, das war absolut irre, was du da heute veranstaltet hast.«

Leo grinste schief. »Ich weiß, es war nicht der Antrag, den du dir immer erträumt hast, aber immerhin ist er unvergesslich.« Er zog Sarah an sich, und sie stellte sich auf die Zehenspitzen, um ihn zu küssen.

»Hört ihr wohl damit auf«, schimpfte Tash. »Ihr haltet die Leute ja vom Essen ab.«

Sie lachten immer noch, als eine weitere Person zu ihnen trat. Tash spürte ihren Nachbarn hinter ihrem Rücken, noch bevor Laney sagte: »Sy, schön dich zu sehen.«

»Und euch erst.« Er küsste Sarah auf die Wange und schüttelte Leos Hand. »Glückwunsch! Das war eine echt gute Show«, sagte er. »Tash, kann ich dich eine Sekunde sprechen?«

Tash seufzte innerlich und folgte ihm widerstrebend. Die Tatsache, dass er so sexy aussah in seinem perfekt geschnittenen Anzug, so souverän und lässig, und so verdammt gut im Bett war, bedeutete noch lange nicht, dass ...

Was hatte er da gerade gesagt?

Er hatte sie in eine ruhige Ecke gezogen, wo sie ganz allein waren, und seine Lippen bewegten sich.

»Was?«

»Ich liebe dich«, wiederholte er mit absoluter Selbstsicherheit. »Und ich glaube, du liebst mich auch.«

»Tue ich nicht«, widersprach sie. Was fiel ihm ein, ihr vorzuschreiben, was sie fühlte.

»O doch! Und es nervt dich total, dass du anfängst, mich zu vermissen, wenn ich nicht in deiner Nähe bin.«

»Ich ... ich ... ich ... nein!« O Mist, sie tat es. Er wusste es. Sie wusste es. Sie weigerte sich nur, es zuzugeben. »Also gut, vielleicht ein bisschen. Aber Sy, ich will diese Beziehungsnummer nicht. Ich kann das einfach nicht.«

Seine Hand war nun unter ihrem Kinn, schob es sanft nach oben, damit er ihr ins Gesicht sehen konnte, ehe er fragte: »Was willst du denn?«

Tash schloss die Augen und versuchte sich an die neue Erkenntnis zu gewöhnen. Sie hatte nie eine Ganztagsbeziehung gewollt. Und das lag nicht etwa daran, dass sie beziehungsunfähig war. Sie fand es echt ätzend, wenn Leute das sagten. Es war einfach nur so, dass sie ihr Leben liebte. Ihre Freiheit. Auf den Sex mit wechselnden Partnern konnte sie verzichten, aber sie konnte nicht ohne ihre Freiheit leben – auch wenn sich das jetzt wie Mel Gibson in *Braveheart* anhörte.

»Ich will einfach nur das, was wir haben«, sagte sie schließlich. »Vielleicht ein bisschen häufiger. Ich will nicht heiraten, und ich will keine Kinder, Sy. Und meine Wohnung will ich auch nicht aufgeben, weil ich meinen Freiraum brauche. Ich will mit dir zusammen sein – nur nicht ununterbrochen. Meinst du, du kannst damit leben?«

»Klar kann ich damit leben«, antwortete er so überzeugend, dass sie ihm glaubte.

»Aber es könnte Giselle vertreiben«, gab sie lächelnd zu bedenken.

»Sie ist schon weg.«

»Wirklich? Seit wann?«

»Seit mir klar geworden ist, dass ich nur dich will.«

Mit dem Finger zog er eine Linie über ihre Wange. Es war kribbelig, rührend, zärtlich.

»Okay, lass mich noch was klären. Auch wenn wir irgendwann fünfzig Jahre zusammen sind, würde ich nicht wollen, dass du mich in der Öffentlichkeit berührst oder sogar küsst.«

Sein Lachen war laut und ansteckend. »Glaubst du echt, dass wir fünfzig Jahre zusammenbleiben?«

Tash beschloss, ausnahmsweise ihre Regeln zu brechen, aber nur dieses eine Mal. Sie beugte sich vor und küsste Sy.

»Wenn du Glück hast.«

50. Kapitel

Fred lehnte den Kopf an die Rückenlehne des Bürosofas und seufzte tief. »Es ist, als würde sich die Geschichte wiederholen. Es tut mir so leid, dass es dir auch passiert ist, meine Süße.«

Laney nahm seine Hand. »Es tut mir auch leid, dass es dir passiert ist, Dad. Aber du bist darüber hinweggekommen, und heute geht es dir wieder gut, oder?«

Fred nickte. »Ja, es hat allerdings lange gedauert. Zu lange. Und ich möchte auf keinen Fall, dass du denselben Fehler machst wie ich. Verschwende nicht wertvolle Jahre deines Lebens damit, zu hoffen, dass er zurückkommt, zur Tür reinmarschiert und sagt, er habe einen schweren Fehler gemacht.«

Laney schüttelte den Kopf. »Das werde ich bestimmt nicht tun, Dad. Bei mir ist es auch etwas ganz anderes. Du warst zwanzig Jahre mit Mum zusammen, und ihr hattet ein Kind. Ich bin mir manchmal nicht mal mehr sicher, ob ich ihn überhaupt richtig gekannt habe.«

Aus der Küche war ein Ploppen zu hören und lautes Jubeln. Die anderen schenkten sich gerade Champagner ein, um Sarahs und Leos Verlobung zu feiern. Laney hatte die Gelegenheit genutzt, ihrem Dad von ihrer Trennung zu erzählen, ehe jemand anderes es tun konnte. Er hatte genau so reagiert, wie sie es erwartet hatte – erst wütend, dann hatte er damit gedroht, Cam einsperren zu lassen, erkannt, dass das auch nicht weiterhelfen würde, und danach war er traurig geworden, dass sein kleines Mädchen so leiden musste. Jetzt überlegte er krampfhaft, wie er Laney helfen konnte, möglichst bald mit der Trennung fertigzuwerden. So wie er damit fertiggeworden war.

Mrs. Crean kam mit zwei Gläsern Champagner aus der Küche. Sie sah jung und strahlend aus in ihren Jeans und dem engen weißen Blazer. Das blonde Haar schwang beim Gehen mit. Goldie Hawn musste eine Zwillingsschwester haben! Sie reichte Fred ein Glas und küsste ihn auf die Stirn.

»Bin sofort wieder da. Da drinnen gibt's Kuchen, ich besorge uns allen ein Stück. Das Leben ist zu kurz, um sich so eine Verlockung entgehen zu lassen«, fügte sie augenzwinkernd hinzu.

Sobald sie außer Hörweite war, sagte Laney: »Du solltest sie heiraten.«

»Würde dir das nichts ausmachen?«

»Kein bisschen. Falls du dich dazu entschließen solltest, ihr einen Antrag zu machen – ich kenne eine gute Agentur, die dir etwas Schickes organisieren kann.«

Fred fand das witzig. Er lachte in letzter Zeit überhaupt sehr viel, fand Laney. Es stand ihm gut.

In diesem Augenblick klingelte es an der Tür. Tash streckte den Kopf aus der Küche, griff zu einem der pinkfarbenen Telefone und drückte den Türöffner.

»Tja, wer weiß, vielleicht komme ich bald auf euch zu«, antwortete Fred mit hintergründigem Lächeln. »Weißt du Laney, ich glaube fest daran, dass es für jeden den richtigen Partner gibt. Man muss ihn nur finden.«

Hinter ihm ging die Tür auf. Noch jemand kam zu ihrer Party. Er durchquerte den Raum. Ein scheues Lächeln unterstrich die Wärme in seinem Blick. Als er vor dem Sofa stand, lächelte auch Laney.

»Dad«, sagte sie. »Kennst du Matt schon? Er ist unser extrem netter Buchhalter.«

ENDE

Große Gefühle auf einem englischen Land-sitz

Kathryn Taylor
DARINGHAM HALL
- DAS ERBE
Roman
336 Seiten
ISBN 978-3-404-17137-8

Die junge Tierärztin Kate mag ihr ruhiges Leben in Salter's End, einem beschaulichen Dorf in East Anglia. Ein besonders enges Verhältnis pflegt sie zur ansässigen Gutsbesitzerfamilie, den Camdens von Daringham Hall. Doch eines Tages taucht ein Fremder im Ort auf, der durch einen Unfall sein Gedächtnis verloren hat. Kate nimmt den attraktiven Mann bei sich auf und verliebt sich bald rettungslos in ihn. Schon wagt sie zu glauben, dass er ihre Gefühle erwidert - da stellt sich heraus, dass er Ben Sterling ist, der eigentliche Erbe von Daringham Hall. Und er hat schon vor langer Zeit Rache an der Familie geschworen, die seine schwangere Mutter damals so abrupt vor die Tür setzte …

Eine Frau. Ein Jahr. Zehn sehr unanständige Aufgaben.

Joanna Bolouri
DIE GOLDENE LISTE
Ein Jahr. Eine Frau.
Zehn unanständige
Vorsätze.
Roman
Aus dem Englischen
von Andrea O'Brien
400 Seiten
ISBN 978-3-404-17166-8

Seit Phoebe ihren Freund mit einer anderen im Bett erwischt hat, suhlt sie sich in Selbstmitleid. Am Neujahrstag beschließt sie, ihrem Leben endlich wieder Schwung zu geben. Dabei helfen soll ihr eine Liste – mit zehn aufregenden Sex-Spielchen, die sie im neuen Jahr ausprobieren will. Doch wie soll man diese Spiele spielen, wenn einem der Partner dafür fehlt?
Am Ende bleibt Phoebe nur, Oliver zu fragen – aber ist es wirklich eine gute Idee, ausgerechnet mit dem besten Freund in die Kiste zu steigen?

Schonungslos, schmutzig und verdammt heiß: Bridget Jones würde rot anlaufen!

Bastei Lübbe